华章
传奇派

品味无限不循环的人生

钓鱼城 1259

君天◎著

璟鲤传

图书在版编目（CIP）数据

钓鱼城1259：璟鲤传 / 君天著. — 重庆：重庆出版社，2022.8
ISBN 978-7-229-17045-5

Ⅰ.①钓… Ⅱ.①君… Ⅲ.①长篇小说—中国—当代 Ⅳ.①I247.5

中国版本图书馆CIP数据核字（2022）第133207号

钓鱼城1259：璟鲤传
DIAOYUCHENG 1259:JING LI ZHUAN

君天　著

出　　品：	华章同人
出版监制：	徐宪江　秦　琥
策划编辑：	张铁成
责任编辑：	王昌凤
责任印制：	杨　宁　白　珂
营销编辑：	史青苗　刘晓艳
封面设计：	末末美书

重庆出版集团
重庆出版社　出版
（重庆市南岸区南滨路162号1幢）
北京盛通印刷股份有限公司　印刷
重庆出版集团图书发行有限公司　发行
邮购电话：010-85869375
全国新华书店经销

开本：880mm×1230mm　1/32　印张：15.625　字数：318千
2022年11月第1版　2022年11月第1次印刷
定价：49.80元

如有印装质量问题，请致电023-61520678

版权所有，侵权必究

目 录

楔子 / 1

第 一 章　大萨满的预言 / 18

第 二 章　川军自古多豪杰 / 41

第 三 章　大旗与陷阱 / 55

第 四 章　薄刀岭争锋 / 77

第 五 章　黑云压城 / 109

第 六 章　码头浴血 / 131

第 七 章　战场如弈 / 153

第 八 章　信任与沙子 / 186

第 九 章　天外飞仙 / 210

第 十 章　水寨迷宫 / 229

第十一章　真真假假 / 247

第 十 二 章　鏖战东新门 / 258

第 十 三 章　如期而至的大雨 / 277

第 十 四 章　没完没了的战争 / 298

第 十 五 章　宝钟寺下的冉璟 / 317

第 十 六 章　刺杀大汗 / 336

第 十 七 章　水战、夜战、地道战 / 360

第 十 八 章　过河的卒子 / 387

第 十 九 章　一切皆有天命 / 405

第 二 十 章　许个愿吧 / 426

第二十一章　传说中的战鼓 / 444

第二十二章　大汗与小卒 / 465

尾声 / 477

后记　何人为写悲壮，吹角古城楼 / 484

楔子

阴沉的天空下，晋国宝眯着眼睛站在钓鱼城合州府衙的议事厅前，轻轻吸了口气。眼前两排卫兵沿着走道排成长队，左面持长枪，右面持长斧，卫兵们身披轻甲，内着红色战袍，正是大宋兴戎司军序列的特色。

不久之前晋国宝还是兴戎司的将领，而今已是各为其主。钓鱼城他是来过的，不过身份不同，感觉自然也就不同了。他稍稍调整一下呼吸，迈步走入斧枪高举的兵道，心底的紧张反应在两腿的酸麻上。尽管是代表蒙古国来此出使，蒙古军又比宋军强大十倍，但人在宋营心中多少有些忐忑。谁知道王坚那厮会做出什么事来？

两边的卫兵目不斜视地望着前方，晋国宝小心地来到走道的尽头，拾阶步入议事厅。

大厅里众将分两班而立，留有短须的老将王坚居中而坐。一身赤色的战袍，黑色铁盔下露出些许白发，脸上有着石刻般隽毅的皱纹。王坚于嘉熙四年（1240年）追随名将孟珙入川，一晃眼二十年了。虽是花甲之年，眼神却如青年般清澈，身体更是老当益壮，人在合川坐镇一方，二十年来，蒙古兵未能撼动钓鱼城分毫。

进入大厅后，晋国宝两腿酸麻的感觉反而不见了，脸上显得淡定从容。他看了眼四周，的确有不少熟悉的面孔，这也让他稍许放松下来。不过对方并没有起身迎接的意思，他自然也不敢多做妄想。

晋国宝抱拳施礼道："见过大帅，故人晋国宝久疏问候。"

故人吗？王坚冷笑了一下，并不答话。眼前人虽然是旧日袍泽，但如今又有什么资格来套交情呢？

晋国宝淡然一笑，直接进入正题道："今日此行，我是替蒙古国大汗，来此劝降大帅。"他观察了一下王坚和周围众将的表情，发现众人虽然皆是板着脸，但并非全都无动于衷。于是大着胆子继续道："今我蒙古大汗提兵十万来取蜀地。大军所到之处，攻无不克，运山、青居、大获等城一一归顺。可谓顺我者昌逆我者亡。大帅即便不为自己的前途，也该为钓鱼城十数万百姓和两万将士的性命着想。"

"晋国宝，你知道我为何见你吗？"王坚的声音低沉中带些沙哑，他慢慢道，"有两个原因啊。首先，你从前是我兴戎司的兵，当年曾与在座诸公并肩作战，有些话须与你当面说清。其二，是因为我一直在犹豫要不要杀了蒙古使臣。"

"大帅，两国交战不斩来使，此乃天下大义。"晋国宝躬身道。

"的确如此。所以我还在犹豫。"王坚手握虎口，笑了笑道。

这是他第一次露出笑容，却让晋国宝内心一悚，因为他与王坚熟识，知道这是对方要杀人时的表情。

王坚道："蒙古大军攻略各地，素来分三个步骤。第一步兵临城下；第二步派使节劝降；第三步劝降不成，则攻城。攻城若受损，则攻克必屠城。"

晋国宝沉默了一下，回答道："此言不假。"

"当年蒙古人派使节去花剌子模劝降，被人斩杀使节。听闻后来蒙古军破城之后，用金水灌喉的方式处决了仇人。滚烫的火水，从口中贯入，直接将嘴巴和咽喉烧开，血肉融化而下。所谓血肉之躯，无人受得此刑。"说到这里，王坚打量了一下对方的脖子，"的确是堪比商纣炮烙的酷刑。有时候，我也想拿人试试。"

晋国宝眼眶收缩，隐约觉得喉咙灼痛，低声道："单人受刑固然残酷，又如何比得屠城的血腥？蒙古军一旦开始屠城，自然是从人到牲畜鸡犬不留。"

王坚道："斩杀使节的确是野蛮的，蒙古军的报复也不像是一个大气的帝国。我们大宋，不是花剌子模，也不是蒙古人。想必你也认同。"

晋国宝正色道："这是自然。"

"许你来此之前，我们已经商量过。在座十二位将领，无一人同意投降。"王坚慢慢道，"但在是否杀你这件事上，确实有分歧。主要原因，如你所说。两国交战不斩来使，这是古时候就传下来的大义。即便我王坚是个混不吝的老卒，也不能不懂这道理。"

晋国宝犹豫了一下，低声道："若大帅从开始就不愿投降，为何要见我？"

王坚道："十多年前，我们刚入川时，曾经与蒙古人有过一场大战。那一战你身受三处刀伤，左臂险些断了。当时你与二十余士卒被两百蒙古兵包围，形势何其险峻。当时是我单刀突前，率领麾下仅剩的骑兵突入敌阵把你救出来的。为此我也中了蒙古人两支羽箭。"

晋国宝躬身道："大帅救命之恩，国宝没齿难忘。今日来此，也是为了报当年之恩。"

"后来，运山城之役，我们大战汪德臣。是你突破敌方侧翼，将我们数百宋军救出险境。"王坚低声道，"当时被你救的唐长弓就在这里。"

"那也是属下职责所在。"晋国宝看了眼一旁的唐长弓，对方侧脸的那道伤疤就是十多年前留下的。他忽然有些想哭。

"但今日我们在议定是否杀你的时候，唐长弓认为你该杀。"王坚看着对方道，"我也认为该杀。"

"我的确该杀。"晋国宝苦笑道，"可是即便杀我十次，又能如何？我来此并非为自己的富贵。而是为了钓鱼城十数万军民，也是为了大帅和各位的安危啊。又如大帅先前所言，杀死使节的行为是野蛮的。"

王坚笑了笑道："不用紧张，也不用急着故作姿态。我们方才已经议定,不在钓鱼城杀你。"

晋国宝一怔,随即轻轻松了口气。他抱拳一揖到地。

王坚道:"两国交战不斩来使。既然不杀你,作为礼节,自然要听一下你说什么。然后,你为我们多年旧识,我们也想看一看你如今是什么样子。"

晋国宝眯着眼睛扫视四周,想要说,你们觉得我如今是什么样子呢?但又不敢问出口。

王坚问道:"蒙哥从六盘山出征,如今?"

"如今大汗已至青居城。"晋国宝道。

"杨大渊人在何处?"王坚又问。

杨大渊与晋国宝一样,原为宋军将领,负责镇守大获城。蒙古军派人劝降他,被杨大渊杀了使节。但不久之后,此人又出尔反尔地献城投降了敌人。

"杨大渊如今配合汪德臣转战蜀地,负责劝降故交旧部。"晋国宝说。

"所以你和他做的是一样的事。"王坚说。

晋国宝扬了扬眉,无法辩驳。

"你卖国求荣,百死莫赎。但两国交战不斩来使,我不会在钓鱼城杀你。"王坚停顿了一下道,"我不是杨大渊,所以钓鱼城绝不会投降。"

"还望大帅三思。"晋国宝道。

"蒙古军在蜀地攻无不克,战无不胜?"王坚扬眉笑道,"告诉蒙哥,他要战,来战便是!"

阿古达木在院中来回走着,面色阴沉,浓眉紧锁。蒙古使团此行以大宋降将晋国宝为首,而他为副使。但是钓鱼城只许晋国宝入府衙,其余人都被留在馆驿待命。好消息是钓鱼城并未没收蒙古卫兵的武器,可见宋朝还是尊重两国交战不辱使者的原则的。

自古以来出使敌国都不能算是美差,何况蒙古和宋已处于战争状态多年。所以阿古达木来之前是安排好身后事的。且不说当年花剌子模的事让人记忆犹新,就是前不久杨大渊在投降之前,也曾斩杀使节。说到底,是生是死只是人一念之间的事。一路走进钓鱼城,一路所见军容严整,气象森严。总体来说,宋人应对他们还算得体,这也让他的心稍许放下。

阿古达木望着院门口的两个宋兵,再看看己方这一百来人。这晋国宝已经离开一段时间了,外头却一点儿消息也没有,让他紧张的情绪再次上升。按规矩,如果王坚拒绝招降,那晋国宝就不用多费口舌,毕竟来之前他们就预料到王坚拒绝的可能性很大。但如果王坚答应投降蒙古……阿古达木深吸口气,当然也不会那么容易。是的,只有王坚还在犹豫,才需要等那么长的时间。大汗命晋国宝前来钓鱼城是对的,宋人和宋人谈会更好一些。

这时,忽然院墙上一声轻响,一道人影从角落滑下。阿古达木和蒙古卫兵同时斜望过去,对方用蒙古语轻声道:"我是长空,灰狼。十万火急军情!"

阿古达木目光扫过门前，院外的宋兵并没注意到里面的响动。他让卫兵守在屋外，自己和来人退入屋内。

"蒙古国钓鱼城使团副使阿古达木，汪德臣大人麾下千户。"他轻声介绍自己。

自称灰狼的男子从衣服里拿出一枚指甲大小的银币，银币上画着一只苍鹰。

这的确是长空营的徽记，阿古达木明白事态严重，沉声问道："什么军情？"

灰狼轻声道："我有钓鱼城的机密军情要送去大本营，请你配合我。"

"请问是什么机密？"阿古达木追问道。

灰狼道："你还不够级别知道。我要离开钓鱼城，你必须马上带我离开。"

"我们今日未必能离开此地。"阿古达木说。

"王坚不会投降，晋国宝不可能说服他。我来之前，帅府那边已有决断。"灰狼的语速极快，"我在城里身份特殊，他们通常不许我出城，所以跟随你们使节团离开是我唯一的机会。"

"想必你已经想出法子？"阿古达木问。

灰狼笑了笑道："我既然无声无息地潜入进来，自然想到了一个法子。只要你们带有多余的军服，就不需要死人。"

阿古达木眼角跳了一下，低声道："有的。我们使团带了很多东西。"

这时，院外一阵骚动。宋军都统制张珏出现在馆驿门口。张珏身着赤色轻甲，身高六尺，面如冠玉，留有短髭，相貌堂堂，意气飞扬。

阿古达木急匆匆来到馆驿前，见到有些疲倦的晋国宝和气势汹汹的宋兵。

张珏道："晋国宝，你原为我大宋将领，卖主求荣，进献城池，损我士卒，伤我百姓，原本罪不容恕！但大帅说，两国交战不斩来使，所以暂且留下你的狗命，但你们使节团必须立即滚出钓鱼城。"

"你们，你们号称礼仪之邦……怎么能对我们使团如此不敬？"阿古达木跺脚道，看着周围杀气凛然的宋军，眼中忽闪过一丝惶恐。

"若是钓鱼城由我做主，你们全都要死。"张珏笑道，"如今让你们马上离开，已是刀下开恩。"

阿古达木面色阴沉不定，此事进展果如灰狼所言。

晋国宝拉着阿古达木回到院子里，轻声吩咐道："收拾东西吧，此地不宜久留。"他并没有注意到灰狼的存在。

阿古达木揉了揉额头，他们这个使节团一共百余人，但多为仪仗，的确不能与宋人发生冲突。而在钓鱼城外还有近五百人的护送卫队，只要出城自然就安全了。他看了眼灰狼，又看看晋国宝的表情，将这件事隐瞒了下来。

张珏押送蒙古使团来到钓鱼城的南水军码头，目送对方登船。

"都统制。"踏白营的统领王安节来到近前。

"事情如何了？"张珏问。

王安节道："如都统制安排，我们封锁了城门和各条街道，只留下去馆驿的那一个缺口。我见到下午失踪的火器坊匠人罗炭，翻墙进入了馆驿。"

张珏点头道："这么说，罗炭是蒙古人密探的身份就坐实了。"

王安节道："蒙古使团总共入城一百一十五人，离开时候是一百一十六人。而我们确认，馆驿里面并无罗炭的踪迹。"

张珏道："那么他确实是跟着使团出城了。"

王安节皱眉道："只是这么一来，我们不等于把这个密探放走了吗？咱们火器坊里地字头以上的师傅都是宝贝。而罗炭这个人是经手过那东西的。"

张珏轻轻搓着手掌。罗炭是火器坊的地字号工匠，经手过钓鱼城最机密的武器"雷神"的制造，放走他会流失大量机密。但是不冒些险，又如何做大事？

王安节又道："蒙古船队会沿着嘉陵江向西。我已让踏白营在河道两边把控对方的行踪，但多少还是有点儿风险。"

"'雷神'那东西，不是一个地字工匠就能掌握的。"张珏轻声道，"这是我敢放他出去的原因。另外，既然把这条鱼放出去了，我自然要做更大的事。传令给在西面行动的孟鲤，让她和崔城攻击蒙古使节的船队，务必斩杀晋国宝和罗炭。"

王安节虽然早有预料，但还是吃惊地看了对方一眼。

张珏笑道："我之前请示过大帅的，放心吧。要杀一个使节，没点儿借口怎么行？如今他们窝藏蒙古军密探，窃取我钓鱼城机密，罪无可恕。"

"那晋国宝本就该死一万次。"王安节恨声道。

张珏拍了拍他的肩膀，迅速返回议事厅。

阿古达木站在船舷，双目冰冷地望着河岸，他虽然恨不得立即肋生双翅离开此地，但也知道，自己绝不能做出任何异动。灰狼上船后就闪入船舱，隔着门缝望向外头，看着码头的景物逐渐变小，才轻轻舒了口气。晋国宝则半靠在船舷上，先前在议事厅的淡定从容，如今已化作一身的冷汗。他是真的认为王坚会杀人，那个笑容他是绝不会看错的。

"多久能与大军会合？"晋国宝问。

阿古达木道："如今已是傍晚，明日清晨会有先锋军的人来接应我们。"

晋国宝摘下帽子挠了挠头，算是振作了一下精神，他发现阿古达木有些心神不宁。"不用太担心了。即便先锋军没来，合川范围我们蒙古军的斥候数量也不少。"

阿古达木点了点头，依旧没有把灰狼的事说出来。蒙古军的事，不需要告诉晋国宝这样的降将。

"他们已经离开了。"议事厅里,张珏抱拳交令,"其余的事属下安排好了。"

"很好。"王坚明白对方所指,点头道,"算起来,快则年底,慢则明年开春,蒙古人就会来了。"

"干就是了。"张珏笑道。

王坚道:"这几日你要想个守城方略出来,务必把对方所有的手段都考虑进去。"

"得令。"张珏笑道。

王坚对一旁的水军统制吴澄道:"虽说两国交战不斩来使,但你那将其放到城外再杀的提议太过婆妈,不爽利!"

吴澄笑道:"规矩就是规矩。杨大渊做的事我们不能做。"

"唐长弓,征兵准备做得如何了?"王坚又问。

一个脸上有刀疤的中年汉子出列道:"军装、军械皆已就位。由于蒙古人随时会大兵压境,此次新兵营设在薄刀岭边上,就是希望大帅能派一些有经验的军官。"

钓鱼城的守备部队,由兴戎司中军、合州城防军、钓鱼城水军,以及各寨民兵混编组成。里里外外都算上不到两万之数。为了应对即将到来的大战,王坚已征兵数次。

王坚对张珏道:"派一些中军里的得力之人去新兵营。毕竟这批新兵的训练时间不足。"

"是,大帅。"张珏点头。

奇胜门的李定北道:"大帅,有新兵源就给我们一点儿啊。奇胜门这边的士兵素质是最弱的，只靠马军寨的民兵可不够看。"

那奇胜门的守军主要是城防军和马军寨的民兵。王坚当然明白那边的问题，但是精锐部队若是分散了，战力也就下降了。

王坚道："我会酌情调拨的。你放心，我明白奇胜门的问题。"

夜色下的嘉陵江，水波平稳，月色深沉。

晋国宝桌面上的小菜基本没动，酒却喝了不下三壶。他脑海里全是当年在宋军时的点滴，若是还能在那边，会不会心里能好受点儿？但世上事哪有什么如果，若是之前蒙古人大兵压境的时候，自己没有投降，怕是早就身首异处了。

忽然舱门响动，一道人影飘身而入。微醺的晋国宝反应迟钝地看着对方，来人身材颀长，戴着银制的面具，手里是一柄刀锋狭窄的军刀。

"你……"晋国宝刚要说话，刀锋就架到了脖子上。

"不许叫。"刀客说。

"你是孟鲤？"晋国宝的心急速跳动起来，烛光下他有些目眩头晕。眼前的刀客是钓鱼城长斧营的统领，虽然是个女子，却是王坚最信任的武者，外头称之为合川女刀神。

孟鲤隔着面具笑了笑，慢慢道："大帅说，请你上路。"

"大帅，终竟是不能放过我吗？"晋国宝说出这句话，心跳慢慢平稳下来，方才那种莫名的焦躁情绪反而平息了。

"罗炭在哪条船？"孟鲤问。

"什么罗炭……"晋国宝皱眉说。

孟鲤道:"你不知道吗?有蒙古探子从钓鱼城混入使节团出城。"

"我不知道。想必阿古达木也瞒着我。"晋国宝苦笑道,"阿鲤,你能饶我吗?你小时候……我对你不错吧?我会投降也是没有办法啊。投降后,身边的士卒和百姓不都活下来了吗?我可救了几千几万人啊。"

孟鲤手上青筋暴突,一刀斩落对方头颅。"你管投降叫救人?那我们这些为国征战的算什么?"女刀客轻声道。虽然脚下踩着血水,但她毫不在意地用油布将晋国宝的首级包起收好。

代号灰狼的罗炭紧闭双眼,试图让自己入睡,这是三年来他首次离开钓鱼城,随着船身摇晃,睡眠始终时断时续。

五年前,他以成都工匠的身份进入钓鱼城,潜伏于军械坊,并在三年前调入火器坊,大约在三个月前才得以接触"雷神"的制作。在过去的三个月里,他一步也没离开过内城火器坊,所以一直没有机会将消息传出去。而近日蒙古大军大举攻宋,钓鱼城实行了重点人物管制,他因为能接触到"雷神",所以被列为重点人物,那就更没有机会接触外界了。

作为密探,最好的保护是静默。作为密探,最害怕的就是突发事件。在初次接触"雷神"后的日子里,他每天都在考虑如何把消息传回大本营,如何能悄无声息地离开钓鱼城。虽然他明白,钓鱼城里一定有蒙古长空营的王牌密探，但越是深度潜伏的人，就越不会轻易行动。而最初负责和他联络的人，因为他被归类为重点人物，已经没有机会见到了。

所以这次钦差来到钓鱼城，他才决定放手一搏。而且这算是侥幸成功了吧？

哎，五年了。家里不知如何。儿子长大了吗？老婆过得可还好？罗炭揉了揉脑袋，坐起身喝了口马奶酒。他居然有点儿喝不惯了……但要怎么才能睡着？他忽然心头一悚，转身望向右侧的船窗。木制的窗棂霍然打开，外面横着一道狭长孤绝的刀锋。

来人笑道："我找了三条船，终于找到你了。"

刀客脸上戴着银色面具，一身暗青的水靠衣，将其身段衬托得高挑婀娜。腰间依稀挂着一个油布包，那是人头？

合川女刀神……罗炭的心底一沉，下意识地去抓床边的蒙古刀。

窗棂应手而毁，孟鲤轻灵入内，她一刀挑开了蒙古刀，轻声道："回答我的问题，给你一个痛快。你知道我是谁吧？"

罗炭微微点头，低声道："面具长刀，钓鱼城女刀神。长斧营统领孟鲤。"

"刀神就是刀神，偏要加个女字。"孟鲤淡然问道，"你是蒙古探子，从火器坊带出了'雷神'？"

罗炭苦笑道："怎么可能，火器坊那样的地方，能让我带出半件东西吗？"

"所以你是记住了图纸?"孟鲤轻声道。

"不错。"罗炭回答。

孟鲤问道:"给了谁?"

罗炭眯起眼睛,瞥了眼窗外,四周的水波依然平静。他低声道:"你不怕我喊人?"

面具后的孟鲤也眯起眼睛,轻声道:"不怕。我刀快。当然,我可以再提醒你,包括晋国宝和阿古达木,之前我已经问了五个人了。所以你不用跟老子吹牛。"

王坚是个人物啊,他居然敢这么对付使节团。要知道蒙哥大汗对那些顽固抵抗的城池是会屠城的,到时候男女老幼无一幸免啊。当然,相比起蒙古大军到过的天下各地,对这大四川来说,屠城并不是什么新鲜事。

罗炭闻到刀锋上的血腥味,呼吸略微急促。他是探子不是战士。确切地说,他是那种以工匠身份来卧底的探子。

"我没有告诉别的人……我原本准备天亮就离开船队,从陆路去大本营的。"罗炭解释道,"我也没有画图,所有东西皆在我的脑袋里,而且说实话也记得不全。但……但你不要杀我。我跟你们回去,我可以告诉你们那边的秘密。"该第一时间离开大队的,可哪里去找后悔药呢?罗炭在心里轻轻一叹。

孟鲤低声道:"比如说?"

"我知道我军在钓鱼城的其他联络人。"罗炭咬牙道,"但你要保证不会杀我。我知道城里的长空。我比什么晋国宝和阿古达木的价值大多了。"

孟鲤的长刀抬高了两寸，笑道："带着你回去可不方便。你这么点儿时间可跑出了很远。"

"是值得的。"罗炭诚恳说道。

"也许吧。"孟鲤收刀向后退了一步。

就在这时，罗炭突然出手，手腕翻起抛出一枚三寸左右的圆球。孟鲤面色一白，身子神奇地一折，同时刀光仿佛天上的弯月横扫平起，让敌人身首异处。

嘭！圆球砸在后方的舱门上，一阵气浪晃动了船身。孟鲤肩膀一疼，发力撞破船舱，算是避了一避。

他们这里的动静，自然是惊动了整个船队。孟鲤却不紧不慢地回到船舱，低头扫视着周围。这枚火雷有模仿"雷神"的痕迹，但爆炸的方式不同，火药自然也不同。据孟鲤所知，早期"雷神"的确是希望能这样击发，但因为火药的原因，这样击发的火雷虽然便于携带，但破坏力较小，对身披重甲的战士几乎没有杀伤力，所以后来改变了击发的方式。

事实上"雷神"那种特殊火药的威力极大，但提炼亦非常困难。即便是在钓鱼城，"雷神"也只有几十枚而已。若真的要被围城，那也是用一枚少一枚。之前"雷神"偶有被用在战场，也是和其他火雷混搭着用。

她搜索了一遍尸体，再查了查船舱，确认对方并没有留下图纸之类的东西，才回到船头。

水中有人对她摇了摇手，孟鲤拳头一合，做出"凿船"的指示。

那人领命行动，孟鲤深吸口气跃入水中。岸边林中人影闪动，佯作攻击船队掩护其撤退。

第一章
大萨满的预言

青居山，蒙古军大本营。庄严肃杀的苏鲁锭高高耸立直指苍穹，白色金顶的汗帐周围灯火通明。两匹毛色纯白的骏马立于帐前，目光流转仿佛宝石般晶莹。

巨大的篝火旁，一个身着彩色长袍，配饰鹰羽的中年萨满正舞动身躯，幻化出一道道火影。另一侧，诸多身着白袍和红袍的美丽女子，绕着大篝火翩然起舞。她们多是大汗的美姬，及地的长裙随风轻摆，仿若天外之舞。

金帐里，威震四海的大汗蒙哥一袭白色长袍，长袍上镶嵌着九枚蓝色宝石，袖口一左一右绣着两条金龙。他黝黑的皮肤，面目方正，眉目若虎，眼角的皱纹仿若大漠的年轮，一头长发结了两段乌亮的辫子披在肩头，盘膝而坐，闭着眼睛默默祈祷。

不远处有两个大臣似乎得到了什么消息，和驻守在金帐外的大将赵阿哥潘商量了几句，但没有人敢打断大萨满的仪式，只能在远离篝火处安静等候。

这个翩然起舞的鹰羽萨满名叫哈拉顿泰，是蒙哥大汗身边的预言师，又称为圣山萨满。每次蒙哥出征都需要他预言战果，据说他的预测从无失误，而蒙古大军亦是长矛指处所向披靡。他绚丽多彩的长袍，仿佛九天之上的云霞，舞动之时恍若身在天宫。

风中隐约传来他嘴里的祭祀歌：

我独自一人祈求和倾诉的心声，有天地间无数神祇在倾听。西方有福之地的腾格里神啊！请保佑我明亮又广阔的草原家国。

每一尊古远苍老的苏力德腾格里神，每一尊明察秋毫慧眼如炬的神灵，每一尊心肠冷硬铁面无私的翁古特。

请你们一起降临到此。

保佑我们平安，消除一切不幸。

我高寿的老阿爸祖先，我全福的老阿妈祖先。

我古远苍老的苏力德腾格里神啊！

请让我们的战士无所畏惧，请让我们的苏鲁锭所向披靡……

大约又过了半个时辰，哈拉顿泰萨满突然停止了舞动，身形一阵抽搐，双目煞白地默然望向远端，目光越过群山落向遥远的东面。他脸上的神色不定，时而皱眉时而欢欣，最后慢慢归于平静。

青居山上山风呼啸,周围所有人皆小心翼翼地注视着他,不敢发出半点儿响动。

当天空透出些许曙光的时候,哈拉顿泰萨满的眼睛终于恢复了正常,充斥着血丝的双眸,在闪过些许迷茫之后归于坚定。他深吸几口气,走向金顶汗帐。

蒙哥看着最钟爱的萨满,收敛眼中锋芒,微笑道:"如何?"

"启禀大汗:长生天庇佑,我军将拿下合州。钓鱼城之战,会有大雨,会有大将阵亡。但钓鱼城会投降。此战的时间会很长。"萨满轻声道,他的声音沙哑低沉。

"谁会阵亡?"蒙哥问。年近五十的他早已见惯了生死,面上毫不动容。

萨满道:"看不清,但在他阵亡后,惊天的战鼓将会沉默。"

"时间很长是多久?"蒙哥沉吟了一下又问。

"我对未来只能惊鸿一瞥,时间难以估算……"萨满思索道,"我方才见到了数十日的大雨,以及陆战和水战。宋军投降时,似乎是冬天了……若我们按计划在春季发动攻击,可能会交战十个月。"

"钓鱼城会投降?"蒙哥轻声道。

"是的,对方的守将会集体投降。这一点很清楚。"萨满带着骄傲,斩钉截铁道。

蒙哥欣然起身,微笑颔首道:"辛苦你了,哈拉顿泰萨满。"

"长生天庇佑,大汗横扫四方。"萨满轻轻咳嗽了两下,躬身退下。

钓鱼城会投降就行，至于会不会打十个月……蒙哥微微摇头，哈拉顿泰的预言当然是准的，但也不是每次都能说准细节。

此时，一直在外围等待的大臣才敢来到帐内。此二人分别是蒙古军先锋都总帅汪德臣，以及负责大军给养的汉人文臣李德辉。

蒙哥笑道："看你们急匆匆的样子，是否晋国宝在合州不顺利？不用担心，大萨满已经预知了钓鱼城不会马上投降，但他说钓鱼城一定会落到我们掌中。"

汪德臣沉着脸道："钓鱼城宋军拒绝投降后，在水路截杀使团。晋国宝和副使阿古达木皆死于返程途中。"

"王坚真是好大的胆。"蒙哥皱了皱眉，目光收缩道，"他们突袭使团可有理由？"

李德辉道："初步判定的可能是，有长空从钓鱼城传出情报，而钓鱼城发现后，决定半路截杀使团。但具体是什么人、什么情报则还不清楚。"

蒙哥沉着脸，并不说话。

汪德臣赶紧道："但也有好消息，杨大渊已拿下广安、蓬州，我军进展极为顺利。如今重庆之前，蜀中八柱只剩下钓鱼城了。当然，这也是最重要的一座城。"

"是的，钓鱼城极为重要。它三面临水，易守难攻，为重庆北面的天堑壁垒。"蒙哥停顿了一下道，"要想彻底拿下四川，必须攻占重庆；而要取重庆，必须要控制钓鱼城。否则我军的调动受其牵制，终归无法运转自如。这也是我御驾亲征的原因。要知道从蜀地和中原分两路攻击南宋，是伟大的成吉思汗在世时定下的方略。此为灭宋的最佳办法。"

汪德臣笑道："这是攻击重庆之前的最后一枚钉子。臣下定为大汗取之。"

蒙哥点了点头，轻声道："晋国宝为我蒙古阵亡，好生抚恤。"

汪德臣躬身领命。

蒙哥展颜道："你二人同来，是否表示大军已可出发？"

汪德臣道："德辉已将粮草调拨到位，我数万大军枕戈待旦，随时可以发兵钓鱼城。"

蒙哥的目光则停留在合州地图上，低声道："李德辉，长空营的勇士是否就位？"

李德辉沉声道："我长空营早在多年前就在蜀地布局，之前已在钓鱼城伏有暗子，近日更趁着钓鱼城对外募兵之时，派了更多探子进去。"

"钓鱼山易守难攻，我们要有心理准备。"蒙哥微微一笑，拍了拍手边的卷宗道，"一定能拿下四川！"

"请问大汗，我们何时举兵？"汪德臣问。

"蜀地寒冷。新年将至，正月过后发兵。"蒙哥笑道，"哈拉顿泰萨满说了，春季进兵是最好的时候。西路军纽璘那边也是一样。德辉，过新年的物资足够吗？"

李德辉笑道:"都已备妥,请大汗放心。"

"合川多雨,接下来,你要多做准备。"蒙哥吩咐道。

李德辉手放胸口,躬身道:"定会尽心。"

蒙哥点了点头,抬手示意他们可以退下,将目光重新落回手边的卷宗。右手边是东方的世界,关于中原、关于草原的一道道奏折。左手边是西方的世界,已然在手的穆斯林世界,以及马鞭遥指的欧罗巴和非洲。

此刻的大蒙古国,国土横跨欧亚大陆,庞大的疆域远远超过后人的想象。而作为统治整个帝国的大汗,蒙哥要处理的绝不仅是四川这里的事务。事实上每日有雪片般的文书从全国各处汇拢到他手里,虽然不是事无巨细皆要他确认,但每日经过蒙哥签发的公文绝不少于百件。

蒙哥作为铁木真的孙子、拖雷的儿子,继承了家族旺盛的精力和坚韧不拔的品格,对庞大的帝国展现了常人不具有的掌控力。但即便如此,他还是会有力不从心的感觉。打仗比治国容易多了。帐外又有更多的文书送至,蒙哥在心里叹了口气。他也曾想过如忽必烈所说的那样,用汉人统治中原的方式来统治帝国,但是东方的世界和西方的世界不同,种地的农民和草原上牧马人要过的日子也不一样。这个天下太大了,没有一件事情是简单的。

蒙哥喝了口奶茶,振作精神。事情要一件件做,只要拿下钓鱼城夺下四川,就能两路进兵临安。而一旦灭了南宋,东线战事就将结束,以后的战事就只有遥远的西线了。总之,事情一定会朝好的方向发展的。

汪德臣与李德辉离开大汗金帐，远处传来士兵们的呐喊声，新的一天又开始了。

李德辉轻声道："也许我们应该在正月就进攻钓鱼城。"

"士兵连年征战，你连新年都不让他们过吗？"汪德臣笑道。

李德辉呼出一口热气，摇头道："只是觉得不能给王坚太多时间准备。"

汪德臣道："哈拉顿泰大师说了，此战必胜，你还有什么好担心的？"

李德辉笑了笑道："预言归预言，打仗还是要靠将士们去打。能少死人当然好。"

"我知你并不是要动摇军心；我也理解，德辉你毕竟不是我们蒙古人，对哈拉顿泰大师的预言并不怎么相信。"汪德臣笑道，"没有冒犯的意思，但你必须要明白，大师的预言从没有出过错。"

李德辉慢慢道："我明白。我也确实没有想动摇军心。"

前方有队士兵走近，向二人行起军礼。汪德臣颔首回礼。士兵们神情轻松，步履矫健。怯薛军的士气很足啊，刚才那个是赵阿哥潘的得力战士额里苏吧？李德辉回头多看了一眼。

"别在其他人面前说这个话。"汪德臣换了个话题问道，"如果潜伏在钓鱼城的人因为使节团的事被惊动，会不会有问题？"

李德辉道："他们深度潜伏多年，有自保之道。而且事情发生后，我已命更多暗子前往钓鱼城。"说着，他将一枚银币交给对方："之前没有说，这枚银币应该是属于灰狼的，他是出自你的队伍，潜入钓鱼城的名字叫罗炭。"

"是他啊。"汪德臣面色不变道，"长空潜伏居然还带着身份证明？"

"初期潜伏当然不会带着这种东西。"李德辉笑道，"只有潜伏三年以上的老长空才会有。潜伏三年以上，他确认周围环境已经安定，藏一枚这样的东西并不困难，更是一种区分敌我的办法。"

汪德臣轻声道："他出发前我还见过他，那就是说你知道他可能查出了什么？"

"八成和那件古怪火器有关，据说在钓鱼城内部称之为'雷神'。"李德辉想了想又道，"这几年，我们和钓鱼城宋军交战时吃过几次亏。我们一直怀疑，那边有什么特殊武器。目前有两种传说，一是说那有可能是一种火器名叫'雷神'，另一种说法则是讲，可能是一种类似道术的东西。你知我素来不信道术。"

汪德臣笑了笑道："总之，你并没有准确的答案。"

李德辉道："是的，所以让他们重点查的就是这两件事。不过我觉得火器的可能性更大一些。若是道术有用，打仗就不用靠士兵了对吧？自古以来就有撒豆成兵的传说，还要普通士兵做什么？而如果预言术有用，也是同理。"

"你啊！"汪德臣不想再讨论预言的事，继续问道，"新去钓鱼城的长空是谁带队？"

"即便你统帅先锋大军，但按规矩我也不能告诉你啊。"李德辉看了对方一眼，"到时候你就知道了。"

"可靠就好。"汪德臣看着逐渐跳出云霞的朝阳，轻声道，"这钓鱼城我可去了不止一次了。"

汪德臣一家四杰皆在军中，可谓是满门将种。也正因如此，他更明白战争的恐怖。

李德辉明白汪德臣的心情，这几年他也算是专注大宋各营的军情，四川固然步步溃败，但钓鱼城绝对是块难啃的骨头。他抬头望着晨曦，算起来时间，"灰羽"该已落在钓鱼城了。这么一来，长空五羽就有三人在城内了。那灰羽本来是冲着其兄灰狼去的，不知得知灰狼身死后，他会不会受到影响。

冬夜细雨，山风凛冽。松柏肃穆，怪石林立的山间，仿佛许多野兽蛰伏于黑暗。阴冷的雨水落在身上，让人心头不免烦躁。

冉璟抬头望着前方钓鱼山的山壁，峭壁间偶有野草拔起，只是两丈之内竟无踏脚之处。他已经在山下转了一圈，此地是最安全的登山处。说安全并不是指山路平缓，而是说此地因为没有路，所以巡逻的士兵最少。而更重要的一点是，在翻过两道山梁后，会有一条只有他才知道的密道通入城内。

他整了整肩上的包裹，手掌轻抚背上长剑的剑柄，那是一柄通体漆黑长达四尺的长剑。冉璟手指触及剑柄，整个人忽然平和下来。他嘴角挂起微笑，舒展一下身子，于细雨中掠空而起，攀上山崖。

纵跃向上，冉璟双臂展开，身子向右倾斜飘过两尺，足尖点在峭壁之上，继续向上攀升。他时而用手，时而用脚。足尖和指尖在山壁缝隙间发力，从容换气，来回摇摆变化方向，二十余丈的峭壁逐渐归于身下。

雄壮险峻的南一字城亦慢慢完整地出现在眼前，灯火中的城墙仿佛巨大的火龙横于钓鱼山的山腰。冉璟注视片刻，心中思绪万千。

合川钓鱼城在宋嘉熙四年（1240年）建寨，淳祐三年（1243年）建城。为前四川制置使余玠构建的蜀中八柱之一，是重庆山城防御体系的核心。这山城位于钓鱼山的绝壁飞崖之上。夜色中投影在嘉陵江上的险峻山岭，仿佛一个垂钓的天神俯瞰四方。只是不知，面对即将压迫而来的蒙古大军，这"天神"能否再次安稳？

周围雨势渐猛，在又一次攀升时，那块落足的山石骤然滑落！

冉璟失去平衡，歪斜着落下三四丈，他猛然出剑，一道漆黑的剑芒闪过峭壁，贯入山壁半尺有余……然后小心地低头望了望脚下，碎石还在往下掉落。边上的山壁仿佛一张魔鬼的面庞，剑锋所指就是魔鬼的眼角。耳边山风呼啸，雨水遮盖住他的视线。

冉璟单手握剑，人就这么荡在半空，剑身被压出一个令人恐惧的弧度。他随手抹了把脸，抬头看看要去的位置，还有一半的路程啊。冉璟调整呼吸，身上扬起淡淡的雾气，人与夜色融为一体。三息过后，他陡然指尖按动剑柄，剑锋放出嗡的一声清鸣，一身白衣的他斜飞而出，剑锋亦划破山石，带起一片火星。

长剑归鞘，冉璟在峭壁上不断移动，终于登上了可以立足的一个小缺口。

此地高于地面三十余丈，从下方看，不可能看到这块缺口。而从上面朝下看，则有一些树木遮挡。冉璟手指轻抚山壁，眼中露出思索之色。他摸索山石用力推动，峭壁上泥土松动，露出一道狭窄的缝隙。

冉璟侧身，缩紧身子朝里头挤进去，挪动了十余步后，用力推开一块青石，前头豁然开朗。冉璟松了口气，靠着石壁休息片刻，脑海里浮现出很多往事。少年时，这处密道是好友邵文带他发现的，之后邵文、孟鲤和自己将此地作为秘密基地。有一次为避师父责罚，他曾在此躲了两日之久。

不过这些事早就过去了。冉璟收拾心情，认真听了听外头的动静，然后才挪开几块石头，小心地继续朝外走。只能容人侧身走过的道路蜿蜒曲折，外头是僻静的山路，远端有一队巡逻的士兵经过。他已经突破钓鱼城的外城墙了。

山雨渐止，冉璟贴着城墙向前移动，由于速度极快，被甩在身后的巡逻兵根本没看清他的踪影。随即如壁虎般贴着城墙掠上内城，人在飞檐上一闪而逝。

城上的士兵揉了揉眼睛，夜色暗沉四下无声。

转过内城，急行三里，就是合州帅府。

晋国宝的头颅已经摆在了王坚的桌案上，孟鲤出色地完成了任务。而对于王坚来说，也算是将晋国宝投降后，郁结的愤怒情绪做了个了断。什么时候杨大渊的人头也能摆放在面前呢？

"听说从前有把死人头做成酒碗的做法，大帅要不要试试？"都统制张珏笑道。

王坚瞪了对方一眼，骂道："皮这么一下很过瘾吗？"

张珏道："孟鲤说，此人临死并无悔意。"

王坚道："死了就是死了，别的不重要。"

既然拒绝了蒙古军的劝降，接下来就只有奋力决战一条路。王坚看着眼前的蜀地山川图悠悠出神。蒙古大军横扫欧亚，从中原到西亚，在他们面前没有攻不克的城池。而自从几年前忽必烈打下大理占据云贵，四川已是岌岌可危。

今年蒙哥亲征四川，原本号称固若金汤的山城，运山、青居、大获一个接一个沦陷。钓鱼城若是死守，也难逃同样的命运。必须出奇，只有出奇才能致胜。王坚轻轻揉了揉眼角，刀刻般的皱纹又深了两分，成则为擎天玉柱，败则万劫不复。

想到大获城，就想到了献城的杨大渊。杨大渊为四川名将，其杨家亦为蜀地大族。此人投降蒙古使得四川战局发生了翻天覆地的变化。想当年杨大渊曾亲手建造运山城，后来为何会变成这样？仅仅一句人各有志，这无法解释吧？王坚尽力让自己不要去多想，因为杨大渊投降的消息已让他在好多个夜晚无法入睡。

"我想了又想,眼前的确是个死局。"地图边的张珏低声说。

张珏,陇西凤州人,十八岁投军到钓鱼城,如今三十出头。以足智多谋、打仗巧计百出闻名蜀地。王坚于其亦师亦友,他明白老爷子可能又陷入了那些旧时的记忆,但现在真不是想那些乱七八糟事情的时候。

"那么不乐观吗?"王坚笑道。

张珏面露苦笑道:"今日回来的孟鲤说,三日前合川旧城丢了。而更早的时候广安、顺庆诸郡皆失守,水路亦被敌军占据。蒙哥当然会趁势进攻我钓鱼城,但是一旦他意识到短时内拿不下此地,就定会绕过我们,转而去取重庆。蒙古军素来有避实就虚、灵活作战的传统。此局难解。"他说到这里,发现王坚仍旧在微笑,不由纳闷道:"怎么,我说错了什么?"

王坚笑道:"你没说错什么,只是我比你多一点儿信心。"

"信心何来?"张珏亦笑了起来。

"我且问你,蒙古人为何要攻四川?"王坚问。

张珏沉吟道:"一来,分两路攻宋,是当年铁木真活着时就定下的策略。二来蒙哥担心,直接从中原入江南,我大宋官家会将蜀地作为退路。所以他也赞同两路出兵。因为蜀地难攻,他才决定御驾亲征。"

"不错,他认为只要自己亲征,四川就是他掌中之物。"王坚点头道。

"他身边名将云集,甲士精锐。加上蒙古在四川本有的驻军,足可聚拢十五至二十万的兵马。你认为四川他打不下来？"张珏挠头道，"原本我对蜀中八柱寄予厚望，但事实摆在眼前，他已经将那些钉子一枚枚拔取了。而我们……我并不是说我们守不住钓鱼城，但是他可以绕过去啊。即便钓鱼城位于三江要冲，锁死了他的运兵路线，但若他决意绕路，总是会有办法的。"

王坚笑道："问题就在这里了，我们要想办法不让他绕路，把他死死拖在钓鱼城。"

"这……"张珏深吸口气，眼睛一亮。

王坚手指点在地图上道："蒙哥善战，军功卓著。但他乃骄兵之将，性格骄傲，性情刚烈。我此次杀他的特使，就是为了刺激他，坚定他必须攻破钓鱼城之心。"

"怪不得，大人连两军交战不斩来使也不顾了。"张珏笑道。

"那种臭规矩本就没有什么意义，而这只是开始，那杨大渊杀王仲……"王坚微微一顿，不再提杨大渊的事，换了话题问道，"孟鲤回来得晚了些，难道是受伤了？"

张珏道："皮外伤。据她说，从爆炸的碎片看，罗炭的确掌握了火器的一些技术。但大人放心，孟鲤将对方的使团头目皆斩杀了，应该不会有尾巴。另外孟鲤在回来的路上，遇见蒙古斥候攻击百姓，所以她就施予援手。后来得知那些百姓原本就是要来合川投军的，所以她就把他们带回来了。这才耽搁了一日。"

"可以想象鞑子收到消息后的表情。只是一个姑娘家，让她做这些真是不合适啊。"王坚挠了挠眉角，满是皱纹的眼角流露一丝狡黠，转回话题道，"御驾亲征当然有他的好处，但也有不利的问题。一旦开战，我一定会狠狠咬住他。蒙哥自诩为高明的猎手，平生最爱的就是狩猎，他怎么能容许猎物高过自己的意志？所以我赌，他是不会轻易绕过钓鱼城的。因为人最难战胜的是自己的骄傲啊。"

"如此说来……还真不一定是死局。"张珏重新望向地图，搓了搓手掌。

忽然，厅外屋檐下的风铃迅疾地晃动起来。张珏轻轻扬了扬眉。

王坚亦露出诧异之色，望向厅外的院子道："居然有人夜入帅府，还能闯到这个位置？"

冉璟来到帅府后街时，雨水已停，原本藏在云层里的月亮露出了弯弯的月牙。掠上高墙的一瞬微微皱眉，因为在围墙后死角的位置，他感觉到有人窥探。但那人隐蔽得极好，他无法第一时间将其拿下。冉璟嘴角轻轻一斜，陡然加速仿佛离弦之箭在青瓦上掠过。

此时，一片刀光从院内的飞檐下绽放。冉璟速度不变，只是凭空上升了两尺，间不容发地让过刀锋。他身形闪动之处，掠来两点寒芒，两支弩箭，一支飞向他的后心，一支闪向他的耳际。弩箭之后，还有数枚飞刀。

冉璟手臂上缠绕的飞虎抓突然射向另一端的假山，他的行进路线也随之转折。身后传来更多的怒吼声，冉璟笑了笑，晃过后院,来到帅府中庭的议事厅。议事厅周围是一块足以容纳数百人的空地,空地上并没有任何可以藏身的地方。若想要进入议事厅,就一定会暴露在人们的视线下。

背后脚步声和甲胄声迅疾传来,冉璟深吸口气,不管不顾地直奔议事厅台阶上的王坚。

张珏上前一步挡在王坚之前,他拔出腰间配刀,直刺这蒙面人的胸膛。

夜色因为刀风变得炽烈狂野,但冉璟的步伐却诡异地二次加快,这一瞬间的加速,使得刀锋仿佛变慢了。

冉璟闪入张珏近身,一掌劈向他的脑门。张珏冷笑侧身,刀势旋转斩其腰间。冉璟同样转身,黑色长剑挡下刀锋,两人来回交换十余招,张珏的刀锋被对方压制。

这时,从后院一路追着冉璟的护卫们才纷纷来到近前。其中一个刀疤脸男子掷出飞刀,正是冉璟的破绽之处。

黑色长剑回转一挑击落飞刀,张珏趁势抢攻。冉璟忽然深吸口气,拉开二人距离,飞身落在那发飞刀的人身边,只一剑就将对方击倒。刀疤脸男子周围三人同时出手攻向冉璟。冉璟长啸一声,黑色长剑不断旋动,仿佛冬雨森然,那三人亦同时倒地。

王坚看到此处,眉头微微一扬。

张珏的刀锋奋力劈向冉璟的后背,冉璟潇洒地将长剑一背,挡下了这致命一击。他人如陀螺转动,一股怪力将张珏带得前冲一步。冉璟舞剑点向张珏胸膛。张珏大喝一声,双手持刀劈向长剑。

兵器交击发出闷响，两人各退两步。

"我来！"王坚高喝一声，抢步来到二人中间。

冉璟眼中闪过炽烈的战意，手腕转动长剑一立，剑意纵横而起。

王坚却并不拔刀，而是从容地又向前跨出一步。冉璟低喝一声，黑色长剑直刺对方心口。王坚双臂一合，竟赤手将对方剑锋扣住。

咔啦！剑掌相交，发出碰撞声。

冉璟后退三步，一阵气血翻腾。王坚只是晃了一晃。

王坚嘴角浮起笑意，拳掌替换，仿佛铁骑破阵向前冲起！

冉璟剑意一凝，他犹豫了一下，横剑在前试图挡住对方的拳头。但是王坚无可匹敌的拳势一起，岂是能够轻易抵挡的？

砰砰砰！拳头落在剑上，冉璟被他击退五步落到台阶边，地上青石碎裂数块。

"拔剑！"王坚笑道，"不拔剑就趁早摘下面罩，让老子看看你是哪里来的瓜娃子。"

拔剑？这家伙居然一直没有拔剑？除了张珏以外，其他人都吃了一惊。那人不拔剑就能击败那么多人。

冉璟摸着有些发麻的胳臂，定了定神并未拔剑，而是看着对方，摘下面罩微笑道："在下见过大帅。君玉大哥，你的刀好像有点儿慢了啊。"

"你……"张珏一怔，仔细端详对方，失声道，"冉小璟！"

"冉璟?"王坚亦诧异道,他依稀从对方眉宇间找到了从前那个少年的模样。

冉璟抱拳施礼,低声道:"冉璟见过大帅。"

张珏瞪眼道:"你小子这是什么意思?"

王坚则笑了笑说:"他是翅膀硬了,考较起我们来喽。"

张珏看着一旁心急火燎的众人,皱眉问道:"可有人受伤?"

"没有。"方才倒地的刀疤脸男子,难以理解地看着面前情景,问道,"都统制,他是冉璟?当年那个小孩子?"

"无人受伤就好。"张珏并不多做解释,"今夜无事,你们先退下吧。"

王坚则对冉璟抬手道:"进屋谈吧。"

"你这是胡闹什么?"一进入屋内,王坚就沉下脸来。

冉璟被他说得一惊。王坚并非是普通将领,他作战骁勇,喜欢亲自上阵,喜欢别出心裁地解决问题。这正是方才冉璟夜入帅府,王坚会入场应战的原因。冉璟在少年时期,就奉其为偶像,而且从小就有点儿怕对方,至今也改不了。

张珏道:"他无非是听说蒙古人要来钓鱼城,所以想来帮忙。但又怕直接过来不被重视,所以就夜闯帅府,显摆一下他的武艺。"

"我,我……"冉璟挠头无言以对。

"难道不是?孩子气!一身武艺就是这么用的吗?"张珏瞪着

他道。

冉璟道："我只是想试试看，能不能从钓鱼山下一路摸到帅府。如果我能，那么蒙古刺客也可以。"

张珏冷笑道："晚上从钓鱼山下一路摸上来，还是在下雨天？你……"他看着冉璟的笑脸，怔道："你今晚是这么上来的？"

王坚板着脸道："那也不说明什么，有多少人能比你熟悉钓鱼山？你能找到的路线，普通刺客可发现不了。"

冉璟点头道："大帅说得对。"

"这里没有外人，不用叫我大帅。"王坚说。

冉璟笑嘻嘻道："坚哥……"

王坚和张珏同时捂住额头，这小子真是皮实。但是他也没有叫错，因为冉璟是钓鱼城元老冉琎、冉璞的族弟，从辈分上说，他和年已六十的王坚也算是同辈。

冉璟继续道："我这里一路过来，发现钓鱼城的防御的确很好，基本没有漏洞。尤其是帅府，我从后院绕过来，第一时间就被府里的暗桩发现了。这样一来我也放心不少。"

"冉璞让你来的？他身体怎么样？"王坚问。

冉璟道："族长身体挺好。一个月前，我接到他的书信，说是蒙哥亲征四川，让我驰援钓鱼城。我就马不停蹄地赶来了。"

"来了也好，钓鱼城正是用人之时。"王坚点头道，"但是，我听说你这几年一直在江湖上行走，怕是受不了军营里的规矩。"

冉璟道："我能吃苦，能守规矩。"

"你的武艺当然没有问题。"张珏笑了笑说,"不过你要留在钓鱼城,必要的手续还是要办。"

"手续?"冉璟皱眉问。

"我们很久没有见你了,你需要证明自己是真的冉璟。"张珏面无表情道。

冉璟好笑道:"我要证明自己是真的冉璟?"但他看看王坚和张珏,发现两人表情严肃并不是在开玩笑。他收起笑容,将背后的漆黑长剑取下,交给王坚。"这是我师父传给我的名剑湛卢,大帅应该是见过的。一验便知真假。"

王坚接过长剑,熄灭屋内的灯火,然后轻轻拔剑出鞘。

漆黑的剑锋在灯火下闪过一道历经沧桑的寒芒,仿佛夜色里唯一的光明。

王坚深深吸了口气,低声道:"的确是湛卢。"

重新亮起灯火,冉璟解开上身的衣衫,露出仿若石刻的强健身躯。在他背上有一处黑色的箭痕,而在他胸前还有不下五处伤疤,最触目惊心的是一道半尺长的剑痕。

"这箭痕是我十岁的时候,在钓鱼城帅府外遇到鞑子刺客留下的。"冉璟转过后背轻声道。

张珏轻轻拍了拍他的肩膀,低声道:"方才得罪了。我相信你。"

"你胸口这道疤……"王坚轻声问。

冉璟道:"几年前,我初出茅庐,试图在燕京行刺忽必烈。他身边那个姓董的家伙给我留下了这道疤。"

"董文蔚？"张珏深吸口气。

"是那老狗。"冉璟笑道。

王坚道："这道伤怕是现在仍有影响。"

冉璟苦笑道："除了雨天会疼之外，没有什么大问题。"

王坚深深看了他一眼道："你是真心要留在我手下当兵？"

冉璟抱拳道："只要能立功杀敌。"

王坚笑道："两年前，你师父来信说，你已经在江湖上行走。没想到他连湛卢也交给了你。以你的身手，这几年在武林中一定闯出不小的名号吧？不过我和张珏忙于军务，对江湖上的事还真不太清楚。我没听过冉璟的威名。不如你自己告诉我——在江湖上叫什么名号？"

"名字不太好听。"冉璟摸了下鼻子。

"总不会是江洋大盗吧？"王坚扬起浓眉。

"你着白衣，黑色长剑。"张珏笑道，"名声的确不太好啊。"

王坚诧异地看着自己的副手，张珏低声道："是不是'白衣剑神'？或者……'剑魔'？"

"虽然凶名在外，但我并未做过伤天害理的事……"冉璟苦笑道。

张珏道："这我相信，因为我也没听说白衣剑神做过什么祸害百姓的事。"

"你若是做了,你师父又如何会让你拿着湛卢?"王坚摆手道,"所以不用担心。"

冉璟微微松了口气。

张珏道:"这个名号也并非尽是凶名。而且我们行伍中人向来讲究杀伐果决,如何不了解你的苦衷。"

王坚道:"想来你也想在军中用回冉璟这个本名,所以我不会对外宣扬你就是白衣剑神。连孟鲤那边也不会说。"

"因为我们觉得,你也许会想自己告诉她。"张珏笑道。

"她这些年好吗?"冉璟心头泛起当年那个女娃子的模样。

"两年前第一次上战场,杀了二十七个蒙古兵。一战立威。之后出战十一次,未尝一败。"张珏带着自豪道,"钓鱼城女刀神,你不知道?"

冉璟轻轻吸了口气,这些他当然是知道的,只是这就算过得好吗?

王坚笑道:"孟鲤是孟家的人,这种日子适合她。我不清楚你适不适合当兵,当兵和闯荡江湖不同。当兵从军,最重要的一点是服从军令。"

"我可以。我从小生活在钓鱼城,算是从小生活在军营啊。"冉璟抬头又问,"我文哥还好吗?"

张珏道:"邵文他不在钓鱼城,在外头公干。"

"从小在钓鱼城,和当兵这可不太一样。"王坚笑道,"这样,你去我们新兵营里熬几个月吧。"

张珏抬手想要说什么,却被王坚阻止。

王坚看着冉璟继续道:"我有一件事需要你在新兵营里做……"

第二章
川军自古多豪杰

一个晚上的山雨过后，钓鱼城的空气透着一股雨过天晴的清新。

夜宿帅府的冉璟在士兵的操演声中醒来，用过早饭整理好行囊，他走向帅府后院。那边有一处僻静的院落，上书"贤臣祠"三字。昨夜王坚告诉他，今年圣上给余玠大人追复官职，因此他会重修余大人的衣冠冢。这个祠堂可能会迁往更大的地方。

何必要迁往更大的地方呢？余大人或许更希望留在这里吧？冉璟一路朝里走，踏过青石子路，望着里头的小楼心潮起伏。王坚的帅府就是余玠当年办公的衙门，而他很小的时候，就是和师父郭典在此练剑。师父郭典是余玠大人的近卫，据说从余玠在赵葵大人麾下当差时就追随左右，有着数十年的生死与共。

冉璟从小在余玠、王坚这些能臣猛将身边长大，只是……他有时候也不明白，这个天下为何对好人如此不公平。

他还记得余玠大人倒下的那天。本就积劳成疾的余大人，因为听到朝廷的传召而抑郁难当，一阵急病后，就再没起来。

就在不远处的大树下，少年问道："师父，为何外界有人传言，说大人因为被官家召唤，怕回杭州被迫害，所以是服毒自尽的？这不会是真的吧！"

"生命是最宝贵的，每一个士卒的生命、每一个忠臣良将的生命，皆是我们抵抗敌人的倚仗。"师父郭典回答他说，"大人绝不可能自尽。任谁这么说，我都不信。以大人的心胸绝不可能做出自尽的事。"

"可是……为什么那么多人都这么说？"少年苦闷道。

"越是伟大的人，越是会被人非议。像大人那样的人，虽然造福一方百姓，相知遍天下，但也同样仇敌遍地。临安朝廷也好，北面的鞑子也罢，甚至这些年在蜀地不被他重用的小人，谁不是盼着他声名受损？"郭典轻声道，"但是，大人就是大人。若是别人说他是什么样，他就是什么样，那他岂不早成怪物了吗？"

相知遍天下，仇敌满朝野。冉璟在心里自语。而今，蒙哥的大军就要来了，若是余大人在会怎么做？若是大家都还在这里，是否会变得容易一些？

不再是少年的冉璟，来到祠堂的灵牌前，对着余玠的牌位恭恭敬敬地磕了三个头。愿大人在天之灵庇佑，我钓鱼城赢得此战，力挽狂澜。

收拾心情离开贤臣祠，冉璟前往西城的募兵处。路上经过一处青石台阶的老宅，他驻足片刻，眼中再次闪过怀念之色，然后继续朝西城走去。

募兵处在薄刀岭边的兵营。募兵大旗下摆着数张桌子，赶来此地投军的青壮分成几队报名登记，这一大早的就聚拢有两三百人。排队登记的队伍，除了一排专为有当兵经验的老兵而设外，其余皆是登记新兵。而在征兵台后方，还有一张桌子是专门登记读书人的。

蜀地自古多豪杰，从来不缺为国从军的热血儿郎。从抗金到抗蒙，从吴玠到余玠，一代又一代的英雄志士在此挥洒热血，从来无惧敌强我弱，从来不顾敌众我寡。只凭心中浩气，可当百万雄师。

冉璟找了一个队伍排着，目光望向远端的高台，那边有两个中年武官正襟危坐。他认得其中一人名叫唐长弓，正是昨晚在帅府遇见的刀疤脸男子。此人出身于蜀中唐门，多年前成都血战时身受重伤，脸上的刀疤就是那时候留下的。印象中此人是钓鱼城的老兵了，如今执掌器械营，不知为何过来征募新兵。

今日是征兵的最后半日，钓鱼城在十天的时间里，征募了两千新兵。人群中有人议论着四川各地的军情，合州、广安、蓬州、重庆无不让人揪心。更多人则大声咒骂献了大获城的杨大渊。此人如今不仅投降了蒙古人，还作为蒙古军的先锋招降了广安和蓬州。众青年们说到慷慨激昂之时，眼中溢出泪花，恨不得眼前就站着杨大渊，能上去砍上几刀。

这世上没有什么比叛徒更叫人憎恨的了，只是人后辱骂并不能让那杨大渊损失一根毫毛啊。冉璟跟随着队伍慢慢挪动脚步，排了小半个时辰，终于来到了队伍前列。

"冉璟，对，玉字边的璟。"他微笑道，"十九岁。身高六尺一寸。会射箭，会骑马。"

登记的文书抬头看了他一眼，慢慢道："不要吹牛，后面要操演的。"

"实话而已。"冉璟低声道，"播州冉氏。"

"哦？你是播州冉氏，那失敬了！"文书抱拳道，"咱们钓鱼城可和冉家有缘啊。"

"我知道，所以才来。"冉璟沉声道。

"展开手掌，举起胳臂转一圈。"文书说。

冉璟张开双臂转了个身，表示自己并无残疾。

文书从身后拿了一枚竹牌，写上"冉璟"二字交给对方，嘱咐道："去北面的新兵营报到，牌子上写了棚号。"

"多谢！"冉璟看了眼牌子上的地址，抱拳离开。

在他身后是位身材矮小的男子，精瘦得像只猴子。登记名字时，此人说他叫宋小石，今年十八岁，白帝城人。

北面的新兵营并不用走多远，但昨夜的雨水让地面有些湿滑。周围到处是报到的新兵。冉璟按照竹牌上写的棚号一路朝里走，玄字营庚申棚。他之所以来新兵营报到，并不单是为了适应军营的规矩，实则王坚给他派了个任务，要他调查新兵营的蒙古细作。

这事要从几日前讲起。为了应对蒙古大军的征讨，钓鱼城在十日前募集新军，因为王坚和张珏一致认为，即将到来的战事将会空前艰难，而准备一定的后备兵源是十分必要的。然而就在新兵营建立的第四天，隶属于护国门的统领夏刚忽然暴毙。事发当日夏刚在新兵营当值，死于从新兵营回护国门的路上。

经过验尸，张珏发现夏刚中的是大漠寒毒"冰蛇草"，因此认为，可能有蒙古密探混入新兵营。而今次冉璟的任务就是在两个月的新兵训练中，找出那个密探。

冉璟虽然闯荡江湖时日不短，但平日里面对的仅仅是江湖上的阴谋诡计，真要他在数千人中寻找一个敌军奸细，他是一点儿头绪也没有。但既然王坚、张珏将任务交给了他，说不得必须尽力完成。唯一让他觉得有些遗憾的是，因为担心过于显眼，名剑湛卢被留在了王坚手中，说是等到离开新兵营后再还给他。

冉璟看着周围那些新兵的青涩面庞，心里思忖，这个奸细到底会是什么样的人呢？

他也曾经将疑惑告诉张珏。张珏则道："密探谨慎，按理说不会在潜伏几日后就动手。他既然对夏刚动手，必然是有了暴露的可能。你需要找一个和夏刚有一定接触，但平时又比较能干的人。"

"能干的人？"冉璟皱眉，"他不该表现得谨慎一些吗？"

"新兵营里的人,之后要分拨到各个军营。若是不能干,如何能去要害的位置呢?"张珏如此说。

"你那么聪明,何不自己去查?"冉璟心里有些不以为然。密探只要潜伏下来就是成功,完全没必要表现出色。

张珏道:"可惜大家都认得我啊。你也不用有太大压力,毕竟这不是一个人能查明白的。你可以按自己的想法去做。"

冉璟一路想着心事,不知不觉就来到了地方。

兵棚前,站着个身形雄壮,红色脸膛的貌丑军士,朝天鼻,招风耳,大牛眼。尽管貌丑,但此人左臂上绑着一条红布,代表他是这个兵棚的棚长。

"这里是庚申棚,你的名牌?"大个军士冲他伸出手。

冉璟微笑着递上竹牌道:"我叫冉璟。"

军士小声念出他的名字,然后道:"我叫田万牛,是这里的棚长。"

"请大人指教!"冉璟抱拳道。

"什么大人,都是自家兄弟。先安顿下再说话。大通铺外边三个铺位有人了,里头的还没有,自己挑地方。"田万牛拍了他肩膀一下让出道路。

冉璟侧身入内,兵棚里坐着个二十来岁的汉子,正裹着毯子喝水。见到冉璟也不打招呼,但冉璟能感觉到自己全身上下被打量了一遍。两人眼神交汇,又同时避开。

冉璟抱拳道："你好，初来乍到，我叫冉璟。"

"杨思飞。"那汉子放下水碗，抱拳回礼，"我之前赶路有点儿急，所以身子不太舒服。"

冉璟发现对方虽然年纪不大，但鬓角居然有些许白发，似乎也是历经沧桑的样子。

新兵棚简陋得很，卧铺是大通铺，至少能睡六个人。靠近门口的位置有两条长凳，角落里有几个用来放个人物品的箩筐。冉璟知道规矩，一个兵棚通常是睡五个人。现在看来自己是第四个。

"军服和兵器还没发？"他问。

杨思飞道："没有那么快，说是要征兵结束才统一配发。但这里不禁止自带武器，你没有带来吗？"

冉璟摊手笑道："来的路上倒是有条棍子，我以为到这里就用不到了。"

"的确用不到，只要你别惹老田。"杨思飞看了眼门口的大个子。

冉璟注意到杨思飞的面色，的确有一丝病态的红，但他更看出对方的手掌是强悍武者才有的手掌。懒懒一笑道："好铺位被你们都挑走了，我只能睡里头了。"

"里头外头各有各的好处。先来先得，没什么好抱怨的。"杨思飞说。

"你来几日了？"冉璟问。

杨思飞笑道："昨天傍晚到的，也就比你早了一晚。"

这么说来夏刚死的时候杨思飞还没来,他并没有什么可疑的地方。

"那老田什么时候来的?"冉璟摸摸鼻子,选了最里头靠墙板的铺位。

杨思飞道:"他和小顾到了三日了,所以他是棚长嘛。"

"小顾是谁?"冉璟笑着问。

杨思飞道:"顾霆是和老田一个村同来投军的,都是武胜山的人。听说路上还遇到了蒙古兵,一起来的人死了不少。"

"真可怜!"冉璟叹息道。

杨思飞不在意道:"现在哪里都危险啊。"

这时外头又有人进来,居然是方才排在冉璟后头登记的宋小石。

傍晚时分,营里下发了军服。各个小队一片欢声笑语。

顾霆穿着并不合身的军服走来走去兴奋极了。田万牛拉住他,给他重新系紧衣带。宋小石则看着那根本穿不上身的大衣服挠头不已。

庚申棚的五个新兵在当天晚上就排好了长幼次序。分别是老大田万牛、老二杨思飞、老三顾霆、老四冉璟、老五宋小石。

田万牛和顾霆是武胜山的农夫,杨思飞是成都人,宋小石是白帝城的猎户。只有冉璟不算是蜀地的人,但他的合川话却很地道。

言谈之中,他们各自介绍了自己的出身。顾霆是武胜山顾村村长的儿子,作为独生子的他离开村子顶着很大的压力。但也正因为有他带头，同村一起出来了二十多人。田万牛在村子里时就是后生们的主心骨，不只因为他个子大，也因为其为人仗义，并且在一次蒙古人经过村子的时候，保护了好几个孩子。

宋小石说他因为有朋友在钓鱼城，才决心来此当兵。很大原因之一，是认为钓鱼城的城防险要，更适合抵御蒙古人。

说到杨思飞的时候，他本就是四川人，前几年在北面学艺，曾经参加过一些部队。他露出胳臂上的刺青，显示他曾经加入的部队的名称。众人甚至发现他肩头的箭创，不由对他肃然起敬。杨思飞说蒙古人凶恶，他在川西的老家已经被屠了，因此下决心来此当兵。

最后才说起冉璟的事。冉氏子弟在钓鱼城所在的合川可谓是大名鼎鼎，所以众人对冉璟充满好奇，更没把他当作同类人。

宋小石道："老四，你一个读书人，唦个来当兵？你就算是要为国出力，钓鱼城也给读书人专门安排了去处。"

"老子才不能算读书人，我打小就不爱念书。"冉璟笑道，"倒是你，名字感觉有点儿怪啊。送死就送死，还送小死。"

杨思飞则补刀说："送屎就送块大的，怎么还送小的？屎都不舍得。"

宋小石大吃一惊道："你们怎么知道我以前叫宋石？"

这句话倒是把其他人都吓了一跳，沉默了一下，所有人哄堂大笑。

"真的啊，我就是不喜欢被人叫送死，才改的名字。"宋小石认真道。

顾霆捶着田万牛的肩膀哈哈大笑。

宋小石扭头看着杨思飞,仍旧一脸认真道:"你好意思说我?明明自己就叫羊屎飞。"

顾霆笑得眼泪也飙出来了,捶得田万牛一龇牙。

杨思飞面色一黑,他之前从没想过自己名字有问题。这算灯下黑吗?

"我这是思念岳飞岳爷爷的意思!你们能说点儿好话吗?"杨思飞急忙解释道。

冉璟见他着急,就替他换了话题,问田万牛道:"老田,你家是很有钱吗?有一万头牛?"

田万牛也面色一黑,慢慢道:"家里穷……所以我爷取这名字,就是个期望。"

"万牛哥力气大,一万头牛顶不上,几头牛还是比得过的。"顾霆帮田万牛说话,"我们来投军的路上遇到蒙古人,万牛哥还杀过蒙古人呢!"

杨思飞皱眉道:"真的假的?蒙古人可不是靠蛮力能杀的。"

"说书先生讲,九牛二虎之力。老大你有这力气?"宋小石问。

没等田万牛说话,顾霆就道:"咱们村里两头牛拉不动的货,咱老大可以拉动。"

冉璟眯起眼睛,难道这大汉是天赋异禀?

杨思飞撸起袖子,笑道:"老子也有把子力气,咱们比试一下？"

"不好吧？"田万牛侧头看了眼对方的胳臂。

"要得！"冉璟和顾霆一同起哄道。

田万牛来到棚外，搬了两块青石回屋，两条长凳并排，石头摆在凳子上。杨思飞看了眼长凳，微微皱眉。

"问题不大。"田万牛笑道。

"赌个彩头？"杨思飞拿出一枚铜钱晃了晃。

田万牛皱了皱眉，冉璟笑着替他出了一枚铜钱放在石头上。

两人半蹲在两边，各自伸出右臂。顾霆将两人的手掌合拢，手腕处于同一条线。一对比就显得田万牛的手掌要厚出一层。

顾霆松开手掌大声说："开始！"

两个大汉同时发力！

杨思飞眉头一皱，他只觉得一股前所未遇的力量从手掌涌来。但他沉住气息，抵御住了田万牛的怪力，闷哼一声用力反攻。

田万牛亦浓眉一扬，在老家他可没遇到过这种对手。对方反攻的力量让他精神一振，他咬牙发力，整条手臂的肌肉爆开。

杨思飞嘴角的笑意消失，手腕传来一阵撕裂般的剧痛。但他并不想输，因此手臂虽然倾斜，仍旧咬牙稳住。

冉璟看了眼支撑二人怪力的长凳，凳子腿发出脆裂的声音。

"一个铜钱啊！老大！"顾霆在旁大叫道。

田万牛面色发紫，大吼一声！嘭！杨思飞手臂倒下的同时，长凳也同时倒塌。青石落在地上,险些砸到二人的脚。

"我输了。"杨思飞很大气地把铜钱抛给田万牛。

田万牛接过铜钱,转头看看冉璟。

冉璟笑道:"记得请我喝酒,小钱不要计较。"

"好兄弟啊。"田万牛这才咧开大嘴。

这时,外头巡营的军士催促熄灭灯火,众人赶紧熄灭房前的火把。

杨思飞轻轻转动着手腕,方才田万牛的力气还真是出人意料。不知这钓鱼城的新兵营还有多少强悍的家伙。

"田万牛,听说这里有不少你的老乡?武胜山的人都那么厉害的吗?"杨思飞问。

"是啊,和老子一起从村里出来的,到这里有十五个人。"田万牛道。说到这里他又想到死在蒙古兵手里的乡人,方才的好心情一下子没有了。

"你们来的路上到底遇到多少鞑子?"杨思飞问。

"我们就是担心走大路会遇到蒙古兵,才绕路翻山地走小路。结果还是遇上了。蒙古兵是真的凶,一个可以打我们五个。"顾霆小声讲起之前的事。

"那你们是怎么逃脱的?"杨思飞诧异道。

顾霆笑道:"我们命好,遇到了合川女刀神。她带着一队兵经过那片山林,就出手救了我们。一起的还有长斧营副统领崔城大人。"

"你们遇到女刀神救命?"宋小石笑眯眯道,"我可听说钓鱼城的孟将军长得可好看了。"

"当然好看,但劝你们别胡思乱想。那是仙女……"顾霆说。

杨思飞认真道:"仙女不就是用来胡思乱想的吗?"

"说得好!"宋小石给了杨思飞一拳。

"你们!狗日的。"顾霆忽然涨红了脸。

田万牛道:"好了,别为了这种事骂人。说到女刀神,我觉得那个女娃儿,是个经历过血腥风雨的啊。小顾你就不要做梦了。"

顾霆撇嘴道:"想想也不可以吗?"

田万牛看着屋外低声说:"明日不知做点什么。哥几个,当兵要做点什么啊?"

"射箭,耍枪,练拳。吃饭,喝酒。"宋小石说。

"第一天就想射箭,是不是个傻儿?"田万牛没好气道。

杨思飞也道:"怎么可能给你喝酒?胡说八道。"

"那你说明日会做什么?"宋小石问。

田万牛道:"明天就会知道。"

"老四你说。"宋小石问冉璟。

冉璟却已经发出鼾声……

"这是什么鬼,那么好睡吗?"顾霆嘟囔道,他看着榻边的月光,心里想:"不知孟仙女怎么样了。如果能梦见她就好了。"

田万牛闭上眼睛,眼前又出现了几日前倒在蒙古刀下同伴的面庞……他轻轻撑起身子,看了看冉璟。田万牛翻了个身,为啥老子要睡好就不容易?

外头有巡夜卫兵走过,带队的是玄字营统领彭英。甲胄声和脚步声,带着一丝不经意的肃杀。

第三章
大旗与陷阱

　　第二日，天还没亮，营地的钟鼓声就响起。

　　冉璟第一个跃起身，却见田万牛已经站在屋外，这家伙不会一宿没睡吧？

　　外头传令兵发话，全员集合前往校军场。

　　玄字营的头目叫彭英，据说来自帅府中军。钓鱼城非常重视本次新兵征募，各营的骨干皆出自中军，是真希望能尽快把新兵融入实战。彭英是个不苟言笑的人，玄字营五百新兵是最先集合成功的。而最后到校军场的则是地字营。

　　高台上是一身戎装的张珏和新兵营统制唐长弓。兵营是个神奇的地方，有时候不用人跟你说规矩，你自然就会被环境改变，昨晚话多得近乎话痨的宋小石和杨思飞，此刻连大屁也不敢放一个，安静地站在队列里。

　　冉璟看着威风凛凛的张珏，忽然不知为何感觉到些许不安。有杀气？他眯着眼睛扫视四周，敌人似乎也感觉到了他的存在，那股杀气渐渐消失。到底是谁呢？冉璟颇纠结地看着周围那些相似的背影。兵营真是一个潜伏的好地方啊。

高台上的张珏大声宣讲入伍当兵的意义。从今往后各位同袍就是大宋的防线，保家卫国建功立业。所有钓鱼城的士兵，皆是钓鱼城的城墙；所有钓鱼城的男儿，皆是钓鱼城的战刀。钓鱼城是我们数万人的钓鱼城，更是大宋的钓鱼城。虽然他的训话很简短，但让这些自发投军的新兵们感到热血涌动。

之后张珏介绍了前来参加典礼的统领们：护国门的赫连渊、镇西门的石九一、水军码头的黄湘、马军寨的李定北、长斧营的崔城。然后，各营派出的代表给新兵演示了刀术、箭术和长枪兵阵。

最后，长斧营副统领崔城给众人演示大宋军中的绝技"重斧破甲"。这是个两鬓花白的老将，田万牛他们在遇到蒙古兵袭击的那日，曾经见过此人。

老头子手提五十斤重的长柄斧头站在台上，面前是五个披着重甲的木头人。一旁的李定北给众人介绍披着重甲的木头人，说每个木人都有一百斤重，加上六十斤的重甲就有一百六十斤。而我们宋军的长斧专破重甲。

崔城距离木人十步站定，深吸口气骤然向前冲起，一斧劈开一个木人，拦腰斩断，力劈头颅，斜肩砍背，斧干横扫。最后一个木人则是被他用肩膀撞出两丈多远。

那一招一式看得所有新兵神采飞扬，恨不得自己马上提斧上阵,也能有这一身功夫。忽然不知是谁发出一声低呼,然后所有人都见到在台边出现了一个紫袍女将,古铜色的皮肤,眉目如画,漆黑的眼眸仿若深潭,精铁铠甲英姿飒爽。

"孟将军。"顾霆道。

"这就是女刀神!"宋小石道。

冉璟望着对方,他很难将多年前的女娃和面前的女武士联系起来。而那个女子若有若无地向他们这边看了一眼。

"她在看我……"顾霆喃喃自语道。

宋小石立即道:"滚蛋,从老子的方向看,她看我比看你多。"

冉璟看了眼杨思飞,发现老杨的眼神也发生了变化,显然女刀神在军中拥有极高的人气。

边上有新兵嘀咕道:"她会不会上去说几句啊?"

尽管万众期待,但张珏并没有向新兵们介绍女刀神,孟鲤也没有展示她的武艺。很快新兵宣讲结束,各营解散用早饭。

在吃饭的地方,田万牛和顾霆正兴冲冲地和老乡们联络,光是用水代酒就喝了好几碗,好在早饭没有酒水,不然早就喝翻了。冉璟仍然在琢磨方才的杀气。但看看数百人蹲在一起吃饭的壮观场面,他也只能先解决手里的馒头。说起来,这钓鱼城的伙食还真不错,新兵入伍居然就有馒头吃。

"想啥子哩?"宋小石蹲到他身边问。

冉璟打着呵欠道:"我还在回魂呢,起得太早了。"

"你昨天是最早睡的啊!可以啊,睡神。"宋小石笑道。

"我打小爱睡觉,真不习惯早起。"冉璟说。

"也不知老牛他们在兴奋什么,这里一个女人也没有。"宋小石说。

"你张口女人闭口女人,难道来当兵也是为了女人?"冉璟问。

宋小石道:"哎……这可不好说。当兵是为了吃饭穿衣,自然也是为了女人。"

冉璟刚要追问,瞭望塔上的集合钟鼓骤然响起。

"玄字营全体,拿起你们的装备,绕钓鱼城薄刀岭跑两圈。"彭英对气喘吁吁集合起来的士兵们一声令下。

众人领了轻甲,以及圆盾长矛,开始了负重越野长跑。强度之大让大家措手不及。有传言说,这是为了筛选掉那些身患暗疾的投军者。冉璟当然不会有任何问题,但田万牛、顾霆和宋小石则叫苦不迭。个子雄壮的田万牛先是崴了脚,然后还把早饭也吐了出来。

杨思飞道:"背这点儿东西你们就不行了,以后若是穿上步人甲怎么办?那重装步人甲得超过六十斤吧?"

"行,怎么不行?男人怎么能说不行?"宋小石怒道。

田万牛一面吐,一面道:"老子是吃多了,不是扛不动。六十斤的步人甲算根毛。"

冉璟皱眉看着这条山路,再往前两里地就是护国门,也就是夏刚出事的附近。

一队又一队的军士从他们身边跑过去，只有冉璟他们几个守着田万牛。

"如果跑最后一名会怎么样？"顾霆紧张地问道。

"把你赶出军营。"杨思飞笑眯眯道。

田万牛用力吐完最后一口，扶着树干站直身子。

"现在知道早饭不能乱吃了吗？"冉璟笑道。

杨思飞道："是水不能多喝。"

"见到老乡也不用那么高兴啊！"宋小石说。

"这……我也不知道咋那么兴奋，也许就因为这身皮？"田万牛指着身上的军服道。

"也没多好看啊，实话说。"杨思飞道。

"我呸！"田万牛瞪起眼睛。

杨思飞赶紧指着宋小石道："我是说他……"

这时，又一队军士跑过，其中一人嘲笑田万牛道："瓜娃子，你这是做啥子？是不是也想掉下去啊？"

"什么掉下去？"田万牛皱眉问。

顾霆小声道："万牛哥，听说前几天那个死掉的军官，就是在这附近被发现的。所以咱们能不能尽快离开这儿？"

忽然一阵山风刮来，让众人觉得一丝阴冷，仿佛有什么东西随时会冒出来。

田万牛抹了把口水，咬牙道："快走快走！"

顾霆上前将他扶住,田万牛却甩开了他的手掌,忍着剧痛朝前跑。一路跑去,新兵营里跑吐了的不止田万牛一个。两圈跑下来,差不多有二十多里山路,田万牛的腿肿成了牛腿,但庚申棚没有掉队。弟兄几个也因此越发熟络起来。

三天时间里,新兵营主要进行的就是体能储备,除了负重跑山外,并没有训练什么格斗技巧,让人觉得相当无趣。而跑步这事本就有快有慢,但唐长弓要求每十个兵棚为一队,这五十个人的节奏必须一致,要冲起来就得全体起速,若有人实在跑不动,其他人也不能丢下他。

跑山到了第五天,开始翻越那些狭窄的羊肠小径,而速度要求却和之前一样。这让刚开始有些适应的田万牛,再次苦不堪言。还不到十天,他原本宽阔的面庞就凹陷下去。逐渐显出翻山实力的是杨思飞和顾霆,这两人最初只能跟着别人,如今已经可以充当先锋。

冉璟每日都跟着田万牛,上山十里下山十里,不快也不慢。他丝毫没看不起大个子的意思。一样米养百样人,人生来就是各不相同的。田万牛长那么大的个子,本就不适合越野这种事。但此人天生神力,若是在城楼上给他五尺见方的空间,定将是一件大杀器。

和田万牛不同的是,顾霆虽然并没有什么天赋,但他格外好学。在每日枯燥的训练后,他还会向杨思飞和冉璟学习武艺。尽管顾霆本身并没有什么功夫底子，身体条件更是不能和田万牛比，冉璟也还是教了他一些东西。于是杨思飞和冉璟就成了顾霆的"二师父"和"四师父"，并且就他看来，只要每天多打二十遍拳，自然就会强上几分。

几日来冉璟虽然摸清了新兵营的上上下下，玄字营有几个身手较好的人，但夏刚之死的调查并没有一点儿进展。让他不爽的是，按照张珏的说法，寻找那些"特殊"的人，他能列出一些名单。但若按他自己的想法，关注所谓"默默无闻"的人，则毫无收获。

"这就是问题所在了。如果有人故意静默，你又能发现什么呢？自古就怕有耐心的卧底。"张珏轻轻拨弄了一下茶盏，从面色看他并不着急。

冉璟笑道："不得不说，都统制大人说的是对的。"

"这私底下，你不用称呼官职。"张珏笑道，"不用那么见外。"

冉璟拱拱手道："这些天我也就是把玄字营的人头摸清楚，可真要了解他们，窥破面具，谈何容易？我将夏刚在新兵营的行程理了一遍。他在新兵营当值三日，只有最后一日是在营里用的晚饭。他那天没有去军官灶，而是去见了几个老家来的新兵。他老家铁葫芦山，在这里有十二人。他没有和人单独接触，只是一起坐着聊了一会儿。其间喝了一杯水，没有喝酒。那杯水是李定北大人给的。李定北大人和夏刚是旧识，没有恩怨纠葛。水是从大水缸里取的，周围军士都喝了。"

"好小子，你连李定北也怀疑。"张珏眯着眼睛说。

"我只是如实反映情况。"冉璟慢条斯理道，"总之如你之前说的，很难查出线索。也许夏刚中的毒，与他吃的东西无关？"

"这很难说，仵作验尸得出的结论是他食物中毒。"张珏轻声道，"新兵营扎眼的人都有谁？"

冉璟道："四川各地的豪杰都来投军，的确有许多身手不错的汉子，他们或多或少隐藏了实力，但这并不意味着他们就是探子。"

"把他们名字写下来，你就回去吧。"张珏推过一份纸笔道。

冉璟问："那我写的这些人，会有什么……说法？"

张珏道："我们要做到心里有数。你不是唯一参与调查的人，我有很多人盯着新兵营，不用怕冤枉人。我不会轻易下结论。"

冉璟写了几个名字，分别是杨思飞、穆云、陈远……

他抬头道："你有没有别的法子？这眼看就是正月了。"

张珏笑道："这自然是有的，我准备给探子一点儿诱饵。"

"诱饵？"冉璟眯起眼睛。

"告诉你也无妨，我手里有一些蒙古人特别感兴趣的情报，我准备故意留给他们接触的机会。"

冉璟皱起眉头，慢慢道："真能引诱敌人出手？"

"还是那句话，耐心啊，少年。"张珏看着对方飞扬的剑眉，解释道,"军中斗法,和你们在武林里对决不同。江湖上,高手对决三招分胜负;两军对阵,在于一次又一次的钩心斗角。"

"如果百般试探,对方就是不吃诱饵呢?"冉璟思索道,"新兵营的时间,只有两三个月吧?一旦分配到各个兵营,岂不是更难了?"

"若我放出十多个诱饵,他全部避过了,那说明来的是长空营的大头目。"张珏轻轻撇了撇嘴,"那样我也认了。总不能因为担心有探子,就把两千热血男儿弃之不用吧。战场上见胜负便是,战争还是要靠阳谋决胜。"

冉璟深吸口气,他也的确想不出还有什么办法。

张珏笑道:"该让你们这些新兵崽子见识一下钓鱼城了。回去吧,用让你送信做借口,也不能耽搁太久。你棚里的弟兄可靠吗?"

冉璟道:"除了田万牛和顾霆,其他人都是案发后来报到的。"

"杨思飞似乎武艺不错?"张珏问。

冉璟道:"身手相当好。他师出少林,我看他的路子也的确是少林拳的刚猛路子。"

张珏道:"我打听下来也是这样。"

第二天,新兵营的军士被安排去钓鱼城的粮仓充当劳力。粮仓位于钓鱼山的东南面,远望过去是一片不起眼的山林。绕过山林，视线豁然开朗，才发现这里有方圆百丈的空地。空地中央有三座瞭望塔，后方是一片被挖空的山腹，粮仓就位于山腹之中。

有老兵给众人介绍，这里是钓鱼城最大的粮仓，里面存有足够几万大军吃十年的军粮。因为外面的空地隔绝了潜入的可能，所以绝没有外敌可以侵入。

山腹的粮仓分三层，竹子连成长长的竹筒管道，将淡水输入粮仓以供使用。中间是一个大铁笼子做的升降台，用来搬运沉重的货物。两边的过道一圈一圈环绕向下，运输工具除了单人推动的独轮车外，还有运输通道。因为第一层到第二层的地势比较陡峭，所以王坚命人磨平了陡坡，将山坡变成了运输用的通道，粮袋被送下，滑动运输，极大地节省了人力。在某些位置，甚至连兵器也被装在木板箱里朝下滑动，这一切看得新兵们啧啧称奇。

这时老兵小声道："这些没啥了不起的，最里头有一种专门用来对付蒙古人的法宝，听说一经使用就是日月无光啊。"

"还有这种东西哩？是神臂弓吗？"宋小石咂舌道。

"神臂弓算个锤子的法宝。"老兵不屑道，"知道为何每次蒙古人打我们钓鱼城都打不下来吗？那是真法宝在我们城里！"

"到底是什么呢？"杨思飞问。

"老子见过一次，那还是六年前，蒙古人攻城的时候。王大帅率领中军迎敌，那宝贝一出所向披靡啊。"老兵口沫横飞道。

冉璟皱起眉头，这就是张珏说的诱饵？这也有人信？他看看周围，发现以田万牛为首的诸位新兵皆是一脸神往，不由有些哭笑不得。

然而，新兵们并没有机会接触粮仓底层的秘密仓库，更别说了解那"秘宝"究竟是什么了。他们很快被安排搬运粮食，有大批的粮食从西面的仓库运到东面，其中甚至有许多腌肉。

"这钓鱼城真是兵精粮足。"杨思飞小声道。

田万牛道："蜀中八柱之首，你以为是开玩笑的？这可是余玠老大人亲自督建的地方。"

顾霆看看杨思飞不太好的面色，皱眉道："你怎么了？"

杨思飞苦笑道："我一路过来，蜀地的乡亲们过得可苦呢。这里却有吃不完的粮，一下子有点儿接受不了。"

田万牛道："你难受个锤子！这是钓鱼城自给自足的军粮，你还是想点儿好吧。"

"万事通，你知道他们说的法宝是什么吗？"宋小石推了顾霆一把。

顾霆的人缘好，每天在营里和人称兄道弟，消息极为灵通，有什么风吹草动皆瞒不过他。

"这事我还真打听过。不过和前头那老兵说的不一样啊。"顾霆笑道，"说是三年前，咱们钓鱼城的军队曾经离开合川主动出击，击溃了一支蒙古千人队。当时领兵的是都统制大人，而军中就带着那件法宝。"

"三年前？不就是女刀神初上战阵的运山城战役吗？"宋小石说。

顾霆道："据说那件法宝是一面很大很大很大很大很大的军旗。"

"到底多大？"杨思飞问。

"我又没见过，据说可以遮住一个兵阵啊！"顾霆道，"上头绣的是'精忠报国'四个字。嗯？你盯着我看什么？我脸上有东西吗？"

"废话，你脸上当然有东西，是你吹破的牛皮。"杨思飞鄙视道，"精忠报国，难道是岳家军的军旗？荒唐不荒唐啊？这里是蜀地，岳家军又没来过。"

顾霆瞪眼道："哎！岳家军是大宋的军队，咱们也是大宋的军队。有他们的军旗怎么了？岳爷爷是神将下凡。这难道不是法宝？羊屎飞，你是欠收拾了啊？"

"得，你继续说。"杨思飞笑道。

顾霆道："总之，精忠大旗一出，旗幡招展遮天蔽日。蒙古人就失去了斗志，兵败如山倒啊。他们说的法宝一定就是这个！"

冉璟和杨思飞同时扬了扬眉，连宋小石都没有继续说话。岳家军的精忠报国旗，这也太不真实了！更不用说，那军旗还带着仙法。

这就是张珏说的诱饵吗？如果敌人一直在意这件事，说不定真会有所行动。冉璟这两日也侧面打听过，军旗的事小到士卒，大到军官皆说得有鼻子有眼。甚至连彭英也说他曾亲眼见过，因为彭英参加过运山战役。

但杨思飞仍然摇头道:"你们说,如果咱们真有这么厉害的法宝,还在这钓鱼城守个什么劲?直接攻出去,杀奔蒙古大本营呗!"

"你这话说的,就算咱们有法宝,难道蒙古人就没有了?"顾霆不以为然道,"那蒙古国的疆域茫茫大,据说抵得上我们几个大宋。他们没有法宝,能从一个草原打下那么大的地方?"

宋小石道:"就是啊,听说蒙古人信萨满!萨满你知道吗?"

"不,不知道。"杨思飞皱眉说。

宋小石顿时来了精神道:"萨满就是厉害的法师!呼风唤雨,撒豆成兵那种!"

顾霆道:"听说还能飞剑千里取人首级!"

宋小石激动地指手画脚道:"对,听说蒙古人之所以能一个人打十个宋人,就是因为他们有萨满施法!"

杨思飞看着这两人你一言我一语的,嗤之以鼻道:"越说越离谱了。若他们有飞剑,早就取了王大帅的首级了,还攻什么城?"

"你懂个屁,法师做法要承担因果的,当然不能随便用。"宋小石怒道,"杀一个人一个因果。无故入红尘,随便打一场仗,他修道的前途就没了。"

顾霆认真道:"老杨!你怎么能不相信法师?法师肯定是有的啊!峨眉、青城有那么多老道,蒙古人当然也有萨满啊。他们只是在我们看不到的战场厮杀着。"

"还看不见的战场……照你说岳王爷当年也和他们打过了?"

杨思飞嘲讽道。

"当然了,岳王爷是金翅大鹏鸟,金兀术是赤须龙嘛。你这也不懂?"宋小石鄙视道。

听着弟兄们的胡言乱语,冉璟看着升降台下方的神秘区域,说是触手可及也差不多了。只是若换作自己,该怎么接近那片区域呢?趁着其他人睡着,神不知鬼不觉地侵入深处,这当然是理想状态。但是一旦被发现,该怎么逃走?如果想不出这一步,他是无论如何不会出手的。

到了晚上,玄字营驻扎在粮仓的第一层。如此一连三日,冉璟他们也不知运了多少车粮食,田万牛在这里和多位老兵比起力气,一时出尽了风头。而粮仓深处有宝物的事,也传得有鼻子有眼的。都说那是一杆中军大旗,红色的旗面上绣着日月飞龙,一旦在城头展开,就能遮天蔽日。若非冉璟从小在钓鱼城长大,他差点儿也信了。

张珏悄无声息地坐在地下三层,那些鞑子没有咬饵,看来对于这样的陷阱,对方并没有深入的想法。难道要做得更夸张一些?他招手叫来唐长弓,小声吩咐了几句。

这时玄字营的统领彭英宣布,接下来将是驻扎在粮仓的最后一夜,并且在回新兵营后会放假一日。当晚给新兵们加餐加肉,所有人都兴高采烈。这几日,张珏没有再与冉璟联系,因此冉璟并不知道在粮仓有没有发生什么。但在他看来,每日出操干活的军士一个也没少。可见敌方的探子并没有行动。

粮仓的夜哨分三班,亥时到子时,子时到丑时,丑时到寅时,每班岗哨为二十人。

"老四,你一整晚话都很少。"田万牛道。

冉璟笑道:"我有点儿吃撑了……想到明天放假,就有点儿挠头,不知该干什么。"

"顾霆说去红月楼啊。"田万牛咧嘴笑道。

"啊?"冉璟回头打量了对方几眼,心里说那地方是你们能去得起的?

田万牛却搂着他的肩膀又重复了一遍:"红月楼啊!"

"红什么楼?"彭英的声音在身后响起。

"我……"田万牛和顾霆二人像被踩到尾巴一样跳了起来。

彭英扫视众人,低声道:"都消停点儿。"

屋外寒风呼啸,仓内则鼾声四起。巡逻哨兵的脚步,缓慢而有节奏。

时间一分一刻地过去,冉璟忽然睁开双眼,一阵烟火味传来。外头骤然响起激烈的铜锣声,有人大喊:走水啦走水啦!

"玄字营各队,提水龙救火!"彭英在升降台上高呼。

原本处于熟睡状态的士卒们,擦着蒙眬的双眼,吃惊地看着第三层蹿起的浓烟。

"用湿布住口鼻!按小队行动,不要乱!"另一边唐长弓喊道。

是探子放火？他们真是胆大包天。冉璟挠了挠头，但随即心中闪过一道念头：难道是张珏那厮故意的？这时，他被杨思飞从后推了一把，他们几个人披上衣衫就冲了出去。

一片混乱中，玄字营的军士们冲向二层和三层，他们沿着斜坡搬动竹竿搭制的水龙。但来回两次，队伍就乱了。因为大家用湿布蒙着面，所以很快就变成三五成群地干活。

穆云望着周围的火场，不断生出向下几步探究"军旗"真相的念头。身为长空营的探子，他当然知道进入新兵营后，第一要务是静默。但今夜真是太好的机会了。对蒙古长空营来说，这些年一直在收集钓鱼城的情报。这面名为"精忠军旗"的法宝旗帜，一早被判定为虚假情报。但长空营的高层一致认为，在钓鱼城里确有一些依托于"精忠军旗"而隐藏的秘密。比如一些秘密武器。

几年前的运城之役，蒙古军败得蹊跷，大约一千蒙古军和两千汉军的混编部队，在半日的时间里被宋军一鼓击溃。外界谣传这是因为"精忠大旗"，但长空营并不相信这种事。长空营的主官李德辉亲自前往运城战场，在那里发现了一些古怪的铁片。李德辉担心那是一种特殊的火器。

蒙古军和宋军在蜀地，在运城附近交战了那么多次，那次是败得最蹊跷的一次。因此，潜伏入钓鱼城的探子们，除了静默等待蒙古军攻城外，还有一个附带任务就是弄明白那是种什么武器。穆云想到这里，端着一支水龙靠近了地下三层的禁区。这边在白天有人站岗，而此刻已经是空空荡荡，所有人都跑去另一端的粮仓救火。

穆云用块碎布遮住面容，断然掠向机密区。在黑沉的通道里前行了三十多步，走道拐了个弯，前头灯火骤然亮起。穆云心底生出本能的警惕，果然一道弯月般的刀光向他扫来。穆云深吸口气朝后飞退，手中水龙滋出一股冰冷的水流。

那刀客猝不及防，身形一滞。

穆云转身飞奔，而通道前头出现了一队宋兵。穆云身形转动，空手杀入敌阵，夺下军刀连劈三人。这是个陷阱，他的冷笑逐渐苦涩。这当然是个陷阱……一时头脑发热做出的判断，让自己陷入万劫不复之地。

最初的刀光再次靠近，穆云头也不回向前狂奔。左边的通道过后，就是混乱不堪的平台。只要混入人群，那就还有机会。

山腹深处传来一声刺耳的惨叫，紧接着从地下深处有锣声传来。

"有奸细！"彭英面色转寒，大声吼道。

新兵营一阵躁动。忙着救火的士兵被喝令停止行动。彭英叫士兵们冲向通道，拦截敌军探子。但因为事发突然，新兵营的士兵前后拥挤乱作一团。

冉璟拉住杨思飞和田万牛，带着伙伴们靠近平台稍许宽敞的位置。几乎同时升降台铁索响动,一道黑影从粮仓二层的通道里掠出。

噌!一层铁网从地上立起,将那道黑影拦下,但谁知那道黑影身手出乎意料地敏捷,霍然朝侧后方翻去。

这正是冉璟他们所站的位置,田万牛和杨思飞一左一右,抬起盾牌挡住对方去路。

那黑影旋动起身子,一腿扫在田万牛的盾牌上。田万牛闷哼一声分毫不动,反而将对方逼退两步。黑影眉毛一耸,长啸一声,重新掠回平台,足尖不断移动,居然踩着铁笼攀上高索。

这时粮仓通道处,一道矫健的身影闪动,长刀破天掠空而至!

那黑影在空中连换三个位置,面罩被刀锋挑开,他心生绝望斜掠搏命。

长刀轻巧地划出绝美的弧线……噗!血花飞溅!

"留活口!"粮仓下传来张珏的声音。

刀锋一偏,那黑影歪斜着落回地面,凝视着远端一身夜行衣的孟鲤,嘴里说着旁人听不懂的话,猛地发力从高处跳下。

冉璟上前一步,急速伸手抓住对方的衣摆。只听刺的一声,衣摆撕裂,黑影狞笑着直坠而下,从粮仓一层直落三层地面,摔得脑浆崩裂。

"刚才那是穆云?"顾霆小声道。

"好像是……"杨思飞说。

冉璟皱着眉头,穆云在他给张珏的名单上。之所以会怀疑此人,主要是穆云平日里很少与人打交道,有些刻意地隐藏武艺。但真的落实了,他又觉得有些蹊跷。冉璟抬起头,正迎上孟鲤审视的目光,他淡然一笑。

孟鲤神情复杂地看了他一眼,又看了看周围的田万牛和杨思飞。翩然转身,搭乘升降机回去粮仓三层。

就算是抓出了一个内鬼,但也不能保证抓干净了啊。冉璟再次展望四周,新兵们都挤在平台边看着下方的尸体,七嘴八舌地议论着。这些带着四川乡音的儿郎,还有谁是长空营的探子呢?

忽然他听边上宋小石道:"这人就算打探到了下面的秘密,能活着离开?这是冒哪门子的险?"

杨思飞道:"也许他觉得没被人发现,就能离开呗。而且如果没被发现,他可以悄悄回到救火的队伍里,并不用跑到外头去。"

冉璟轻声道:"这个家伙的身手很好啊。可惜了!"

"可惜个锤子。"田万牛道,"鞑子死不足惜!"

孟鲤从升降台走下,下方张珏和崔城正在命人清理尸体。她沉着脸,今夜他们布置了那么大的阵仗,只斩杀了一个探子,并不能让他们高兴。刚才那一刀是出早了吗?原以为是势在必得的一刀,居然被那探子提前反应避过,此人身手很了得啊。

张珏见孟鲤面色不对,不禁看了看上头,轻轻挠了挠面颊。

崔城带领士兵们清理尸体,接下来搜索探子所携带的物品。不出意外的是，在穆云的身上发现了一瓶药剂。

孟鲤和他查看后，低声道："是冰蛇草。"

"这个人我们之前查过，没有在他身上发现此物。"张珏说。

"难说还有没有同党。"崔城说。

张珏点了点头，低声道："先就这样吧。"

众人躬身退下，唯有孟鲤不走。

"怎么？"张珏问。

"那个人是？"孟鲤问。

张珏笑道："你见到他了？的确是冉小璟回来了。这几日大帅要他在新兵营查探子，所以没和任何人说。如今探子查好了，你随时可以去见他。"

孟鲤眼里闪过一丝怒意，并不多言，抱拳离去。

张珏轻轻舒了口气，随后看着地上的血迹，再次皱起眉头。他总觉得事情并未结束，低头想着慢慢走上升降台，抬手将玄字营的彭英叫来。

"都统制大人。"彭英躬身道。

张珏道："明日如期放假，不过我之后会给你一个名单，你召集名单上的人进行一次测试。"

"测试？"彭英奇道。

张珏道："是的，中军踏白营要招募新人。"

"从新兵营里征召？"彭英怔道。中军踏白营，执行的是两军交战前的硬探任务，素来只收中军的精锐战士。

"不止你的玄字营,另几个新兵营都会参加。"张珏笑道,"放出消息说,这是招募踏白营士兵,但是不要公开说。"

彭英小声道:"都统制是认为,仍有鞑子在新兵营?所以……"

"不讨论,只做事。"张珏看着远端的兵营,低声道,"小心一点儿没错。"

孟鲤回到孟家,卸下盔甲换上女装,沉默不语看着窗外微亮的天空。冉璟居然回来了啊。她曾经无数次想过璟哥回家的样子,却从没想到会在方才的情况下见到对方。

五年前,也就是宝祐元年(1253年),朝中多位大臣忽然一同上书,弹劾四川制置使余玠独揽大权目无君上,枉顾君臣之礼。不多久,钓鱼城接到朝廷的旨意,召余玠回临安见驾。

为四川多次击退蒙古军,保卫大宋半壁江山的余玠大人一时愤懑成疾,没过多久郁郁而终。原本追随余玠的幕僚和武林义士纷纷离开钓鱼城,为首的就是为建造钓鱼城耗尽一生心血的冉琎、冉璞兄弟。大哥冉琎更因为余玠的死,激愤吐血,并在回乡不久病逝。

与孟鲤青梅竹马的冉璟,就是在这个时候离开的钓鱼城。那一年冉璟十四岁,孟鲤十二岁。长辈原说,再过两年就给二人成亲,却因这突如其来的变故,而不了了之。

五年的时间,钓鱼城在王坚入主之后,逐渐重整旗鼓。而孟鲤在投身行伍之前，曾孤身前往播州寻找冉璟，却并没见到人。只听说冉璟离开四川之后，跟随其恩师郭典云游江湖，少女失去寄托，一时心伤若死。

站在铜镜之前，孟鲤看着眉目温婉的自己，轻轻打开化妆盒，思绪不知飘往何处。那一年回四川时，一叶扁舟沿江而下，少见地飘起大雪。只是身上的寒冷，远不及心头的冰霜。

雨点敲打窗棂，外面再次飘起小雨，孟鲤幽幽叹了口气。如果你还记得……为何不先来找我？那个笑容又算是什么意思？看着窗框上的雨水，孟鲤收起化妆盒，微微撇了下小嘴，自语道："你不过来，老子就去找你。"

第四章
薄刀岭争锋

只因为见了孟鲤一面,冉璟这一夜都没有睡好。他脑海里反复闪现着几年前分别的点点滴滴,而当年那个小女孩真的已经长大了。但是过去那么久了,小时候的感情又能代表什么?

榻上杨思飞忽然低叫了一声:"老耿!别去!"然后,他就坐了一起来,一头冷汗地看着屋顶,似乎要分辨自己身在何处。

"做噩梦了啊?"他边上的顾霆问。

"是啊,前头那场火吓到我了。"杨思飞轻声道,"梦到了老大哥耿充。"

"他怎么了?"顾霆问。

杨思飞揉了揉眼睛,重新睡下道:"死了,被鞑子杀了。"

顾霆轻轻叹了口气。杨思飞平息了一下心境重新睡去,侧身时一滴泪水从眼角滑落。

冉璟听着二人的对话,莫名想到了从前刚学成武艺,前往燕京的那次行动。蒙古人就要来了,那些威名赫赫的武将绝非浪得虚名。

在粮仓的任务完成后,玄字营被允许放假一日,但这一日并不是所有人都能离开兵营。上头发放出入牌,每个兵棚一次只能出去两人。上有政策,下有对策。为了能一同出去大吃一顿,哥几个很快想出办法,只要通过倒换路牌,五个人就能都混出去。

但是计划没有变化快,一大早彭英就来他们近前点名,将杨思飞和冉璟叫了出去,一起的还有其他兵棚的陈远和林山二人。冉璟暗自皱眉,这主要还是他提供的名单上的人。张珏还不死心吗?明明已经抓到探子了。

"新兵营比武,项目是翻山取军旗。"彭英在地上摆了几块石头,微笑道,"你们从薄刀岭西路出发,转过两个山湾,到薄刀岭上头的望江亭。取得亭内令旗者为胜。本次比武要求速度和武艺。中间允许厮杀,但不能杀人。我们自家玄字营的就不要厮杀了,上去弄别家的人。"

"可以用武器吗?"陈远问。

"不许杀人,自然不能用真家伙。会给你们木刀和木箭。"彭英想了想道,"据说当你接近望江亭的时候,会有针对你们的攻击,你们可以自行决断。"

杨思飞道:"木箭,弄不好还是会受伤的啊。"

"受伤或被淘汰的,就提前回营休假。"彭英说,"刀剑本无眼,光担心是没用的。"

冉璟则挠头道:"输了会怎么样?"

"输了?"彭英瞪眼道,"同样的操练,同样的新兵。你们若是输了,给我丢了人,给我滚去伙房做饭十日!"

林山苦笑道:"不是吧?大人,我如果去伙房当差,会被两个哥哥打死的。"他一门三兄弟都在钓鱼城当兵,那两个哥哥一个在镇西门,一个在出奇门。若非这次是战前征募情况特殊,按规矩他是不用当兵的。

"那就不要输啊。"彭英道。

几个家伙只能干笑,他们并没和其他兵营的打过什么交道,还真不敢说一定能赢。

"自己收拾一下,一炷香后营前集合。"彭英寒着脸转身。

收拾什么呢,既然不许用武器,那就只有衣甲需要检查。但冉璟不解的是,张珏为何那么着急要进行第二次扫内鬼的行动,经过昨晚的事,只要那些探子不是傻瓜,就一定不会再轻举妄动了。

换上彭英提供的轻甲军服,冉璟露出那一身触目惊心的伤痕。

杨思飞上下打量着对方,低声道:"你这一看就不是普通人啊。"

冉璟笑了笑道:"所以我才来当兵,难道你不是?"

杨思飞吸了口气,问道:"你说什么时候是个头?我已经打过好几仗了。"

冉璟道:"什么时候蒙古人消停了,自然就太平了。"

"你忘记端平入洛了?咱们官家也不是让人省心的主。"杨思飞反问。

前些年,蒙宋刚联手灭了金国,蒙古军因为季节关系,并未对黄河流域进行实际控制。于是大宋皇帝赵昀就安排了一场大的北上行动,意图占领河南的无人区。结果受到蒙古军的痛击,数万大宋精锐折戟沉沙。

杨思飞又道:"说起来,当年宋辽之间太平了近百年,真是奇迹啊。宋和辽真可以算是友邦了。"

"呃,最后还不是咱们大宋联合金国灭了契丹人?所以咱们大宋的确不是省油的灯?"冉璟挠了挠头,穿上军服系上衣带,没想好如何继续这个问题。

"老四,给你。"杨思飞显然也没想多讨论这个,他已经收拾好自己的东西,并且递给冉璟几块打磨过的石片。

"这个想法好。"冉璟赞道。

杨思飞笑道:"危机时刻,能打人一个措手不及。我觉得比容易折断的木箭好使。"

冉璟道:"如果最后是我俩争第一怎么办?"

"那第一就给你呗。"杨思飞压低声音道,"顾霆去打听过了,优胜的人会被选去中军踏白营。我可不想去那边。"

"你想去哪里?"冉璟问。

杨思飞道:"也说不好……总之我不想做踏白啊。如果去了那边,我就和你们分开了。只要和弟兄们一起,去护国门或者镇西门哪个门都行,去水军码头也行啊。一个人去踏白营当小兵多没意思!"

"被你说得,我也不太想去了。不如我们就摸鱼放弃算了。"冉璟摸了摸下巴。

"随便你俩怎么样,总之别受伤!"田万牛粗声粗气道。

"你在生什么气?"冉璟皱眉道。

顾霆笑道:"万牛哥觉得如果是选精锐,他也应该去啊。他就不看看,踏白军那翻山越岭的活,怎么可能适合他。"

"没错了,翻山越岭,咱们玄字营有谁比老二、老四强?"宋小石帮腔道。

田万牛轻声道:"所以就更别放水了,该赢的就要赢。"

"知道了老大。"杨思飞拍了拍老牛的肩膀。

"放心吧,老大!"冉璟敲了敲对方的屁股,"安心去红月楼,那边的粉头可水灵了。"

"红月楼啊,红月楼!"顾霆乐呵呵地脱下军服,但他看看手边的旧衣服,不禁又把军服重新穿上。

冉璟走出兵棚,想着张珏一贯以来的威名,四川"虓将"岂是浪得虚名?他一定是计划了什么。他将手里的木刀挽了个刀花插回腰带。

田万牛盯着冉璟的背影心想,也许这才是一个能打仗的士兵该有的样子。若自己也有这一身武艺就好了。

薄刀岭是钓鱼城天堑的一部分,因其沿江而立,仿若单薄的刀锋而得名。新兵营就在薄刀岭之下,因此将其作为选拔地,也是很自然的事。

此刻在薄刀岭最高处的望江亭上,踏白营统领王安节眺望远端隐约正在集结的身影道:"赌一把,会抓到几个探子?"

新兵营统制唐长弓扬眉道:"有什么好赌的?被鞑子潜伏了那么久,光荣?"

"真没意思。有探子混进来又不是你的错。"王安节笑道。

"我只希望你的人别误伤好人。"唐长弓道。

王安节道:"唐大叔,我这次派的都是经验丰富的老兵,收起你的担心。"

"玄字营的冉璟,如果他冲上望江亭,把他留给我。"亭柱边的孟鲤道。

王安节笑道:"冉小璟是探子的可能性是不大,但你那么急做什么?"

"不用你管。"孟鲤回答,她侧头望着远处的江岸,心头想起的尽是少年时候的点滴。

王安节摸摸鼻子,他是大帅王坚的长子,比孟鲤和冉璟大了十多岁。他与冉小璟不算熟,却是看着孟姑娘长大的。他心里对当年决然离去的冉家,其实多少有点儿怨念。朝廷自然是辜负了余玠大人,也辜负了冉家,但是这座钓鱼城难道就不守了吗?你们都走了,就把这副担子交给我家老父亲吗?说白了,我们是为大宋,为四川百姓守城,又不是为了余玠他余家守城。

玄字营的弟兄们分散行进,每个人之间保持三丈左右的距离。来到第一道山梁,远处有弓弦声响动。陈远贴着山壁站定,冉璟和杨思飞则小心地看了看远处的大树,然而前方并无动静。

杨思飞道:"我去探探路。"

冉璟点点头,杨思飞轻盈地掠出。

忽然从前方一百余步的位置射出一支羽箭,其中一支贴着杨思飞的军盔掠过。杨思飞听到箭矢和头盔摩擦声,渗出一身冷汗。这是玩真的啊?冉璟目光落在那钻入草丛的箭头上,是带着朱砂的木箭头。但这个距离,挨一下仍旧会有不小的麻烦。

杨思飞伏于路边,给身后众人指了指方向。

冉璟和同伴同时起身,分两边包围向弓手隐藏的位置。突然从那棵树的斜后方又射出数箭,其中一箭命中陈远的胸口,留下硕大一团朱砂。陈远一咧嘴举手放弃。林山和冉璟则避过了弓箭,一前一后。林山连射三箭,弓箭手从树上坠落。

冉璟捡起一块石头,直接掠向后方另外两个弓箭手。那两人同时从树上滑下,然而冉璟的石块已脱手而出,直接命中一人的面门。那人被砸得一个趔趄,林山一箭击中他的胸膛。另一个弓箭手转身就跑,冉璟快速移动过去,一掌将对方劈翻在地。

"有惊无险。"杨思飞笑道。

"埋伏嘛,只要暴露了就没啥用了。"林山对陈远道,"不好意思啊,老陈。"

"那我早早去休假了哈!"陈远笑着坐到路边,他也不是特别烦恼,就让冉璟他们继续向上吧。

一样被"击毙"的三个老兵也坐到路边,那个被石块砸到面门的汉子捂着脸道:"没想到,新兵蛋子那么厉害!"

"同情你一下,但那块石头应该避得过啊!"另一人笑道。

"狗屁。"被砸的家伙揉了揉鼻子,还好鼻骨没折,"谁来都躲不过那一下。"

薄刀岭的望江亭上,王安节听着军士汇报。说玄字营冉璟等人不仅突破了弓箭手的伏击,更已经来到第二道山梁。一路上他们避过两处陷阱,以及一路地字营的伏击。地字营新兵两人原本抢占了要害位置,却被林山一人击破。根据观察哨的判断,暂时没有从各营新兵身上找到蒙古探子的迹象。但那叫冉璟的战士速度快得有些夸张。

"这么说,他们很快就要上来了。"唐长弓说。

王安节道:"那可没么简单。我选了十个弓箭手模拟蒙古射手拦截在隐秘位置,更让完颜烈守在下头,毫无花俏可言。光靠速度可没用。天字营已经完蛋了。没有足够的人手支援,这个冉小璟又能如何?"他曾侧面向王坚打探过冉璟的实力,但老爷子居然守口如瓶。

唐长弓好笑道:"话是这么说,但那小子我可是交过手的。"

"我知道你们交过手,所以我特意让唐影守在下头,即便是你也上不来。"王安节淡然道。

"你……这就有点儿过分了。"唐长弓笑道,"不过让那小子吃点儿苦头也好。"

唐影,是蜀中唐门在钓鱼城的翘楚,一手暗器可谓无人能挡,是踏白营里数一数二的好手。

王安节道:"我也是没办法,都统制要我找靶子,又不许我抓人用刑。那想来蒙古军最擅长的自然是攻城了,我们只有给他们创造攻击条件才能看到蛛丝马迹。"

唐长弓沉吟道:"但也存在营里已经没有探子的可能,或者说,这批人里并没有探子。"

"那就当练兵了,来,我们靠近点儿看看。"王安节笑了笑,冉小璟可是有名师传授武艺,不容易对付啊。

天字营的人先一步来到第二道山梁。带队的任川心高气傲,仗着武艺高强硬闯埋伏,结果全军覆没。他们在路边等了片刻,才看到姗姗来迟的玄字营。

他们不知道的是,玄字营三人是故意放慢了速度。因为就冉璟、杨思飞看来,入选踏白军并没有什么意义。而这次选拔他们只要不是第一批被淘汰的,就可以给彭英一个交代。如果天字营有合适的人选,他们乐见其成。林山虽然不知道他们的想法,但在与地字营交锋后,耗费了一定体力,所以也无法加快速度。

坐在路边的天字营军士见冉璟他们来，为首的任川道："他们把前头的路改造过了，和我们平时跑的山路不一样。"

"啷个不一样嗦？"林山问。

任川道："就是……像个城门？封死了所有越过去的可能。我们试了两次都失败了。"

冉璟和杨思飞交换了眼神，冲对方抱了抱拳，继续向上走。

三人小心翼翼地沿着山路观察，杨思飞道："所以不管如何，我们得冲过去是吗？"

冉璟道："现在就剩下我们啦，无论如何不能让山顶的踏白营看笑话。"

杨思飞想了想道："这一关，我觉得也许我们三个营的人合在一起可以冲过去。就我们三个有点儿够呛。"

林山抹了把额头的汗水，皱眉道："平时跑这点儿路，没有那么累啊。今天是怎么了？"

"眼前的危险对你形成了压迫，所以造成了额外的压力。"杨思飞轻声道，"就像你在山里打猎，遇到大虫时是一样的。"

"你遇到过大虫？"林山一翻眼睛。

"说说而已。见过豪猪，没见过大虫。"杨思飞笑道。

冉璟道："怎么样，老二你继续去探探路？"

"要得！"杨思飞扎紧了衣袍，小心翼翼地摸上山路。

只是原本就不宽敞的山路，此刻架起了几道路障，而在鹿角之后的山梁上隐藏着数道杀机。杨思飞脚步不停，贴着路障向上，直到接近山梁二十步左右才停下。因为再向前已经没有隐蔽的位置了。

山梁后，几个弓箭手一动不动地望着他，只要他稍做动作，就会将其"射杀"。

杨思飞将一根野草放在嘴里，思索着该如何行动。而冉璟和林山循着他行动的路线也跟了上来，于是一块卧石之后，隐藏了三个士兵。

"好像卡住了啊。"林山皱眉说。

"你有办法就试试。"杨思飞没好气道，"我感觉左前方有两个弓箭手，右面也有两个。他们基本将前进的路线都封死了。一旦露头出去九死一生。"

"你怎么看出来的？我只觉得外面很安静啊。"林山奇道。

杨思飞笑而不语。

冉璟道："如果从这边退下去，从西面的峭壁爬上去呢？或许更容易？"

林山倒吸一口凉气道："绳索、凿子，什么也没带，徒手如何爬得上去？"

"那你说？"冉璟问。

林山扬起眉毛，就要起身道："反正是练兵，好歹要拼一拼！"

杨思飞拉住他说："不能靠蛮力啊。这样，我先朝西面那边大松树跑，如果运气好有三个弓箭手攻击我，你们就能移动到山梁下的死角。"

"要不我来?"冉璟目光望向山梁深处的那一抹野草,他能感觉到有一种危险的东西隐藏在那边。这是多年来经历生死搏杀所得来的本能。

杨思飞想了想,点头道:"你的确比我快一点儿,但是接近攻击距离后,还需要你出手拿下最东面的那个弓箭手。如果运气好,拿下那边就能侵入里头。按照之前的防守强度,或许你就可以上到山顶。"

冉璟摇头道:"我觉得我去吸引弓箭手注意更容易,而你们两个同样可以拿下弓箭手。拿下那个角落,我们还要对付西面岩壁后的那个弓箭手。那时候我会出手。"

林山道:"前提是,你能躲过三个弓箭手的攻击。"他虽然这么说,但并不真的认为前头有那么多埋伏,因为他一个也看不出来。

"说得也是,所以我们就搏一下。"冉璟说。

杨思飞似乎考虑了一下,伸出手道:"小心,木箭也是有危险的。"

"放心。"冉璟和他拍了拍手掌,轻吸一口气道,"准备开始了。"

杨思飞看着冉璟的后背,头一回发现对方似乎有些兴奋的感觉。在杨思飞看来,虽然冉璟平日里没做过特别的事,但他从内心觉得此人武艺绝高。那么对面的埋伏有什么是自己没发现的呢?

冉璟的身影从石头后方掠出,这个位置离右面的山壁不过十步。就在他露出脑袋的瞬间,就有弓箭凌空而至,他微微皱眉,因为从弓箭的轨迹看,那并不是木箭。但冉璟并不理会,而是压着速度又跨出两步。

在他行进的路线上,有三道羽箭射至。杨思飞和林山果断向左面的弓箭手冲去。但他们离开隐蔽的石头三步后,也发现了弓箭是真家伙,林山和杨思飞同时面色一白,但他们没有机会退缩,必须继续向前。

"他们这是搞什么……"杨思飞心里一沉,但仍旧飞身冲上那棵柏树。粗大的树干后,弓箭手只来得及又射出一箭。

箭矢斜飞出去,擦过林山的额头,带出一道血痕。没能击中他们二人。杨思飞冷笑着一把将对方拽下树来。林山愤怒地一拳击中对方面门,将对方打晕。这时,杨思飞目光扫过大树之后,从这边可以清楚看到,此地还埋伏有四个弓箭手。他拉开弓,连珠发射几箭。木箭击中两人。另外两人则同时向他们射来。

另一边冉璟避开所有弓箭,突向西面岩壁。突然,一道寒芒扑面而至。

冉璟脚步陡然加快,让过那道寒芒。而那石壁后的军士也眉头一扬,抬起弩机又是一箭。这时冉璟已经掠上岩石,他手扶木刀的刀柄,目光锁定弓箭来的方向。刺眼的阳光下,他的木刀仿佛也带着刀芒。

军士皱眉后退,他的脚步与寻常军士不同,只是足尖轻点就已退出丈许。

冉璟的木刀无法碰到对方,而敌人已经再次出手!

一个小点掠向冉璟眉心,冉璟木刀一斩拨开了那枚钢针。但军士已经退入山梁后的树丛,冉璟紧追而入。

而另一边,杨思飞和林山因为突破埋伏而继续向前。山梁下站着一个身高八尺的大汉,他两道浓眉仿佛立起的墨刀,单手提着开山大斧,威风凛凛仿若神将般站在道路正中。

那雄壮的身躯,让二人想到田万牛。杨思飞迟疑了一下,林山疾步上前,但他尚未看清对方是如何出手的,就被一斧背劈翻在地。

杨思飞晃着手里的木刀,冷笑道:"不是说好不用真家伙吗?你觉得这公平吗?"

那大汉并没说话,而是将大斧挥动两下丢在一旁,赤手空拳地点了点杨思飞。

杨思飞怒吼一声,冲上前去,两人拳头和胳臂碰撞在一处。大汉身上中了一拳,竟纹丝未动;但他蒲扇大的手掌同时落在杨思飞的身上,杨思飞被打得晕死在地。

大汉咧了咧嘴,望向另一边的战局。

冉璟正追着那弓箭手,进入树林。忽然林间幽灵般地出现了五个军士,而且一言不发地同时击发弩箭。冉璟大怒,这是要杀人吗？他的木刀呼啸而出，隔空带起肃杀的刀风。

那五个军士眼睛一花，陡然失去了对手的踪迹。一愣神间，五人头上同时中了一枚石片倒在地上。

老杨给的石片还挺不错的，冉璟冷冷望向树梢上的那个战士道："何不全力一战？看身法，你是踏白营的唐影？"

唐影手指在树枝上扫过，低声道："听说你夜闯帅府，特地来看看是个怎样的人物。"

"废话。"冉璟木刀向下散发出冰冷的杀气。

唐影后撤再次拉开距离，冉璟试图回身去找杨思飞，但唐影在他身后又射来一枚钢针。冉璟冷笑回身，人在空中一闪。唐影倒吸一口凉气，朝着山崖疾奔。两人在山野间较量起速度，仿佛两只蝴蝶，一前一后上下翻飞。山崖上碎石飞溅，寒光闪烁。

"以速度见长的唐影甩不开他，这就有点儿麻烦了。"王安节望向另一边笑道，"那边倒是结束得简单。看来是真没找到探子。"他走到大汉近前，捡起大斧递给对方。

大汉向他行起军礼，周围其他军士肃然而立。

"你下手太重了。"唐长弓皱眉道。

大汉竖起一根手指，表示他们只会晕一个时辰。

"把他们抬下去吧，完颜。"王安节道。

这个大汉就是中军猛将完颜烈，原本是金国人，蒙古和宋灭了大金后，他带着族人四处漂泊，最后在四川落脚。在他心里，蒙古人才是他的死敌,因此决心投靠宋军继续抗蒙。他一手抓着林山,一把扛起杨思飞,大摇大摆地走下山去。

"没找到探子,也许是真的没有探子了。"唐长弓笑道,"也算是好事。"

就怕隐藏得深啊。王安节心里叹口气,这怎么向都统制交代?他抬头望向山崖,那两个家伙体力真好,居然在如此高速下追逐了那么久。

冉璟几度追至唐影近身,都被对方神出鬼没的钢针击退。冉璟的木刀上出现一道道划痕。唐影感觉对方的杀意越来越浓,他眉头紧锁,他们本不是要见生死的。

"好了,你们两个住手。"王安节的声音从远处传来,"这是军令,不许再打了。"

唐影深吸口气,一个倒翻退出。冉璟也同时停下脚步,斜贴在山壁上。

唐影迟疑了片刻,低声道:"你走吧。你我要分胜负,必见生死。蒙古人就要来了,不值得。"

"有那么严重吗?"冉璟笑了笑,转身掠回山路。

山路上,王安节对他道:"现在只剩下你一个人有资格上山。"

"我没想入踏白营。"冉璟道。他认出面前的人是王安节,不过他们当年也算是认识的。

王安节好笑道："当兵了，还有什么想不想的？你的事自然有都统制安排。上去吧，上头有人等你。"

冉璟抱了抱拳，又对一旁的唐长弓施了个礼，才朝上走。

"他上山之后，小孟就没你什么事了。"目送冉璟离开，唐长弓忽然道。

"我这拖家带口的，本就没我什么事。"王安节笑道，"但长斧营和踏白营那些自诩为'将种''兵王'，的小子们，估计都会恨死这个冉璟了。"

冉璟来到望江亭，远远就见到一身戎装的女刀神。

孟鲤手提长刀，在山风中一步步走向对方，面前的男子和当年少年的样子慢慢重叠在一起。冉璟欲言又止。似乎是看到了他神情的变化，孟鲤秀眉轻轻扬起，在两人距离十步左右的时候傲然出刀。

刀身狭长，好似美女翩然的身姿；刀锋若月，临江带起一片森寒。

冉璟下意识地抬木刀一架，但孟鲤的刀锋一转直奔他的脑袋，他只得后退……

孟鲤身形一展，刀锋如同奔腾战马，长嘶于山巅，化作狂风怒斩而下！

冉璟脚步一闪凌空而起，刀锋得势不饶人，紧追而至，一刀砍下他的军帽。冉璟发髻披散，眉头微皱，急急掠出山崖，人在半空一个旋转，长发随风扬起。

孟鲤一声断喝，居然也追击出山崖，人若凤舞九天，又是一刀凌空击下。

冉璟调整身躯，陡然拔高两尺，木刀一横挡下刀锋。但那刀锋如入无人之境，一击斩断了木刀。冉璟随风轻摆踏风而行，单手按住孟鲤的刀背。两人旋转着，掠回了望江亭。

孟鲤长吸口气，半转身一刀劈在亭子的台阶上，丈许的青石一分为二。

冉璟苦笑着，后退两步，抱拳一礼，低声道："我回来了，阿鲤。"

孟鲤侧过秀丽的面庞，嗷起小嘴，扬了扬秀眉。面前这个面容略显成熟的男子，的确变了很多，但有些东西好像又没有变。这真是好长的一段日子啊，她忍住心头的酸楚，然后看着对方，嫣然笑道："回来就好。"

在西市酒足饭饱的田万牛和顾霆，一路闲逛来到靠近县衙的东市，远远看着那两排均高为三层的精巧建筑，以及路上行人普遍比较华丽的服饰挠起头来。

他们原本是几兄弟一起来的，结果因为冉璟和杨思飞被调去执行任务，就只剩下三个人。而宋小石硬是说要去看个朋友，让他们先去。结果就只剩下他们从武胜山来的弟兄俩。

说好一起逛青楼做大爷的，这还算不算兄弟？田万牛一边喝酒，一边打量着小酒肆。这里打杂的是个头发花白的中年人，右手只有三根手指。一聊才知道，原来也是钓鱼城的老兵。而老板娘虽然徐娘半老，且顶着隆起的小腹，却能看出年轻时定是在红尘里打过滚的尤物。

田万牛好心问对方还有多久生养，老兵告知他，还有三个月吧。如今这身子是越发沉重了，所以过两个月是要关铺的。

顾霆胡乱吃了点儿东西，就催促着田万牛快些去东城。

"东市和西市大不同啊，大兵哥。"老板娘结账时善意地点拨了一句。

田万牛冲对方点点头，但那地方不只是顾霆想去，他也是想去见见世面的。血气方刚好男儿，若是连青楼也没去过，岂不是被人笑掉大牙？

顾霆捏了捏怀里的那串铜钱，这是从老家带出来的全部家当，如果不用在这里，说不定打仗之后就没机会用了。

藏于东市尽头那座最有脂粉气的楼宇，就是红月楼，是钓鱼城里最大的销金窟。虽然其名气仅仅是在合州，但已足够让从顾村走出的这双弟兄心怀忐忑。

"要不我们就在边上找个地方喝酒吧。"田万牛小声道，他发现自己说话的声音也变味了。

顾霆眯着眼睛看着街道上的过往行人，横下心道："老大，咱们好不容易来到这里的，唧个也得试试看。胆子别那么小好吗？一杯酒总喝得起！"

田万牛抓了抓大胡子，掐了自己一把，大步穿过街道，前往红月楼的正门。

"兵爷，请止步。"一个青衣汉子拦在二人身前，低声道，"这边不招待衣冠不整者。"

"我哪里衣冠不整了？"顾霆今日特意穿了军服出来。

青衣汉子指了指边上的人，又指了指他们的衣服，笑道："兵爷，这里不能穿这种衣服。"

"大爷有钱。"顾霆拿出一个钱袋，里面有铜钱的晃动声。

青衣汉子有些好笑地看着他，然后道："那就请换一套得体的衣服再来。"

顾霆还算秀气的面容顿时涨得通红，低下头就要硬闯，却被对方一把推出三步远。田万牛立即一步横在二人中间。

青衣人背后同时出现三四个打手，他抬手示意道："他们会走的，若不走就有苦头吃了。"

顾霆撸起袖子，怒道："倒要看看是谁吃苦头。"

青衣人笑道："士兵在外醉酒滋事，不知是谁吃苦头？你们难道不是钓鱼城的兵？"

田万牛拉着顾霆朝后退，远处传来别人的冷笑声："滚远一点儿。这里是红月楼，不是你们村里的土窑子。"

顾霆两眼一红，霍然回身。田万牛拽住他的胳臂，生生将他拖到街口。

"不就是个窑子吗？"顾霆愤然道，"老子日他先人！"

田万牛道："这本不是我们去的地方。就算让我们进去了，棺材本也就没了啊。"

顾霆皱眉道："你怕什么？蒙古兵我们也没怕过，我冲进去砍死那狗仗人势的。"

"行了，不要越说越离谱了。不值得。"田万牛拉着他继续走。

这时，迎面走来了宋小石。宋小石身边还有一个穿着碎花衣裙的女子。女子眉儿弯弯，皮肤白皙，身材更是婀娜。两人径直从田万牛和顾霆面前走过，宋小石的注意力全在女子身上，根本没看到他们。

"宋小屎！"顾霆正一肚子火气，不禁吼了一嗓子。

宋小石吓得一哆嗦，回头看到这弟兄俩，然后什么话也没说，直接拉着女子跑没影了。

只留下张口结舌的两弟兄。这都是什么事儿！连宋老五都有妹子了……而我们在做什么呢？

离开薄刀岭，冉璟跟随孟鲤回到了孟家。说起来，这座府邸就在冉家老宅的边上。余玠造钓鱼城后，不少四川的豪门大户在城里建了住处，不过在蒙古人大举攻蜀后，名门大族陆续迁去了江南。一个豪门走了，依附于他们的普通家庭自然也要跟着。就这样，四川的大族走了七七八八。孟家也是一样，曾经住了近百人的大宅子里,如今居然是孟鲤说了算。

"余玠大人去世后,他们就一房一房地搬走了。这种事你明白的,不用我多说。"孟鲤指着围墙另一边的房子笑道,"虽然你家的老房子就在边上,但如今已有别人住了。所以你若是不嫌弃,可以住我这里。"

冉璟摆手拒绝道:"这就不必了,我一个大男人怎么能和你住。"

"我们关系不同,谁也不敢乱说。"孟鲤笑盈盈道,"说了我也不怕。"

冉璟笑道:"打仗了,我自然要住兵营的。"

孟鲤也不勉强他,命仆人将一早备好的酒菜拿出来,在院子和煦冬日下摆起宴席。孟家的仆人皆是老仆,所以冉璟多数都是认识的。一个个上来见礼,还有的甚至来给孟鲤道喜。孟鲤欣然接受,并不做小儿女的忸怩状。

"家常菜,就当庆祝你回来。"孟鲤拿出一个碧绿酒坛。

冉璟笑道:"居然有翡翠红。巴适!"

孟鲤展颜一笑道:"昨天从大帅手上敲来的竹杠。来,我给你满上。"

她笑盈盈地替对方斟满酒杯,两人就欢欢喜喜地饮了起来。并没有多年不见的生疏,也没有纠结纷乱的心绪,只是淡淡的,从容的,好像根本没有分开过。

不知不觉,两人喝了一坛酒,冉璟自然是多喝一些,但孟鲤显然酒量也并不弱。

冉璟看着荷塘边的竹林,轻声道:"文哥在就好了。我听说,他是外出公干,怎么钓鱼城都这样了,还不回来?"

"有些事还不方便和你说。"孟鲤低声道,"总之,在我看来,你能回来就不错了。老天已经待我不薄。"

冉璟轻轻吸了口气,想要说些什么。但孟鲤摆手道:"不用解释,你也看到这空荡荡的大房子了,这些年我早就习惯了离别。毕竟,每个人都有自己的命运。"

"是吧……"冉璟低声道。

孟鲤看着对方,慢慢继续道:"我的命运,就是守着钓鱼城。别的事,我不管。"

冉璟深吸口气,轻声道:"我就是回来帮你的。"

孟鲤侧头看了看他,仿佛一条华丽弄水的锦鲤。她露齿一笑道:"我懂。"

从薄刀岭回到营地,杨思飞舒展身子,缓解着身上的疼痛。晚饭是三个大馒头,谈不上多好吃,但能填饱肚子。分饭的见到他,特意给了他一片肥肉,说是今日去薄刀岭辛苦了。看来彭英大人并没有生气啊,难道说冉璟赢了?那他怎么还没回来?

早知道先前就不躲着彭大人,好歹问个清楚了。杨思飞啃着馒头,看着稀稀落落的人群,在此吃饭的人不到平时一半,放假出营的人多数都没回来。完颜烈啊,很久以前就听过这个人。杨思飞目光放空,脑海中又浮现出那个猛将的身影,那雄壮的身板真不是普通人。

"想什么呢?"田万牛一巴掌拍他背上,馒头也掉落地面。

"老大,老三,你们回来了啊?"杨思飞诧异道,面前这两个原本该在外头花天酒地的家伙,居然一脸的郁闷。

"不回来还能做什么?宋小屎回来了吗?"顾霆撇嘴道。

"没见。"杨思飞捡起馒头,拍去上面的泥土说。

"你们得了第几?"田万牛问。

杨思飞绽开嘴角,慢慢把在薄刀岭上的事说了一遍,然后道:"我也不清楚最后如何,总之冉璟还没回来。而我被加了肉!"

"肉?"田万牛目光落在对方的肥肉片上,但他今天外出吃过肉了,不像平时那么馋。

"那就是说冉璟赢了?我去打听打听。"顾霆晃着步子走开。

"喝多了吗?真去红月楼了?那边的粉头如何,名不虚传吗?你们叫了几个陪酒?"杨思飞连珠炮地问。

"别提了。日他先人的,连门都不让进。"田万牛蹲在杨思飞边上。

"先人板板。"杨思飞吐了口唾沫,低声骂了一句。

田万牛和他一起笑了起来,然后道:"所以老三就怒了,又喝了一壶。"

"也许有这么一天,让那些人知道莫欺少年穷。"杨思飞慢慢道。

田万牛笑道:"又不是说书,哪有那么多传奇故事?我们先活过这一仗吧。"

杨思飞点头道:"蒙古人凶啊。"

田万牛道:"谁说不是……四川各地死了那么多人。"

杨思飞道:"蒙古人凶,是因为他们推崇军功,有功必赏。我们这里就不好说。对了,宋小石怎么了?"

田万牛就把自己看到的说了一遍,杨思飞少有地露出吃惊的表情。怪不得那厮今日一早就有心事的样子,原来是外头有相好的等着。

杨思飞吞下最后一口馒头,点头道:"这死老五不简单啊。"

"等他回来收拾他。对了,我们带了两壶酒回来。"田万牛笑道。

杨思飞搓着手掌,谄媚笑道:"老大你真是好老大!收拾人我拿手的,宋老五交给我。"

两人回到兵棚的时候,正遇到宋小石鬼鬼祟祟地回来。

宋小石被杨思飞不由分说按在通铺上打了一顿,然后才让他交代这到底是怎么回事。

"小叶是我老乡,她就住在东面的杂货铺。所以我今天是特意去看她的。"宋小石飞快道,"但我没有做什么别的事。"

田万牛和杨思飞互看一眼,这就叫此地无银三百两了,四个拳头又捶了他一顿。

宋小石龇牙咧嘴道:"真没做什么,我和她是在白帝城那儿认识的,与她同行的还有个意大利商队。他们是来钓鱼城避难的。"

田万牛信了对方的话,因为今天逛集市的时候,的确见到不少外国客商开的店铺。于是问道:"她在外国商队里做什么?"

宋小石笑道:"她家里祖传的医术,所以是商队的医生吧。"

"既然是好人家的姑娘,那你们跑什么?"杨思飞问。

"我……我见到老大,想起来他们是去红月楼的。我和人姑娘在一起,怎么能和两个逛青楼的汉子打招呼?万一他们跟我说一会儿红月楼见,我不是黄泥掉在裤裆里,不是屎也是屎了?"

田万牛没好气道:"你本来就是一坨屎。"

这时,冉璟和顾霆搭着肩膀回到兵棚。

在众人询问的目光下,冉璟抱拳微笑道:"不辱使命,老子赢了薄刀岭之争。新兵训练结束后,会调去踏白营。军令如山,无从拒绝啊。"

众人一声欢呼,可谓是扬眉吐气。顾霆虽然方才已经知道,但仍是大声欢呼,将白天受的委屈抛上云霄。宋小石、杨思飞也忘记身上的疼痛,弟兄们大叫着簇拥在一起。

"来,来,来!"田万牛将私带回的两壶酒水拿了出来。

"我日,居然还有酒。"宋小石吃惊道,他赶紧将怀里的一包花生拿出来,"下酒,下酒!"

"你这坑货,带了花生不带酒?"杨思飞笑骂道。

宋小石笑道:"我已经很想着大家啦。"

顾霆道:"酒水不多,多了带不进来。一人一口,轮着喝!老四你可以多喝一点儿!日后你做了大将,我们也算是扬眉吐气!"

宋小石道:"对对!苟富贵,莫相忘!"

冉璟手指做了一个压低声音的动作,然后从怀里拿出一个荷叶包摆在长凳上。

"肉!"杨思飞第一个道。

"酱牛肉!格老子的,没得说!四哥仗义!"顾霆和宋小石一声欢呼。

"当仁不让,老四喝头一口!"田万牛双手奉上酒壶,眼神复杂道。

"巴适!"宋小石吃了一大口肉,叹息一声说。

冉璟仰脖子,倒下一大口水酒,随即交还给老大田万牛,沉声道:"一人一口,兄弟同心。"

"要得!"田万牛大笑,也是一大口,然后将酒壶传了下去。

众人很快将第一壶酒喝完,宋小石已经无声无息地嚼下几大块牛肉,于是又被顾霆一顿暴打。

嘻嘻哈哈一阵后,他们开始互相揭短,说出这一日的糗事。

冉璟这才明白先前顾霆说的意思,他拿起酒壶对众人认真道:"大战将近,只要打退了蒙古人,咱们弟兄都有可能做将军!"

"说得好!王侯将相,宁有种乎?"宋小石拍着胸脯,豪气十足道。

"你他娘这是要造反的昏话,快点儿闭嘴!要不然,你家叶子就得守寡了。"田万牛呵斥道。

"这不是关起门来说嘛。"宋小石吐了吐舌头。

顾霆笑道:"老四啊,你那身本事我们弟兄都看在眼里。本想着能分在一个营,之后在你身边,让你遮风挡雨啊,但你既然要去踏白营,咱们这里除了老杨,别人怕是没机会和你一起了。但这住过一个兵棚的情义,都在酒里了!"

冉璟抱拳,也不多言就是一大口酒。

顾霆又道:"看你这身手,再看你的出身,你和女刀神认识吗?"

冉璟爽快一笑道:"的确认识,但已多年未见。我离开钓鱼城已经很久了。之前和你们说的都是实话。"

"这美女的事,你瞒着我们够久了!喝酒!"宋小石接口道。

顾霆笑道:"你配女刀神,我服!"

众人你一口我一口的,两壶酒转眼就没有了。因为田万牛和顾霆白天已经喝过,所以很快就醉了。

顾霆靠在翻倒的长凳上,低声道:"去他娘的红月楼,总有一天老子要把它包下来!"

田万牛则看着越喝眼睛越亮的冉璟,忽然道:"老四,你这一身本事是怎么来的?冉氏不是读书人吗?"

冉璟轻轻打了个酒嗝,微笑道:"本事当然是练出来的。我打小跟着师父练功,不知挨了多少打,吃了多少苦。世上所有功夫,有什么不是苦出来的?那老家伙,一喝多了就念诗,念完了看我不顺眼,就暴揍我一顿……"

"你师父也是这样啊?我以为只有我爹是这样。"田万牛揉了揉脑袋道,"不过我家老爹大字不识,更不会念诗。"

杨思飞轻声道:"念的什么诗,老四念一个吧。"

冉璟轻轻吸了口气,望着兵棚外的月色,拨弄了下空酒壶,低声道:"醉里挑灯看剑,梦回吹角连营,八百里分麾下炙,五十弦翻塞外声,沙场秋点兵。马作的卢飞快,弓如霹雳弦惊,了却君王天下事,赢得生前身后名,可怜白发生。"

"可怜白发生……"杨思飞亦轻声道,他下意识地摸了摸白发。

"你居然也会?"田万牛吃惊道。

杨思飞好笑道:"我可背不出,但稼轩公的词,多少总听过一些吧。"

"生前名重要,还是身后名重要?"冉璟轻声问。

杨思飞略带困倦道:"若能做主,当然两个都要。但就怕两者皆做不得主。我们这种人,只是蝼蚁啊。"

"实话。可惜没有酒了,不然真想大醉一场。"冉璟舒展了一下手指,轻声说。

次日一早,新兵营统制唐长弓宣布,先前的薄刀岭演练,玄字营的冉璟拔得头筹,将被分去中军踏白营。玄字营获得优胜,因此参与的战士皆可选择自己想去的部队。

陈远和林山一致选择钓鱼城中军,中军负责护国门和南一字城的守卫,是钓鱼城的绝对精锐。杨思飞琢磨了一日,提出能否等待同伴们的去向明确后,自己再做选择。毕竟袍泽情深,他并没有特别想去的地方。彭英对此表示认同,禀报上去准了他的请求。

之后就到了正月,大宋国的年号,从宝祐六年(1258年),变为开庆元年。

新兵营停训两日,好好地热闹了一番。接下来就开始了更多战斗技能的操练,并且也让所有人的特点显露出来。

猎户出身的宋小石擅射,也擅长在野外布置埋伏。不过让人颇感意外的是,他对操控投石机极有天赋。才接触几次,就能操控五人投石,在一百步内的距离指哪打哪。

这让唐长弓大为振奋,因为他一直在寻找擅长使用投石机的天才,宋小石就被归入了这一类。唐长弓希望他能够掌控需要二十人共同操作的巨型投石机。要知道,对于器械军来说,素来是力士易得,掌机鹰眼难求。

于是踏白营和器械营居然对宋小石进行了争夺,最后是唐长弓的器械营胜出,因为他承诺给宋小石较多的假期。但宋小石一来到器械营,就发现平日里在钓鱼城各处高地见到的工地,居然都是器械营的地盘。

为了应对即将到来的城防战，唐长弓架设了许多重武器，而这些东西皆需要二十人以上操控，因此普通的城墙就施展不开。器械营在城墙后，建立了专门摆放投石机的平台。而投石机除了安装，更要校准。宋小石这一到器械营，怕是再没自由的时间了。

"好像被骗了……一组二十个人，你为什么一定要我来呢？"宋小石摸着脑袋道。

"我需要一个站在高台上看一眼，就能告诉后方拉拽组如何投石的人。"唐长弓道。

"看一眼就行，你以为我是妖怪吗？"宋小石翻着眼睛道，"你行？"

唐长弓笑道："我会教你的。放心，我觉得你可以。"

"那好吧，我也愿意学。"宋小石道。他是真的对这些巨无霸感兴趣。来之前他原以为投石机都是如五人机那样，直接瞄准发射。见到这些大机器后，他才知道这是真正的团队工作。负责测距，厘定风速、风向的鹰眼，是投石机的灵魂。

顾霆的水性极佳，在五百人的玄字营里，他游水的速度能入前十，因此被南水军码头选中。

田万牛因为身形魁梧、天生神力，不论是守山城，还是守卫平地，各营皆需要他这样的士兵。最后为了和顾霆在一起，他亦选择了南水军码头。杨思飞见他们二人皆在水军，毫不犹豫地也去了那边。

正月十五的时候，新兵营进行了大操演，四大营皆派出了健儿比武，然而这时已经不见了冉璟的身影。最终新兵营第一武卒的头衔被天字营的任川夺取。田万牛虽然不服，但他在第二轮就败在对方手里，所以也是无话可说。

　　就这样，正月很快就过去了……

第五章
黑云压城

青居山的蒙古大军，一批一批地开拔。大多数是前往重庆方向的，此次出征只要拿下钓鱼城，重庆就是蒙哥的囊中之物。所以大大小小的将领们皆是摩拳擦掌。蒙古人素来是军功第一，只要拿下重庆，整个四川就将归入蒙古国的版图。

李德辉与汪德臣坐在马车上，李德辉从袖里拿出几封谍文密报交给对方。

汪德臣扫了一眼，每个信封上皆画过红圈。他笑问道："好消息还是坏消息？"

李德辉道："都有。"

第一封是："新招揽有强大剑客，疑似是燕京的刺客。"

汪德臣皱眉挠头，继续看下面几封。

"新丁潜伏成功。""史天泽部在渠州受阻，比预计延误三日。"

最后一封是一张很简单的地图，在弯曲的城墙附近有几处标记。

汪德臣眉头微微舒展，总算好消息多过坏消息。他取回第一份密报，又认真看了一遍："疑似在燕京的刺客……难道是？"

李德辉道："早几年，燕京闹过一次飞贼。几位贵人的府邸先后有人潜入，也死了几个高官。后来那刺客还去行刺了忽必烈王爷。好在王爷身边高手如云，那时候董文蔚也正好在燕京，才将这事应付过去，但刺客并没抓到。"

汪德臣道："这就有点儿麻烦了。"

李德辉将那幅标记了符号的草图递给对方，轻声道："已经反复确认，我们长空营认为此计可行。"

汪德臣道："还要去实地看了才能决定。"

李德辉笑道："算不算好消息？"

"当然！"汪德臣点头道，"这样会少死很多人。"

李德辉道："史天泽能按时抵达，但会比我军先锋晚上三日。我们要不要等等他？"

"我们可以先发动攻击。"汪德臣说。

"就怕没有水军支持，攻击钓鱼城的码头有些困难。"李德辉道。

"我们也不是没有船只。"汪德臣想了想道，"当然德辉你说得也有道理，不如等拿下龟山再做决定？"

李德辉笑道："这是自然，不拿下码头对面的龟山，你怎么打钓鱼城？"

汪德臣也笑了笑，慢慢道："再过半日，先锋部队就会抵达龟山了。我先去前边看看。你替我催一下渡江用的船只。我们先头部队可以筹集木筏、小船，但车船要靠你。"

"嘉陵江在钓鱼城那段，只适合小车船。我帮你弄，问题不大。"李德辉说道。

汪德臣做了汉人作揖的动作，李德辉哈哈大笑。

李德辉目送对方离开马车，纵马前往前军。他与汪德臣认识已有不少日子，也曾合作打过几场仗。在他看来，汪德臣打仗勇猛有余谋略不足，但饶是如此，先锋军真的很少打败仗。所以他有许多建议也无从提起。

如何攻打钓鱼城，在汪德臣的心里早有方略。蒙哥大汗让他和纽璘分领两路大军。纽璘攻打合川钓鱼城北面，汪德臣的人马则负责南面，镇西门、护国门与奇胜门。而在两军会师之前，纽璘负责清除钓鱼城北面的敌人，马鬃山、云门山，以及北水军码头。而汪德臣则要扫荡龟山、喊天堡以及南水军码头。

虽然大汗说过，要等待史天泽的水军到达后，才攻击宋人的水军码头。但大汗向来不束缚部下的作战方略，甚至鼓励各部自由攻击。因此，汪德臣一早下了决心要自己攻击。钓鱼城固然有水军，但船只数量向来不多。只要李德辉能给他战船，汪德臣就能拿下南水军码头。

很快，汪德臣来到己方的中军营地，他麾下四大千户里的三个早已等候于此。

"马猛呢？"汪德臣问。

"他的部队最快，绕过东山宋营，直接去寻适合的位置渡江，去取对面的喊天堡了。"耶律玉门说道。他是耶律楚才的后人，气质温文更像是谋士，但腰间的佩刀却比普通的更大一号。他有个叔父，名叫耶律铸，如今在大汗的身边做幕僚。

"那么急的吗？"汪德臣笑道。

耶律玉门道："我们手里就那么几条运兵船，他是见宋人的水军不是那么活跃，所以想占个便宜。"

"兵贵神速。马猛不扎营就一路冲冲冲，这也算是个办法。估计对面喊天堡的宋兵没想到我们那么快渡江。"个子最为高大的索林爽朗笑道，"大帅，我们也可直接去取龟山。"他是汪德臣身边的头号猛将，十五年前的运山城之役，曾经救过汪德臣的命。

宋军和蒙古军在蜀地交战多年，运山城、钓鱼城、大获城等皆不只发生一两次战争。其实十五年前的运山城之战是大战，三年前孟鲤出道的战役只是小战。

"确实可以同步进行。不过我不认为宋军会在龟山与我们死战……"汪德臣笑了笑道，"齐横眉，你带兵去龟山之下列阵。如果对方不战而逃那就最好了。"

"可能不战而逃？"齐横眉笑道。他身形矮小，但脸上常年带着微笑。四大千户风格各异，但他的统兵能力最强。

耶律玉门道："先前的军报说，龟山总共有不到两千的宋军，此地本就不算险要，真要据守他们是坐以待毙。王坚本就兵少，他不会下死命令才对。"

"得令！"齐横眉抱拳领命离去。

"索林、耶律。"汪德臣笑道，"攻山的事不需要很多人，你们先让士兵休息，一旦守龟山的宋兵向钓鱼城撤退，我们就追着他们屁股去取水军码头。"

这时，外头有小校禀告说，马猛的先锋发回军报，那喊天堡的宋军营寨是一座空寨。钓鱼城守军基本都收回到城内了。

嗯？汪德臣吃惊地皱起眉头，心想，难不成龟山这里也是？宋军丝毫没有在外头和我军较劲的意思？果然不多久，齐横眉就派人回禀说，龟山也是一座空寨。留守的宋军已经开始渡河。

这个王坚果然狡猾。之前侦查来的军情，说这边有两千宋军是假消息吗？

耶律玉门道："也不一定是我们探子的问题，王坚素来诡诈，他应变迅速亦在情理之中。"

"全军占领龟山，叫齐横眉去水边依计行事。"汪德臣沉声下令后，停顿了一下，又道，"索林啊，根据大汗的布置，我军只是临时驻扎在龟山，之后这里是史天泽东路军的营地。你进驻龟山宋营的时候，认真检查一下，把主要辎重安排到喊天堡去。"

钓鱼城南水军码头，分为东西两片。其中东码头为民用船只使用，西码头才是军用。两个码头如今皆是营垒四立，东西两侧各有南一字城的城墙庇护不说，西码头的船坞边更建有两人高的土城墙。可谓是戒备森严，军容严整。

王坚站在西码头的瞭望台上，周围是依据地势而立的九座高大箭塔。他望着远端并不湍急的流水，己方那一百多士卒已经开船渡河，而蒙古士兵远远缀在后头，并没有攻击的意思，果然是强者风范啊。

水军统制吴澄道："我们未在对岸留多余船只。既然士卒们已经上船，他们就算追击也无大碍。就不知鞑子什么时候会渡河。"

"你认为呢？"王坚问。

宋兵的运兵船是小型四车船，因此极为快捷，正以肉眼可见的速度返回钓鱼城。所谓"车船"，是以车轮状的船桨驱动的战船，常规说，一车为两轮，每轮为八片翼桨。主要依靠军士的双腿掌控，比之前的双臂滑桨提供了更大的驱动力。

南宋以来，自从岳武穆击败洞庭杨幺之后，车船就成了大宋水军的主力战船。南方的宽敞河道上八车十车的大船比比皆是，而在西南的蜀地，则常备四车战船。近二十年来，蜀地连年征战之下，水军战船也是耗费极大。如今在钓鱼城水军那近百条战船里，八车大船只有一条，其余多为四车和两车船。

吴澄道："蒙哥中军还没到达，而蒙古先锋初到龟山还需扫荡四周。我再观他们缺少船只，可见水军未至。"

"所以你认为他们不能在今日渡江了。"王坚说。

"是的,末将认为不可能。"吴澄笑道。

"你怎么看?"王坚问沉默的张珏。

张珏道:"放在外头的踏白说,蒙古人水军还需两日才能抵达钓鱼城。不过西面水路沿岸,他们在征集船只,若是提前抵达战场也不意外。当然吴统制说的可能性较大。"

王坚抬头望天,还有两个时辰才会天黑,而空中又飘起稀疏的小雨。

"这雨可能有点儿不合时宜,但至少能保证他们白天无法进攻了。"张珏小声道。

王坚眯着眼望着对岸,笑道:"你说王安节能不能成事?"

张珏道:"他提前十日在龟山布置,另有冉璟、唐影配合,一定会起一些作用。至于能否拿下大将首级……"

"那是你想多了,斩首汪德臣的机会极小。我并不抱有幻想。"王坚笑道,"希望晚上有个好天吧。"

张珏道:"一旦他们开始行动,水军这边想要配合……"

王坚摇头道:"不,只可接应,不可妄动。"

王坚慢慢走下瞭望台。今次派冉璟他们渡江夜袭,只是为日后战事做个预演。若是冉璟能当大任,之后会有更多的事可以做。远处走来一队行进的士兵,最前头一个士兵身披重甲,身高足有七尺,膀炸腰圆,仿佛一尊山神。

"这就是你们说的新兵?长得和完颜烈有点儿像嘛。"王坚抬手让队伍停下，伸手拍了拍田万牛的肩膀，又捏了捏对方胳臂。田万牛比他足足高出一头。

"你不能看个头就说他们长得像啊，他和完颜烈的五官完全不像。"张珏苦笑道。

"是吗？手感差不多。"王坚摆了摆手让队伍继续朝前走。

被他拍了几下的田万牛一脸莫名其妙，走出老远才问道："刚才那是……"

他背后的伍长道："你蠢吗？那是大帅和都统制。"

田万牛顿时脑袋大了一圈，回头小心看了看。王坚则已经慢慢离开码头，后方还有很多重要的事要做。

半个时辰之后，雨水渐歇。岸边的蒙古军忽然越聚越多，更有许多临时搭建的木筏放入水中。

鞑子这是要渡河？这有点儿太看不起人了吧？吴澄皱起眉头，吩咐士兵保持警戒。又命副统领黄湘率一支水军，随时准备出击。

从西面水路上浩浩荡荡地来了三十余条帆船。船上打着蒙古军的旗帜，最前头那条大船上，立着高耸向天的苏鲁锭。

不多久，一队一队的蒙古兵登上战船，随后他们搭建起了一座水寨，并派出多条战船在水上游曳。

水军副统领黄湘率十支战船列阵迎敌，宋军于水战素来不惧敌人，因此对蒙古军试图控制江面的举动感到愤怒。但当宋军战船驶出码头，敌军却也退回了水寨附近。如此几次，显然蒙古军并不想接战。黄湘也不敢过于靠近对岸，只得返回水军码头。

船上的杨思飞和顾霆一起破口大骂，但蒙古兵又哪里听得见他们的骂声。

蒙古军建造水寨的速度快得超出想象，只一个时辰就已初具规模。在他们立起营地的同时，居然又派了战船出来。这次他们派出了三条足以容纳百人的车船，两边船舷黑乎乎的不知安装了什么。和先前不同，这个战船队迅速逼近宋军码头。

黄湘的队伍回到码头，还没有歇息，就又接到敌人靠近的消息，不由火冒三丈。两边的战船迅速接近，在几轮弓箭射击后，蒙古军缓慢后退。黄湘下令追击，顾霆和杨思飞踏起车轮，紧咬住敌军。

蒙古水寨里，新搭建的瞭望台上，齐横眉瞥了眼下方空地上的几架巨无霸，这都是需要五人同时操控才能运转自如的"怪物"。他举起手，眯着眼睛又等了二十息，将手臂猛地挥下！

不知不觉间，蒙古军接近了己方水寨。黄湘示意己方船队停止追击。只是他的战船尚未调头，突然从空中飞来数团火云，黄湘还没反应过来那是什么，船头就被巨大的火石砸中。

"霹雳火！"黄湘大吃一惊，对面水寨里的霹雳火居然能打那么远！

嘭！第二轮火石降落，船头起火。同样的事也发生在另外几条船上。宋军顿时一阵混乱。

黄湘一面呼喝手下灭火，一面叫人避让敌人的攻击。

前头的蒙古船队忽然调头，船舷两边的黑布扯开，露出两排改装过的劲弩，对着宋军的船队一阵射击。

黄湘沉着脸，大声命令未受影响的战船靠近敌船。重型武器在水面上的偏离度很大，不可能连发连中。

试图出击的战船并不能靠近蒙古水军，那边游曳在大弩船附近的护卫船上前拦截，与宋军战船互相射箭。就在黄湘大声呼喊的时候，又一枚火石飞射而至，正好落在他的身侧，直接把他震落水中。这挑头的战船紧接着燃起大火。

顾霆望着乱成一锅粥的江面，断然跃入水中去寻找黄湘，但连扎两个猛子也没找到人影。这打的什么仗？忽然一块船板从边上飞过，正砸在他的后背上。顾霆胸口一闷，沉入水中。

杨思飞赶紧下水拽住他向码头游去，但他水性本就一般，带着个人游得极为艰难。这时从水军码头驶出更多战船，蒙古船队缓缓向后退却，落水的宋军这才得救，只是黄湘却不知所踪了。

蒙古人真狡猾。瞭望台上的吴澄紧锁眉头，身边宋军战将纷纷请战，但吴澄看了眼天色，没有必要在第一天就夜战。他一面约束士兵守好码头，不许出动战船，一面派人通知张珏，敌军先锋有燎原炮。

水寨里，蒙古军操控投石等重武器的，是个肤色黝黑的西亚人。据说是来自西亚的王子，名叫阿里。他正小心翼翼地给齐横眉汇报己方投石阵地的情况。

齐横眉笑道："你用心做事，立下战功自然会给你记着。大汗说了，你既然擅长使用投石，自然要重用你的。你一路过来也看到了，我们蒙古人最注重的就是军功。"

阿里连连答应，虽然齐横眉能看出对方眼底并无多少阿谀之色，但他并不在意。

齐横眉平静地看着远端的宋军码头，这就不派船出来了吗？宋兵似乎胆子有点儿小啊。不过既然他们让路，我们也不用客气了。

于是在天黑之前，蒙古人顺利控制了江面。投石和床弩远远地攻击水军码头的土墙，几座土墙被击垮。

由于宋军留下了几乎全部营寨，因此蒙古军在其基础上构建了新的军营。汪德臣麾下的三万人马，虽然并非在今日全部抵达，但也到了十之七八。一时间，龟山上处处是营火，放眼皆是旌旗。

在龟山西坡的龟背岭上，一身蒙古军服饰的王安节，挤入矮树林推开山岩。唐影、冉璟等二十名战士，换上了蒙古军的服饰，正在最后一次清点武器和引火之物。

"目标位置确认好了。"王安节将一张地图递给唐影，然后肃然道，"最后说一遍，本次行动的目的是破坏敌军营寨和给养，并不以杀伤敌人为目的。唐影和我各带一队，分两路点火，成功后前往密道下山，去西边水路会合。船已备好，我们尽量一起返回，若到时有追兵在后，就先一步回码头。都听明白了吗？"

众人一起低声领命，唐影将王安节的双刀递了上来。

王安节点头道："行动。"

冉璟推开隐藏洞口的石头，外头还有一小片遮蔽洞口的荆棘丛。他小心确认四周没有动静后，招呼众人来到洞外。王安节与唐影点了点头，分两队离开藏身地。

这是早在十日前就定下的策略，王坚料定蒙古先锋会急攻龟山，而扎营之地并无更多可选，必然也是在龟山一带。那么只要宋军主动让出营寨，蒙古军完全没理由弃之不用。有鉴于此，张珏认为可派小股队伍藏于山间，于适当的时候突袭蒙古军营寨，以期先声夺人，挫败敌军锐气。

这一重任就落在了踏白营身上，而冉璟的加入，某种意义上说增强了这支队伍的战力。唯一不确定的是，冉璟是否能服从命令行动。

不过，就这几日看来，冉璟身上江湖习气不多，已融入行伍生活。不论王安节交给他什么工作，他都认真完成。这让踏白营统领王安节颇为满意，尽管他不知冉璟在外头的名声，但经过薄刀岭之役后，他很清楚冉小璟身怀绝技。

王安节带队，冉璟殿后，一队人穿梭在敌营里，依照事先安排，寻找蒙古军的粮仓位置。

冉璟从前也曾改扮混入蒙古人的府邸，但做不到像王安节那么从容。钓鱼城少帅压着嗓子说的蒙古话，带着蒙古人的口音，俨然一副中级军官的样子。如此一来，他身后众人就什么也不用说，即便他们每人身上都背着一个包裹，也无人盘问，一路畅通无阻。

"做踏白,最重要的就是语言。我知道你会说蒙古话,但是口音多少还是有问题。"王安节忽然轻声对冉璟道。

冉璟苦笑了下,轻声道:"向大人学习。"

"向大家学习吧。这里大多数人都比你说得好。"王安节抬手指了指远端的一处大帐,"那边就是西路军本部。不过我打探过了,今晚汪德臣不在大营。所以我们不用多生事端,绕过大营布好引火之物,到了粮仓再往回走。一路放火,少杀人。起火之后,才是战斗的开始。"

"明白。"众军士答应。

王安节健步如飞,众人紧跟其后。王安节像极了他父亲王坚年轻时候的样子。

先锋军都总帅帐,索林正认真绘制着己方军图,而马猛则在角落里小睡。因为汪德臣带了耶律去石子山开御前会议,稍后回营将会决定明早的战事。

忽然远处传来了叫喊声,马猛一跃而起,索林冲出大帐。

帐外的士卒躬身道:"有宋军夜袭,临时粮仓起火。"

马猛冷笑着翻身上马,直奔着起火的位置。

索林则在高处辨别了一下火势,飞快下令道:"宋军分了两队行动,命各营立即警戒。通知水寨的齐横眉封锁江岸。"

传令兵迅速离去,其他士兵随索林前往山寨,不过他并不紧张,因为之前听汪德臣的吩咐,已把重要的辎重安排在喊天堡,龟山这里只是临时驻扎而已。

事实上，不用索林和马猛出手，他们下面的百户早已行动起来，龟山的东坡和西岭各自响起厮杀声，亮起了火光。王安节在前挑头带路，冉璟单人独剑稳稳断后，连续击退了三拨追赶而至的敌军。但前头王安节忽然停下脚步，因为密道所在的位置有一队蒙古士兵拦路。

"冲过去！"王安节断然道。所有人一起举起弩机向前平射。冉璟仿若猛虎出峡，人影过处衣甲不留。

黑暗中，蒙古军处变不惊，冲着众人齐射还击。

两个宋军仰面倒下，其中一人面门被一箭贯穿。更多箭头向王安节射来。一个身材高大的军士猛地挡在前头，宽阔的后背替统制挡下三箭。

"你们先走！"冉璟喝道。

王安节立即带人挪开伪装的树木进入暗道，并嘱咐道："里面的千斤闸交给你了。"

"明白！"冉璟身形若风不停旋动，连斩五人。

蒙古军尽管悍勇，但也不得不后退一定距离，但是越来越多的人从远处汇集过来。冉璟正思索着是否退入密道，突然一支狼牙箭无声无息地射向他的后背，冉璟心头惊悚，横着让出半步，箭头钉入他的左肩。

几乎同时两道黑影从左右扑了上来，冉璟咬牙挥剑，名剑湛卢仓促应战。

刀剑碰撞发出刺耳的响声，但那两道黑影几乎同时被剑锋刺穿咽喉。冉璟亦调头钻入暗道。暗门还没关闭，外面就射来数十支羽箭。

冉璟扶着被鲜血浸湿的肩膀，一面飞快挪动脚步，一面摸索到石壁上那道机簧索扣。他发力一拉，将千斤闸拉下。这才松了口气，急匆匆追赶队伍去了。

蒙古军的反应不能算迟钝，不过这是新建的营寨，他们对龟山本身并不熟悉，自然无法提前找出宋军的暗道。如今他们更不知这条暗道会通向何方。因此被甩脱的蒙古军百户即便破口大骂，也无济于事。

王安节、冉璟的队伍此时只剩八人。有人替冉璟和那高大战士简单处理了伤口。高大战士名叫王奎，受了三箭仍旧稳若铁塔。王安节轻轻拍了拍他和冉璟。方才真是好险，若是在山上被合围，就是全军覆没的结局。

只是当他们来到龟山脚下，眺望远端码头时，发现蒙古军已经沿着河岸布置了巡逻队。

"没看到唐影他们。"队伍里有人轻声道。

王安节点了点头，唐影他们走的是另一条路，但前后不会差很多时间。他做了个手势，指挥众人向西面的水路行进。

所谓封锁江岸这种事并不容易，首先江岸是很长的，其次在夜间没有灯火的前提下，士兵的目力也是有限的。宋军藏匿船只的地方，已经远离了蒙古水寨。因此王安节并不担心船会轻易被敌人发现。

只是当他们靠近藏船区域时，有一队蒙古骑兵正好巡逻过来。

"等一等吧。"王安节轻声道。但是他们等了好一段时间，那队骑兵却并不离开。

王安节皱起眉头，目光望向远端，与这里隔了二十丈的地方藏了两条小船。若他们轻易行动，而唐影他们到得晚了，就可能回不去了。问题是，唐影他们被什么拖住了？

"我去找他们一下？"冉璟说。

王安节想了想道："不，那边乱成一片，警戒又加强了，你不一定能找到他们。"

"那……"冉璟按着剑柄看了眼巡逻兵。

"是的，我们想办法将这队骑兵拿下。他们只有十个人。"王安节回身对另一个士兵道，"杨华，你去东面几步，想办法拦住逃跑的敌人。"

叫杨华的青年点了点头，手持弩机，背好长剑，小心地向东走。

冉璟加入踏白的第一天，就知道王安节手下有两个高手，一个是唐影，还有一个就是杨华。

"解决这支队伍。"王安节轻声道，"所有人一起用弩箭突击，冉璟和我负责那个队长。冉璟，我对付马，你对付人。"

"明白。"冉璟笑了笑。

王安节瞪了他一眼，责备道："杀人有什么好开心的？即便是鞑子。"

冉璟扬了扬眉。王安节做出行动的手势，连同王奎在内，所有士兵皆矮着腰向前，在接近敌人三十步的时候陡然加速。

蒙古骑兵同时也发现了他们，但宋兵手中的弩机已经击发。

嗖，嗖，嗖……三四名骑兵中箭落马，其余众人同时拔出弯刀冲向宋兵，两边队伍迅速接近。

骑兵队长挽弓试图射出火箭。王安节高速掠起，一刀劈向马首。骑士拉拽缰绳后撤，马脖子被刀锋带起一片血花。骑士的手一抖，火箭没有射向空中，而是平平落在一旁的山坡上。

王安节继续向前，刀锋掠向敌人。骑兵队长大怒拔刀，就在此时，冉璟从他身侧如风掠过。一剑斩落他的头颅。

蒙古骑兵见队长落马，其中两骑立即转身向大本营跑。王安节从后张弓搭箭，一箭射翻一名骑士。另一名直奔前方，正是杨华埋伏的方向。杨华忽然从黑暗中闪出，长剑刺入马腹，战马长嘶……骑兵飞跌出两丈多远。杨华紧追其后一剑将其刺死。

这场战斗发生得极快，十个敌军尽数杀死，而宋军并无损伤。

王安节看了眼草丛里燃烧的火箭，皱眉望着远处，下令道："取船下水。"

宋兵事先将船只放在岸边林中，木船不大，刚好容纳十人。他们迅速将其推入水中，然后一一登船。

"真不去找唐影？"冉璟坐上小船后，轻声问。

王安节沉声道:"你以为我们之前说好的安排是瞎说的?"

冉璟苦笑了一下,他只是很担心。

这时,远处传来马蹄声,更多的蒙古军追着唐影小队朝这边跑。敌军的队伍拉得很长,最前方有十多骑。

杨华道:"是唐影,他们只剩下五人了……"

王安节深吸口气,对冉璟道:"你去接应一下。杨华和我去取他们的船。王奎,你们剩下的人立即去对岸。"

王奎沉声道:"统领,我们不能丢下你们。"

"废话!服从军令!记得给对岸发鸣镝火箭。"王安节冷笑道,说着他和杨华、冉璟跳下小船回到岸边。

看着如离弦之箭般掠出的冉璟,王奎苦着脸,和其他人一同划船向河对岸驶去。

冉璟靠近敌军的时候,唐影他们已经只剩下三人,而唐影后背插着一支鲜血淋漓的弩箭。他二话不说,提着湛卢仿佛黑夜里的幽灵掠向后方的敌骑。

唐影微微松了口气,回转身掩护冉璟连珠射出三支箭,三支箭命中了两个敌军,却被最前方那个骑士避开。紧接着冉璟就已冲了上去。

湛卢在夜风中挥洒,敌军训练有素地从两边包夹而来。正中那个躲开了唐影冷箭的,正是汪德臣麾下四大千户之一马猛!

马猛浓眉立起,抽出一对狼牙棒,十字交叉剪向冉璟的脑袋。

冉璟一个铁板桥,躲过狼牙棒。身子匪夷所思地一转,长剑挑向对方胸口。

马猛没料到对方的速度那么快,长剑挑在护心镜上,他被掀下马去。

冉璟微微皱眉,那护心镜很厚,剑锋并未刺穿对方身体。

两边有更多士兵抢上前来。虽然灰头土脸,但马猛一个翻身从地上站起,胸口渗出血丝。蒙古千户吃惊地看了一眼沾血的手指,什么武器能破开他的护心镜?

冉璟视线冷冷逼视周围,长啸出剑。电光石火间,他刺翻三个骑兵,但马猛从斜刺里杀到,一棒扫过,正擦在冉璟的肩头,牵动他的箭伤,疼得他一激灵。

远处王安节和唐影大叫他撤退。冉璟闷哼一声,长剑寒芒乍起,人若轻羽闪烁,停摆在半空,剑锋削向敌人面门。

狼牙棒拦住剑锋,但马猛脸上还是一凉,留下一道剑痕。他大怒着挥动武器,冉璟则已向后飞退。远处唐影和王安节同时举弓齐射,左右冲向冉璟的骑兵皆被射退。

马猛重新上马,蒙古军同时齐射⋯⋯

王安节头盔被击落,唐影则再中一箭。冉璟单手舞剑,挡下十余支羽箭,再两个起落换了口气,终于靠近河岸。

杨华和其他踏白军战士立起小船作为盾牌,一干人退入江水里。冉璟足不点地地落在船上。王安节微微皱眉,以这小子的身手也中了两箭。

马猛怒极反笑,下令军士发出鸣镝箭。刺耳的信号火箭一起,远在一里路外的蒙古水寨迅速派出战船前往这边。

江风阵阵，孟鲤手按长刀立于岸边。从时间上看，王安节他们该回来了，为何迟迟不见信号？

吴澄低声道："莫要着急，马上会见分晓。不过即便回来，料也不会是无声无息的。"

孟鲤笑而不语，敌人大兵压境，本就注定是腥风血雨。

吴澄看了眼周围，傍晚时分黄湘战死，最后连尸体也没打捞上来。这事他还没适应。上报给都统制后，都统制也没有多做部署。只是说，每个牺牲的战士都会好生抚恤。

"这次会死很多人的，只是不知我们水军码头能守几日。"吴澄轻声道。

孟鲤看了他一眼，低声道："对面也一样会死很多人。"

吴澄捻着胡子，笑道："说得也对。"

"怕死啊？"孟鲤问。

"怕个锤子，老子的儿子都有儿子了。对不对啊，蔡辕？"吴澄忽然得意起来，他的儿子在正月里给他添了孙儿。虽然常有人说，新生儿出生，就会一代新人换旧人，但他已经对得起列祖列宗，还有什么好怕的呢？他从余玠在任时就负责钓鱼城水军，如今已过去那么多年，即便这是最后一战也无憾了。

候命在旁的水军统领蔡辕笑而不语，远处的夜空中忽然闪过一点火星。

"也不知得意什么。"孟鲤笑着戴起面具,朝前跨出两步,跃上早已整装待发的四车船。

负责指挥战船的蔡辕下令开船,三条战船同时出发。

吴澄道:"接他们回来,靠近码头我会派船御敌。"

孟鲤并不转身,举起右臂的拳头,骤然一身肃杀凛冽之意。四车船仿佛带翼的怪鱼破水而出。

王奎他们遥遥望见了己方码头的灯火,但东面有数条快船紧追过来。须知这江面已被蒙古军封锁,他们想要悄无声息地回到水军码头是不可能的。

"大家加快划桨。"王奎沉着脸道。

船上众人同时发力,胳膊的肌肉膨起,小船奋力向前。但蒙古战船亦是车船,他们手划的小船如何比得过对方,很快就进入蒙古军的射程。车船上的蒙古百夫长指着宋军小船大声吼叫,如雨的飞箭从夜色中射来。

宋军在船尾拉起木板,堪堪抵挡一阵箭雨。王奎苦笑着看着对岸码头,这个距离是只有对方射我们的份啊。若是真死在水里,还不如在岸上奋力一战呢。

蒙古人眼看射箭并不奏效,只得加快战船速度,双方越靠越近。忽然从前方出现了宋军战船的身影。蒙古军仓促展开阵型,无奈他们毕竟不擅长水战,而那条四车船来得异乎寻常地快。

嘭!四车船破开水波,不惧箭矢地冲向对方。船头的撞角狠狠撞在百夫长所在的船身上，硬生生将对方船体破开一个窟窿。戴着银色面具的孟鲤傲然提刀冲上敌船，其余十多名宋军战士紧随其后。蒙古军士大呼小叫，孟鲤的刀光仿若霜雪。

在这条四车船之后，更多的宋军战船出现在江面上。王奎终于松了口气。

"王统领和冉璟呢？"孟鲤冲着他道，她的面具上亦沾着血迹。

王奎道："还在后头，应该不远。"

孟鲤回到四车船上，刀上鲜血滴滴答答落入江水中。忽然她眉头一展。远端有更多战船出现了，在蒙古船只的前方，一条小船正乘风破浪。

"迎上去！"蔡辕下令道。他们这支接应船队立即向前移动。

王安节、冉璟他们也看到了己方的船只，亦是露出欣喜之色。

四车船很快越过小船，横过船舷对准了蒙古战船。

与冉璟交换了眼神，孟鲤瞥了眼众人身上的箭伤，眼中闪过无法遏制的怒火。

蔡辕沉声道："进入射程就发动攻击。"

王安节对孟鲤这边抱了抱拳，接下来就交给水军了。

第六章
码头浴血

齐横眉站在水寨的瞭望塔上,大宋水军的出战在他意料之中。

边上有百户禀报道:"战船主力已经备好,随时可以对宋军迎头痛击。"

"那就开战。"齐横眉气定神闲道。当得知龟山大营被宋军纵火的消息后,他就命手下备战。果然宋军是不会弃那支奇袭小队于不顾的。而今夜的水战,将可能提前决定钓鱼城水军码头的命运。

百户小声道:"就怕即便我们全军发动,数量也不足以压制宋军。毕竟我们不是正统的水军。"

齐横眉笑道:"不用担心,都总帅就在石子山,东边的水军也会配合的。我们只是先锋罢了。"

百户躬身领命,下去传令了。很快蒙古水寨里数十条战船同时出动,列起阵势前往对岸。

看着精英尽出的水寨,齐横眉仰望天空,虽然比不得万马奔腾，但这也是很壮观的啊。

远在石子山的汪德臣得知前方消息的时候，正在大汗金帐里与蒙哥议事。在座的还有他的大哥——执掌都总帅府的中军大将汪忠臣，和西路军都总帅纽璘、国师哈拉顿泰、三王子玉龙答失，以及大汗中军元帅赵阿哥潘、怯薛长也速不花、董文蔚，文臣李德辉、耶律铸等。其中董文蔚是怯薛军里武职最高的汉将，他出身于真定，号称剑术一军无敌，擅长带兵，只因当年岳飞也是在真定投军，因此董文蔚常自诩有岳武穆之才。

"齐横眉怎么想的，怎么会在这时候发动攻击？"汪忠臣皱起眉头说。

汪德臣道："想必是他发现宋军派人奇袭，因此乘势将计就计，诱使敌军决战。毕竟若非故意诱敌，我们怎么会抓不住那一小股宋军？"

蒙哥笑道："言之有理，这么说齐横眉很会打仗啊。"

纽璘想了想道："只是史天泽的水军主力未至，汪德臣你那几十条船能一举夺下南水军码头？"

"的确是个问题。"汪德臣抱拳道，"但白天的时候，我看宋军并没有决战的勇气。因此主动求战并没有错。"

虎目中精芒闪动，蒙哥手指敲了敲军图道："兵力不是问题，史天泽虽然没来，但我们中军也有战船。给你五十条，一并前往南水军码头，自然能够一锤定音。"

"德臣立即前去亲自指挥。"汪德臣起身道。

"德辉，你和汪德臣一同去。"蒙哥又转头看了眼纽璘道，"你也回去牵制北水军码头，免得他们派兵支援南面。"

纽璘赶忙也抱拳领命。

蒙哥笑道："好了，希望尽快能拿下水军码头。这样，我们就能对钓鱼城发动攻击了。"

嘉陵江上，宋蒙两边的战船展开激斗。火箭来往互射，弩炮齐发。一时间十数条战船沉没。原本水波平静的江面忽然仿若有怪兽在下搅动，火光、大浪、飞石、呐喊……鲜血瞬间在水波里翻涌。

钓鱼城水军一条船能应对两条敌舰的攻击，在一开始并不落下风。但是当石子山的敌军增援来到时，局面就不同了。

汪德臣立于船头，那是一条雄壮威风的八车战船，后方则是大大小小的数十条艨艟斗舰。八车船附近是一排为了这场水战特别设计的，带有大炮平台的战船。

李德辉有条不紊地指挥着战舰，他们这支队伍一经加入，顿成摧枯拉朽之势。

"不管做什么都是高明之极，李先生，果然不同凡响啊。"汪德臣心情大好，难得发声赞扬。

李德辉道："惭愧，只是略懂罢了。所用战法并不复杂。"

汪德臣笑道："能打胜仗就是好战法。"

李德辉低声道："我向来是战略强于战术，战术强于执行力。不比都总帅你，在前在后，皆能决定胜负啊。"

"你我就不用互相吹捧了。"汪德臣看着节节败退的宋军，沉声道，"我们这是狮子搏兔，但求全胜。就看那吴澄什么时候放弃水战了。"

撤回码头的踏白战士，正在岸边休整。恰逢顾霆和杨思飞的小队经过此地，见到冉璟受伤，赶忙过来探望。

听踏白战士说了在龟山所为，顾霆扬眉道："那么，今夜到底烧了鞑子多少军粮？"

冉璟看了王安节一眼，获得统领首肯，才回答道："烧了两座粮仓，以及十来座兵营。可谓战果巨大。"

唐影道："但也损失了好几个弟兄。"

杨思飞轻声道："只是眼前这场仗不是我们想要打的吧？"

"说到这个，你们怎么没出战？"冉璟问道。

杨思飞道："白天我们营做了先锋，但黄统领战死，而我部那十几条船也损失惨重……所以我们只能在岸上留守。"

顾霆道："我前头见女刀神去接应你们，怎么她没回来？"

冉璟笑道："不要担心，她从小在嘉陵江上长大，不会有事的。"

顾霆有些羡慕，又有些妒忌地看了他一眼。

这时，忽然有人大呼小叫地飞奔过来。众人一看居然是宋小石。

"你怎么来这里了?"顾霆问。

宋小石指了指后面几个器械营的弟兄道:"我们这些负责投石机的队长,来这里踩测距离。我们统制说了,可能会用得到。"

"等等,你居然做队长了?"顾霆一把抓住宋小石。

宋小石疼得一咧嘴道:"没办法,我瞄得准嘛。天才就是这样。"

"瞄得准个锤子!"顾霆笑道,但他也是真心为宋老五高兴。这是他们玄字营里的第一个队长吧?

"你最近怎么样?"冉璟问。

宋小石道:"做了队长,说好的假期基本就没了。好多天才能见小叶一次。但她经常来工地看我。啊,对了,小叶说,她会入伍做军医。好像是都统制在城里又做过招募了。"

"有妹子了不起吗?"顾霆用力捶了他两拳。

器械营来码头测距离?杨思飞有些好奇地望向城墙后方,但什么也看不到。

宋小石忍痛后撤几步,犹自笑道:"别妒忌我,你们其实也可以的。哈,特别是你顾老三,毕竟长得帅。"

冉璟笑道:"做军医也是很危险的啊。"

宋小石道:"谁说不是?但她是铁了心要入伍。"

王安节看着远处的战局,尽管宋军旗舰八车船拼死作战,但仍然不能挽回劣势。蒙古战船在数量上有着极大的优势。他心里有些发紧,这局面可不好办。如今继续在水面御敌,水军会消耗殆尽。但若是退守……这码头又能守多久?

他们正说着,水军码头上就响起了锣声,原本在外奋战的战船,齐齐后退撤回码头。

远处有人叫着顾霆和杨思飞,二人也赶紧前往防区。

王安节道:"看来吴统制下令收缩兵力,要在码头上坚守了。"

"我们该怎么办?"唐影问。

"先回营治伤,这码头不是他们一下能打下来的。"王安节低声道,心里则还在算着今夜的得失。损失了近半的弟兄,换来那几座粮仓和兵营,值得吗?当然,从战功上说,这的确是实打实的战功。在行动里,他们也的确杀伤了许多敌人。但是这样的杀伤,不可能左右战局……若一定要说有影响,今夜的恶战反而是他们这支队伍引发的。

这时,有传令兵过来道:"统领,都统制要你过去。"

"你们先回营,休整一下,吃点儿热的。我去见都统制。"王安节吩咐众人道。

冉璟犹豫地看了眼不断退回码头的战船,希望能找到孟鲤的身影,但是这混乱的场面下,找一个人谈何容易。

唐影道:"我知你想去找她,但你现在是士兵。"

宋军退守码头,宽阔的水面全部让给了敌军。蒙古军将布置了燎原炮的战船列开阵势，先一步摧毁船坞里的宋军战船，然后进一步前移，试图用火石砸毁宋军的土墙和箭塔。燎原炮的射程超过百步，且威力巨大。宋军完全陷入被动挨打的境地。

包括蔡辕在内的水军统领，一面指挥士兵回到岸上，一面咬牙宣布弃船。看着己方的旗舰八车船焚于战火，看着自家的战船一片片地被摧毁，吴澄的心在滴血，但这是唯一的选择。他命令士兵挥动旗语，开始执行第二步行动。

蔡辕亲自带领两条小船，在那一条条废弃的战船间穿梭，有条不紊地在水里倒上火油。

"你其实不用跟着我。"蔡辕对孟鲤道，"长斧营做长斧营的事，水军做水军的事。"

孟鲤道："点火烧船可不是水军该干的事。"

"打仗嘛，为了赢什么都得做。"蔡辕看了眼孟鲤的面具，笑道，"戴着面具也挺好，至少脸不会被熏黑。"

孟鲤想笑却笑不出来，只能岔开话题道："你觉得这样能拖鞑子多久？"

蔡辕道："不好说，但如果连一日也拖不到，那就有点儿不太好了。"

将最后一条战船上的士兵撤回码头，蔡辕和孟鲤也退了回去。水军码头是他们最后的防线，这是最后一步。

水军统制吴澄正组织救援伤兵，将他们一批一批送入钓鱼城。蔡辕冲着吴澄行过军礼，然后吩咐下属，让没有交上家书的立即补交。很少有人在这个时候补交家书,所有人都望着前方的蒙古战船,若是靠目光就能交战,这两边水军的决战早已开始。

孟鲤对吴澄道:"都统制说,我可以带一队长斧兵,在这里帮你防御。"

吴澄道:"那我当然不会拒绝。"

孟鲤继续道:"都统制还说,码头边就是一字城,无须玉石俱焚。还没到那时候。"

吴澄看了看发白的天空,笑道:"那什么时候才算是到时候了呢?水军码头,就是我们水军的最后时候。"

"我们钓鱼城兵不多,不要做无谓牺牲。"孟鲤轻声道,"这是王坚大人说的。"

"我明白了。但我们水军也是要面子的啊。"吴澄笑着望着江面道,"要开始了……"

嘉陵江上,蒙古战船开始逼近码头,在他们看来,失去了战船的钓鱼城水军,已经是没有牙齿的老虎。

齐横眉与另外几大千户,来到了汪德臣、李德辉所在的旗舰之上。

汪德臣看了眼马猛脸上的伤痕,皱了皱眉道:"那么不小心?"

马猛尴尬地抱了抱拳,索林则大大咧咧道:"之前夜袭的宋军里有几个身手很不错。之后我们也要小心。"

汪德臣点了点头,对齐横眉道:"方才的水战表现很好。眼下你想怎么做？"

齐横眉道："我观宋军的后撤有条不紊，想来之后会有杀招等着我们。但是不论怎么说，他们在水面上已经无力再战是可以确定的。因此，我们也不用客气，接下来该派兵登岸了。"

汪德臣道："对方既然是故意后退，想必会对我们的登陆造成很大的阻碍。"

齐横眉指着军用地图道："关于登陆的攻防，我琢磨了一个晚上。大约是三个阶段。第一步是越过他们的沉船区，这边水道狭窄，说不定会有更多埋伏。第二步是扫荡沿岸后，军士们强登码头。根据军报，对方在码头上有不少于九座箭塔。尽管仍旧无关大局，但一定会对我军造成伤害。第三步就是扫荡箭塔后，对方可能在码头上安排至少两道防线与我们肉搏。这反而是最不用担心的。眼下我只担心一点。"

"说来听听。"汪德臣道。

齐横眉道："我担心，一旦我们抢占了码头，宋军从东西两侧的一字城上对码头攻击。到时他们只要有一定数量的投石车，我们在下面就无法安生。不论是守卫码头，还是从水寨这边运兵过去，都会有些麻烦。南一字城东侧的城墙，一直延伸到江面上，我们攻击码头的时候，务必要避开它的攻击范围。"

"你的担心并非没道理，不过这个问题大汗已经考虑过。"汪德臣示意李德辉来解说。

李德辉道："大汗之前已有吩咐，让我多备木料物资，我们会在控制码头之后,在码头外围搭建营地,并且扩展码头,不会把营地安在宋军眼皮底下。这是第一。第二,我们的主营仍然是在龟山和喊天堡一带。在夺取对方外城之前,这水军码头怕是无法展开我们的大军。我想这也是当年余玠建城时,没有将水军码头做得很大的原因。不过他这小小伎俩在我们蒙古大军面前又算什么?关于南一字城的东西两侧,我觉得要分开看。东面的城墙直达江面,水战时能避开就避开。但是一旦登陆成功,就避无可避了。西面的一字城城墙,分割了喊天堡与这边的防区。即便是登岸后,也是要小心应付的。最后,关于运兵的问题,大汗让我们根据情况在嘉陵江上架起几座浮桥。"

齐横眉深吸口气,欣然道:"李大人分析得在理。"

"大汗圣明,用浮桥运兵的确是好办法。"汪德臣笑了笑道,"索林你怎么看?"

索林指着地图道:"对攻击码头的事,我没有疑问。齐横眉说的南一字城的问题,的确很头疼。好在南一字城的东门,有较为宽阔的城道直奔大门。我们可以尝试在那边建立营垒,取下码头后,第一时间就猛攻南一字城东城门。西侧如李大人所言,则可以放一放。"

"东侧那条路,想必是平日里运送物资用的。我们的确可以利用起来。"汪德臣笑道,"你的想法有道理,南一字城的西侧城墙是个大麻烦,据说这边已将西侧城门的入口封堵了,从下面根本上不去。这道城墙不仅很好地拱卫了水军码头,还依赖山势将西面的镇西门战区和护国门这边分割开了，使得我们在喊天堡的军队无法直接参与码头的争夺。而我们短时间里，的确奈何不了它。"

李德辉道："虽然奈何不了它，但这两侧的城墙毕竟空间有限，展开不了特别大的投石机。若只是五人、十人驾驭的投石，也不是完全应付不了。"

众人纷纷颔首赞同，只要没有大型投石，那就不是无解。

耶律玉门道："是否用水军的投石，在水面上攻击西侧城墙？这样即便对其造不成大的杀伤，也能缓解我们争夺码头的压力。"

汪德臣道："这件事就交给耶律你做，务必起到牵制作用。横眉，你去安排登岸吧。马猛，你配合他一起，登岸的事听齐横眉的。"

齐横眉与马猛恭敬一礼，举步离船。齐横眉注视着水波，接下来就要死更多人了。他回头看了眼李德辉，李先生说过，一旦灭了南宋，天下就归一统。虽然大蒙古国依然会寻求战争，但中原的军队多数是不会远征的，那么也许就会有真正的和平吧。

蒙古船队迅速靠近宋军码头。在进入沉船区时，他一度认为宋军会有什么埋伏，但直到逼近河岸时，对方也只是射出更多的羽箭和弩炮。

"若只是这个程度……他们是准备放弃码头？此刻的宋军码头难道正在撤军回城？"齐横眉轻声道。

马猛摇头道："不，我观对方的弓箭数量，主力一定还在防区里。"

不过这第一轮的试探进攻，已经靠得足够近了。齐横眉挥动令旗，命第二轮大约八百人的队伍上船进攻。第三轮紧随其后……

宋军码头上，吴澄皱眉看着蒙古战船的数量，心想这蒙古人的指挥是谨慎的人啊，明明手里有几万人，怎么就只是几百几百朝里砸呢？这可不是赌桌上该有的样子。

蔡辕道："要发动吗？"

"打退这两拨人再说。我们要吃的是他的主力，要有耐心。"吴澄手指轻轻在栏杆上摩挲，该死的鞑子，你们能痛快点儿吗？钝刀子杀人这种事，多不爽利！

码头外围的土墙残破不堪，敌军已经两次突入墙内。布置在土墙周围的一道防线已经损耗殆尽，失去掩体的宋军纷纷后撤。

作为第二道防线的顾霆、杨思飞，用坏了两把弩机，在自家阵线的壕沟前扼止了敌军两轮进攻。方才第二波敌人甚至已经冲到近前，若非以孟鲤为首的长斧兵拼命厮杀，或许敌人就已经成功立足了。

先前一支羽箭贴着他面颊掠过，顾霆原本还算清秀的脸上留下一道伤疤。他靠在营垒边上，用力舒缓着发麻的胳臂。平时觉得挺好的体力，居然才不到半天就见底了，这也是叫人纳闷的事。他望向周围，发现多数战士皆是面有疲态。要知道，距离天黑还有半天呢!

不远处,他们的队长包栋因为大腿失血陷入了半昏迷状态,而本该送他去后方的医务兵迟迟未至。

杨思飞轻声说:"按道理要换防了。但我估计蔡统领可能顾不过来,毕竟我们先前水战损失了不少人。"

顾霆点了点头,水军说是有两千人,其实真正能上战场的不过一千二左右。先前水战损失一批,如今层层布防,怕是真没有多余人手了。

方才的战斗里,杨思飞替顾霆挡住了两次进攻,而与他们一起的十个战士,如今只剩六人,而且人人带着伤。

绝对不能让蒙古人登岸,绝对不能让他们靠近。这两条规定已经深深刻在顾霆的脑海里。而另一件事则是,顾霆发现之前学的那些拳脚,似乎用处不大。

杨思飞给他解释道:"不是你学的拳脚没用,而是你作战经验太少,所以发挥不出实力。"

"见鬼的是,刚才冲上来的蒙古人,连马都没有。"顾霆嘟囔道,"如果遇到骑兵该怎么办?"

杨思飞笑道:"这你就错了。刚才来的可不是蒙古兵。"

"什么……"顾霆张大了嘴。

一旁有个老兵轻声道:"是啊,蒙古军用来做先锋的通常是汉军和女真军。他们的蒙古精锐大约要决定胜负时才出场。"

另一个士兵道:"刚才肯定不是蒙古兵,若是蒙古射手,你的脑袋早就被射穿了,还会留那么漂亮的一道疤?"

"日他先人……"顾霆低骂道。

这时,后方传来整齐的脚步声,有一队宋军前来换防。显然吴澄、蔡辕他们感觉到了部队的问题,先一步启用了预备队。带队的熟人,是在新兵营比武大会中夺魁的任川。他之前因为比武夺魁,被提拔去中军长斧营。因为发现这边防御较为薄弱,主动请缨来此协防,与他一起的还有几个长斧营的战士。

杨思飞注意到新到防士兵的武器除了大斧、弓弩,还有火药箭。他和顾霆一面抬起包栋,一面打听其他防线的情况。得知九座箭塔稳若铁塔,顾霆也是松了口气。因为田万牛就在其中一座箭塔下做重甲兵。

这时,四方有鼓声响起,士兵们纷纷瞪起眼睛,远处的江面上有更多的敌船出现了!

被换下来的士兵急匆匆地跑步离开,杨思飞犹豫了一下,没有离开前线。顾霆弄不清他的想法,也就和他一起躲在掩体的另一侧。那队长包栋就被放在一旁。

任川顾不得其他人,他眼望江面迅速靠近的敌船,沉声道:"准备好火箭,稍后中间的防区会率先射出火箭,等到他们点燃江面,我们也射出火箭。只要江面燃成一片,鞑子的战船主力就会失去攻击能力。听我的号令,决不能提前射箭。"

周围士兵纷纷答应,一个个全神贯注地看着蒙古战船。

远处的蒙古战船上，此刻准备进行登岸攻击的，已经是先锋军精锐。

齐横眉虽然用兵谨慎，但方才多次试探，让他认为也许宋军并没有埋伏。而他手里能够调用的船只数量，也不容许他再多做试探了。于是他让马猛在内的先锋军，发动一波能够在宋军码头站稳脚跟的攻势。

齐横眉嘱咐道："万一发生变故，我会做你后援。你只需想办法进攻。要知道，不论是在草原还是江河上，我们都以进攻见长。"

马猛虽然外表粗豪，却是个粗中有细之人。他当然也想着建功立业，但打仗勇猛固然重要，却不可鲁莽。因此他一面命令船队迅速向前推进，一面很小心地扫视着周围可能出现的异常。

在他看来，宋军码头的重武器不多，因此前两次进攻的战船皆是在进入"克敌弓"射程之后，才开始陷入麻烦的。那就是距离码头一百步不到的距离。而宋军将损坏的战船也沉在那个区域，使得战船难以在那片水域灵活移动。所以要想抢滩登岸，就必须避开敌军的"克敌弓"，迅速通过沉船区。

为了迅速通过沉船区，马猛和齐横眉想了个办法，那就是给四车船的船头装上撞角，以及布置好军士清理残骸，让其在前开路。这一做法的确有效。他们迅速通过了前三分之二的区域。距离码头只剩下不到二十丈的距离。大船开始放下小舟和木筏，让士兵展开登陆。

然而有些不对劲。早就进入了宋军射程，怎么对面未发一箭？马猛眉头紧锁，吩咐手下加快行军。

又向前推进了五丈远，突然宋军码头鼓声大作，在正中的箭塔上有长弓发射出燃烧的火箭。嘭！火箭看似漫无目的地落在了一条破船上，顿时燃起熊熊大火。紧随其后，几乎从宋军码头的所有掩体内，都有火箭射出……

先锋和正中的蒙古战船刹那间陷入火海。

马猛咬牙咽了口唾沫，对方真是能忍，居然忍到此刻才下杀手，先前明明蒙古军几乎登岸了他们也没行动。但他并没有立即指挥军队退却，而是敏锐地扫视整条战线。忽然，他眼睛一亮！在东面某一片区域并没有出现火海。

"朝东面突破！"马猛断然道，此刻即便后退也是损失惨重，不如用命搏一搏！而某种意义上，他很清楚齐横眉一定会做出应变。只要跨过这燃烧的大江，后面就是他们大显身手的时候了！

东面那片并未点燃的区域，正是任川接手的区域。在他准备射箭之时，突然掠过一阵刀风。任川霍然转身，刀锋正劈在他的胸口。大量的鲜血从胸口涌出，他吃惊地看着杀气满身的杨思飞。

杨思飞面无表情地将刀锋深入，然后一脚踹在对方身上。任川只觉得视线变得模糊，随即失去意识倒于尘埃。周围的人皆一愣神，杨思飞迅速旋转，脚步不停从侧方杀向周围。一刀一人，三步一杀。作为中军精锐的长斧兵也没能接他一招，当他连劈四人之后，那些宋军才反应过来，各举刀枪应战。

但杨思飞如鬼魅一般避开所有攻击，他的武艺显然不是这些普通军士能够抵挡的。只几个来回，他就杀光周围十余人。

"你……老二，你做什么！"顾霆朝对方举起弓箭。

杨思飞沉着脸迈向顾霆，一句话也没有说。顾霆对着杨思飞射出一箭，箭头被一刀劈飞。

顾霆顿时感到脑子发麻发晕，他完全不明白这是发生了什么，这短短的几息间，周围就只剩下一地的尸体。杨思飞冷喝一声，拔刀劈向顾霆，仿佛面前这一起摸爬滚打两个月的兄弟，只是个陌生人。

顾霆仓促回应，但只接下一刀，第二下就被击落了兵器。杨思飞毫不犹豫，侵入近身，一刀劈开对方的胸口。

"为什么……为……什么……"顾霆倒在地上，依旧不相信发生的事。不久之前，对方还曾经救过溺水的自己；不久之前，对方还教过自己拳脚。他们是住一个铺，吃一锅饭的兄弟。

杨思飞嘴角抽动了一下，依然什么也没有回答。他看着周围的死人，又望向远处的江面。如他所料，蒙古战船正在朝这边移动。他深吸口气，一把抓住任川的尸体发力飞奔，越过残破的土墙，直接将尸体拖到江边沉入水中。

这时，远方好像有人在朝这边叫喊。杨思飞用刀在左肩拉开一道口子，然后将杀人用的军刀也沉入水里。他跑回阵地，一脚踩碎包栋的脖子，然后背起地上的顾霆，发了疯般地向另一边跑。

瞭望台上的吴澄发现了东面防线的瑕疵，这片未曾点燃的区域说大不大，但足以成为蒙古船队的一线生机。他同时也发现，在最前方的蔡辕没有发现这个问题，他只是不断控制兵阵希望能够一举击溃马猛的主力。

吴澄大叫道："孟鲤！"

台下的孟鲤已经第一时间带着长斧兵前往出事地点。吴澄紧接着调动更多兵马前往东面。

与此同时，江面上马猛的战船已经穿越火线逼近岸边了！尽管超过三分之二的战船毁于大火，但他还是带着七条四车战船突破到岸边。在他的后方，齐横眉一早准备了灭火的水龙船，正想办法拓开更大的缺口。

杨思飞背着顾霆的尸体，朝着另一处营垒跑，他面无表情，眼中透着沉重的哀伤，心底则没有一丝波动。

"站住！怎么了？"远处的宋军喝问他。

"发生了变故，我们的防线有奸细！"杨思飞大吼道。

"什么！谁是奸细？"防线上的战士追问道。

杨思飞并不回答，只是将顾霆的尸体放在地上，急道："快救救他，快救救我兄弟！"一面说，一面热泪横流。

那宋军检查了一下顾霆，同情地看着杨思飞，他明明背着的是一个死人。

杨思飞却抓住对方的胳臂，大吼道："快救救他啊！他如果死了，我怎么对老大交代！"

他虽然肩头带伤,手上力气却是奇大无比,抓得那战士一阵剧痛。

"你冷静一点儿!"边上有其他战士过来将两人拉开,"冷静一点儿,我们会想办法的。"

这时,戴着面具的孟鲤和她的长斧队来到这里,她吃惊地看着地上惨死的顾霆,扬眉问道:"究竟出了什么事?"

杨思飞哭道:"快救救他……"

孟鲤深吸口气,一脚将对方踢翻在地,沉声道:"别吵吵,到底发生了什么?"

杨思飞喘息着道:"是……是任川……他来换防,突然向弟兄们出手。我们俩因为准备换防,所以没有被他斩杀。任川将他们全都杀了!"

任川?孟鲤皱起眉头,这怎么可能?任川是她中军长斧营的人啊。"看着他。"她吩咐了一句,立即前往杨思飞所说的阵地。近百名长斧兵紧随其后。

杨思飞望着对方背影,心里微微舒了口气。做暗子难,要长期潜伏更难。这次侥幸了。

那处营垒到处是血,一片狼藉,十多具尸体的确出自同一人之手。并且没有任川的踪迹。

"统领,鞑子来了!"不等孟鲤细看,有士兵提醒她说。

孟鲤望向远处的河岸,一条蒙古战船上下来了十多个士兵,正迅速蹚水上岸，而后头还有更多战船。

她吼道："不能让他们登岸，随我来！"

孟鲤提起长刀，奔着岸边冲去，长斧队仿佛出柙的猛虎奋勇争先。

那些蒙古兵脚还在水里，就已经扬起复合弓，冲着宋军射来。还在船上的马猛松了口气，宋军并没组织防线据守。如果这队宋兵不是冲上来，而是占据地利向他们齐射火箭，那才是最麻烦的。好在他一直担心的事并没有发生。要知道，不管是在什么战场上，正面厮杀是他最不害怕的事。

马猛看了看周围那三百多蒙古军，笑道："来，跟着我杀上岸去！"

只要登岸，战局就在我的掌握之中。马猛眼里扬起冲天的豪气。

钓鱼城长斧兵是出名的精锐，而马猛的先锋也不是弱者。两边皆是搏命的打法，一接触就倒下一片。孟鲤和马猛在各自斩翻数人后，在河岸边战到一处，长刀和狼牙棒的碰撞荡起层层火星。马猛的力量远强于孟鲤，因此逼得这女子频频后退。

更多的蒙古军杀上岸来，原本能把守战线的长斧兵，变成了一人要面对两个以上的敌人。双方在岸边展开争夺，河面上有更多敌船靠近。他们远远地就朝岸上射箭，居然能在乱战中精准地射杀宋军。

如此一来，长斧兵迅速减员，孟鲤只能且战且退。蒙古军逐渐占据了河岸，形成了一个两百多人的兵阵。

这时蔡辕终于带着增援部队到了。他一面招呼孟鲤后撤，一面派出弩手击发弩箭。同时有几名长弓手，朝着汹涌的大江射出火箭。

嘭！江面被点燃！但不少蒙古战船已经接近靠岸，火线不过是隔断了他们身后的退路。宋军射出第一轮弩箭后，忽然遭到一阵火石的袭击。江面上的蒙古战船配有燎原炮和床弩，只一轮攻击就将大宋的弓弩队打散。

马猛咆哮着率领先锋军冲了上来，仿佛狼群一般四处杀戮弓箭手。尽管蔡辕帮长斧队脱离了肉搏，但他也并没能阻止蒙古军的突击，还因此损失了不少兵力。他倒吸一口凉气，这战力有点儿恐怖了，若是被对方冲上岸来一千人，那就真没办法遏制他们了。

"冲垮他们。"蔡辕调集更多士兵杀向敌军。

登岸的蒙古军皆是身经百战的精锐之师。虽被迫收缩了阵型，但他们一个个手提弯刀皮盾，不论宋军如何冲杀，都能做到防守稳固。

"弟兄们，后面没有退路。只要我们扼守此地，我军主力必会赶到！夺下码头，你我就是首功！"马猛回头看了眼后方的江面，"前有强敌，后无退路。背水厮杀，人生乐事！长生天庇佑！"

"呜唻！呜唻！"士兵们大吼。

蔡辕和孟鲤看着士气大振的敌军，面无表情地调遣兵力。

瞭望台上，吴澄看着东面发生的战事，眉头紧锁，心里微微发沉。多年以来的经验告诉他，一旦被蒙古大军立住阵脚，就要用三倍以上的兵力去争夺。而作为水军，他并不具有这种兵力。蔡辕你能不能立下奇功？

"张统领，要靠你出力了！"吴澄对身旁来此观战的南一字城的统领张恒道。

"职责所在。"张恒向吴澄施礼，回到自己的防区，调遣士兵用弓箭支援码头。

在江面上，齐横眉正调集所有资源，打通与马猛会合的通路。周围船只灭火的灭火，运兵的运兵。由于他们兵力充足，很快就清理出来一条通道。这时，齐横眉发现后方汪德臣的旗舰移动到了前方督战。他深吸口气，立于船头下令道："全军出击！"

第七章
战场如弈

冉璟潦草地吃了点儿东西后倒头便睡,因为身上箭伤的关系,沉沉地睡了三个时辰。醒来后,外头有士兵通知他速去帅府。冉璟打听了一下码头的战事,听说那边正处于胶着状态,而且形势不太乐观,所以他不禁加快了步伐。一路上他想到昨夜的行动,打仗和独自行动的确不同,但有些伤本是可以避免的。对付弓箭,必须更敏感、更警惕一些啊。

来到帅府,王坚详细询问了他昨夜的情况,然后靠在椅背上,想了想道:"所以你觉得自己之所以会受伤,是因为还不适应有弓箭的战场。"

"虽然听起来有点儿骄傲,但应该是这个问题……"冉璟迟疑了一下笑道,"难道不是?"

王坚问道:"每次出击,都希望能够杀死敌人,全歼敌军。你是不是有这个想法?"

"虽然不完全是这个想法,但难道想要杀死敌人是错的?"冉璟皱眉道。

"这是个思考角度的问题。"王坚指着面前的钓鱼城地图道，"来，我来问你。我们打这场仗的目的是什么？"

"击退蒙古军。"冉璟回答。

"是必须全歼敌军吗？"王坚问。

"不……应该是做不到全歼的。"冉璟摇头道。

王坚又问道："那么鞑子来这里的目的是什么？"

"是为了占领钓鱼城。"冉璟很确定地回答。

王坚笑道："如果我们投降了，他也算是达到目的了吧？"

"当然，所以他们才会先来招降。"冉璟说。

王坚摊开手，笑道："所以你再想一想。"

冉璟皱着眉头，轻轻吸了口气道："你是说，要赢得战役，并不是只有杀死敌人这一个办法。比如我们这次，只要达到守城的目的，就算是赢得战役？"

王坚道："不错。所以你每次出去执行任务，或者参与作战的时候，要多想一想，你这次行动的目标是什么，能不能以尽量小的代价来达到目的。"

冉璟问道："所以……你才会选择派踏白营埋伏在龟山，就是想要用尽量小的代价来扩大战果？"

"你觉得这次任务有问题？"王坚笑道。

"我认为，这次行动固然能够打击到敌人，但我们的实际战果并不大，并不能起到牵制甚至打击对方先锋部队的目的。"冉璟思索道,"而且,这次任务的代价是牺牲了好几个踏白营的精锐战士。并且敌人还通过我们,达到了与我水军决战的目的。似乎这次任务并没有什么好效果。"

"嗯,你想得很多。冉璟啊,你能想到那么多,让我很高兴。"王坚笑道,"但你昨晚执行的任务其实只是我的一次实验,目的是给将来更大的行动做预演。"

冉璟吃了一惊,带着疑问望向对方。

王坚眼中闪烁着智慧的火花,带着一点儿坏笑道:"当然有些事目前不能告诉你,现在你跟我去一个地方。"

王坚和冉璟一起离开内城,去往城东的外城墙。

冉璟见他并不是去水军码头的方向,觉得有些摸不清对方的想法。而王坚一路上只是和他聊了些当年的家常,说起冉璟从前刚学剑时的情景,说起传给他湛卢的那个老家伙喝醉时的德性。最后又说了他的儿子,虽然带的兵数量不多,但也是在战场上一刀一枪打磨出来的,所以他并不算失望。

"不算失望?为什么会失望?安节统领很好啊。"冉璟怔道。

"他现在论带兵,当然算不错。我说的失望,也许只是因为他习武的天赋,没有我希望的那么好吧。虽然他真的已经很努力了。孟琪大人曾说过,每一个名将,都会有对自家孩子失望的那一天。因为我们总以为,孩子是自己的延续,自己做不到的事他们可以帮我们做到。但其实并不是这样的。你自己做不到的事,别人也帮不了你。"说到这里,王坚笑道,"生儿子,又不是收徒弟。徒弟的资质可以挑,而儿子的资质是老天给的。所以这只是我们这些做爹的自己的问题。当然若换作你师父,他一定会说,他做不到的事,也不可能要求你来做到。"

"说句不敬的话,也许令尊大人也对你失望过?"冉璟笑道。

王坚挠了挠额头道:"他只是个普通人,可能不会像我想那么多吧。"

冉璟看着熟悉的街道,不禁也心生感触。但他同时又想,这一趟路程不近,而码头那边正战况激烈,老爷子这么离开真的好吗?

王坚没带卫兵,身穿普通军服,走在钓鱼城的街道上,远远望去就像一个赋闲的老兵,冉璟则是他的后辈。两人来到外城墙上的一条僻静小道,那边的卫兵见到王坚,行过军礼就退开了。王坚带冉璟穿过一段城道,进入一座城楼。

冉璟轻轻吸了口气,下意识地身体有些发紧。

老头子笑着看了他一眼道:"紧张什么?知道我要告诉你秘密了?"

冉璟吐了吐舌头,笑道:"先前刚来时不把自己当外人,被你们检查了身份。现在才在兵营待了几天,就要被告诉机密了。能不紧张吗?"

"哎哟,你个瓜娃子一直都在介意啊?"王坚给了冉璟屁股一脚。后生也没有试着躲闪,就这么挨了一下。老头子道:"打仗啊,不是过家家。有些事必须谨慎一点儿。但对你——说真的,三岁看小,七岁看老,我还是放心的。所以之后有大事交给你做,湛卢剑的传人。"

冉璟嗯了一声,等对方继续说。

"昨晚的任务你做得不错,武艺固然没有超出预期,但从当兵的角度说,也没出现我担心的问题。"王坚笑道。

"我受伤和武艺没有关系。"冉璟辩解道。

"打仗从来不能靠一个万人敌解决所有的事,所以我希望有个武艺好的兵,而不是剑仙。"王坚指着前头城道的第五块石板说道,"掀开它。"

冉璟弯下腰,指尖手腕同时发力,只是那石板不知是什么做的,他只掀开了一道缝。王坚幸灾乐祸地看着他。冉璟眉头一紧,闷哼一声二次发力,肩膀上的箭伤一阵剧痛。石板终于被掀开。

"箭创破了吧?回去包一下就没事了。和蒙古人打仗,要习惯带着箭伤啊。这也不是我难为你。"王坚跃入黑沉的通道。

冉璟跟了下去,两人在黑暗中走了好一阵,很快就以好于常人的目力隐约看清这条崎岖的密道。身上能感觉到有山风吹过,这是进入山腹里了,尽管冉璟从小在钓鱼城长大,也并不知道这条路。

"这条路啊,是我和你师父在余玠大人的安排下打造的。本身是条密道,似乎是唐朝留下的,不知是为了什么目的。我们封死了原来的出口,然后另外通了一条路,并在上头堆上山石,铺上石板,盖上城楼。外人即便知道这里曾有一条路,也不可能用它做什么了。那年你师父有心离去,因此将此地重新整理了一下。"王坚说到这里,伸手点亮了一个火把,顿时通道里亮了起来。

通道尽头是一块空旷之地,竟然能容得下近百人。冉璟看到空地墙上有一行用剑刻的字,正是一首岳飞的《小重山》。"昨夜寒蛩不住鸣,惊回千里梦,已三更。起来独自绕阶行……"他不禁骤然湿了双眸,这是师父的字。

"这是他离去前,大醉后留的字,用的是你背后的湛卢。"王坚唏嘘道,"世道艰难,时局不振。他也是有心杀贼,无力回天啊。有时候也羡慕他能说走就走,而我却不可以。但想必他即便离开了四川,也过得不快活。他就是那么个操蛋性子。"

冉璟抽了下鼻子,低声道:"是的。最近他身体越来越差了。所以我这次来,"他昂起头道:"就是要连他那份功业一起做了,我不会让师父失望的。"

功业吗?王坚眼中闪过一丝不屑,举步道:"继续走吧。"

两人又走了一段路,前头的道路被地下水漫过。王坚蹚水过去,搬开了一块岩石,露出狭窄的山缝。这里只够一人侧身而过。

王坚率先离开暗道,冉璟跟随其后,外头是一片僻静的树林。

冉璟吃惊地看着树林和地上的野花,低声道:"这里是天涧沟了?过水路了吗?"

王坚用树枝将洞口遮掩,带他走出树林,指着远方的山林道:"并没有。但不远处就是天涧沟最窄的地方,过了山涧前头就是天涧岭,翻过天涧岭就是石子山。蒙哥的金帐已经落在石子山上,那边漫山遍野都是蒙古精锐怯薛军。"

冉璟身上顿时洋溢起一层剑意。

"激动什么,毛孩子。"王坚好笑道,"今夜不会让你去石子山的。今天我只是带你走一遍。"

"走一遍?"冉璟问。

王坚不再多言,只是沿着树林的小径,低头寻觅着什么。大约走了半里地,他们来到一片松树林。

冉璟打量周围,觉得这里很是熟悉。他儿时时常在天涧沟玩耍,而这边似乎没什么变化。

王坚在一棵大樟树下,拨开泥土,翻开一块青石,青石下有一片老旧的树皮。

他收好树皮低声道:"现在我们回去。"

王坚带冉璟回到密道,用石头重新封住细缝,才继续道:"现在有机密告诉你。在蒙哥汗的中军,也就是怯薛军里,有我们的卧底。他用几年的时间,从一个普通军士逐步成为他们的中级军官,能够了解不少蒙古军的动向。之前负责和他联系的人是孟鲤。这也是这几年,孟鲤经常外出办差的原因。如今大战在即,孟鲤在中军长斧营有她的岗位,若再经常离开战场会被人怀疑。"

"被人怀疑?"冉璟扬眉道。

王坚笑道:"你不会以为只有我们派了卧底在对面,而对面没有派人在我们钓鱼城吧?我们和他们作战十多年,他们一定也派了不少人在我们城里。所以一旦开战,孟鲤就不太适合经常外出了。而你不同,你刚加入我军,身手很好,外人又不清楚你的职责。你最适合接过这个任务。"

"你临阵换人,就不怕卧底大人不认我,只认孟鲤?"冉璟笑道。

王坚道:"不怕,因为卧底是邵文。"

邵文!冉璟吃了一惊。邵文是王坚的弟子,也是他年少时的玩伴,确切地说,是他和孟鲤小时候的大哥,比冉璟大了三岁。在他离开钓鱼城的时候,邵文已经是钓鱼城中军的军士了。回来后,他也曾打听过邵文的去向,孟鲤和王坚都回答说是在外公干,没想到竟然是去了蒙古军中。

刚才那片树林,就是他和邵文儿时常去的地方。小时候埋"宝藏"的老樟树,变成了传递情报的机密之地。一时间,冉璟不知该说什么,只能沉默不语。

王坚笑道:"你离去的那年,邵文就去了北方,兜兜转转建立了蒙古人的身份,不过如果你见到他应该还能认得出。当然,他应该也能认出你。"

"我明白了,我会完成任务的。"冉璟抱拳道。

王坚点了点头道:"初次接头的地点,邵文已经留言了,稍晚我会告诉你。我们对外联络有套特殊的符号文字,你需要背下来。这个任务原本王安节也能做,但他如今为踏白统领,有很多琐事要管。所以想来想去,你比较适合。毕竟邵文和你是好兄弟,而安节虽然也是年轻人,可比你们大了差不多十岁,当年与你们这群小崽子玩不到一起去。"他来到通道的拐角处,指着一个长满青苔的石洞道:"这是机关所在,若是遇到追兵,你可以将宝剑插入,将顶上的千斤闸放下。不过有一点,放下后这条密道就算毁了,一时半会儿是修复不了的。但如果真有敌兵追着你的屁股,与其被他们利用密道,那还不如毁去。"

冉璟问道:"我们那么擅长修密道,在钓鱼城周围的各处营寨应该都留了吧?石子山上有吗?"

"我们是当兵的,又不是老鼠。"王坚瞪了对方一眼,转了话题道,"回城再说。看时间,汪德臣该拼命了。这是给你的令牌,明天你去一次石子山。"

"我明白这是你们约好的时间,但是万一有变化没有见到邵文怎么办?"冉璟问。

王坚没好气道:"我不是让你去叙旧,你只是去取东西。做卧底当然要应对各种复杂的情况。"

由于蒙古军势力强大,很快岸边的小缺口被拓展成了一块稳固的根据地。数以千计的蒙古军士登上了水军码头。齐横眉和马猛完成了会师。

蔡辕领兵步步后退,只能依托那几座箭塔进行攻防。孟鲤周身浴血,出发前的一百长斧兵只剩二十余人还有作战能力。

瞭望台上，吴澄摘下头盔，望了望发黄的天空，挠了挠头道："不知能不能熬过今天。"

张珏道："老吴，大帅说了，可以逐步撤军回城。如今尚不是决战的时候。你也不要拒绝，他让我来此，就是担心别人来传话你不听。"

"我是水军统制，没了码头，没了战船，还算什么水军？"吴澄面无表情地问道。

"你们不只是水军，你们更是大宋的军人。"张珏沉声道，"这场战役才刚开始，我们需要每个人的力量，作为统制官，你更不要任性。"

吴澄摇头道："我同意撤军回城，但不能连一天也守不下来。"

"那样会多死很多人。之前蒙古军来钓鱼城，我们水军也撤退过。"张珏说。

"今时不同往日。"吴澄戴起头盔，冷笑道，"鞑子也会多死很多人。我保证他们不会比我们死得少。"他见张珏露出迟疑之色，又轻声道："我知道城里重武器还没完全布置好，能拖一天也是好的。都统制大人，我只要留下一半人。水军不能就这么退出去，死去的弟兄不答应。"

张珏盯着对方的眼睛，吴澄毫不退让。

"只有今天。"张珏轻声道，"重武器虽然没有全部到位，但我也能给你一些支持。"

吴澄眼睛一亮，立即与对方讨论了一些细节。随后他紧急召集中级军官，将一条条命令传递下去。

蒙古军已经抢占了三分之一的码头，毁去了三座箭塔，越过了三道营垒。眼看天近黄昏，却再难前进一步。

对方居然在码头修了那么多营垒，这是齐横眉始料未及的。这样下去，要争夺整座码头，怕不得要折损过千？即便用汉军和女真兵去垫，那也觉得肉疼，毕竟之后还有消耗更大的攻城战。说到攻城战，他站在码头上远眺前头护国门外的一字城，天还没黑对面就已经亮起了火把。一字城仿如巨龙一左一右横在山间，而那城门仿佛怪兽的嘴巴，安静地等待着他们的到来。

边上一阵骚动，汪德臣和李德辉带领各部将领来到战线的前沿。齐横眉简单地汇报了眼前的情况。其实这战局如何不用他说，汪德臣在来之前已经是一目了然。

"所以现在你要如何做？"汪德臣笑问。

齐横眉道："钉子一个个拔，先把两边的箭塔敲掉，然后拔中间的。对面的水军总共不超过两千人……"

索林笑着打断他道："你怎么知道对面只有两千人？我们已经攻了一整日，若是汉军能抵挡我们一整日的正面进攻，那一定不止两千人。"

齐横眉瞪起眼睛道："宋兵水军只有两千人，对方有坚城在后，有必要派出守城军与我们在码头上耗着吗？"

索林道："你说得有道理，但既然如此，为什么你们一整日也没拿下码头？"

"你他娘说什么呢？"马猛怒道，"对面这码头修得处处是陷阱，到处是冷箭。"

齐横眉挠了挠头，他忽然明白，这些家伙是来抢功劳的。可他和马猛已经攻了一整日，总不能现在交出主攻权。

汪德臣安抚他们道："我不是带他们来抢你们的战功，但你们两营战士已经疲劳，而本帅希望能在今日拿下码头。我们也不能无休止进攻，从现在算起，到深夜前，还有两个时辰，所以我想发力一试。"

齐横眉抱拳道："属下皆是都总帅的兵，自然全听大人吩咐。"

汪德臣点头，抬手道："如此我们重新部署一下。齐横眉、马猛你们两部人马攻击中路，索林、耶律攻击右路，我带本部攻击左路。横眉，说一下你们攻了半日的经验。"

"难对付的是箭塔。他们地基做得扎实，即便投石命中也不能撼动。而从下方攻过去，那边又有营垒和拒马掩护，有重甲步兵和弓箭手隐藏其后。"齐横眉飞快道，"我方才准备集中燎原炮对付箭塔。"

"其实你错了，箭塔威胁自然是大的，但只要我们能攻到塔下，它就是死物。"索林又插嘴道，"所以我觉得，我们用重武器对付营垒。用砸的，用烧的，怎么都好。必须逼迫他们在我军靠近前抬不起头。以我军的速度，宋军码头这样的弹丸之地，够我们冲刺几次？拒马什么的不足为虑。"

汪德臣笑道："横眉，猛子，你们两营的战马我也送过来了。想必这个战术可行。"

"全听都总帅吩咐。"齐横眉和马猛躬身领命。

汪德臣的兵马与钓鱼城已交战过多次，他们在四川战场向来横行无忌，唯一忌惮的就是王坚。但挡在眼前的并非钓鱼城中军，不过是水军码头的水军而已。因此他们拟定的方略迅速被执行，并且极有效率地贯彻到每一个战场上。

很快，十座燎原炮在码头各处架起，燃烧的火石旋转呼啸着落向宋军营垒。如索林预料的，在压制营垒里的宋兵后，配上蒙古骑兵突袭，他们顺利地夺取了一块又一块的小战场。两翼的箭塔皆被捣毁，水军码头只剩下中间那座瞭望台和两座箭塔为依托的最后防线。

田万牛站在瞭望台下，他身边是一脸苍白的杨思飞。二人皆是周身战甲，和以往不同的是，田万牛眼里只有死寂般的冰冷，从头到尾再没和杨思飞说一句话。顾霆死了，田万牛的心里满是对方微笑的样子。那么多年来，从村里的嬉闹，到共同投军的点滴，再到新兵营的历练。这是比手足更亲的兄弟，却转眼间就没有了。

这个杨思飞，明明答应我要照顾小顾的！这个狗日的，我把你们都当作亲兄弟啊。田万牛嘴唇微微颤动，两眼血红地看着前头，实际上脑海里已一片混乱。

杨思飞，本名伊特格勒，是蒙古语里"信任"的意思。他在长空营里资历很老，代号"灰羽"，是李德辉最信重的长空五羽之一。说起来，他和先前死去的灰狼是亲兄弟。他接下钓鱼城的任务，也有帮助兄长的原因在里面。他们家族因为蒙古内部的权力斗争而沦为了戴罪之身，是李德辉看重他们的才能，将他们弟兄收入长空营。

灰羽此次潜伏的目的和其他人一样，是为了破坏钓鱼城的城防。若有机会则弄明白"雷神"的秘密，以及刺杀宋军的将领。但在他看来，作为潜伏的暗子，只要一日没有破城，自然是能够埋伏得越久越好。所以他不会为了刺杀将领冒险，也不会为了弄清"雷神"是什么去冒险。进入新兵营之后他保持了相当程度的静默。

当然，他保持静默的另一个原因是，刚进入新兵营就遇到了冉璟。他一眼就能看出对方身手不凡，而这种人本不该出现在以农家子为主的宋军兵营里。事出反常必有妖，他不能不多加小心。而之后，也因为有冉璟在，他因祸得福得到了自由选择兵营的权利。为了能确保蒙古先锋顺利登岸，他特意想办法加入了钓鱼城水军。

方才眼看宋军火焰封锁江面的行动就要成功，他才铤而走险。要知道，如果当时他不出手，也许蒙古军就要多死近千人。死一千人，还是暴露自己？这道题是很容易做的。

长生天庇佑，方才杨思飞接受了两名副统领的盘问，最后被认定回答没有问题，就被重新安排到中路营垒。他在心底松了口气，这算是过了第一关，只希望在码头这里不需要第二次出手了。天知道这时候，有没有眼睛在盯着他的一举一动呢？他很清楚，只要汪德臣的主力上岸，拿下码头绝不是问题。对他来说，现在的首要任务是别死在乱战的战场上。毕竟对面射过来的箭，可不知道他是自己人。

杨思飞在钓鱼城新兵营潜伏两月，的确与众兄弟建立了感情，因此若是可能的话，他并不想杀顾霆。但是作为密探，他没有选择的权利。刚才那种情形，顾霆必须死。杨思飞相信，田万牛当前对自己的态度，只是因为过度悲痛导致的，等事情平息，自然会恢复正常。若每个战士都因为好友阵亡怪罪战友，那这个战场上就没有一个无辜的人了。

两轮火石过后，蒙古军冲到了箭塔附近，但被壕沟和拒马阻断了路线。蒙古骑兵作战经验极为丰富，步兵在前只是为了清理骑兵冲锋的路线。他们一面丢下沙包填壕沟，一面用叉子推开拒马。只三次冲锋，就为骑兵开辟了道路。

宋军被压制在箭塔下，眼看着骑兵冲杀过来，身披重甲的蔡辕狂吼一声，带领步兵迎上前去。田万牛咆哮着跑在最前方，两手各持一柄板斧，居然连斩三个敌军骑士。宋军士气大振，拼了命地向前冲。

忽然，暴雨疾风般的箭矢扑面射来！

大批宋军被射杀。紧接着，齐横眉和马猛带着己方精锐急掠而至!

双方展开乱战,戴着银色面具的孟鲤手提长刀长啸上前,她率领的长斧兵猛斩马腿。原本已疲惫至极的宋军,居然堪堪抵挡住了敌人的冲击。

王坚在钓鱼城的瞭望台上望着码头,然后有些责备地看了张珏一眼。

张珏苦笑了一下不做辩解,他也知强令水军退回或许才是正确的,可身为主将也不能无视士卒们拼死一战的决心。

"敌军主力已经开始合围,传令吴澄,必须收缩兵马了。只有一次机会。"王坚冷着脸道,"我的兵不能因为他的面子去送死。"

张珏看了冉璟一眼,将一枚火红的军令递给了他,沉声道:"让吴统制撤兵回城。只要他阵型变动,我们城上就会配合行动。"

冉璟躬身领命,掠出城墙急速前往码头。

张珏对一旁的唐长弓和张恒道:"看你们器械营和一字城的了。"

唐长弓、张恒一同行了军礼,自信满满地前往阵地。

李德辉站在本方的高台上,看着中路的厮杀,左右两翼的汪德臣和索林已经夹击而至。原本奋勇抵抗的宋军正步步后退。李德辉是不支持汪德臣亲自上阵的,明明是统帅数万人的大将,却悍勇得像个十夫长。但也正因为这些统兵武将嗜血好战,蒙古大军才会攻无不克，战无不胜。

码头上的水军似乎是要死战到底了。王坚为何要如此做？这不符合那老家伙一贯的风格啊。李德辉谨慎地审视着战场，汪德臣和麾下四大千户浴血厮杀，实在看不出宋军有什么翻盘的能力。只用一日就夺下水军码头，这也是首功一件了。相较纽璘，蒙哥大汗的确更喜欢汪德臣一些，所以能出力自然要出力。

冉璟拿着火红军令来到吴澄面前，吴澄冷笑道："都统制亲口答应，让我在今日坚守。"

"都统制说了，让你变一下阵型。"冉璟轻声讲出王坚和张珏的部署。

吴澄沉默了一下，冉璟沉声道："王坚大人说，这样可以少死很多人，这些都是水军的种子啊。而且可以确保他们短时间内不能再次进攻。"

王坚啊。吴澄信任王坚，作为钓鱼城的老人他也没有什么不服气。不过王坚和他的老上司余玠不是一种人，所以他多少有点儿……但吴澄很快停止了胡思乱想，上前一步接过令箭道："水军统制吴澄接令。"

很快码头上坚守的水军加速了后退。唯有蔡辕、孟鲤的百多名战士仿佛钉子般，坚守在最前头。

"这是要后撤了？是不是太晚了？"汪德臣嘴角挂起冷笑。

忽然远处的山城上有了怪异的响声。齐横眉面色陡变，大喊道："有投石，快散开！"

雨点般的投石从天而降。有的硕大如石狮，足有百多斤重；有的落在地上就四分五裂，里面有各种铁钉和毒液飞溅出去伤人无数；还有的则是带着火药芯子，一落下就爆裂开来。这些带火药的投石瞄着几片区域发射，那些地方皆有之前布置好的引火之物，刹那间码头上成片地燃起战火。而有些石头上绑着穿空的竹筒，石头破空飞掠时发出凄厉的鸣叫声，远远听见叫人心惊胆战。

有蒙古士兵立即开弓向山城还击，但那么远的距离弓箭根本够不着投石机的位置。

宋军投石阵地上，初上战阵的宋小石不由握拳大笑，他从白天开战守到现在，终于有了用武之地。这也是他第一次负责操控巨型投石，虽然并不算精确瞄准，但第一轮投射就取得效果，让他兴奋不已。

唐长弓有些好笑地看着这小个子的背影，他认真观察过宋小石那台机子的落点，居然每一枚都能产生效果。这个小子还是第一次上战场啊。

原本排着队朝前冲的蒙古军死伤惨重，而不等他们调整队形，第二波投石再次降临，紧接着是第三波。更叫人吃惊的是，护国门处居然亮起了一幅硕大如门的旗帜，上书"精忠报国"四个巨字，哪怕在码头上也能看清。

李德辉倒吸一口凉气，那传说中的法宝是存在的？

"后撤！后撤！齐横眉，马猛，索林，耶律！后撤！"汪德臣大吼。

而与此同时,宋军突然从南一字城的东城门杀出城来,统领张恒提着长矛冲锋在前,蒙古军右方的士卒尽没其间。

汪德臣指挥部队后撤到码头靠岸的地带,残兵败将被李德辉派人救援,才完全脱离了投石的范围。

反攻的宋军原想趁势将蒙古军赶回水里,奈何蒙古射手们立住阵脚之后,又岂是轻易能够击退的。

田万牛也是初上战场,先前因为顾霆的死被激起血性,又是被敌军压着打,所以不管不顾地杀了一阵。此刻终于反攻,缓过了气来,放眼血腥气扑鼻的修罗战场,肠胃顿时一阵抽动。他看着手里鲜血淋漓的板斧,又看看周围那些断肢残腿,以及在血泊里挣扎的敌我双方,感觉整个人游离出了战场,好像站在很高的地方俯瞰着这里。

"老牛小心!"杨思飞猛地将其扑倒。

饶是如此,心神激荡的田万牛还是连中两箭,若非杨思飞替他挡了一箭,怕当场就倒在阵前。

"狗日的你想什么呢?还在打仗啊!"杨思飞怒骂道。

死里逃生后,田万牛也是一阵后怕,哑着嗓子道:"谢谢。"这是顾霆死后,他第一次对杨思飞说话。

杨思飞红着眼睛点了点头。方才替田万牛做掩护的动作,是他下意识的反应。这一箭谈不上值不值得,就当是还顾霆那条命吧。

蒙古军出了名地坚韧，宋军的反攻很快就被遏止了。这时，蔡辕、孟鲤等人宣布全军后退，双方再次回到僵持。

天色已完全变暗，而整个码头化作火海。汪德臣不甘心地望着远处山城，眼看就要拿下了啊。若说这一切是王坚事先布置好的，他是真不相信。哪有这样用是士卒性命去"拉弓射箭"的将领？但若说这是临战应变，对方又明明备足了那么多的重投石机。

"有没有可能夜战？"汪德臣问周围的将领。

齐横眉、索林皆沉默不语。

李德辉轻声道："敌军营垒已被摧毁，箭塔也只剩下一座。然而敌主我客，夜战终究不利。明日再战即可，今夜休整为上。"

汪德臣紧锁眉头，看着众人道："是本帅操之过急了。今夜休整，明日一早拿下码头。横眉，今日的登岸战你做得极好，我会向大汗报功。索林、耶律，你们二人负责前方警戒。横眉、马猛，你们今日辛苦。先让军士们去歇息吧。"他心里稍有不甘的是，明日史天泽就来了，少不得会被耻笑一番。

四人见都总帅并不苛责，这才松了口气，各自领命退下。齐横眉有些懊恼地望着那火龙般的一字城，心想：这区区一个码头就如此难啃，这山城真是阎罗殿不成？

李德辉见汪德臣没有意气用事，也告辞离开。他今日在前线一天，大本营那里不知累积多少公务。

汪德臣却拉住了他道："走，带你去看个地方。"

李德辉皱起眉头，忽然想到了什么，问道："那么快？"

汪德臣道："我一到这里就让石通去找了。他花了一天时间，有了大致的想法。"

"走！"李德辉笑道。

两人回到船上，战船慢慢驶向不远处的喊天堡。李德辉望向石子山方向，不禁想，不知方才的大战大汗有没有远远观看，若是看了怕是心情好不起来吧。

两人来到喊天堡附近的一处山野。

李德辉经过喊天堡的营寨，微笑道："你真将龟山留给史天泽啊？"

"要不然呢？他的水军必须在那边建寨才能封锁河道。而大汗让我军主攻护国门、镇西门、奇胜门，喊天堡这里比较靠近镇西门，正好居中调度。"

李德辉道："这些我当然明白，只是没想到你那么干脆，还替他初建了不少营寨。"

"那也是为了今天白天的水战嘛。"汪德臣打开一张图纸，把注意力放到眼前，低声道，"西面的地况合适挖地道，石通说，可以有两个方案。一个是从军营外围开始挖，另一个则是那边。"他指着一处标记的位置道，"若从靠近大营的地方开始挖，固然不容易被敌人发现，但距离较长，一定很艰难。从这个做了标记的位置开挖，工期就会短很多。但就怕落在钓鱼城的眼皮底下，一旦被发现就万事皆休。"

"必须从近的地方开始，即便是这个距离怕也要挖上两个月吧。"李德辉沉吟道。

汪德臣道："如你所说，这事我还觉得有两个问题。其一，挖地道进展速度过慢。这一挖怕是至少得一个半月的时间，这还必须是天气好。"

李德辉点头道："确实如此。"

汪德臣笑道："二则，这地道出口要设在哪里？即便宋军没发现咱们在挖，咱们也不能，只管闷头挖，挖通哪里算哪里。这钓鱼城不是普通小城，挖通了就算破城了。钓鱼城有里外两道城墙，外城通了还有内城。这个问题如何解决？"

李德辉轻声道："这两点我考虑过，也如你所说，的确是问题。不过我以为，攻打钓鱼城不会很快拿下。我们要做打几个月的准备。正面攻城自然是第一方略，地道战则可作为备案。"

"备案？"汪德臣皱眉道，"若只是备案，大汗未必同意。要知道即便从近处开始挖，所费人力也绝对不小。"

李德辉道："你手下有来自中原的汉军和女真兵，他们非常擅长地道战，石通就是其中的好手。我这边也有些特殊人才，两边合力当可不显山露水地解决问题。这事情上报一次即可，我来给大汗条陈。具体不需要大汗拨给我们什么。"

"你倒是有自信。"汪德臣笑道。

李德辉道："我只是觉得山城难攻，这反而可能是个良策。大汗善于用兵，只要我们出人出力，他不会在意我们具体怎么做。"

汪德臣道："你说得有理，在我攻城之时，挖掘之事可同步进行。由石通负责，你我督管即可。虽然颇费人力，但还是值得的。"

李德辉慢慢道："一旦真的能用，也能少死士卒。大汗向来爱兵如子。"

汪德臣挥拳道："即便大汗准你我挖地道，那第二个问题又如何解决？"

李德辉靠近了一些，低声道："长空五羽里，铁羽就在钓鱼城西边。他潜伏多年，必有办法。"

"说到卧底，今日护国门上，那面旗帜是什么玩意儿？"汪德臣皱眉道，"配合那些投石，简直仿佛天降雷霆。难不成他们宋人真有法宝？"

李德辉沉默了一下，摇头道："我不信。至少就之前的情报看，钓鱼城里有特殊的火器，但没有什么法宝。"

"要的就是你这句话。"汪德臣慢慢道，"王坚用兵诡诈，我们决不可松懈。"

李德辉微笑道："我今夜就将这地道的方略交上去，你放心吧。"

汪德臣用拳头敲了敲李德辉的肩膀，深深吸了口气湿冷的空气。

夜已深沉。

金顶汗帐里,蒙哥正处理着各地发来的公文。他虽为草原上的帝王,却极为勤政。除了眼前的军务,还要兼顾各地的政令。说起来,每日满打满算的睡觉时间不过两个时辰。饶是如此,蒙哥却也乐在其中。他少年时跟随窝阔台征伐四方,二十多岁就参与了第二次西征,一路征服,甚至到过欧亚边际的里海。打仗是他生命里的第一乐事,而为人君后,他从不敢松懈。毕竟,他这个威加四海的大汗……在某些人眼里夺的是窝阔台家的汗位。

又批阅了几份奏折,蒙哥重新看了一遍旭烈兀的捷报,脸上露出微笑。水淹哈里发,征服巴格达!旭烈兀真神将也。

边上有仆从给他满上马奶酒,蒙哥轻啜了一口,舒缓了一下情绪,才吩咐道:"让史天泽进来。"

大帐外进来一名身高七尺的威严武将,面色古铜,长髯及胸,一身铁甲威风凛凛。

蒙哥笑道:"不用多礼了,天泽,一路辛苦了。你的大部队还有五日路程?"

史天泽跪倒道:"臣下惶恐。"

蒙哥并不计较道:"好在并不影响,我军已经掌握了嘉陵江。"

按约定,史天泽的水军必须在二月初抵达,但之前他的东道军受阻于渠州的礼义城,所以他只能离开主力,带亲兵小队先来会合。因此史天泽连夜觐见大汗,不然即便他之前打了招呼,仍是要受军纪处分的。

史天泽是燕京永清人，为蒙古国里最前列的汉族将领。其父史秉直为蒙古四大名将木华黎的部下，所以他自幼就在蒙古军中，能征惯战，勇力过人。若以单兵战力论，汉将里只有董文蔚能与其相提并论。但说到大汗的信重，则比某些蒙古将领更甚。

"了解过今日的战事了？"蒙哥问。

史天泽已经第一时间了解了水军码头的战事，他抱拳道："汪德臣的本意是好的，只是王坚并非等闲之辈，他有些操之过急了。不过今日之战，也揭开了王坚的某些底牌，并非是徒劳无功，对日后的战事反而有利。"

"是啊，钓鱼城有那么多的投石机，之前我也没想到。"蒙哥喝着马奶酒道，"所以今日之战也不是汪德臣的过错。我已派人告诫他小心行事，责罚就不必了。"

"大汗圣明！"史天泽嘴上如此，心里当然知道那汪德臣是想要抢攻打钓鱼城的首功才那么做。如今这上岸的首功的确是那厮的，只不过抢得不太漂亮罢了。

"我方水军抵达战场，明日可以一举拿下宋军的南北码头。"蒙哥笑道，"当然，让你带战船来，最主要的并不是应对钓鱼城的水军。"

史天泽道："臣明白，咱们要对付的是来自重庆的援军。不过宋军向来各自为战，且贪图自保，不知何时才会来援。"

蒙哥微笑道："那是他们的事。"

史天泽见大汗心情不错，抱拳道："上次跟大汗提的人，微臣带来了。"

蒙哥笑道："让他来见我。"

史天泽从外头叫进来一个身材敦实的汉子。

"我没记错的话，你叫薛骁儿？"蒙哥问。

"正是小人……"汉子颤颤巍巍道。

"前不久在洛川清剿山贼的就是你？"蒙哥又道。

薛骁儿轻声道："是。"

蒙哥笑道："有人说，那些山贼只是不服统治的平民。更有人说他们是汉人的义军，你如何看？"

薛骁儿一怔，然后道："中原各地的汉人归化已久，不存在不服大汗的事。不管汉人、女真还是……蒙古，王法最大。山贼就是山贼，说什么义军？骁儿虽是汉人，但一日当兵，自然是军令如山。只知军令不知其他，该做什么就必须做什么。"

蒙哥定睛看着他，薛骁儿赶紧伏地低头，就不敢再多言，身子微微颤抖。

"真是没出息。大汗问话，你好好回答就是了。"史天泽替其补充道，"此人原是山上猎户，两年前投军，有过一些功劳。前不久，一股山贼劫掠洛川镇。这批贼子谈不上什么义军，他们突袭城镇时伤了不少百姓，是他带了小队突袭山贼老巢，屠了对方上下一百三十七人。我见他武艺甚佳，尤其擅长山林野战，因此举荐他到大汗身边。"

"大帅夸奖了！"薛骁儿略微提高了声音。

任他有万人敌的本事，见到大汗失去言语能力的勇士大有人在。此人已算是应对得当了。蒙哥不以为忤，笑道："他能带兵吗？"

史天泽道："初入行伍，无法指挥大战，但做个队长的本事还是有的。"

"武艺甚佳？"蒙哥笑了笑，对帐外叫了声道，"阿哥潘！"

中军大将赵阿哥潘进到帐里，躬身道："大汗。"

蒙哥道："史天泽说此人武艺不错，且擅长山林野战，我就把他交给你了。"

史天泽心里略有诧异，薛骁儿是蒙哥点名叫他带来的，怎么把人送来了却不给官职，只是让他在赵阿哥潘手下做事呢？那还不如让他在自己麾下听用。

薛骁儿退下后，蒙哥对史天泽道："中军是赵阿哥潘的中军，他自有分寸。你且退下吧。"

史天泽来到帐外，赵阿哥潘正将薛骁儿交给一个身形高大的毛胡子战士。

赵阿哥潘道："老史，你交上来的人，我自然是信得过的。不过怯薛中军向来是勋贵子弟聚集的地方，他一个汉人，可不容易担职，所以让他跟着额里苏做事。大战在即，自然有他的机会。"

史天泽虽然心里不以为然，但表面上仍是客客气气地道："交给额里苏我自然放心。我也羡慕你有这样的手下啊。"

赵阿哥潘两道浓如墨刀的眉毛轻扬,微笑道:"所以有好用的手下就要藏起来,每次都交上去,自己哪有人用?"

金帐里蒙哥忽然高声道:"我听到了!"

赵阿哥潘笑着抱拳道:"大汗,我什么也没说啊。"

蒙哥在里头哈哈大笑。

史天泽捋了下长髯,说到信重,又有谁比得上"万人敌"赵阿哥潘呢?

额里苏让薛骁儿换了军服,然后就带他去巡营。他们一行三十多人,走在石子山新建的营寨里。

"我们这支人马的职责是守卫中军,也就是负责石子山中军大帐的防务。除了中营,也涉及一些外围防务,比如警戒巡查。这怯薛军有四大千户,在平日有攻城职责,而我们元帅以大汗安危为重,不到总攻是不负责攻城的。大汗信重元帅,元帅信重我等,所以肩有重任,不可懈怠!"额里苏一面走一面道,"这营区的外围就到这片树林,这边距离天涧沟有三里路。过了天涧沟就是钓鱼城的地盘了。我们已经探查过,钓鱼城东面的守军全都收缩回城内了。但轻易我们也不会去那边山下,毕竟除了峭壁就是高墙,从那边进不去城里。"

薛骁儿听着百户的告诫频频点头,但他心里多少有些不以为然,若是中军护卫真不参与攻城,那还不如跟着史天泽元帅。

"我知你心里想的什么,但外头的大人每隔一段时间,就会送一些身手好的战士到怯薛军。我们这里有一半人是各军贡献来的勇士。你当然在外立了不小的功劳，但我们这里谁不是这样？"额里苏忽然加重了语气道，"大汗素来只看军功，也很器重我们大帅。若是你初到怯薛军就想要如何如何，还是趁早收起那份心思。凡事不要自作主张，不然军法不容。怯薛军里更多的是勋贵子弟，可不是你这样的小子撒野的地方。"

这百户一口漠北蒙古话，听得作为汉人的薛骁儿云里雾里。但他还是抱拳道："属下明白，请大人放心！"

"明白就好。放不放心的，看你日后表现。有了差错，老子也不是好说话的人。"额里苏冷着脸吩咐道，"现在你和大家一起，去巡查一遍天涧沟，看看有没有可疑的迹象。就当熟悉一下环境了。"

薛骁儿躬身领命和众人一同散开了，他远远眺望钓鱼城，心想，老子可是来打仗杀人的，你们以为我是来做什么的？

当蒙古军巡逻天涧沟的时候，钓鱼城正在紧急加固城防。原本水军码头上的军士纷纷撤入城内，在最后一批阵亡将士的尸体从护国门运回城内后，护国门前的栈道也被逐格收起来。

张珏下令，水军驻扎在城东兵营休整一日，休整结束后，将抽调部分精锐加入城防军。剩余军士仍将以水军编制安排，由吴澄和蔡辕统领，作为预备队随时待命。

钓鱼城在西边护国寺前的空地上，临时开辟了一块场地摆放尸体。水军有许多是钓鱼城的子弟兵，一处又一处的祭拜火盆烧着纸钱，但是哭声并不多。无论是百姓还是士兵，皆在保持克制，因为所有人都知道，明天还有大战等着他们。

看着顾霆的遗体，一起从武胜山来的老乡们潸然泪下。田万牛在战场上宣泄过情绪，此时反而内敛了许多。

辛苦了一日的孟鲤在冉璟的陪同下，过来给死者行了个礼。顾霆来钓鱼城前，是孟鲤从蒙古兵的手里救下了他的性命。想到这样一个阳光的后生就这么没了，孟鲤也有一些伤感，只是她也明白打仗就是这样。他们宋人在这里摆灵堂，钓鱼城外的蒙古大营又何尝不是如此。

"好了，女刀神也来给你送行了。顾霆你死得其所。安心上路吧。"杨思飞一面烧着纸钱，一面在边上嘟嘟囔囔道。

旧兵棚的弟兄里，只有宋小石还在防区忙碌，虽然他向唐长弓请假，但唐长弓告诉他："之后每天都会这般死人，难道人人请假？"只这么一句就将他堵了回去。

他们又交流了几句，外头有传令兵带来消息，杨思飞和田万牛皆被调至护国门，并且今夜就要去报到。

田万牛对着顾霆的遗体拜了三拜，恨声发誓道："有生之日一定手刃任川！"

杨思飞神情木讷地看着这场景，将他扶起来道："我也一样。"

弟兄几个互相勉励几句各自分别。

杨思飞临走时，又看了眼顾霆的遗体，心里默默道："各为其主啊，顾霆。只是各为其主。"

不远处，护国门统制李镇远将一杯水酒洒在地上，祭拜了战死在嘉陵江上的水军副统领黄湘。他回望周围这满目的哀伤，轻叹了口气。

忽然听见边上小东门统领赫连渊慢慢吟道："蜀地春来风景异，合川人去无留意。四面边声连角起，千嶂里，长烟落日孤城闭。浊酒一杯家万里，燕然未勒归无计。羌管悠悠霜满地，人不寐，将军白发征夫泪。"

李镇远皱眉道："好好的范文正公的词，你改它作甚！"

赫连渊挠头道："只是觉得季节不对，那头两句就不对了啊。不是说不能死读书吗？"

南一字城的张恒道："你可以头两句不念。"

始关门的魏锋冷笑道："不对就别用，装什么感伤？何况马革裹尸，正是我等武将的归宿。你这个样子影响士气。"

马革裹尸吗？赫连渊嘴角轻轻一抽，黄湘可是连尸体也未寻见的。

"都少吵吵。逝者面前，成何体统！走了，回去整备防务。"李镇远呵斥了诸将的争执。

他身边的这三个悍将，手底下一共统帅有三千精兵，可谓是中军长斧营之外，钓鱼城里的最强战力。尽管水军和守城军平日里不算融洽,但此时看到水军受到的重创,他们也感到了别样的悲凉。

这些带兵将领慢慢朝护国门走,一路上先是讨论如何把水军作为补充兵源,在被李镇远拒绝后,又开始讨论各自还差多少重武器。这讨价还价的劲头,不知道的人还以为他们是东市的商贾。

李镇远听了一会儿,终于忍不住打断他们道:"投石机和床弩,之前唐长弓就安排到位了。你们还想要,先自己想明白安上了有几个人会用。那东西必须专人操作,并不是把石头抛出去就行。至于'雷神',你们想也别想。不到最后时刻,都统制是不可能把它交在你们手里的。"

几个统领挠着头,捋着胡须,嘀咕了一会儿。

李镇远好笑道:"之前的方略,我们研究了有两个月了。明日首当其冲的就是南一字城的东城门和始关门。张恒、魏锋,我们拭目以待了。"

"请统制放心!"魏锋抱拳道,"按照计划来做,没有别的。城上军士死守。国不负川,川不负国。魏锋不负钓鱼城!"

张恒道:"请统制放心,人在门在。"

这话说的……李镇远叮嘱道:"你们身系一门安危,千万要小心!"

赫连渊看了眼张恒,一字城的东侧城门是最难守的。固然蒙古军展开困难,但那可是蒙古人啊。他又斜睨了一眼魏锋,心里想,我的小东门不也在第一道防线吗?凭什么你就是首当其冲啊?

李镇远显然很明白手下的脾气，给了赫连一巴掌道："你也给我打起精神。小东门也是同样紧要的。这次从水军扩充来的兵，优先补充你们三人的防线。这些兵可是我从马军寨程辉和李定北那边虎口夺食来的。"

"谢过大人！"赫连渊笑嘻嘻道。

第八章
信任与沙子

清晨，王坚一大早与所有高级将领早会，与以往不同的是，这次开会的地点不在帅府，而是在钓鱼城最高处的钓鱼台上。据说很久很久以前，有天神在钓鱼山上垂钓嘉陵江上的鲜鱼拯救饥荒，钓鱼山因此得名，而他分发鲜鱼的地方就在钓鱼台。从这里可将城下的战况一览无遗，此时已经可以看到蒙古大军正在渡河，一批一批的军队来到码头。

看这架势攻击护国门的并不是汪德臣的军队啊。王坚目光望向远处镇西门，似乎那边才是昨天的那支敌人。不过，这两边的蒙古军渡江之后并不急于集结攻城，而是在修建营垒，这是要做什么？搭建浮桥吗……还真是有气势啊。王坚捻着胡须，这嘉陵江又不是小河沟。

军前会议要布置的事情并不多，主要是落实一些具体事务。其后，众将领就前往各自的防区了。用王坚的话说，大战既开，之后要把人聚那么齐就难了。但他同时也笑着说，谁知道蒙古人到底有多大本事呢？说不定后面的防线就是只有看热闹的份。

说到这里，所有人皆哈哈大笑。尤其是护国门的李镇远更是立下豪言："诸位就看我吃肉吧，估计你们喝汤的机会也不会有了。"镇西门和东新门的统制杜忠和罗勇淡然一笑，老李的话也就是当个笑话听了。

众将散去，王坚将王安节、冉璟和孟鲤召到近前。

"今日起，城防战就开始了。"王坚道，"大战一开，战局轻易不会因人而改，在这种时候军情就是最紧要的东西。王安节你要保证城内外军情畅通。"

王安节点头道："禀大帅，我已安排三十名踏白潜伏于城外的山林里，我们在钓鱼城外留有地洞，虽然无法直接入城，却能隐秘藏身。这样只要找到机会给城内送回密件，就可了解城外蒙古军的动态。"

"送回的方式是？"王坚问。

"一种是他们在靠近城墙的位置将密报射回城内。另一个办法是冉璟给了我们一条通往城外的密道，这样每日我会派人出城巡视各个藏身点，一方面了解外头踏白的情况，另一方面取回军报。"王安节笑道，"暂定由我、唐影和冉璟轮流出去。"

"此法可行，把射箭和取情报的时间错开，这样就能减少暴露的可能。"王坚吩咐道。

"末将明白。"王安节道。

虽然是父子，但二人在军中只有职务官阶相称。

"眼下有两件事要你二人做。一件是孟鲤,你带着长斧队在护国门充预备队。一旦事态紧迫,你要做第一支增援部队。"王坚道,"长斧营为我中军精锐,我给你三百人。在各战区你要服从各城统制官的节制,但优先保护护国门,随后才是其他门。"

孟鲤道:"我明白。"

王坚又对冉璟道:"你每天出城一次,去石子山取密报。其余时间你做王安节这里的事。王安节你了解了?"

王安节微笑道:"我明白,那我就不用冉璟去和城外踏白联络了,免得耽误大事。毕竟石子山的军报比我们普通军报更为重要。"

"也好。"王坚拍着钓鱼台的栏杆,轻声道,"在城外留一些地洞,是当年设计钓鱼城时余玠大人的想法,之前从没用到过。想来还是他高瞻远瞩啊。"

王安节微微一笑,事实上最近几年父亲修缮过两次钓鱼城,这两次大规模的城墙加固,才使得大家能面对十万蒙古大军而不变色。但后人又会记得多少呢?

王坚似乎看出了他的想法,低声道:"建城的自当名垂青史,修城的不过是个匠人罢了。"

蒙古军各路大军一大清早分赴各门,纽璘布局出奇门,怯薛军在也速不花和董文蔚的统领下,围困东新门。

先锋军汪德臣则召集诸将二次前往宋军码头。最初他们以为还将有一场厮杀，结果这里只有空荡荡的营地，昨日阵亡的士兵尸体被堆成了两个小坡。汪德臣吩咐将这些阵亡将士的尸体收殓好，毕竟在蒙古军里收殓战士尸体也是战功的一部分。

先锋军四大千户纷纷请命出战。汪德臣分派齐横眉和马猛攻击护国门，索林和耶律前往镇西门、奇胜门布局。不过他微笑表示不着急进攻，且耐心等待浮桥的搭建。于是各部摆出防御阵型，将靠近河岸的码头打造成己方营垒。

南一字城的城墙上，时不时有冷箭射出，但并没有太过强硬的攻击，显然宋军也在积蓄力量。

浮桥主要是由木板和战船搭建而成，并不需要精雕细琢，所以大约半日过后，这嘉陵江上就建起了两座颇有规模的浮桥。

这就是大蒙古国的力量啊，汪德臣心中莫名鼓舞。他回头望向周围的千户们道："不管后续来多少队伍，你等是打头阵的。收着点儿力，但也要打出我军的气势。"

齐横眉微笑道："大人放心，士卒们憋着一身的力气呢。"

汪德臣道："横眉打始关门。马猛，一字城的东门交给你了。"

马猛豪笑道："大人放心。"

"在他们发力之前，何凛，你的汉军打头阵。清除城下障碍，摸清楚上头的基本情况。"汪德臣略作停顿，沉声道，"给你一千人的机会，冲个三轮看看。"

何凛是四川本地的将领，他的部下也多是蜀地的降卒。说来别人或许不信,原本只是个统领的他,如今手下有三千汉军、两千女真兵。所谓给他一千人的机会,就是允许他死一千人。

"属下尽力而为!"何凛躬身抱拳,他的身子压得极低。

汪德臣大声道:"打过钓鱼城后,你这支人马也就不用干人头活了。后面的重庆可是块肥肉啊。"

"都总帅让小的做什么,小的就做什么。"何凛躬身退下。

汪德臣淡然一笑,望着跃出云层的暖阳,微笑道:"如此天气,真是个打仗的好日子啊。汪铁山,击鼓!"

一个身形高大比马猛还高出半头的百户昂然出列,提槌敲击江边的军鼓,一时间天水震动!

钓鱼城一共有八个城门,分别是护国门、镇西门、东新门、出奇门、奇胜门、菁华门、始关门、小东门。其中护国门之前有始关门和小东门拱卫,是钓鱼城真正的正门。因此这里的防御也是宋军的重中之重。而在始关门和小东门前各有一道屏障作为前沿阵地。小东门前的屏障就是南一字城的东门。

杨思飞和田万牛皆被分去小东门,并且被分在同一个小队。他们的队长是个叫庹佑的老兵,身形高大,面色黝黑,常将笑容挂在脸上。他眼观外头蒙古军在一字城的城下,一时半会儿不会对小东门构成威胁,就让军士抓紧休息。

"守城就像抓阄,抓大是大,抓小是小。打头阵的不一定能立功,做预备的也不一定就死得慢。"庹佑在士兵周围来回走动,一面走一面认真说着,"能吃就吃,能睡就睡。咱们小东门前头还有一字城的张恒统领顶着。蒙古人今日未必能打到我们这里。"

"既然不一定能打过来,咱们干吗那么急着站队啊。咱们不是二阵吗?"有士兵笑道。

庹佑道:"二阵也是要上阵的,当然要在阵前待命。都给我少点儿废话,养足精神。老子不说你们上城楼的时候多得劲儿,只要等下上去的时候,能拿出你们上娘们的劲头。"

有个士兵笑道:"老大,我们没有娘们可以上啊。"

"那行,一会儿勇猛点,老子的女娃还没许人。你们立功封侯,咱们就嫁。"庹佑笑道。

"封侯……鬼扯吧。咱家大帅也没封侯哩!"另一个士兵叫道。

庹佑哼道:"那好歹也得是个统制。"

"你哪个连赫连统领都瞧不上呢?"士兵哄笑道。

庹佑正色道:"老子可就一个女儿!水灵着呢!"

所有人都看着他,看着那黑黝黝的面庞和粗犷的身材,心里泛着嘀咕。

"老庹啊,三年前老子就看你在嫁女儿,怎么到现在还在嫁?"忽然远处正在一线布防的队长庞暖道。

庹佑笑道:"嫁女儿当然要慎重!何况封侯这事哪那么容易。"

庞暖嗤了一声,不再理他。反而是庹佑身边那些士兵纷纷鼓噪起来。

田万牛看着和旁人一同起哄的杨思飞,又望着身后的城道,骤然生出一种陌生感。不论是新兵营的操练还是水军码头的布防,都没有守城这一部分。周围这冰冷厚重的城墙,并没有给他什么依靠的感觉,反而让他感受到一种发自内心的阴冷。

庹佑看出了他心情,忽然停住脚步,抬手按着田万牛背后的城墙道:"这土疙瘩,你信任它,它就是你的靠山。而身边的人,你信任我们,我们就是你的兄弟。不用瞎琢磨别的有的没的。"

可是顾霆他们就是因为相信了任川那家伙才会死的。田万牛忽然瞪起眼睛。

"脾气还不小。大个子,那你拿好这个。"庹佑笑着将靠在一旁墙上有一人高的巨盾交给对方,"如果觉得别的靠不住,那就拿起这家伙。它嘛,比我硬,比我冷,应该比我靠得住吧?"

田万牛单手持盾,深吸口气,稳住略觉得沉重的半边身子。

庹佑吃惊地看着对方,他原本是想让田万牛扛不住巨盾,好靠在墙上,但那家伙居然提稳了?"要得。那一会儿上阵的时候,哪里有乱子你就给我到哪里。"

"是。"田万牛回答。的确,提起巨盾之后,他忽然感到安全了许多。他低头看着这件武器。厚重的金属板也不知是什么材质,把手的位置有一层云纹,而盾牌向外的一面,镂着一只脸盆大的虎头。

候命了一个上午,蒙古人依旧止步于一字城下。庹佑见众人心不在焉,就又开始说起自己的风流往事。什么薄刀岭的酒肆老板娘啊,什么东城春光坊的粉头啊。但他郑重其事地说,心里最惦记的还是家里的媳妇。

杨思飞笑嘻嘻地听着这些风言风语,不由佩服对方是真正的老兵,这大战在即,还能如此淡定。边上有人用箩筐送上来面饼,每个士兵分到一张。杨思飞看不见城外的动静,但他发现这批面饼没有送到城楼上头去。那就是说,快要换防了吧。

他又看了眼田万牛,那家伙两口就咬下了一张面饼,然后继续提着巨盾。杨思飞拍着脑袋,恍然想到,这东西是攻城时两个人举着用的,怪不得看着那么怪异。他咧开嘴正要和田万牛说些什么,忽然远处响起沉闷痛苦的碎裂声,然后一字城的战鼓停了。

紧接着城楼上有人大声呼喊着什么。庾佑紧跑两步,掠到城道边,和上边的队伍交流了两句。然后他回来道:"一字城的东门被突破,小东门守城开始了。"

士兵们顿时一片哗然。杨思飞和田万牛交换了个眼神,半日破门,这也丢得太快了!那南一字城的张恒统领,昨晚是极为骁勇的啊。

"都给老子少安勿躁,还没轮到我们上城楼,先养精蓄锐。都给老子闭嘴。"庾佑训斥道。言简意赅,再不啰唆。

骁勇有什么用?大将军难免阵前亡。赫连渊面目阴沉地望着前方一字城的城道。开战不过两个时辰,张恒就被蒙古人的冷箭射杀。

将领战死，城门自然不保。如今压力就全在小东门这边了。

"这不是坑老子吗？"赫连渊愤怒地捶了捶城垛，他和张恒交情素来深厚，心里的难过远多于恼怒。

护国门后的高台上，李镇远和张珏眼见张恒殉国，一字城东门失守，脸色皆变得凝重起来。这确实有些猝不及防，而且直接影响全局。

嘈杂的声音很快从小东门城外响起，先是有投石车击发的声音。石块落在山城的绝壁城墙上，发出沉闷的轰鸣声，然后是攻城方的号角。

杨思飞在进入长空营之前，亲身经历过五次攻城战，后来又作为"宋军"守过三次城，对这些固定套路早就了然于胸。他看了看天色，时间还充裕得很，足够大军进行试探进攻了。而他们这第二队，也一定会上城防守。对他来说，短时间内绝不会再次出手，那么唯一的问题就是，怎么熬过这场"敌我不分"的战役。毕竟攻城刀箭可不知道他自己人的身份。做暗子的，最麻烦的就是这种处境吧。

"敌军接近！弓箭准备！放！"

弓弦声响！

"滚木准备，沿坡向下！放！"

轰隆隆……

"弓箭准备，礌石准备！"

"鞑子接近！放箭！"

城上军官不断发出指令，抬头看，原本和煦的艳阳天变得阴沉起来。

赫连渊板着脸看着山路上的敌军。真是训练有素啊！只是这批该死的敌人明明是汉军，他们从前在大宋阵列的时候，何曾如此骁勇？

"敌军接近城门！注意躲避弓箭！"

嗖，嗖，嗖……不断有羽箭从城下射上来。城上宋军在城垛的掩护下，迅速还击。

厮杀声、弓弦声、箭矢声，交织而起。山路上的蒙古军越来越多，因为山道狭窄，他们并不能迅速展开阵型，所以是相互簇拥着向上攀登。山路上，尸体逐渐堆积，鲜血开始染红泥土。但这血腥气更是将攻城军的战意刺激起来，终于第一队人靠近了小东门的城门。

城门前有两丈多宽的壕沟，沟内除了冰冷的河水，还插着削尖的毛竹。

蒙古军来回冲锋，迅速将那壕沟填平。

汉军千户何凛负责这头一阵。他明白方才一字城东门破得侥幸，而不管是始关门还是小东门都不是那么容易突破的。他并不指望在自己手里就能夺门，今日的主要目的是铺陈好之后攻城的通道。眼看部队已经攻击了两轮，相对始关门而言，小东门的防守强度似乎并不是那么高。何凛立即下令布置攻击重点，下面的百户们顿时打起精神，安排更多的攻城甲士朝东移动。

来到前方督战的马猛，瞪着眼睛打量小东门前的一字城城道，轻声提醒了何凛两句。何凛眼睛一亮，派遣工程兵去建立前哨据点，不远处负责重武器的西亚人阿里跟了上来。

另一边齐横眉则看着始关门挠头道："这边有点儿麻烦，会多死不少人啊。"

时间缓慢而无可逆转地向前，庾佑盘膝坐在城道上，又随着城上激烈的战况重新站直了身子。高处有传令兵打着旗语大声发令。

"该我们上阵了。"庾佑挥拳捶了一下胸口的甲胄，发出咚的一声。

他麾下那几十个士兵同时起身，皆是一拳砸在胸口，然后步伐整齐地朝城楼上跑。

杨思飞和田万牛一同向前，接近城楼的时候，刺鼻的血腥味扑面而来，田万牛的心跳再次加快。庾佑站在城道边，指挥着士兵们一个个前往岗位。他嘴里骂骂咧咧，但是眼神坚定无比。田万牛也随之安定下来。

与杨思飞他们不同，田万牛被安排到城楼下的一块正方形的空地上。

"你在这个位置，见到有人接近城垛就上去帮忙退敌。盾牌你可以举着也可以带着，我认为你如果力气够，就一直提着。能救很多人命。"庾佑飞快地说道，"如何？我们一个队要管十个城垛子。你个子最大,我可以指望你吗,大块头?"

田万牛沉声道:"庹头,请放心!"

"好小子!"庹佑笑道,"你这身板做我女婿,我可得有个好外孙啊。"

田万牛一咧嘴,这家伙到底是什么毛病……

庹佑转身面对城外,高声道:"弟兄们打起精神了。还是那句老话,怕死的先死。干就是了!"

杨思飞站在城垛边,看着下方黑压压逼近的蒙古军,心里嘀咕着如果不打仗该多好。如今不管站哪一边,都是九死一生。

即便空间狭窄,蒙古军仍有条不紊地在城下移动,充作前锋的军士极有经验,下方士兵一批举着盾牌掩护云梯,另一批则端着弩机和长弓朝上抛射。

赫连渊对逼近城下的敌军并不在意,因为只是这种程度是不可能登城的。他在意的是,在城外远方,那里本属于宋军的一字城被突破得太快,所以营垒并没有被焚毁。蒙古军此刻正在抓紧时机抢修,似乎是想要在那边立起可以容纳投石机的高台。

这就不太好了啊!赫连渊立即下令己方的器械营,用投石和克敌弓向着那个位置发射。但是克敌弓勉强够到那个距离,却不能对敌军造成杀伤。投石机则不是落得太近,就是抛得太远。若说宋军打不到对方,可能对面也就无法对宋军构成威胁。但是从昨日蒙古军打码头的表现看,对方的器械比宋军要打得远一点儿。不可不防……

赫连渊摩挲着胡楂，亲自来到最大的投石机边，询问是否能够打准一点儿。

那几个军士虽然努力尝试，但三发投石只中了一发，未能撼动敌军的营垒。

就在这点时间里，蒙古军的前哨炮台初步建立完毕。巨大的号子声里，一架燎原炮被士兵们挪了进去。

阿里擦了擦额头的汗水，抬手比了比距离，点头道："可以命中目标。"

"那给城门附近来几下，我派士兵冲锋。"何凛抱拳道，带着士兵冲向山路。

越来越多的敌军聚拢到小东门下，赫连渊的面色也越发难看。守城就是这样，即便情势恶化，也还是要坚守，可要说转机却是难上加难。

"卧倒！"庾佑猛地大吼一声。

身边的军士还没反应过来，一块巨大的投石就从天而降，将左侧的城垛子砸得粉碎。碎石飞散，发出震耳欲聋的响声。最靠近这边城垛的杨思飞倒在地上，头晕目眩，耳鸣阵阵。他勉力支撑起身子，看着乱哄哄的周围。

下方不断有羽箭射上来，方才还紧守位置的宋军出现松动，被箭矢射翻数人。杨思飞看着庾佑在那边大吼大叫，但听不清对方在说什么。有几个士兵来到这边奋力推倒两架云梯。但更多的羽箭从下方射来。于是扼守城垛的士兵又连着倒下。

这时，田万牛举着巨盾冲到此处，一面将受伤的士兵拖到一旁，一面将巨盾立在破碎的城垛口。

"小心啊！"庾佑又一次大吼。

杨思飞就地一滚，从天而降的投石再次落在附近的位置。仍旧是碎石飞溅，这次有两个士兵被巨石直接命中，砸成了两摊触目惊心的肉泥。

立着的盾牌被这巨大的冲击砸歪，田万牛被弹飞出五步远。庾佑不顾巨大震动带来的强烈头晕、耳鸣、胸闷，拼命扒着城垛口朝下望，就这两下的时间蒙古军已在城门口布下攀登阵型。

"射箭！丢滚木！"庾佑不断大吼，头几声他根本听不见自己的声音。

士兵们皆明白情况危急，没有人愿意守城半日就丢失防线。一个个疯了般地搬动滚木礌石朝下砸。

城下的敌军神情麻木地望着上方，这些人皆为蜀地投降的宋军，但有时候他们比蒙古军更希望能够打下山城。既然是身处地狱，为何你们可以好好的？

杀，杀，杀！冲，冲，冲！一架架云梯在城下立起。

"他们想赢，我们又如何肯输？"赫连渊亲自擂动战鼓，大吼道，"紧守岗位，他们上不来！"

又一块飞石呼啸而至,但这一次稍偏了一些,落在了城墙上,碎石削散开反而落了不少在攻城方头上。

庾佑精神一振,一个一个去拉拽身边的军士。田万牛抹了一把脸上的灰尘,冲到垛口连续推下两架云梯。三五个敌军一起落下城墙。

杨思飞提着两把弩机轮番击发,也是射中了好几名敌军。

大约半个时辰过后,蒙古军缓缓退去,这片区域才算稳住。赫连渊看了眼远处的始关门,那边的敌军还在进攻,看来这只是暂时的退却,他立即下令后备部队换防。

庾佑带着身边的战士收拾装备朝城下走,田万牛一人架着两个伤兵,走在路中间,眼里是木讷的冰冷。

走到歇脚的营地,有火头军递上热水和馒头,军医上前救治伤员。

庾佑清点了一遍人数,这一战他手下的五十人牺牲了十三人,另有十五人失去作战能力,可谓折损过半。

还可以接受。庾佑面色稍缓,走到场地中央道:"抓紧休息,看天色,说不得我们还要上去一次。"

田万牛和杨思飞背靠背坐着,喝着同一个水壶的水,边上有被田万牛救下的士兵前来感谢。田万牛只是淡然一笑。等众人散去后,他忽然对杨思飞道:"我一直欠你一句谢谢。"

"胡说什么,你在码头上谢过了。"杨思飞笑道。

"不,我一直没有对你把顾霆背回来这件事,说声谢谢。"田万牛哑着嗓子道,"我之前一直觉得那是理所当然的。我们是一个铺上的兄弟。但是……刚才,刚才城上的事,让我开始明白,那种情形下,背着个人有多危险。那是不容易的。我他娘的之前啥都不懂。谢谢你啊,老杨!"

杨思飞被他说得心里一颤,轻轻吸了口气,揉了下眼睛道:"不客气,老田。"

城上金鼓声大作,战斗再次展开。而他们集结的地方,时不时有士兵被救治时的惨叫声传出。更伴有重伤士兵死亡后,其他人的哭泣声。

什么立功封侯,狗屁!也许在山里找个地方躲起来,都比来钓鱼城当兵要安全吧?田万牛忽然想。但他又看看地面上挣扎爬行的黑色蚂蚁,和已经牺牲的顾霆一比,他这个活着的家伙还有什么好抱怨的?

城上的大战持续了一个多时辰,天色逐渐变暗。庹佑开始重新集结士兵,相邻的队伍有的损失比他们大,因此被整编到他的手下。庹佑让杨思飞帮忙带着弟兄。杨思飞惊讶地看了对方一眼。

"你是老兵,我能看出来。"庹佑说,"老兵要承担责任。"

"要得!"杨思飞道。

"很好,老子的闺女就该找你这样的汉子。"庹佑笑嘻嘻道。

杨思飞苦笑道:"谢谢啊,岳父大人。"

庹佑哈哈大笑,拉着田万牛道:"万牛,你也要努力啊!"忽然他看了眼天空,眯起眼睛道:"运气来了。老天下雨了。鞑子应该不会继续搞事情。"

几波军士一集合,他们已经是六十来人,上头没有命令说不打仗,所以他们还是跟着大部队一同朝城上走。

就这么期期艾艾等了大半个时辰,庹佑被叫去前头听命。不多时他回来传令说,鞑子已经退兵,晚上轮到他们守上半夜。所以晚饭也要在城上解决。

众人不约而同地一阵欢呼。庹佑莫名其妙地看着军士们,心里说,这有什么好高兴的,真是群瓜娃子!但他又看了眼田万牛,思索着这一晚上可以给这家伙弄点儿好东西了。

"你说老四怎么样了?"田万牛忽然问道。

"在某个地方打仗呗,不过他应该死不掉。就他那身手,千军万马里也能横着走好。"杨思飞轻轻打了个呵欠。

天色转暗,冉璟通过城东密道,很快就来到了天涧沟的边上。他在密道里换了蒙古军服,走在路上已是怯薛军的模样。因为这片城墙立于绝壁之上,所以天涧沟的区域里,钓鱼城并没有派出暗哨。接下来他要做的是,找到邵文,与其交换情报。

理论上,情报的交换是这样设计的。

情报被放在右侧腰间的箭袋里,他所有的弓箭皆是白羽,唯这支是灰色的。对方的箭袋则全是灰羽,只有一支是带些白色的。扮作怯薛军的冉璟和作为巡逻部队的邵文相遇,两人擦身而过的瞬间完成情报的交换。当然,更理想一点的情况是,冉璟和邵文制造一点儿相处的机会，这样就能成功互换更多的消息。

孟鲤给冉璟的提示是，蒙古军尤其是怯薛军的军营口令是蒙古语，每半日更换一次。他潜入石子山的时候，需要先搞明白口令，然后再前往接头的区域。要不然一旦有变，就会非常麻烦。而蒙古军里各片营区的口令也不相同，做事一定要小心。

密道距离石子山大约五里路，冉璟很快进入了天涧沟边的树林，他掠到树上小心地移动，发现了几队敌军的巡逻兵。通过观察和试探，他取得了今夜的口令"燕然山，鄂尔浑河"，并且巧妙绕过了最外围的蒙古军岗哨。

走在石子山外围营地的山路上，经常会遇到蒙古巡逻队。冉璟不由心里皱眉，在这种地方孤身一人是很碍眼的。他加快脚步，很快来到了接头的区域。到了这边，他微微松了口气。这里看似是个军营驿站，在步入大营前有不少骑兵在此歇脚。有很多人将押送的文书留在此处，然后喝一杯马奶就又飞马离开。

原来那家伙选的是这种地方啊。冉璟抱着既来之则安之的心态，也要了一杯马奶。几年前他曾经在燕京刺杀忽必烈，蒙古话和蒙古人的举止他都是熟悉的，因此才敢如此深入敌后。只是要在这里等多久才能见到邵文？

天空中淅淅沥沥落下雨点，驿站周围的军士纷纷皱眉，蒙古军是很不喜欢雨季的。于是这里的闲杂人等顿时少了一半。冉璟抹了把额头的雨水，同样愁眉苦脸。就在他踌躇是否要继续等待时，前头来了十来个巡逻完毕的蒙古兵。

为首一人蓄有短须，头发上结着一串小辫，眉目细长，目光冷峻，看军服是个百夫长。他身后的军士则表情轻松，来到驿站后队形就散了。

"我说，这里只有马奶，又没马奶酒，你何必一定要敲我这么一顿？"蓄须的头目笑道。

薛骁儿笑嘻嘻道："额里苏大哥，打赌就是打赌，你说今天天黑前不会下雨，结果下了！自然要愿赌服输。"

"真是拿你们没办法啊！都找位子坐好去！"额里苏叫道，"一共多少碗啊？"

边上一个叫恩和的军士道："算上你自己，一共十四碗。"

"十四多不吉利。在汉人说来，那就是要死啊！"额里苏笑嘻嘻地对值班的军士道，"给我十五碗马奶酒。"

"额里苏老大，这里只有马奶……"军士笑道。

"不把它当酒喝，怎么能灌下去？"额里苏举手道，"十五碗。"

一碗碗马奶送了上来，军士们一哄而上。额里苏瞥了眼一旁的冉璟，笑道，"这个兄弟眼生啊，正好多一碗。就给你吧。"

冉璟眼里的吃惊一闪而过，油然笑道："那就多谢啦！我叫腾格尔，是外营的。"

恩和笑道："外营是跟库班大人吗？"

冉璟呃了一下，然后道："是图兰大人。"

恩和笑道："那老家伙最懒了。"

冉璟很自然地摇了摇手指,表示不能大声说。

额里苏端着两碗马奶到了他面前,低声道:"辛苦啦,腾格尔。"

冉璟看着化名"额里苏"的邵文,控制住自己的心绪,低声道:"多谢啦!"

额里苏依旧用漠北蒙古话道:"每天,我会留军报在那棵树下,即便无事我也会留'无事'。有特殊情况要见面,我就在这里。你回去将身份好好塑造一下,我相信孟鲤会给你一个很好的伪装。"

"明白。"冉璟道。

两人碰了下碗,随后冉璟喝下大半碗马奶,而额里苏已将碗里东西喝完。

"如果我连续三天没有留消息,说明我这边发生了变化,那就中断联络。"额里苏抹了下嘴巴,转身招呼众人道:"走了!继续干活,不许偷懒!"

"哎!你喝那么快做什么!我们是来歇脚躲雨的。"士兵们大声抱怨。

"你们又不是娘们,躲个毛雨。"额里苏怒道,"还有两圈要走。快,快,快!"

薛骁儿与恩和等人一起抓紧喝光碗里的马奶,然后推推搡搡地朝外走。走过冉璟身边的时候,还对他点了点头。

看着对方离开的背影,这哪里还是从前的少年?冉璟箭壶里的箭簇已经交换,掌心还多一份其他东西。那是接过马奶碗的时候得到的。邵文不同凡响啊。冉璟深吸口气,趁着夜雨返回钓鱼城。

回到钓鱼城帅府,冉璟将箭镞上的情报,以及邵文亲手给他的密件交给王坚。

箭簇上的是一份画在薄如蝉翼的特殊纸张上的石子山军图,而他手上的密件则是此次蒙古军里中高级将领的名录和归属序列。

"还顺利吗?"王坚问。

"你们安排得那么妥帖,我自然没有什么问题。"冉璟笑道,"只是蒙古大营守卫森严,暂时做不到深入石子山深处啊。"

军图上石子山上宝钟寺的地方被打上了红点,这表示蒙哥的大汗金帐就在这个位置。

"不着急,但我希望你之后能尝试接近中军大营。"王坚来到大地图边,指着上面的宝钟寺,笑道,"现在可以告诉你了,因为有邵文在,我想了一个大胆的计划。"

"你想……直指对方中军大营?这可能做到吗?我们大军根本出不去。"冉璟皱眉道。

"不需要大军,我们只需要一百个厉害的战士。"王坚眯着眼睛道,"更何况我手里还有你和孟鲤这样的武者。"

冉璟重新看向地图,深吸口气道:"你要靠一百个人……"

"斩首蒙哥。"王坚替他说出了这句话。

冉璟望向一旁的孟鲤。女刀神淡然一笑,显然很早就知道王坚的想法。冉璟不由心中豪气大涨，若是真能击杀蒙哥，那么战争就结束了！

王坚道："这肯定不会容易，所以在此之前，我需要你尽量靠近宝钟寺，对敌营能有更多了解。而我也要考虑更多的变化。"

"末将明白了。"冉璟抱拳道。

王坚摆手道："先下去休息吧，之后还有的忙呢。"

冉璟和孟鲤一同走出议事厅。

孟鲤小声道："他还好吧？"

冉璟道："气色很好，说实话，如果不是提前知道是他卧底，我是真不敢认啊。"

"是的，他已经融入了那边的生活。"孟鲤轻声道。

冉璟笑道："不过我也有个问题。我今天发现，要潜入蒙古大营并不容易，而且他们兵营外围并没有女人。你这么……这么一张脸，之前和他联络，是怎么混进去的？"

"这个啊。"孟鲤笑眯眯道，"那是因为我有面具啊。"

"面具？就你那个银面具？"冉璟好笑道。

孟鲤道："不是不是。我有特制的面具。"

她一翻手，从怀中掏出一张薄薄的皮面具戴在脸上，赫然变成了一个风尘仆仆的中年男子。

孟鲤压着喉咙道："想知道我的名字吗？我就是图兰大人。"

"这东西好啊,我也想要。"冉璟笑道,"你有几张面具?"

孟鲤道:"现成的有三张,分别是图兰、哈布日和额里苏。"

"额里苏……那不就是邵文的脸吗?"冉璟皱起眉头。

"是的,最初他去卧底的时候,我们给他找了一个蒙古身份。那个人就是额里苏。这个人和邵文本就有六七分相似。我们最初制作的面具,就是额里苏的。"孟鲤道,"你知道冒充一个人,或者说作为一个卧底,最重要的是什么吗?"

冉璟摇了摇头。

孟鲤道:"就是要知道自己是谁。"

"知道自己是谁?"冉璟挠头想,这是不是一句废话?

孟鲤道:"一方面要记住自己最初的身份,也就是记住我们是大宋的邵文、孟鲤、冉璟,而不是蒙古兵。另一方面,也要记住正在扮演的蒙古身份。这个人是什么出身,家里有什么人,爱吃什么,爱用什么,生活习惯、说话习惯。邵文他最初是戴着面具成为额里苏的,后来混熟了之后,才放弃了面具,彻底成了那个人。"

"也就是说,面具替他过渡了身份。那么说来,额里苏的面具,和现在的额里苏并不完全像。"冉璟挠头道,"真像绕口令。"

"没错。"孟鲤轻声道,"反正他现在也用不到了。"

"今天老田、老杨那边怎么样?"冉璟换了话题。

孟鲤摘下头盔,轻轻捋了一下长发道:"有惊无险吧,都上过城楼了。"

冉璟看着对方美丽的侧颜，问道："你今天上过阵吗？"

孟鲤道："还没有呢，毕竟是第一天，敌军甚至都没登上城楼。不过，蒙古军的攻城策略很稳妥啊。之后的日子会很难熬。"

"是吗？要保重哟！"冉璟认真道。

孟鲤侧头看了他一眼，笑道："老子还用你说？"

冉璟哈哈一笑，总之第一天也算是熬过去了吧。

第九章
天外飞仙

大战开启,就是血肉绞杀。

两日过后,嘉陵江上的浮桥增至五座,汪德臣的前线大营直接摆在了水军码头上。

清晨战前会议,蒙哥大汗亲临前线,码头上大小将领一同出迎。蒙哥笑着听取汪德臣的报告,称赞之后命他下去准备。

汪德臣离开高台,召集麾下诸将道:"今日大汗亲临,我们必须打出效果来。他会看着我们攻破城门!"

众人一同领命,汪德臣开始分派任务。

他眯着眼睛道:"何凛,你的前期试探已经完成,接下来可以休整两日。我会从后方给你补充兵源。"

何凛躬身抱拳,心里虽然对不能在蒙哥面前杀敌感到委屈,但在蒙古军里素来如此。汉人降卒向来是只干苦差事的。

汪德臣又道:"齐横眉,马猛。今日如何?是不是该有结果了?"

齐横眉笑道:"今日定要破那始关门。"

马猛则板着脸道:"我可以和他比一比谁先破城。"

汪德臣笑道:"如此甚好,今日夺门,我可为诸公向大汗请功。你们要知道,各路大军皆在攻城。我们前头的阻碍是最小的,所以我们必须先有进展,所谓牵一发动全身。汪铁山。"

汪铁山出列抱拳。

汪德臣道:"你领五百人在后预备,一旦两位千户夺门,你顺势占据有利位置,对护国门发动第一次攻击。"

"明白,大人。"汪铁山欣然领命。

汪德臣拍了拍营前的苏鲁锭,高声道:"大汗亲临前线。天命在前,望诸公奋勇杀敌,建功立业就在此时。"

"呜哚!"所有人大声领命。

始关门到小东门一线的城墙,这几日已被投石砸得千疮百孔。

张珏来到护国门上,远望水军码头,那边的高台上今日多了一支豪华队列。为首一人白袍白马,虽然看不清面容,但他猜测那可能是蒙古的主将。或许就是蒙哥也未可知。他看着远处两道防线,低声道:"你准备怎么做?"

护国门统制李镇远道:"这还不到正午,小东门和始关门前,蒙古军已经各自完成了第五和第六次冲锋。蒙古人今日是势在必得啊。小东门的五次攻击,有三次实现登城;而在不久之前,始关门也被蒙古军冲上城头。汪德臣派出了精锐,我看今日危险!"

"守了三天，算是达到预期了。我们可以退一步。"张珏轻声道。

"退？放弃这左右两道大门的拱卫，压力就都在护国门正门上了。"李镇远道，"我当然是希望他们多守一刻算一刻。"

张珏笑道："这场仗，没有三五个月不会结束，你让他们多守一日，多牺牲一千个战士，值得吗？"

"明知故问，这当然是值得的。"李镇远并不畏惧张珏，虽然他只是护国门的统制官，官阶低于对方，但他在钓鱼城多年，是所有将领里资历最老的人，"如果我们要守五个月，这多守的一天，就是五个月多一天。为何不值得？如果你能多给我一些支持，我说不定能让他们再多守几天。"

张珏面无表情地道："你手上有我派给你的长斧营，背后有器械营的投石。该给的支持我已经给了。你还想要什么？"

"我考虑让小东门和始关门继续死守。但是一旦城门被破，还是需要让残存的部队退回护国门。"李镇远道，"而如果蒙古军黏着我军残部的尾巴，那个时候就会变成护国门最危险的时候。我需要你在那时候给予支援。或者多派精锐，或者用投石给我死命地砸。"

张珏皱眉道："在那种情况下，敌我双方在山道上纠缠，投石机会误伤自己人。而我派精锐出来掩护你退兵，山道上也展不开阵势。这可难办。"

"四川虓将张珏大人素来足智多谋，这应该难不住你。"李镇远不动声色地一顶高帽子送过去。

"李统制真会说话啊！"张珏看了眼一旁待命的孟鲤，低声道，"等到那一步了再说。"

正午刚过，赫连渊这里的防线就已岌岌可危。庾佑、田万牛他们已经是今日第二次站上城头，杨思飞因为上午肩头中箭，所以退回后方休息。

庾佑手搭在田万牛肩头，笑眯眯地道："我给你算过了，几天来，杀了至少二十五个敌军，还亲手救了三十多个弟兄。这场仗打完，你是封侯的命啊。"

"别，你少来。封个屁侯！"田万牛撇嘴道，很嫌弃地挪开对方的手掌，"我也不想要你的闺女。"

庾佑道："不封侯，做个队长没问题啊。比如像我这样。好一点，下次站在城头上，你手下也有一百来号人了。"

"你不死，我升个鸡毛。"田万牛冷笑道。

庾佑听到这话，怒道："你不会换个队干？好了，这轮有点儿危险。你兄弟又不在，要靠你自己搏命。我们的防区就是这一段，从那块破城垛，到我脚边归你管。另半边归老子管。明白了吗？"

田万牛用长盾敲了敲地面，大声道："放心吧！"

庾佑满意地一笑，轻声道："要相信自己是将军命啊，将军命的人可不容易死。"

田万牛苦笑了一下，但是很多不是将军命的已经死了。这几日身边断断续续死了百多个兄弟。最初站上城头那队战士，死的死伤的伤，如今只剩下十余人了。

这时，山下号角声起，蒙古军又冲上来了。

这次来的人不太一样啊。田万牛看着下方有一队黑甲青袍的高大军士正在逼近城门，为首的是个手提狼牙棒的高大猛将。之前可没见过这家伙。而且看样子，周围那些人是护着他朝前走的。田万牛想到这里，远远对着那黑塔般的武将射了一箭，箭矢被边上的皮盾拦下。

城上的宋军道："那家伙要做什么？他身边连云梯也没有，直接靠近城门了。"

难道这大个子要砸门？田万牛不由一惊，这能砸动吗？小东门的城门上不断有落石抛下，但这队敌军仍旧在快速靠近。山坡之上道路难行，因此冲车很难移动到城门的位置。也正因为这一点，一旦真的被敌军杀到城门洞那里，高处的弓箭就失去了攻击的角度。

赫连渊也皱起眉头，但先前并不是没有敌军冲到城门前，他不信对方能够硬撼城门，这可是特意加固过的铜皮门。

马猛来到城门洞，身边那几个高大军士分立左右，两个人举起大斧劈向城门，厚重的城门发出咣当咣当的声音。马猛听了听声音，嘴角绽开了微笑，提着狼牙棒指着城门的几个角落道："从这几处下手。他们加固了城门，但只要是还想着要打开，那就不是严丝合缝的。给我从这几处用力砸。此地大门虽然厚重,但老子也破过更厉害的。"

那几个军士听从吩咐,奋力砸门。厚重的铜门轰隆作响,而周围更多的云梯也架设到了城墙上。

赫连渊冷眼望向远处,似乎始关门那边也陷入了危机。他对着城道下的军士大喊:"加固城门,加固城门!"

城门前的军士看着开始晃动的大门,有些手足无措。门后原本加了数条粗木,如今已经发生龟裂。这还能如何加固?

赫连渊怒道:"堆柴草,准备点火!"

"统领,不能点火啊,一旦火势失控,这城墙上也就完了!"边上有副将赶紧阻止。

赫连渊怒道:"那就多派士兵,弩兵,弩兵!"

又一队预备队的士兵奔向城门,他们提着强弩目光炯炯地盯着城门。

赫连渊沉着脸道:"向护国门求援,小东门危急。让他们的长斧队快来。"

此时的他已经顾不得面子什么的,即便比始关门先求援也是没办法的事。但传令兵尚未跑远,就听小东门的大门轰隆一声闷响,城门破了……

马猛望着门后射来的刺眼光线,露出白森森的牙齿道:"跟我冲!"

他提着狼牙棒疯虎一般地冲向宋军,哪怕前头有数百人堵在出口,也丝毫不惧。在他三步之后,更多的蒙古军士蜂拥而出。

嘭!宋军的强弩集中击发,百余支弩箭射向城门洞。马猛将狼牙棒舞动如风车,直接拦下二十多支弩箭,身后蒙古军虽有中箭者,但更多人冲入了城内。而一经交战,宋军就节节后退。

赫连渊倒吸一口凉气,他知道这边已经败了。

城门一旦松动,周围城墙上的云梯,就如雨后春笋一般地冒起来。数以百计的蒙古军登上城墙。田万牛一手提盾一手提剑拼命厮杀,但城上的敌军仍是越来越多。庹佑高大的身躯上钉着三支羽箭,拼死过来与他靠拢。

他们周围聚集有二十多个宋军,一面厮杀一面朝护国门的方向退。

忽然有人道:"始关门也完了!"

田万牛目光远眺始关门的方向,黑色的蒙古军正杀入城内,身着漆黑战甲的敌军以难以想象的速度席卷城墙。四面八方一时间到处都是蒙古兵的呜咪声。

赫连渊奋力收拢士兵,连带庹佑他们,身边聚集了两百余人。他带着众人根据李镇远事先的安排,沿着山路退向护国门。他正一面呼喝,一面安排退守事宜,突然一支狼牙箭钉入了他的头盔。鲜血瞬间布满他的面孔。

赫连渊无声无息地倒在军士之间。紧接着漫天的羽箭从西面射来,马猛也已经稳固住突破口,聚拢军士追击而至。

"退！快退！"庹佑一面叫着，一面试图去拖赫连渊的尸体。但是原本就有伤的他根本拖不动。

蒙古人的弓箭再次射来，庹佑肩头和大腿又各中一箭，扑通跪倒在地。

田万牛一咬牙，将盾牌交给边上的军士，背起庹佑朝上走。

"日你仙人，你背我作甚！背上统领的尸体能升官的啊，背我有个球用！"庹佑在他背上大吼。

"快闭嘴吧！"田万牛怒道。混乱间，数支羽箭从他身后飞来，但都是擦身而过。

庹佑心惊胆战地看着擦身而过的羽箭，心里嘟囔说，也许这小子真是将军命……

张珏带着中军五十个精锐战士来到踏白营，对王安节道："我要五十个功夫好的踏白一起去密道。之前和你说过的事要做了。"

"好的。"王安节立即去召集人手。

很快冉璟、唐影、杨华、王奎等人都来到张珏面前报到。一百名钓鱼城里战力最精锐的战士整齐列队。

"始关门和小东门已破，护国门危急。为了把从前头败退回来的军士救回来，需要你们这些……"张珏稍作停顿道，"精锐战士的力量。"

众人听到"精锐战士"这几个字，纷纷眼中闪过精芒。

"毫无疑问，蒙古军单兵能力比我军要强。同样也毫无疑问的是，你们这些人的单兵能力比城下的蒙古军要强。"张珏笑道，"这次的行动，我们会从冉璟提供的飞檐洞密道出发，绕后攻击敌军。当然，攻击很冒险，因为蒙古先锋军的主力就在护国门外。但是我们有两个优势，第一是他们没想到我们会绕后，二则我们熟悉护国门前的山路，而蒙古军刚突破城防，还没来得及构建他们自己的防线。所以我们还是有机会的。但不论如何，此行很危险。我们可能会损失至少一半的人，甚至会全军覆没。"说到这里他侧头看着众人，笑道，"我就不说什么现在想退出可以退出的废话了，毕竟，我手下的兵没有孬种。"

众人哈哈大笑，钓鱼城的兵没有孬种！

张珏正色道："川不负国，国不负川。王安节统领，这次是你带队，按照我之前安排的放手去做。我会派长斧队在护国门前接应。别让女刀神看扁了。"

王安节抱拳道："定不辱命！"

"这次行动完成，后面我们会有更大的事要做。行动吧。"张珏下令道。

众人行动，张珏看了眼冉璟手里的长斧，微微皱眉道："你会用？"

冉璟笑道："斧头比长枪似乎更过瘾些。"

张珏笑了笑，不再多言。他登上高台，默默等待己方奇兵的出击。他相信没人会想到钓鱼城有这么一手，这就是棋盘上说的"天外飞仙"啊。

护国门后,搭建有一个巨大的长棚,这里聚集着伤员和军医。

杨思飞在此地接受治疗。宋小石常提及的小叶姑娘,就在此地。她叫叶二娘,和几个意大利人一起,张罗着给伤员处理伤口。杨思飞没有机会与对方说话,只是发现这些意大利人和叶二娘的身上都戴着一个小的十字架。原来是外国僧侣,杨思飞曾经在蒙古军中见过这样的人。

所有人的脸都紧绷着,因为城上的战鼓声越来越急,城头送下的伤员越来越多,但长棚里能处理伤口的人远远不够。情急之下,连杨思飞也加入救人的队伍里。有时候,他也不知道自己到底该怎么做。做个卧底,是不是真要那么纠结?这时,他看到一队士兵从一旁的马道上经过,冉璟就在队伍里。他们这是去哪里呢?看着不是去护国门啊。

难道……别的城门形势比护国门还糟糕?杨思飞皱紧了眉头。

大汗蒙哥远望着始关门和小东门的战火,脸上露出欣喜之色。边上的幕僚皆小声称赞汪德臣用兵如神,其兄汪忠臣也露出满意之色。山上蒙古兵迅速肃清山道上的宋军,夺取始关门后,直接将南一字城西侧的宋军尽数绞杀。随后,马猛和齐横眉的部队混在一处,两路人马争先恐后地冲向护国门。但因为齐横眉的战士需要占领西侧一字城,所以还是落后了马猛一步。

蒙哥看得有些好笑,却也没有指责的意思。但是他忽然看到在护国门附近的峭壁上,有一些奇怪的情况,似乎有一队宋军出现在了己方军队之间。

"那是什么?"蒙哥虎目一闪,皱眉问道。

一旁的汪忠臣低声道:"似乎是一队宋军。"

"废话。但他们为何会出现在那里?"蒙哥怒道。

汪忠臣轻声道:"怕是宋军的埋伏。我们这里能看见,但就怕前线将士未必能注意到。可即便派人通知,怕也晚了。"

蒙哥沉默了一下,面目阴沉道:"这种事就看前头的德臣如何应变了。南蛮子真是狡猾,他们是如何埋伏的人手?"

想到这里,再看看己方那混乱的攻击阵型,他的眉头不禁锁得更紧了。

眼看己方的军队突破了城防,一直在待命的汪铁山立时带着他那五百人追上前去。但是和他想象的不同,齐横眉与马猛都没有让路的意思,两边的军士同时挤在狭窄的山路上。虽然也是追着宋军的屁股向上冲杀,但这边的阵型真是混乱不堪。汪铁山尽管怒发冲冠,却也没有别的办法。

马猛和齐横眉都想趁机进攻护国门,虽然他们皆不认为能第一时间夺下城关,但是谁先展开攻击,谁就能主导这边的战局。在蒙哥大汗面前,他们是无论如何也不会谦让的。

就在这时,汪铁山忽然发现东面城道上己方军士出现了骚动。一支不知从哪里冒出来的宋军,正突破一道又一道的军阵大杀四方。

正苦于没有对手的汪铁山立即下令道:"跟我去挡住他们!"

这五百人立即绕过拥挤的队伍,拦向东面的宋军。

王安节统领的奇袭部队,从飞檐洞下来后,已经前行了三百余步。汪铁山的部队是第一支反应过来的蒙古军。

"强弩开路。冉璟、杨华,看你们的了!对方全是笨重的攻城军。唐影你掩护他们。"王安节快速下令。

杨华手提两支长矛,急速掠向前,脚步在山壁上腾起,闪过敌军的一轮弓箭。落下时,已出现在汪铁山的附近。他一眼就看出对方是百夫长级别的首领,长矛毫不停歇地飞贯而出。

汪铁山身边两个护卫同时举起皮盾,长矛竟然将皮盾贯穿。汪铁山急忙后退,惊出一身冷汗。而这时候,提着长斧的冉璟到了!

他左一斧,右一斧,没有一个蒙古兵能靠近他身前,仿佛一把开山大斧硬生生把敌军兵阵破开。

汪铁山大怒,提着锯齿刀冲向冉璟,但侧方的杨华又投出一支长矛。汪铁山用刀拦下长矛,小腿突然一麻,中了一支破甲铁翎箭,整个人向着侧方一歪。这时,冉璟已经冲到近前。长斧从天而降,正砍在汪铁山的脖子上。

血淋淋的头颅滚在城道上,周围那些蒙古兵同时一怔,而王安节率领的奇袭军已经到了。两边军队一接触,宋军仿佛虎入狼群!奇袭军皆是身着轻甲,手提双刀或者双斧的攻击型甲士,而汪铁山的队伍为了登山而带着盾牌身着重甲,防护有余而灵便不

221

是，被以快打慢，竟然无法还手。

很快，这五百人的登山部队被斩杀过半，在几个十夫长的招呼下拼命后退。

王安节也并不追击，他们的目的是破坏敌人的攻城。他看了眼并没付出多少代价的己方战士，吸了口气，这也算是好的开始啊。

"向上，向上，脚步不停！兜着鞑子的屁股打。记住，要击溃敌军，而不以歼灭为目的。"王安节一面催促，一面又道，"王奎带你的小队在最后头。老子的屁股就交给你了，别让鞑子摸它！"

王奎道："明白！只有嫂子可以碰！"

"你大妹子……"王安节一翻眼睛。

王奎憨憨地笑道："我可没有妹子啊。"

其他人哄然大笑，继续向上冲杀。

山道上，原本拥挤着的蒙古军没想到会有宋军从侧后方杀到，直到宋军的弩箭射到面前才反应过来。齐横眉吃惊地命部下向始关门的方向退守。而马猛因为抢先一头，所以包括他在内有大批的军士被堵在山道上。

这时，冉璟和杨华作为先锋已经杀了上来。这两人一人用大斧，一人用长矛。杨华的长矛如梭镖一般投出一支又一支，他身后有军士专门给他递上长矛。而他也时不时从敌军手里夺取一支。这样一远攻，一近战，再配上铁翎箭左右开弓、箭无虚发的唐影，居然所向披靡。

在队伍最前头的马猛犹豫了一下,不知该后退还是继续向前。最终还是决定全军回头先把身后敌人消灭再说。但在这时候,护国门上忽然挂下无数道飞索,两百名长斧军从高墙上飞掠而下。护国门的城门则同时打开,让方才败退的宋军迅速退入城内。

马猛咬牙切齿地看着这一幕,他明白在这狭窄的区域,一个弄不好,自己可能就死在此地了。

"朝下冲!冲!"马猛大吼道。

但那些好不容易从小东门杀到这里的蒙古军,原本靠的就是一股锐气。现在要他们调头往回杀,不由士气大减,身体也显出疲态。

冉璟、杨华、唐影仿佛三把利剑,不断向上向上。而从护国门上杀下来的长斧队,同样杀气腾腾,戴着银色面具的孟鲤仿佛一头猎豹,在山坡上傲然长啸。

看着马猛的处境,始关门处的齐横眉心里嘀咕着,这是你活该啊!让你抢本大爷的攻城机会。但他也知同在汪德臣麾下,不能放任马猛去死,于是亲自带领部队朝上救援。

负责给奇袭军殿后的王奎最初还能抗住散乱的敌兵,但遇到齐横眉的主力后,也只能不断朝山上退。

"统领!这屁股我是保不住了,鞑子疯了!"王奎一面后退,一面大吼。

山上山下混战成一片，任他之前气冲云天，如今也只能陷入绞杀，一个个可以以一当十的精锐战士倒在山间。

码头上观战的蒙哥沉默不语，他意识到这样的混战在之后的日子里可能成为常态。因为狭窄的山道根本容不得他的蒙古铁骑全力施为。这些精锐的怯薛军子弟在马下，战力下降了不止两成，而宋军并没有这个问题。此消彼长的后果可想而知。

激战半个多时辰后，山道上血流成河变得泥泞不堪。红白战袍的宋军与黑色军服的蒙古军在护国门下留下了千余具尸体。

冉璟的长斧已经折断，他用湛卢杀敌无算，但也受了三四处刀伤。尽管冉璟一剑刺穿了马猛的左肋，但对方在亲卫的拼死护卫下，蹒跚着退回山脚。一刻钟前，冉璟和孟鲤会师一处，却遭遇了齐横眉部队的猛烈攻击。

齐横眉的队伍和马猛的军队就单兵战力而言并无区别，但是纪律性上则强上许多。一经接战，宋军就吃了大亏。奇袭来的一百名战士，如今只剩下三十余人。王安节和孟鲤指挥部队节节后退。冉璟、杨华、唐影在下方杀红了眼。在这已经堆积起许多的尸体的山路上，他们可谓一夫当关。

目送所有战友退回城内，而护国门下，蒙古军主力再次发动攻击——冉璟、王安节、杨华、孟鲤、唐影、王奎六人闪避着飞矢，退到城边挂飞索掠上城去。

冉璟的手掌轻轻颤抖，是疲惫也是不甘……

"仗还远没打完呢。"孟鲤轻声道。

冉璟点了点头,深深望着下方的齐横眉,那个家伙带兵有点儿厉害啊。

奇袭队和长斧队退回城内,但战事并未结束。蒙古军继续攻击护国门。而张珏清点人数,从始关门和小东门回到城里的一共有七百六十七人,算是一个不小的安慰。但是小东门的统领赫连渊战死殉国,让钓鱼城继黄湘之后,又失去了一员大将。

灌下一壶水,眼望远处的城墙,冉璟感到一阵莫名的烦躁。看了眼身边的杨华,他忽然道:"听说你走过江湖,有没有闯出字号啊?刚才看你的武艺是真不错!"

杨华抱了抱拳笑道:"好说。我的确在江南江北都闯荡过,我对外的名字叫龙影客。"

"我听过你。你的名号在南武林很响。"冉璟皱起眉头,轻声道,"既然你是龙影客,我能不能问你个问题?"

"请说。"杨华道。

冉璟道:"你我都算是走南闯北,到过不少地方。说实话,我总觉得我们这场仗,打得有点儿稀里糊涂。"

"那你还回来?"杨华扫了他一眼说,"没人逼你啊。不想打就走呗。"

冉璟摇头摆手道:"不是,我只是有点儿迷惑而已。我觉得,咱们的官家不怎么样,比人家的大汗差远了。但建功立业、保家卫国的想法，对我来说是深入骨髓的。而且我从小在钓鱼城长大，当然要回来保护钓鱼城。"

"你胆子不小，敢妄议官家。"杨华说。

"少来，兵营里发牢骚的人还少吗？"冉璟笑了笑道，"而且我觉得你会懂。"

杨华沉默了一会儿，低声道："我确实明白你的意思。在我们大宋当兵，常打败仗。的确没有在对面过瘾。人家蒙古人很少输，基本不输。要知道，那蒙古骑兵可是号称世上没有他们攻不克的城池啊。也证明了那边上头的人，的确比我们这边懂得用兵。但我们还是要参军，谁让我们是宋人？"

一旁的王奎道："身为大宋子民，身为四川人，被人家打上门来了，还不还手，还算人？"

杨华笑道："没有什么比身为武者，看着山河破碎却不挺身而出更窝囊的了。所以我参了军。他娘的，刚来的第一个月，别提多后悔了。老子在江湖上混的时候，多威风？来到这里，见谁都要行礼。不过慢慢也就习惯了。"

"我作证，刚来的时候，杨华像头犟驴。"孟鲤笑眯眯地来到众人中间，"不知打了多少人。"

冉璟侧头看着杨华，心说这真看不出来。

杨华笑了笑道："孟鲤说得没错，那时候就是头犟驴。冉璟，虽然在大宋当兵会有点儿窝囊，但是我觉得，如今的我比入伍之前好了许多，强了许多。你别不信，慢慢地你也会发现自己的变化。因为当兵这种事,只有自己当过才知道。尤其是当大帅、都统制和王安节统领的兵。"

冉璟挠了挠头,望向远处来到护国门的王坚,心说你拍马屁的本事不小啊。

老帅王坚登上城墙,看了眼城下的敌人。他又看了看李镇远,却没有说话。

"再惨也能守住。请大帅放心!"李镇远说。站在血腥味浓重的城头,他显得极为适应。

王坚点了点头,轻声道:"辛苦你了!"然后他离开城头,找到张珏问道:"如何?"

张珏道:"损失不小,但本身战力还可以调节得更好。所以……大帅你上次说的计划,也许可行。"

王坚望着远处的冉璟,轻声道:"你在城上认真看了,觉得他可堪大用吗?"

"战士嘛,杀的人多了,自然会变得更强。他才刚开始呢,应该还有提升的空间。"张珏摸着鼻子,轻声道,"即便就现在这样,也比普通士兵强多了。"

王坚道:"我也看了,目前来看,他的效率不一定比杨华高。"

"是的。杨华也是有着龙影客名号的侠客嘛,打的仗也比他多。"张珏想了想又道,"我不是反对大帅的计划,但是在弄明白退路之前，我们还不能动手。至少得有五成把握才行，对吧？"

王坚点头道："那当然，让全军精英毁在一次攻击上，我还没那么大的心。好在这场仗还要打很久。"

张珏两道剑眉轻轻扬了扬，心里叹道，是啊……还不知要死多少人。不管是宋人还是蒙古人，抑或色目人、女真人。

"打仗就像地狱收人。但从古至今向来如此。"王坚摸着胡须忽然道，"战争是魔鬼啊。"

张珏早就习惯了王坚的思路跳跃、语出惊人，顺着对方的语气道："最可气的是，好人大多数时候不能活到最后。"

王坚笑道："老子可不是好人，我只对自家弟兄好。冉璟那小子，你要多历练他，有什么活儿都让他做吧。有些本事是必须在生死关头才能长起来的。"

张珏看了眼那边正对孟鲤傻笑的冉璟，也不怀好意地笑了起来。

第十章
水寨迷宫

　　天色昏暗的时候，蒙古大军终于停止了攻击。以护国门为首的大宋守军在月色下，派出队伍收敛尸体。仍旧是老规矩，宋人只收宋人，蒙古人的尸体则垒起丢在山道旁。蒙古军会在更晚的时候派人来收尸体，这是双方心照不宣的默契。

　　蒙哥坐船巡视己方各营，从龟山到喊天堡，再去北水军码头。绕过一圈，最后回到石子山时已经很晚，他还有大量的奏折要批。

　　汪忠臣和李德辉跟在他身边，面色并不好。因为这三日来，除了先锋军突破了始关门和小东门外，其他各处城门几乎可以说是没有进展。纽璘和董文蔚不可谓不努力，但是狭窄的山路和巍峨的城墙消灭了各种可能。

　　蒙哥的心情还算正常，他回到大汗金帐，将二人召至近前道："你们怎么看？要如何突破这外城？"

　　汪忠臣看了眼李德辉，笑道："让微臣说，那只有拼死攻击。

我方是十数万大军，对方只有两万人。我们耗也耗死他了。只是如我们之前所预估的，可能要进攻数月之久。当然，也许长空营有什么奇策？"

李德辉低声道："今日攻陷了始关门。我们在钓鱼城的探子，将一份情报埋在预先约定的地点。上面说了两件重要的事。"

蒙哥调整了一下坐姿，耐心等对方讲完。

李德辉道："第一，宋军在城外留有地道，只是不知位置具体在哪里。他们可能出城奇袭。"

"他们今天解护国门之围时，用的就是密道吧。具体位置……"汪忠臣道，"大约是在小东门上方的绝壁上？日后我们派兵看住那边，自然不会重演今日之事。"

李德辉道："就怕密道不止一处，防不胜防。"

"第二件事呢？"蒙哥问。

李德辉又压低了声音道："这件事要小心，里头传来消息，说宋军在我们怯薛军埋有暗子。只是这条线是王坚亲自在管，外人无从刺探。"

"怯薛军那么多军士，有对方的密探也是正常的吧。"汪忠臣笑道。

"但如果对方既有密道，又有暗子，接下来会发生什么，就有点儿难猜了。"李德辉可笑不出来。

"话虽如此，但我们又能怎么办呢？"汪忠臣皱眉道，"无从查起。"

"总得想办法。"李德辉轻声道。

蒙哥看了对方一眼,明白这个汉人文臣有些话并没有讲出来。于是对汪忠臣点了点头,示意对方可以退下。等到帐篷里只剩他们君臣二人,蒙哥才问:"方才不方便说的,现在可以说了。"

李德辉道:"先前说的怯薛军里有宋人的事,臣下已经开始查了。但的确如汪忠臣所说,如大海捞针,要有点儿运气才行。至于如何才能突破钓鱼城的城防,臣下以为,还是要落在地道上。"

蒙哥道:"宋军对我们突袭用地道,你也用地道,倒是不谋而合。但是人家在这里经营了十多年,我们这才开始,会不会赶不上进度?"

李德辉道:"若是我们攻城顺利,地道就是备案。但若是不顺,地道就是关键了。鉴于哈拉顿泰大人说不久之后就有暴雨,臣下以为要增加人手赶进度啊。"

蒙哥想了想道:"可以增加人手,但是城内入口的问题……"

李德辉道:"长空会想办法解决。"

蒙哥笑起来道:"你就是因为这个,不想让汪忠臣听?这事汪德臣为主将,他兄弟听不得吗?"

"军情机密若非必要,少个人知道总是好的。"李德辉说。

蒙哥手指在毛毡上轻轻摩挲,点头道:"如此,就看长空的了。有什么变化,随时向我报告。"

"臣下明白。"李德辉行礼告退。

蒙哥翻看各地军报，想到不久前董文蔚请求对东新门发动强攻，也许让他放手一试也好。

李德辉走出大帐，一路转过几个营寨，进入自己在中营的营房。里面有一个身着灰色军服的人一早等在那边。

这个人满脸皱纹，留有稀疏的胡须，左面颊上有一道扭曲的刀疤，使得原本俊朗的面容，显得触目惊心。

"白狼先生，你对铁羽发回的消息怎么看？"李德辉问道。

"铁羽谨慎，他说有就一定有。只看我们怎么查。"白狼眯着眼睛轻声说。

李德辉道："我觉得不可能是太高层的位置，应该是中下级军官。"

"百户吗？"白狼笑道。

李德辉道："是啊。千户以上的头领皆来去清楚，我们知根知底。这种人不太可能是钓鱼城的卧底。毕竟也许高层里有从南宋小朝廷投过来的人，但这种人一般和王坚不会有交集的。他们更不可能频繁对外联络。"

白狼认同道："高层里不可能有对方的人。你要相信我的能力，凡是在怯薛军做到千户的人，我都深入调查过。尤其是外族。"

李德辉道："那是自然。你负责怯薛军的长空甲士，大汗对你是格外信重的。各营有事也会倚重你。"

白狼冷冷道："胡说什么呢？你掌控着大战的全局，我只是怯薛军的看门狗而已。各军平日里研究的战略，我可从不参与。"

对面的人脾气一贯不好，因此李德辉淡然一笑并不计较。他虽然执掌长空营，但毕竟是汉人，因此怯薛军里他多有不便，今日是特意来求对方做事的。

白狼这老家伙性格冷傲，为人固执。身为长空营的元老，主要负责怯薛军内部刑罚这一块，平日里并不参与对外战略决策。但他作为蒙古贵族阶层在大汗身边的看门狗，尽管在军中人缘不好，却没人能动他。蒙古军中，大汗的人、忽必烈的人、其他大王的人，可谓错综复杂。白狼能在这个位置，本就是各方面平衡的结果。

"蒙古人坚韧，汉人狡猾。"白狼见对方并不与自己争论，遂也不过分为难，"大汗是相信你的。所以具体该怎么办，你说吧。"

"那就开始排查百户？"李德辉不想讨论种族话题，笑问道，"只是那么多百户，如何查起？"

白狼想了想道："找那种有机会和外界接触的，一个个查。我查怯薛军，你查外围。一天排查十个人，很快的。不过你最好能告诉我，从何查起。"

"说得也是，这仗还有的打。"李德辉身体稍稍前倾，低声道，"我已安排了一次试探，我们可从这里入手。"

白狼听了对方的计谋，想了想道："若有发现，我第一时间行动。就不提前知会你了。要不然,你整日不在中军,可能会误事。"

李德辉捋了捋胡子道:"事后须第一时间告知我。"

"这场仗还有的打。"死里逃生的庹佑一身的绷带,对面前众人道,"所以我们这些残兵败将,总有雪耻的机会。"

杨思飞苦笑道:"抱歉了老大,没能和你们守最后一战。"

"不用抱歉。你还怕之后没机会?上头可不会因为你只有一条胳膊能用,就让你退伍。"庹佑笑道,"何况你的肩膀应该没有大碍。"

杨思飞点头道:"你说得对。老牛,你如何?"

田万牛坐在那个盾牌上,喝了口水酒道:"我能如何?上头说我们可以放一天假,休整一日后,就要继续上城头。"

庹佑道:"一个萝卜一个坑,我们可不一定能回护国门。"

"为何?"田万牛扬眉道。

庹佑道:"钓鱼城两万守军,护国门作为正门,独占五千人。之前布置在始关门和小东门的不过一千五百人,最后回来了一半。这里绝不缺少士兵。作为伤兵重上战场,原本是回本防区。但我们的防区已经丢了,自然要作为预备队重新分配。我们这种伤兵,护国门的老爷们暂时还看不上。但是如果接下来这两日,蒙古人猛攻镇西门或东新门,那些地方就会吃紧。我们这支预备队说不定就要去别的门了。"

"很有道理啊。"杨思飞笑道。

"不郁闷吗？被老部队刷下来。"庹佑问。

"郁闷什么……我们是新兵好不好？"田万牛笑道。

冉璟从远处走来，身上血迹斑斑，那把黑色的湛卢就在背上。

杨思飞道："老四，你怎么了？又上过城了？"

"不，我是出城了一次。"冉璟说道。

杨思飞怔了怔，又出城……

冉璟并不想多说话，这趟城出得有点儿累了，全身骨头像散架了一般。今天他们踏白营派了奇袭队，就没有去收外头暗桩的情报。为了让别人得到休息的机会，他和唐影分去了两个方向。但他运气更差一点儿，居然遭遇了敌军巡逻队。所以就又杀了一场。

田万牛递上酒壶，冉璟接过喝了一大口，心头的血腥气这才平息了些。

看着对方的黑色长剑，田万牛借着酒劲道："老四，这些日子你在忙些什么？就在各门游走吗？"

冉璟笑了笑道："差不多就是这样。但具体不能说啊。"

"我们也不能说？"田万牛瞪眼道。

"踏白营有踏白营的规矩。"冉璟笑道，"如何？我听说你本事见长，在城楼上威风八面啊。"

"这也是实话。"杨思飞道，"老牛现在一个可以打五个鞑子，在城楼上那可是牛气冲天。"

田万牛怒道："别寒碜人啊。我和老四这种能比吗？"

"说什么傻话。我都是你老四了,有什么比不比的?"冉璟笑着又喝了一大口酒,将酒壶丢回给对方。

"的确是傻话,不过我看你这小伙很帅啊。我有个闺女特水灵,你是不是考虑一下?当然前提是你要立功封侯……"庹佑笑嘻嘻插嘴道。

"老庹你省省吧。人家冉璟有女人,你知道是谁吗?说出来吓死你。"杨思飞笑道。

"是谁?"庹佑说。

这时,远处的孟鲤叫道:"冉璟,都统制叫你。"

冉璟答应一声,冲众人抱拳离去。

杨思飞冲庹佑喊了声:"瞧!"庹佑张大嘴看着冉璟和孟鲤的背影,吃惊道:"女……女刀神?俺的娘!不是真的吧?"

"女刀神绝不可能是你娘,一把年纪了,好好说话。"杨思飞没好气地道。

"如假包换。冉璟,是冉家的人啊。"田万牛笑道,一脸与有荣焉的表情。

杨思飞看着冉璟和孟鲤离去的脚步,寻思着,踏白营每日出城是忙什么?难道外头有联络点?不过,城外的暗桩联络点是不可能改变战局的。他想到这里,重新把注意力放回酒壶。先不去伤脑筋了吧。

张珏坐在他最爱的虎形青石上,看着夜空发了会儿呆。然后才对冉璟道:"我知道你一天都很辛苦,但还是有件事要你去做。"

"都统制请讲。"冉璟笑道。

张珏道:"其实是两件事。一个是嘉陵江对岸的龟山,如今是史天泽的水军营寨。他的水军主力在今夜陆续进港了。我需要你去查看一下他们的部署,不一定要今夜去,但我觉得,今夜或许是他们防备最松懈的时候。毕竟是刚来到钓鱼城,士兵们的心还没绷紧。"

"没问题。"冉璟说。

"不是让你一个人去,孟鲤会和你同去。"张珏笑道,"然后是第二件事,在出奇门那边。唐影发现了一些特殊的情况,也因为这件事他受了伤。不巧,受伤的是左腿,所以他就不能再去了。我希望你们在这两日去出奇门双王坟附近查看一下,蒙古人在那边鬼鬼祟祟做什么。"

"我可以一个人去。"冉璟说。

张珏道:"你不具备观察营寨的能力。你以为孟鲤在我们这群大男人聚集的兵营里,靠的是武力吗?她观察敌情的能力在钓鱼城独一份,能在夜里看出很多你看不出的东西。"

"好的,那我们就一起去。"冉璟不再坚持,只说,"把第二件事的具体位置告诉我就行。"

张珏又道:"两件事一件件做。蒙古人的水寨里有近三百条战船,人多,就会乱。所以只要不惹事,应该就不会有事。"

"行。我们准备一下就出发。"冉璟说道。

张珏看了眼孟鲤,女武士只是一抱拳表示同意,显然有唯冉璟马首是瞻的意思。有必要这样吗?你军阶比他高啊。张珏在心里吐槽。

因为是夜晚行动,孟鲤只是稍微化了个男人妆,让自己看着更魁梧,以及外貌更粗豪一些。这让冉璟觉得有些有趣,他虽然来钓鱼城有些时日了,但还没有与孟鲤单独行动过。因此他丝毫不排斥夜探水寨。

两人在飞檐洞换上水靠。换衣服的时候,孟鲤稍许有些羞涩,好在黑暗中,冉璟看不清她的表情。而冉璟刻意回避了对方的身体,但年轻人的心跳还是加速了一阵。

"进入水寨后,我们先绕一圈外围,我要看一下他们大船的数量,然后想办法朝里走,找到他们最大的旗舰以及史天泽的大营。"孟鲤通过说话分散了男人的注意力。

"我明白,勘查的事你做主。"冉璟小声回答。

孟鲤见冉璟将引火之物用油布包好贴身藏着,不禁奇道:"你还带这个?"

冉璟道:"踏白军里养成的习惯,放火是踏白的本能啊。"

"哎,我也做过踏白,并不是所有人都像你这样的。"孟鲤笑说。

两人背着兵器从峭壁上轻巧地离开山城,然后在水边找了一处地方横渡嘉陵江。两人共同推着一块木板,远远望去就好像漂在水面的战船残骸。近处的三座浮桥上灯火通明,就好像三条火龙横跨江面。

冉璟扭头看了眼山城上的火把。这次是山上神龙厉害,还是水里的黑龙厉害呢?这个想法似乎也很有趣吧。

在北岸附近,如张珏所言,敌人今夜有大规模的新舰队加入。两人轮流踏水推进,很快到了对岸。尽管水寨里面戒备森严,但码头的入口处战船拥堵,很多船只来来往往。因此他们很容易地绕过巡逻船,上了一条即将进入水寨的战船。

以两人的身手,他们轻松杀死了两名士兵,换上对方的军服,然后在一片喧闹声中进入了水寨。

与冉璟先前在石子山的行动相比,他们两人同行就显得自然了许多。"江南,漠北"是今晚的口令。尽管水军多为汉军,但这里的口令仍旧是用蒙古语。不过偶尔用汉语交谈,在这汉军营地里也不算很显眼。

偌大的水寨,因为有各种大小不同的战船和临时搭建的船坞,仿佛诡异的迷宫。莫说是晚上,即便是白天,也很容易迷路。但孟鲤偏就能在这陌生的环境里辨别出道路来。

大约用了半个时辰,孟鲤清点了此地八车船的数量,居然多达二十五艘。而远处陆续还有大船靠岸,显然先锋军之前搭建的水寨还是低估了己方水军的规模。

"这又不是下江南,他们来攻山城,带那么多战船做什么?"

冉璟嘀咕道。

"这是为了对付可能从水面上驰援的重庆援军。"孟鲤轻声解释,"史天泽打仗非常勇猛,但用兵又格外谨慎。"

"那边有条很大的战舰,可能就是旗舰?"冉璟问。

"是的,那就是史天泽的旗舰十六车船龙泽号。"孟鲤回答,"看来他们是真的想沿江而下,直达江南啊。"

"要不要上去看看?"冉璟说。

孟鲤笑道:"若是在上头被发现,我们就死定了。"

"在上头可以看清整个水寨,乃至他们整条防线的布局。"冉璟说。

孟鲤心里一动,但还是摇头道:"除非你告诉我,一旦发生意外怎么离开。"

冉璟沉默了一下,苦笑道:"好吧。但这么绕一圈就回去,还是有点儿不甘心。"

孟鲤想了想道:"那么大的船队,一定带有补给船。若是我们能将补给船毁去一些,虽说不上伤筋动骨,也定能打击敌军士气。"

"那就是和之前我们踏白军做的一样。"冉璟说。

"还要看运气,如果他们几条补给船在一起……"孟鲤笑了笑,并不把话说完。

冉璟轻轻吸了口气,赞道:"阿鲤,你真是聪明啊!"

孟鲤瞟了他一眼,虽然化着男人妆,依然百媚横生。

两人顺着水寨的通道朝另一边的水路前进,根据排兵布阵的规矩,补给船位于水寨深处的隐蔽之所,并且多为扁平船体的运输船。二人找到补给船坞的时候,有六七艘补给船正在排队进入。这让孟鲤和冉璟惊喜不已。

"看来这次你带着引火之物,真是带对了。"孟鲤轻声道。

冉璟道:"虽然在里面点燃可以达到更大的效果,但是如果在里头放火,我们也很危险。可若是就在外头烧两条船,我觉得很不甘心啊。"

"事情可以分两步做。我到船坞里面去点火,你在外头接应我。"孟鲤稍微停顿了一下道,"所谓接应,就是一旦火起,阻挡一下敌军派来救火的水龙。并且我们约定一个位置,你确保那边没有起火。"

"我好歹是个男人,怎么能让女人去冒险,自己在外头看着?"冉璟问道,"既然是军需重地,他们一定会有大将把守。"

孟鲤道:"理由很简单,因为外面做的事更难。事实上你要同时保证这两件事,我自问可能做不到。另外就是论水性,我比你好。"

冉璟皱眉不语。

孟鲤冷笑道:"能不要婆婆妈妈吗?若你不答应也行,下次再有这种任务,我就不带你,带唐影或者杨华来。"

冉璟举手表示放弃争论。他不得不承认,这样的分工并没有不合理的地方。于是两人先去夺了一条小船,将它藏在几条已经立定的大船之间。然后确认好撤离的路线。

"现在把引火之物交给我。"孟鲤伸出手。

冉璟把贴身保存的油布包交给对方。

孟鲤稍许检查了一下,确认火石并没有被江水浸湿,微笑道:"给我点儿时间,我去去就回。"

冉璟上前轻轻拥抱了对方一下。孟鲤顿时绯红了面颊,忙不迭地潜上一条补给船,在等待了一刻钟后,进入了船坞内部。

冉璟借着夜色,幽灵一般在各条船上搜罗可用之物。一柄劈得动坚盾的大斧、一壶可用的蒙古弓箭,以及两面盾牌,皆被他收到小船上。他在外找了一条常人无法踏足的道路,站到船坞的边沿,隐藏在夜色中,外人根本无法发现他的踪影。他又盘算了一遍方才的计划,隐约觉得似乎有什么漏洞。该如何弥补呢?

人生的际遇是很神奇的,几年前他独自在燕京刺杀忽必烈,今日却在钓鱼城打探军情。在这一战之后,又会去往哪里呢?冉璟有时也会想,若是就此留在钓鱼城和孟鲤在一起,也是不错的选择。在外头漂泊的日子,哪有在家安逸?哪怕这种日子要经历刀山火海也是一样。

孟鲤曾经和王坚一起出过任务——外人可能难以相信,王坚已年过花甲,却仍确实喜欢身先士卒。因此张珏、王安节,乃至孟鲤这几个如今钓鱼城的精英战士,都经过他亲手的训练。他会带他们潜伏,带他们刺探敌营,甚至尝试着潜入敌军内部杀死敌将。

王坚是个与传统大宋武将不同的将领。孟鲤则是王坚较好的学生之一，若她是男子，或许如今会与张珏地位相仿。可惜她并非是男儿身。

孟鲤进入船坞，很自信地走在一队又一队蒙古军之间，因为对补给船来说，进入船坞就是进入了舒适区，所以几乎没人会在意身边的威胁。瞭望塔上的岗哨也只是盯着外头江面的动静。灯火通明的浮桥和人声鼎沸的码头，让人有种自然的安全感。

忽然，孟鲤发现了一个奇怪的景象。眼前这条补给船上，有不少僧人，而远远地就能闻到货仓处有药味传出。孟鲤心里一动，靠近了货仓的守卫一击制敌。她将尸体拖入货仓，又拿匕首捅开货物，发现这里一箱一箱的皆是药材，再仔细辨别，似乎皆是藏药。孟鲤听说，蒙古人攻打蜀地，为了防止水土不服，曾经征集大批药材。难道就是这个了？

若是如此，那这船药材可比普通的军粮重要多了。孟鲤思量着，嘴角浮起微笑，烧药材是比较容易的事啊。美中不足的是，这条船的位置并不是最好，很难将火势波及更多的船。孟鲤做事果断，她转到角落，打亮火石将从里到外的药材包一一点燃。

女刀神快步离开货仓在甲板上大步朝外走，身边经过了一队僧人。

双方擦肩而过时，那为首的一个僧人瞥了她一眼，忽然转身道："你是什么人？我没见过你。"

孟鲤慢慢转过身，微笑道："我是码头上过来签货的，怎么了?"

僧人皱了皱眉,示意她可以走了。孟鲤不动声色地朝前走,加快了脚步。

僧人名叫枯月,是藏地佛门大师八思巴的弟子。此次是奉师命押运药材到军前。接近货仓,他忽然闻到一股烟味,立即大步冲了进去。里头数十包药材已燃烧起来,散发出滚滚的浓烟。

枯月猛咳嗽了几下,奔出货仓大声高喊救火,然后试图寻觅孟鲤。但孟鲤早已展开飘忽的身法,离开了补给船。船坞里响起救火的锣声,巡逻卫队一队队飞奔而过。而孟鲤混迹在人群中,岂是他们那么容易找到的?

远方船坞处,有卫队听到锣声,卫队头目立即封锁了船坞的出口。孟鲤想要大摇大摆走出船坞变成了奢望。

船坞处那惊天动地的锣声,将冉璟的思绪拉回。按照约定,他要确保东南角出口的安全。冉璟掠上一条大船的桅杆,远远对着船坞门口射出数支冷箭。

几名卫士应箭而倒,大小头目大呼小叫乱成一片。但冉璟悄悄驾起小船,溜到东南角,提着大斧硬生生劈开一面幕墙,缺口不远处站着一脸烟尘,却笑意嫣然的孟鲤。

"如何?"冉璟问。

孟鲤道:"来回一次,只点了两条补给船。就是动静不小。"

"你这身烟火气是怎么回事?"冉璟关心道,"烧没烧到自己？"

孟鲤道："这倒没有。只是外围出不去，只能先去着火的区域迂回躲避了一下。"

"没事就好。走！"冉璟笑道。

二人上了小舟，转过大船间的夹缝向外走。

"这不是出去的路。你又冒出什么鬼点子了？"孟鲤问道。

冉璟道："我想过了，一条小船朝外走，外围一旦封锁就是死路一条。我们反过来想，现在最安全的反而是他们控制的北岸。"

"你说的也是啊。"孟鲤想了想问道，"只是晚上不回钓鱼城，明日白天就更难回去了。难不成我们从浮桥冒充攻城部队回去？"

"如果有机会也不是不行。总能找到机会的，只不过肯定不是今晚。"冉璟回答。

"变谨慎了嘛。"孟鲤笑道。

"拖家带口的没法不谨慎。"冉璟笑道。

孟鲤轻轻拧了对方腰眼一把，并没有反驳。

很快两人弃船，按逆向思维潜伏回岸上。而蒙古军果然封锁了江面，大小船只在江上巡逻，折腾了一个晚上。

史天泽听说补给舰被烧，其中一条还是八思巴送来的藏药，不由勃然大怒，就要将守卫补给船坞的两个百户一同斩了。反而是一同前来的八思巴求情，才让那几个军官免于一死，贬官两级继续原地留用。只是那一船的藏药却是无法补救了。

"为防止之后再发生这种事，能不能请大师给予助力？"史天泽笑着对八思巴说。

八思巴笑道："贫僧不参与战事。此次来前线，是陪伴大汗的。不过我以为，你的水寨经过今夜之事，不会有大碍了。毕竟士兵皆是百战老卒，而随着战事进展，钓鱼城没有余力向你这里动手的。"

史天泽拱了拱手道："那就借大师吉言了。"

八思巴是藏传佛教萨迦派的第五代祖师，更通晓蒙古和汉族的文化，在蒙哥和忽必烈面前有着极高的地位，因此史天泽对其非常尊重。

钓鱼山的钓鱼台上。张珏皱眉望着敌军水寨中燃起的点点火光，水面上战舰来回巡视似乎如临大敌。那两个家伙闹什么啊，我没让他们突袭水寨啊。张珏不禁觉得有些头疼，这种全面封江的情况下，你们能回来吗？真是不让人省心啊。张珏急匆匆地前往踏白营，让王安节和杨华连夜出城，若有可能就接应一下那两个惹祸精。

但是，一个夜晚过去，冉璟和孟鲤并没有回来。

第十一章
真真假假

额里苏巡视着树林,将一份情报埋在大松树下,随后慢悠悠地溜达回山路上。这次他们巡视了天涧沟,已将警戒线设到了钓鱼城下。

"都打起精神来,睁大眼睛。"他目光炯炯地扫视四周,"昨晚就有南蛮子混入了水寨,烧了两船的补给。这事如果发生在石子山,我们的脑袋就都保不住了。"

恩和笑道:"老大,你想什么呢?咱们怯薛军是那汉军水寨能比的吗?"

薛骁儿想说什么,但听到对方鄙视汉军,不由又闷了回去。

"还是要小心。你看这边董文蔚攻打东新门也好几日了,也没什么进展啊。"额里苏看着前头高耸在峭壁上的城墙道,"城外是真的没有宋军了,可又能说明什么?"

"老大,你压力不要太大了。"恩和与其他士兵一起笑道。

听着他们讨论董文蔚,薛骁儿想着史天泽那边发生的事,他原本在水军那边也可能是百户了，却在这边从头做起。这样真的值得吗？在怯薛军里要出人头地谈何容易！董文蔚将军若是能打下东新门就好了，这些鞑子就不会小看我们了。

额里苏则想着，昨夜闯入史天泽大营的不知是谁，但至今没听说抓到什么人，那是已经逃回钓鱼城了吧。

冉璟和孟鲤并没有逃回钓鱼城，事实上他们就没想过要逃。他们趁着夜色溜达去了靠近喊天堡的临时渡口。二人在宋军保留的补给地洞休息了两个时辰，之后前往渡口约定见机行事。

临时渡口这里并没有龟山那边的那种剑拔弩张。先锋军的士兵皆把昨晚水寨的事当作笑话说。冉璟和孟鲤在跟外围的军士聊了几句后，混上了一条前往对岸的货船。

"你这是想直接去双王坟？"孟鲤低声问。

冉璟道："回城顺路嘛，而且这样我们也不用游泳过江了。"

"不错不错，从小就属你鬼点子多。"孟鲤笑道。

冉璟哈哈一笑，重重拍了拍对方肩膀，走到船头和士兵聊了两句。

让人诧异的是，不论是劳工还是军头，都不知道这批东西送到对岸具体是做什么的。

"居然神神秘秘的，不会是和双王坟有关吧？"冉璟绕了一圈回来说。

孟鲤道："我们既然是冒了押送人的身份，那就去现场看一看。"

"心有灵犀。"冉璟调笑道。

"滚。"孟鲤骂道。

冉璟吃了一惊，却见孟鲤一脸笑意。他不禁自语道："合川的女娃儿辣啊。"

孟鲤道："做事就集中精神做事，不然会出事。"

冉璟点了点头，孟鲤也点了点头，二人相视一笑。

很快船就来到了对岸的营地，然后这边有人来领装备和工具，并且带着汉人劳工前往双王坟。孟鲤亮出事先准备的令牌，跟随对方一同前往。前来带人的十夫长也没有多问。为了不引起怀疑，冉璟和孟鲤一路上也不多言语。远处战鼓声和号角声已经响起，新一天的厮杀再次开始。

即便有了假身份，二人也只能走到工地外围，就看到独轮车排在山林间，一车一车的木头送入里头。冉璟和孟鲤在外头站了会儿，为了不引起怀疑就假装离开。

"总得进去看一眼啊，唐影该是在进去查看时受的伤？"冉璟说。

孟鲤道："不，他只是在外围遇到一队巡逻兵。那伙人里有一个比较厉害的家伙，黑夜里猝不及防，中了一箭。"

冉璟想了想道："我有个想法。"

"什么鬼点子？说来听听。"孟鲤道。

冉璟道："看样子他们似乎是在建什么东西，不然用不到那么多劳工。我还是老办法，等到天色晚了潜进去。在此之前，你先回城，跟都统制说一声。不然他一天一夜不见我们的人影，怕是要疯。"

孟鲤道："不行，他如果会疯就不是张珏了。这儿的事，我们两个一起做。"

冉璟沉默了一下，低声道："那样我还有第二个办法，就看你受不受得了。"孟鲤看出对方眼中的杀气，不由心里一惊。冉璟继续道："打仗的事说不上心慈手软，我们绕一圈找一个防御薄弱的点侵入进去，直到弄清楚对方是在做什么为止。这里是野外，对方也没有修什么箭塔。以我们的身手，他们是拦不住的。无非就是看会杀多少人。"

"也不行。"孟鲤摇头道，"不是担心杀人，而是这里表面看守卫不多，但里面又是什么情况谁知道？直接冲进去，弄不好我们两个都折在这里。"

冉璟吸了口气，苦笑道："那你说该怎么办？"

孟鲤笑道："按你说的做，但是换个方式。我们在外头守半日，看看有没有接人的敌兵出来。我们先盘问他，根据信息多少再考虑后续。如果情报不足，就替换他朝里走。"

"替换……怎么替换，人家难道认不出脸？"冉璟皱眉道。

孟鲤从怀里拿出一张面具道："你出来执行任务带火石，我出来执行任务带的是这个。只是多少需要一点儿时间，才能调整到合适的样子。"

冉璟想了想又问："如果没有人出来呢？"

孟鲤道:"到天黑了还没有机会,我们就回城。必须要把这个消息传回去。"

两个人的运气还算不错,大约两个时辰后,有一队蒙古兵从树林深处走出,离开树林后几个士兵就分散开来。

冉璟和孟鲤俘虏了其中一人。

"不许喊,喊就杀了你!"孟鲤瞪眼道。

那人惊恐地点了点头,果然并没有多说。

"你的名字、军阶。"孟鲤的蒙古语颇为流利。

"扎力克,十夫长。"那人小声道。

"你们在里头做什么?"孟鲤问。

"挖山。"那人战战兢兢地说道,"我也不是太清楚。我也才来两日。"

孟鲤皱眉道:"挖山做什么?这里叫双王坟,是古墓,你们不怕报应吗?"

那人又吃了一惊道:"我真的不知道,只是似乎在搭一个高台。"

孟鲤瞪眼道:"高台?高台放树林里做什么用?"

那人急道:"只是听说前几日有萨满大法师来,说是选了这里做高台,别的我不知道啊。"

"里头有多少士兵,多少劳力?"孟鲤又问。

扎力克道:"有一百士兵吧。劳力有两百人的样子,还会继续来。求你们不要杀我，我不是蒙古人，我是大白高国人（西夏人）。对了，他们说，只要建起祭坛，大师做法，就能打胜仗。"

西夏人？孟鲤想了想又问道："你们这是出来换防，还是休息？"

"是外头有新的劳力来，我们去接人。顺便吃个饭。"扎力克解释道。

孟鲤又问了许多细节，比如里头的敌营有多大，外围的守备是怎么样的。此人回答得也算详细。孟鲤对冉璟点了点头，换冉璟来又问了一遍。确认问不出更多东西后，冉璟将对方刺死。孟鲤虽然有些不忍，但毕竟是在战场上，对敌人仁慈就是对自己残忍。

"看来，还是得进去看一看。"孟鲤说，"王坚大人常说，收集情报，确认情报。我们不能光听西夏人说。"

"这次我去，不许和我争。"冉璟板着脸道。

孟鲤看了看死者，又冲冉璟比了比身高，然后点了点头。冉璟这才露出笑容。孟鲤根据对方面容的轮廓，将面具捏合在冉璟的脸上。冉璟虽然觉得面孔有点儿黏，但总体来说感觉还好。尤其是孟鲤和他靠得很近，心里不禁生出一丝涟漪。说起来，两人面对死尸居然没有丝毫不适感。

大约用了一刻钟，孟鲤才道："我们运气不错，这个落单的不是大胡子，有胡子虽然可以让脸部轮廓没那么麻烦，但这野地里哪里去找假胡须？"

"你做面具的技术很不错嘛。"冉璟夸道。

孟鲤道:"我的手法可不算好。邵文那家伙有一招绝活,只要把面具放在别人的脸上,很快就能捏出一张新的面具。"

"就是把这层皮放在我的脸上,能捏出一张我的面具?"冉璟吃惊道。

"是啊,他跟着江南妙手堂的人学过。"孟鲤看着边上的尸体,又道,"这家伙是个小头目,进去被盘问的可能较小。进去之后,以你的身手没人能够挡得住你。但若是没有必要,不用杀太多人。"

"上天有好生之德吗?"冉璟问。

孟鲤道:"不,只是不用逼得所有人都和你死磕,这样你也会相对安全些。我在外头接应你,若是半日,也就是他们晚饭时间你还没出来,我就回去召集援军。若是在里头发生变故,你就拼命朝外杀,我一定会第一时间接应。"

冉璟戴着面具前往敌军吃饭的地方,那几个士兵已经在等扎力克了。他也不多说,就与众人一起去码头交接的地方,又带了一队劳力回树林。这次他没有遇到什么阻碍。原本想说话的众人见到他的表情,也看出他似乎心情不好。

就这样他穿过外围的树林,又经过两座新的箭塔建立的警戒线,来到了工地里头。冉璟走南闯北也算是见多识广,这边的确是在建造一个类似祭坛的东西。只是不知为何要建在双王坟的这个位置。整个下午他不用带劳力进出，只负责巡逻守卫的区域，就在工地的西北角。这里的总管百户是女真人，手下各族士兵都有。

冉璟尝试与其他头目以及劳力闲聊，发现这里的人彼此间并不熟悉。这处工地是三日前开始修建的，由于两百人一起动手，也算是进展迅速。据说第一天的时候，有个文官模样的人带着萨满来过这里，那萨满在附近转了一圈，选了这块地方砍去了树木，开始修建祭坛。

这也验证了扎力克的说法。好不容易熬到了晚饭时间，冉璟来到树林外与孟鲤见面。因为同一条路走了两次，他感觉这里地方并不大。

"确实是萨满建立的祭坛？"孟鲤眯着眼睛道，"你觉得我们能毁了这里吗？"

冉璟道："怎么才算毁了？我们可以烧了那栋木头建筑，但他们重新再修一个，是不是一样有用？"

孟鲤踌躇道："这确实不懂啊。以前说破法术要黑狗血什么的，但我们哪里来黑狗血？"

冉璟想了想道："是不是回去让都统制做主？"

"是的。我回去一次。你继续潜伏着，如果对方发现你不见了起疑心就不好了。"孟鲤笑道，"我最晚亥时前能够回来，你在这之前可别惹事。"

"明白。"冉璟笑道，"我最不爱惹事了。"

孟鲤白了他一眼，很干脆地离开树林，从隐蔽的山路回去钓鱼城。

剩下就是等待了，冉璟随便在外头营地吃了几口饭，同时观察着四周，觉得有些不合理。这边的工地因为有树林的遮挡，从外头看极为隐秘。而该祭坛的选址远离攻城战场，若不是一头冲进去，外人是发现不了的，那么就该把相关人员都圈在里头才对。为何要把军士吃饭休息的地方都摆在树林外头呢？

建这个营地的人真是缺乏军事才能，冉璟有些鄙视地看着四周，果然除了蒙古兵外的其他军队都是渣渣。不过若他们不是杂牌军，自己又哪能那么容易发现这里？

夜色逐渐深沉，冉璟主动要求值夜班，见到他那么积极，别的十夫长也乐得休息。很快就只有他带着两个士兵走在火把林立的祭坛边。山风越来越大，冉璟看着百户所在的营地，想惹事的念头也越来越强。其实不用孟鲤他们过来，在这样的守备下，他一个人就能解决掉所有敌军。想着想着，他慢慢靠近百户的帐篷。

忽然远处有两声鸟叫传来，冉璟深吸口气，他知道这是踏白营的战友来了。于是按捺住刺杀百户的冲动，赶往营地外围。

黑暗中孟鲤向他点点头，身后还有杨华等十个踏白战士。双方交换过眼神，回身杀向敌军。那近百名敌人无人生还，并且他们的尸体皆被丢在祭坛上焚烧。最后杨华还丢上了一袋子黑狗血。

行动完毕，踏白军并不管鬼哭狼嚎的劳力，毫不拖泥带水地消失于黑暗中。

回到钓鱼城里。张珏听取了杨华的报告，点头道："你懂一些奇门遁甲的异术，那确实是个祭坛吗？"

杨华道："虽然晚上看不清全貌，但大体上是的。我算了算，那边确实是一处大凶之地。蒙古人选那边做祭坛也合乎道理。我用了点套路来破解对方之前的布置。想来，他们若要再立祭坛，就必须换个地方了。"

张珏道："还真有那么多门道。你立了一功，回去休息。冉璟、孟鲤你们两个可知错？"

"知错。"冉璟赶紧上前一步。回来路上孟鲤已经向他说了都统制的不满，因此他绝不敢仗着立功回嘴。

"知错。"孟鲤老老实实说。

张珏好笑道："错在哪里？"

冉璟道："勘查水寨的事，你说了不要惹事，我们还是私自行动了。虽然立了功……"

"立功了不起吗？"张珏瞪眼道。

"没，没什么了不起。"冉璟赶紧道，"是我让孟鲤和我一起胡闹的。我认罚。"

张珏冷笑道："冉璟，在踏白营禁闭三日，断粮一天。孟鲤于自家府邸自囚三日。"

冉璟犹豫了一下轻声道："明日我要去天涧沟的，已经两日没去了。"

张珏瞪了他一会儿，冉璟挠了挠头。张珏叹了口气道："你下半夜去天涧沟。可将今日之事写在情报里告诉额里苏,这也算是动摇敌方军心的一条消息。明日凌晨返回再关禁闭。"

"得令!"冉璟抱拳道。

孟鲤小声道:"我也不能长时间离开城头啊,都统制。"

张珏瞪了她一眼道:"崔城和杜岚难道是白吃饭的?他们会帮你顶三天的。"

孟鲤无奈点头和冉璟一同离开。走到屋外,孟鲤轻声道:"我比你早出来一天,到时候去接你哈。"

关禁闭好玩吗?这两个家伙看着完全不在乎嘛。张珏目送对方离去,摇了摇头。虽然冉璟的确立了战功,但军纪仍旧要讲的,不然他每次都擅自行动,一旦出了差错就是大错。张珏在桌案前来回踱步,这战事又过了一日。蒙古人攻势虽然猛烈,但并没有能动摇钓鱼城的迹象。王坚大人之前酝酿的大胆行动,到底该不该进行呢?

想到这里,张珏隐约觉得有些不妥,他重新想了一遍这一整日的事,仍想不出问题出在哪里,不由面色阴沉下来。

当夜,远在喊天堡大营里的李德辉收到一封密报,他看了之后微微扬了扬眉,然后就将那密报焚毁了。

第十二章
鏖战东新门

对从没关过禁闭的人来说，被关在一个密闭的空间里无疑是非常痛苦的。这除了对密闭空间的恐惧外，更多的是无法自处的空虚烦躁。好在冉璟并不是第一次被关，早在几年前他那次燕京之行时，他就曾在燕京的水牢里待过一个月。

所以这三天的禁闭，原本对他真的构不成什么伤害。不过和燕京时他主动前往牢狱避难不同的是，这三天里远离战场远离城楼，也没人和他讲述战况，那种对外头情报的渴求，让他真是度日如年。

回想往事，冥想剑术，思念孟鲤……慢慢地变成了只思念孟鲤。我这是怎么了啊？冉璟也有点儿不明白。他在狭小的空间里，舒展筋骨，消耗气力。但是孟鲤的倩影反而越来越让他魂牵梦萦。

黑暗之中，孟鲤的容颜仿佛无边暗影里的一点儿光明，让他无比期盼三日后的重逢。但当他熬过三日离开禁闭室的时候，满脸胡楂的他却没看到孟鲤美丽的面庞,冉璟不由面色一沉。

禁闭室的大铁门打开。踏白统领王安节看了他一眼,好笑道:"我以为你是铁打的,原来也不适应禁闭。"

"能适应这里的都不是人吧?"冉璟没好气道,"外头怎么样了,怎么是你来?"

王安节道:"孟鲤一早去了东新门,那边董文蔚派亲军上阵了,这表示蒙古人开始发力。如今全城的好手都去了东新门,我也需要你立即去那边。"

冉璟眯着眼睛,习惯了一下外头的光线,才道:"有没有什么我必须知道的事?"

王安节将湛卢剑和甲胄递给对方道:"放心吧。三天的时间,外头没有什么大的变化。也没有你特别在意的人死去。"

东新门在钓鱼城东面,是山城八道重要城门之一。这边守军的人数超过了一千五百人。狭窄的山路、厚重的城门,峭壁上矗立着城墙,城墙上还有箭塔。城墙靠里的位置更设有投石机。

因此哪怕是蒙古军的怯薛军主力在此,也一样是举步维艰。探马赤军冲杀多日,每日皆留下数百具尸体。

来到前线观战的汪忠臣道:"老董啊,差不多了吧。你麾下的萨利安和董士元可是出了名的猛将,什么时候让他们出场呢?"

董文蔚笑道:"就快到时间了,少安勿躁。"

边上有人不断送上军报,汪忠臣探头一看,发现那些军报是一些草图。一些上头标注了士兵阵亡的位置和数字，而还有一些则标出了山城上箭塔和敌军射手的位置。

这些军报在各位千户的手里辗转后，董士元上前一步道："大人，末将觉得时机成熟了。请求出战！"

董文蔚笑道："准！"

千户萨利安则道："不劳小董将军，由我来做先锋。"

"总有你发力的时候。"董文蔚道，"你们两支队伍轮番冲击。"

二人领命，器宇轩昂地前往阵前。前方佯攻探路的探马赤军收起阵势，让出了攻城的道路。董士元带的队伍是邓州汉军，萨利安则带着怯薛军里的色目甲士。

董士元一身黑甲，手提一把暗金色的长弓，领着百名邓州亲卫向前突进。这些战士一半人双手各提一面长盾，另一半则是身着轻甲，执着蒙古弓的弓手。他们行进路线也不见有何特殊，居然在很短的时间里，就突进过了三分之二的山路。弓箭手在董士元的带领下，向着两边城墙射出弓箭，弓箭远且准，不断有宋军落下城头。董士元更将两个宋军头目射落箭塔。

这时，山门处大量的滚木掷下，董士元才收拢士兵缓缓后撤。而在他们后方，色目人萨利安早已做好准备。他的军士也拿着和先前的军士一样的装备，一半盾手，一半弓箭手。前进的路上，盾手同时护着弓箭手协作向前。他们也前进到了山路三分之二的地方，被滚木逼退。

这两轮进攻推进速度极快，伤亡数量极小。接着，两支队伍轮番上前攻城，初时城上守军不以为意，但很快他们觉察出不妙。这些敌人不仅提着长盾，更有不少人携带云梯。只是他们每次冲锋都把云梯挪近一段距离，这样下次冲锋的时候负担就会少上许多。

更可怕的是，东新门统制罗勇发现敌军的伤亡明显变小了，就好像他们知道弓箭会从哪里来，石头会何时落下一般。他们在危险地带停留的时间也大大减少。

器械营的宋军议论纷纷，宋小石挠头道："统制，怎么变成这样了？"

唐长弓道："不管把投石机放在什么位置都会有死角。只是下方的敌人是如何计算出来的？这不合理啊。"

"那我们是不是要调整一下？"宋小石问。

"即便调整好了，他们若是在下一轮冲锋时又避过了呢？"其他人说道。

唐长弓想了想道："宋小石，你和我去升龙炮那边。"

宋小石惊讶地看了对方一眼，他原以为还要等好久才能用到那件宝贝。

而在指挥台上，罗勇亦暗自着急。不能让他们继续这样进攻了，不然很快会威胁到城门。

他望向一旁的完颜烈道："完颜将军，此时需要你出城迎敌，打乱对方的节奏。而我们城上好重新部署一下。他们带着长盾，近身肉搏不行，你正好去冲杀一阵。"

"请统制放心,定不辱命。"完颜烈一抱拳,转身走下城楼。

罗勇看着对方带着本阵军士杀出东新门,飞快吩咐传令兵:"向都统制求援,让他调中军精锐来。"

萨利安拐过山路斜角,已能正对东新门的大门。他带领的部队人数越来越多,已经有两百人,其中在他周围多了五十名长矛手和五十名弯刀手。

这时,里头迎面杀来一队宋军,为首一人身高八尺,眉若墨刀,手里提着一柄开山斧。

宋军这也算应变得快,但你们只要开城迎敌就是错误。萨利安号令士兵发力向前,两边有弓箭雨点般落下,皆被他们的长盾遮住。但最前方的士兵靠近了完颜烈三尺之内,就被一斧劈为两半。

所有人都倒吸一口凉气,山道上顿时安静下来。但气氛也就凝滞了一瞬,十来个疯虎般的弯刀战士冲了上来。

完颜烈大斧旋转,身边两排战士展开,将山路完全封锁。一左一右两个重甲步兵,和他一起仿佛三座铁塔。蒙古兵就好像浪涛撞在了礁石上,激起刺眼的血花。

萨利安握紧拳头,喝道:"放箭!"

嘭!就在他下令的同时,城上的羽箭也同时飞至。山路上的宋军和蒙古兵同时倒了一片。紧接着巨石呼啸而至,调整过角度的投石落在狭窄的山路上,蒙古军顿时狼狈地后撤。

完颜烈坚若磐石地站在路中央，这个套路是之前他们操练过的，专门用来应对蒙古精锐。如今看来效果不错。作为女真遗民，他深深憎恨着蒙古人。他曾亲眼看着燕京城破，他曾经亲眼看着蒙古兵屠城。为了复仇，他加入了宋军。王坚给了他带兵的机会，也就给了他继续活下去的理由。

蒙古军乱了片刻，董士元带着他的队伍上来了。这一次和先前不同，他们不再是长盾手和弓箭手的组合，而是清一色地配着铁甲弯刀。这批战士移动速度极快，城上的弓箭只能落在他们的身后，只用了先前一半的时间他们已贴上前来。

"你会怎么做？"张珏不知何时出现在罗勇背后。

"当然是继续进攻。"罗勇做了投石继续的手势，山上的投石飞向狭窄的山路，"这又不是英雄决斗。"

张珏沉默了一下，他并不介意罗勇的做法，只是城下这分明是董文蔚的精锐铁甲弯刀，他们可不容易对付！

果然，虽然有部分战士死亡，但董士元和他那三百铁甲士仍旧冲到了山路尽头。一身红色战袍的董士元直接对上了完颜烈，双弯刀决战开山斧。

张珏心里叹了口气，完颜烈一心想杀蒙古人，偏偏来和他打的都不是。"长斧营准备，孟鲤随时前往支援。"他下令道。

孟鲤一早已戴上面具。她看着城下的战局，完颜烈和董士元打得火星四溅，山道上，两边军士不断倒下，她心里不禁想到几日前那护国门前的战役。即便守住了，也要死很多人啊！但是她不会去想这样的牺牲值不值得，因为城里有十万百姓靠他们守护。谁都知道，蒙古军对那些顽抗到底的城池，素来都有屠城的铁律。

要么战，要么死。现在已不存在第三条路了。

城下，完颜烈与董士元已经战到五十招，蒙古铁甲弯刀的战力凌驾于宋军之上，城门前的宋军慢慢后退。而不知何时，萨利安也带着攻城军摸了上来。

完颜烈暗自着急，招式一变，开山斧的斧杆一下抽在董士元的后背上。董士元冷笑转身，弯刀奇诡地切入完颜烈的肋部。两人同时一晃。左右两名重甲步兵护住完颜烈，其中一人却被萨利安一矛贯穿。

"攻城！"萨利安下令。

周围的蒙古军骤然架起云梯，密密麻麻地聚集在东新门下。即便滚木和箭雨扑面而至，也无法让他们后退半分。

城上孟鲤长啸一声，挂着飞索飞掠而下，两百名长斧军从峭壁两边飞掠疾走。这两百人瞬间稳住了形势，一下子把那些刚架起的云梯推倒回去。

董士元和萨利安虽然不断指挥队伍，可面对虽然受伤，却无所畏惧的完颜烈，竟然无法再逼近城门。整个攻城部队竟然慢慢后退……两人互望一眼，有些无奈地看着城墙，却又极有默契地朝后慢慢转移部队。并没有发生护国城下，蒙古军自己争相抢道的事。

张珏和罗勇在城上看着这一幕，心里暗道不好。对方这是还有后手……

果然，蒙古军后撤百来步后，其中军树起了硕大的帅旗，那个飞扬的董字伴随着黑色的苏鲁锭出现在战场上。

名将董文蔚亲自上阵了！

这是要拼命啊，何苦来哉？张珏深吸口气，望向一旁的杨华、王奎、唐影道："王安节还没回来？"

"应该就要到了。"杨华说。

"董文蔚号称是燕京第一名剑，今日终于能亲眼得见了。"张珏微笑道，"大家都是有福之人啊。"

杨华不禁微笑起来，都统制一如既往地镇定啊。

"命孟鲤和完颜烈回来，先消耗他们一波。"张珏说道。

罗勇立即发下军令，但是外头的部队正与敌人厮杀，哪有那么容易撤回？

好不容易完颜烈和孟鲤都回到城里，城外已被怯薛军占据了。数十架云梯迎风立起，东新门岌岌可危。几乎同时，镇西门、出奇门皆传来军报，那边的防线也相继告急。

张珏听完军报，慢慢道："告诉那些平日里不可一世的家伙，就因为敌人强，才能显出他们的本事。今日怯薛军的主力在东新门，老子没有空管他们那点龟毛事。他们自己的问题自己解决，孟鲤的长斧队不可能离开东新门。"

罗勇听着好笑，敢情董文蔚在这边还成了好事了？不知李镇远、石九一那些家伙作何感想。但他看着城下董文蔚的主力攻城军,嘴里一阵发苦,那是一种肉眼可见的恐怖。

这一次,董文蔚亲自带队,身边全是怯薛军重装甲士,双肩戴着遮挡弓箭的护肩,手里是制作精良的蒙古弯刀。他的队伍里,弓箭手极准,城上城下同时射箭,城上倒下一片,城下只有零星伤亡。

即便周遭是雷霆万钧的落石飞袭,这支队伍仍然在不急不缓地稳步前进。自然怯薛军也是血肉之躯,只是普通的落石似乎无法撼动他们。尤其是他们阵中有一个身形与完颜烈相似的战士,手里一支巨锤,当有飞石落向董文蔚这边时,他就会挥动巨锤将那飞石拨落。连续几次,极大地挫伤了城上投石军士的士气。

远观战场的大汗蒙哥露出微笑,这是怯薛军有名的"巴特尔"段风云,大理人,是几年前忽必烈征服大理时招募的勇士。

"火箭!"罗勇嘴角浮起残酷的笑意。

城垛后,士兵准备火箭随意射下,隐藏在山路上的某些引火之物迅速被点燃,顿时把攻城方的队伍截断。

董文蔚面色不变,只是下令道:"加速。不用担心后面!"

后方压阵的董士元和萨利安早有准备。蒙古军在中原连番大战,又长年西征,在征途上积累了大量攻城经验,对这种火箭断路的做法他们早有提防,后方策应的队伍里居然备有水龙。数十道水柱从后方升起,虽然不能立即扑灭火苗,但能克服恐慌,减少伤亡。

"敌人靠近,城上警惕!警惕!云梯上墙!"罗勇大吼道,

"火箭封门!"

大量的火油从城门处浇下,紧接着数支火箭将东新门前的空地点燃。

董文蔚浓眉一扬,放弃了直击正门的念头,转而登上了一架云梯。这并不是第一架立起的云梯,但是他每登高一步,都引发下方排山倒海般的欢呼。更多的士兵攀上云梯,誓与主将共进退。

远处,观战的汪忠臣和李德辉悄悄看了眼身前的大汗蒙哥,他们能感觉到蒙哥眼里的壮烈之色。人皆言董文蔚是大汗麾下第一爱将,诚不虚也!

这时,众人一声惊呼,董文蔚的云梯被人从城头推落了。但蒙哥面色不变,显然并不担心。董文蔚亦立即换了另一架云梯重新登城。这样的转变在怯薛军眼里司空见惯,因此反而欢呼得更大声了。

罗勇眉头紧锁,吩咐道:"完颜烈、孟鲤,去董文蔚靠近的城墙,以防万一。"

四丈高的峭壁,三丈高的城墙。董文蔚疾步登高,前后换了三架云梯,才终于靠近了城墙。而这时东新门的城墙上忽然爆发出一阵惊呼,在所有人都注意着董文蔚的时候,另一边有个巨灵般的大汉登城了!

那个大汉就是方才替董文蔚拦下飞石的段风云,他单手提着大锤,傲然站上城墙。

杨华不等张珏下令，率先冲向敌人。

段风云一呲牙，大锤如风舞动，砸向对方头颅。杨华手里长矛发力抵在锤头上，长矛的矛杆弯成弧状。他借力一弹向后撤出几步。段风云坚毅地踏出一步，大锤居然灵活地一变，砸向杨华的左肋。

杨华横眉再退，对方的大锤二次砸在长矛上，长矛经不起巨力，居然应手而折！

段风云大吼一声。敌人这算是在城垛边占据了五尺左右的空地。身后的蒙古士兵一个接一个地爬将上来。但段风云随之吃惊地看着前方，数名宋军扯着一张挂着利刃的渔网朝这边冲来。渔网大约三丈长，一丈高，足以包裹三到五人。

段风云大锤砸向一侧的军士，拉网的人纷纷后撤，他跳出刀网的包围，但宋军转而攻向其他蒙古士兵。刚站上城墙的两人被利刃扎成血人。段风云想要破坏刀网，杨华却已换好武器，又冲了上来。

就在宋军士兵被这边吸引了注意力时，另一边名将董文蔚也登上了城墙！这边的完颜烈和孟鲤立即冲杀上去。

张珏看了眼城道边正飞奔来的冉璟和王安节，高声道："直接上城杀敌！"

东新门的城头乱成一片。蒙古军依托段风云与董文蔚抢占的角落，不断向上增兵。段风云大锤飞舞，连续击毙十余名宋军。但宋军不畏生死咬牙坚持，并没有让突破口变大。杨华、唐影遏制住段风云，冉璟、完颜烈、孟鲤困住了董文蔚。短时间里陷入僵局。

城下董士元有些着急，但他尝试冲了几次，所登的云梯都被城上推倒。

张珏看了眼城下越围越多的蒙古士兵，冲着后方高台上的器械营摆了摆手。器械营待命的宋小石，兴奋地操控起那名叫"升龙炮"的庞大投石机。唐长弓吩咐他调整位置，然后在确认角度和风向后，二十名宋军一起拉动了机械。

嘭！硕大的投石从天而降，这石块比先前投下的更大了两倍。此时城下蒙古军已经拥挤到一起，可谓是避无可避。

石块落在战场，四分五裂地砸开，里面的火油落在地面上迅速燃起火焰。

董士元和萨利安顿时变色，竟然是霹雳车！方才对方为何没有用出来？但董士元心里同时一颤，这种时候拿出这样的武器，显然杀伤力更大……

一块又一块的巨大飞石从天而降，伴随而来的还有之前那些相对较小的石块。

"这炮兵当得才有意思。"宋小石操作着升龙炮，心里生出万丈豪情。

董士元后撤一定距离，望向投石机的大约位置，抬起暗金长弓一箭射出。但是弓箭虽然划出漂亮的弧线，却无法射往它想去的位置。

萨利安道:"我们根本不能够到敌方的器械阵地!"

董士元懊恼地吼了一声,指挥士兵稳定阵列。但即便是训练有素的精锐,也不能在如此重压之下保持冷静,山路之上无处可躲。每一个蒙古士兵都在诅咒,这该死的钓鱼城怎么有那么多石头。

几次冲杀后,董文蔚周围只剩下三十多个士兵,而且数量还在不断减少。换了普通的城楼这点人就够斩下敌将首级了,但这里不仅有着钓鱼城中军精锐的层层阻挡,而且距离张珏和罗勇的位置还差着一定距离。

湛卢剑出现在战场上,数名蒙古甲士被剑锋刺穿。那些厚重的铠甲竟然不能抵挡那漆黑的剑锋。

董文蔚眼神一变道:"居然是你!"

冉璟笑道:"董大人,好久不见。"

"好,好,好!"董文蔚长啸一声,手里的赤色长剑迎风而起。

早在数年前,两人曾在燕京的夜巷中激斗一场,可谓打得风云变色。那时候董文蔚胜出一招,但现今主客已变,不同往日。

两人在城垛间辗转互换三十余剑,两柄宝剑激起漫天星霜。孟鲤、完颜烈等人一面保持合围的状态,一面击杀上城的蒙古精锐。虽然仍有蒙古战士爬上城墙,但速度明显被压制了。

另一边段风云亦陷入苦战,他和杨华已战到五十余招。尽管他力量远超杨华，但杨华的功夫刚柔并济，一杆丈二长枪上下翻飞，仿若天外飞龙。

远处观战的罗勇轻声道："听闻那小子用的是正宗杨家枪？果然厉害。"

"当然厉害，他可是名震江南的龙影客啊。当年他从并州杀回江南，一路连挑二十多家山贼。若不是那年我去京湖战场偶遇了他，到哪里去找那么厉害的兵？"张珏眯着眼睛望定前方，沉声道，"就是现在了。"

杨华的长枪幻化出七个枪尖，段风云一个不提防，小腹和右腿上各中一枪。

段风云狂吼一声，不断舞动大锤。但杨华并不冒进，只是与之游斗。段风云虽然连中两枪，但动作并未受到影响，甚至还能做出跳跃的动作。

一旁观战的唐影看着对方渗透出右腿甲胄的鲜血，心想，这就是不知死活了。他看着逐渐被肃清的城头，找到了最佳的出手位置。

段风云也发现了己方士兵登城速度越来越慢，虽然不清楚城下具体情况，但也知道情势不妙了。可他想要摆脱杨华的纠缠，又谈何容易？缠斗中，肩头又中了一枪。段风云虎吼着退向城垛口，大量的失血开始让他脚步沉重。

忽然他感觉后颈一凉，伸手去摸发现是一柄飞刀，直没入柄。段风云眼睛眯了眯，视线开始模糊。噗！杨华的大枪戳入他的胸口。段风云突然一把抓住长枪奋力一甩，竟直接将杨华甩出城墙。

杨华大惊，人在空中一个摇摆，直接落去城下。眼看就要落在蒙古兵的身上，边上有敌军刺来两支长矛。杨华半转身扣住长矛，反将矛杆刺入地面。

城墙上，唐影急掠而出，一刀斩落了段风云的头颅。他趴在城垛上朝下看，见到杨华正被数十个敌军包围，立即从城上丢下一根飞索。

董文蔚与冉璟也分出了胜负，两人长剑并举，身上皆溢出血花。一旁的孟鲤长刀如雪片般斩落，两人来回配合，合力大战董文蔚。董文蔚只得步步后退。他见段风云被杀，心中生出退意。身边的近卫将这边的城墙牢牢护住，但登城的三十余人只剩下十人。

张珏皱起眉头，即便是冉璟、孟鲤、完颜烈他们同时出手，还是不能拦下董文蔚。这个怯薛军名剑到底有多强？他再望向另一边的城墙，杨华已经转危为安回到城上了。罗勇大声呼喝，让唐影他们合击董文蔚。但张珏依然愁眉不展，这片城墙就那么宽，人再多也无法同时出手。

董文蔚长啸一声，剑芒陡长，竟然连伤杨华和完颜烈两人。这是杨华初次和对方过招，敌人的剑招快到难以想象。他不由多看了冉璟一眼，那家伙之前是一力扛下此獠的？

城下董士元听到叔父的叫声，感觉形势不妙，但他不敢轻言收兵。毕竟主将还在城头,何况远处还有大汗观战。

这时,大军后方忽然响起了收兵的锣声。

有传令兵过来道:"大汗命令先行撤军。"

董士元躬身领命,立即命令部队分两部后撤,萨利安的人先走,而他的部队聚集到董文蔚登城的位置,连续架起了六七座云梯。完颜烈和王安节奋力厮杀,但蒙古军也拼红了眼。董文蔚不退反进,以一己之力扛下宋军潮水般的进攻,身边剩余的九个近卫一一退下城去,他才站上云梯。

王安节飞步靠近城垛,试图推倒云梯。突然城下一支白羽金箭射上城来,王安节猛一缩头,被箭头射落了头盔,惊出一身冷汗。

这时,一块飞石准确地落向董士元所在的位置,逼得他抱着脑袋滚出两丈多远才算避过,但也被飞溅的火星烧得灰头土脸。

城上宋小石懊恼地挥了挥拳头。而董士元看着董文蔚回到城下,也是松了口气,自己身上那点儿灼伤就不算什么了。

看着城下敌军缓缓退出山道,罗勇低声道:"要不要出城追击?"

张珏摇头道:"敌军虽退,但终究人多势众;弟兄们都累狠了,追出去未必能够讨到便宜,只能徒增我方伤亡。"

那么好的斩杀董文蔚的机会就这么丢了。罗勇砸了砸拳头。

张珏低声道:"仗还有的打呢。让弟兄们换防,敌人很快还会来的。"

冉璟替王安节捡起头盔，低声道："好险。"

王安节道："没能杀死董文蔚，下次不知何时才有机会啊。"

冉璟看着附近的孟鲤、杨华等人道："固然遗憾，但我们伤亡也不大，这点还是欣慰的。"

王安节点了点头，只是方才一战似乎证明，若是正面交锋，我方的军中高手未必能在蒙古精锐面前讨得好去。这却又有点头疼了，这怯薛军真是厉害啊。他不禁替父帅王坚的那个计划感到担心。要知道蒙哥中军里可不只有董文蔚，还有赵阿哥潘等人。

孟鲤站到高处，大声招呼长斧营换防。王安节也深吸口气，招呼起踏白营的子弟。

而就在他们城楼上一阵忙碌之后，城下的怯薛军又卷土重来了。打头的依然是董士元的铁甲弯刀。

罗勇揉了揉眼睛，低声咒骂道："真是没完没了。"

张珏笑道："这才半日呢，慢慢熬吧。不过今日董文蔚该是不会再上前头来了。"

罗勇道："就算再来，我也不会给他登城的机会。"

不知不觉战鼓声又响彻了一整日。

蒙哥看得都有些倦了，怯薛军虽然悍勇，无奈这狭窄的山道，真不适合他们发挥单兵优势，山道之上，邓州兵、色目兵、蒙古怯薛军死伤惨重。因此不等黄昏降临，蒙哥竟然命人提前结束了今日的攻势。

不多时，董文蔚、董士元、萨利安等人退回到中军。周身浴血、烟尘满面的董文蔚跪倒请罪。

"你已经尽力了。我看得很清楚，将士们辛苦了！"蒙哥微笑道。

"臣……明日当继续攻城。"董文蔚道。

蒙哥道："这是当然的。但也不用操之过急，今日辛苦了。来人，赏赐董文蔚黄金百两，以示嘉奖。先前率先登城的段风云，追封为千户。"

"拜谢大汗！"董文蔚再次拜倒。

蒙哥笑着将对方扶起，但眼里依稀流露出一丝无奈。不久，就起驾回石子山了。

董文蔚目送大汗离开，轻轻擦去额头的冷汗。要知道当年西征的时候，有些将领未能如期拿下城池，可是第一时间就被斩首了。今日，大汗算是法外开恩了。

"强攻似乎不行。"他回身对萨利安和董士元道，"要重新琢磨个法子。"

董士元和萨利安一同点头，但是那城池如此巍峨险峻，要什么法子才能越过城墙？毕竟谁也不懂神仙法术。说起来，哈拉顿泰萨满真的说钓鱼城会投降吗？那是如何做到的呢？

钓鱼城会投降，只是这一战会打很久。而且在大战的时候，会伴有多日大雨。

这三句话，还没有一件兑现呢！蒙哥骑在马上，带着疑问望了同行的哈拉顿泰萨满一眼。老萨满感觉到了他的目光，指了指天空，然后自信地点了点头。

蒙哥挠了挠面颊，对一旁的耶律铸和汪忠臣道："还是要想个方略。这样强攻，要死很多人。"

"微臣明白。"汪忠臣道。他看了眼侧后方的李德辉。

李德辉不着痕迹地低下了头。

第十三章
如期而至的大雨

接下来的几日蒙古军持续攻城。护国门、镇西门、出奇门相继告急,但也仍旧坚守住了。只是负责支援各处的长斧营损失惨重。于是王坚整合长斧兵,成立了一支新的队伍,名为中军背嵬营。

这支队伍以原长斧营为班底,加入了各营的精锐。统领依旧是孟鲤,而在她麾下则有了冉璟、杨华、唐影、王奎,以及副统领崔城、杜岚。营内一共三百人,随着战事变化,随时会有新人补充进来。在张珏的筹划下,背嵬营被分为三队,经常以百人左右的建制演练任务。孟鲤明白,这是在为日后某些行动做准备。

王安节对背嵬营的筹措有些不满,毕竟他的精锐战士都被归入了这边。而且这些天里踏白营在外的暗桩已经损失过半,他有心将外头的暗桩都撤回来,但王坚命他必须咬牙坚持,每一个钉在外头的踏白营暗桩,都可能是日后制胜的一击。王安节无奈,只能将部分受了重伤的战士换防,但大部分暗桩还是有选择地保留了下来。

营房外的大雨已经连下九日，淅淅沥沥的雨声让人厌烦。看着地图上的一个个红点，王安节轻轻捶着胸口的箭伤，这些都是钓鱼城里最坚韧的男儿啊。

这时，冉璟从外回到营房。被归入背鬼营后，冉璟仍旧负责与邵文的联络，只是每次回来后，都要与王安节交接情报。

"有什么新情况吗？"王安节问。

冉璟换下湿漉漉的战袍，轻声道："不好说啊。那边在查内鬼了，而且主查石子山中军。真诡异，不知是哪里出了问题？邵文说，对方是长空营的白狼在主持行动。"

王安节道："白狼……好像是长空营的元老，具体的我也不了解。下次可以向邵文多了解一些。"

冉璟道："就怕他也不清楚。"

王安节道："你有没有多留一笔，让他暂时静默？"

冉璟看了对方一眼道："这种事我能做主吗？"

王安节皱眉道："那你就什么也没说？"

"又不是面对面，我当然什么也没表示。"冉璟说着拿起营房角落的毛毯合眼打盹。一个时辰后，他需要去背鬼营报到。差不多一个月的时间了，他已经有些厌倦厮杀，不论是战友牺牲还是斩杀敌人，都让人麻木郁结。

王安节想了想道："从今天开始，你每次在天涧岭多留一些时间。"

"为何？"冉璟问。

"白狼可能会对邵文动手。"王安节道，"虽然我们不清楚具体会怎么做，但你若是在天涧沟，可能会有所照应。"

冉璟道："那除非我每天守在那里，不然又怎么可能照看得到？而且白狼若要对付内鬼，为何要在天涧岭动手？"

"因为一般抓贼总得拿赃。邵文在怯薛军潜伏那么久，动他总得有证据。"王安节稍许停顿了一下，又道，"这两日雨大，敌人未曾拼命进攻。我会和都统制提一下，你就多留在天涧岭几天吧。一直到蒙古人恢复进攻为止。但要注意安全，没事不要和邵文见面，暗中保护就好。"

"我有分寸。"冉璟说。他也担心邵文，只是他总觉得邵文做事比自己稳妥，从小到大，只有邵文照顾他和孟鲤，哪有他们照顾邵文的？操心别人不如担心这战局。

"今天的情报居然是这个？"王安节打开情报皱眉道。

冉璟道："蒙古军里有一个萨满预言说，钓鱼城最终会投降，而接下来会下连日大雨。别的就没什么了。"

"既然是预言，就该是战前做出的吧。怎么现在才说？"王安节说到这里，若有所悟地停下来。

冉璟翻了个身，嘟囔道："也许是因为这几天连着下雨了吧。"

王安节将火盆朝冉璟那边挪了挪。这可不是好消息。如果真的要下很多天的雨，是否就证明了对方萨满的预言是真的？怪不得前几日蒙古人疯了般地进攻，后来是天气实在是过于恶劣，连站在城下都困难才放弃了。

合川大雨是从四月初三开始下的,刚开始的时候谁也没有在意。雨不大的时候,蒙古军依旧攻城,宋军依然守城。连下五日后,蒙古军想到之前哈拉顿泰萨满的预言,不禁军心大振,一度冒雨持续攻城。

然而雨神并不是蒙古人,也不是汉人,雨水的大小并不因为谁的心情而变化,对攻守双方皆不偏不倚。这场空前的大雨越下越大,导致城下的道路泥泞积水,让人根本无法踏足,更别说搭云梯攻城了。所以蒙哥大汗下令,全军停止攻击,耐心等待这场大雨结束。

虽然下着大雨,汪德臣仍坚持每日巡视兵营。一方面这是必须的日常;另一方面,只有这样他才能不着痕迹地前往奇胜门附近的密道查看,同行的还有李德辉和耶律玉门。

耶律玉门小声道:"都总帅,大萨满有没有说要下多少天雨?这样下去不行啊。有不少士兵开始生病了,若不快点儿恢复正常的天气,怕是要出乱子。"

"不曾说过。"汪德臣轻叹了口气。之前他也曾盼着来大雨能呼应预言,但这大雨真来了以后,还真是叫人不舒服。尤其是挖地道的进度被大大地延误了。

一旁负责密道挖掘的石通道:"我已经尽力了,这样的大雨导致地下水泛滥。民夫们病倒了一片,昨日开始基本就没有进展了。"

"只能等雨停吗？"汪德臣问。

"也不是一定要雨停，至少得下得小一些吧。"石通说，"另外就算没有大雨，我们还要面临一个问题。"

"你说。"汪德臣皱眉。

石通道："密道从山腹进入钓鱼城，等于要越过城墙。而大帅提供给我的出口位置，前有一片山岩格外坚固。若是绕路挖掘可能要多挖一个月，若是不绕路……"

"可以不绕路？"汪德臣问。

"是的，可以的。我们手上有一些从中原带来的火药，可以将山石炸开。但是动静会很大。"石通指了指天，"而且也必须等天好啊。"

"有办法就好。炸石头要多久？"汪德臣问。

石通道："不用很久，准备一个时辰，炸开只要一会儿。不过前提是，位置选得对。不然还要炸第二次。"

"动静大的意思是……多大？"李德辉问。

"差不都就是城里如果听到了，追查源头就能查到我们这里。"石通苦笑道，"这当然是指像今天这种不交战的日子。"

"你觉得该怎么做？"汪德臣问耶律玉门。

耶律玉门笑道："我们可以在石师傅准备好之后，发动一场佯攻，把所有人的注意力都吸引到别的地方。那样自然就没人关心哪里的山石崩了。"

"听见了？这不是问题。"汪德臣对石通道。

石通抱拳道:"那我会早做准备。"

"越过那块巨石之后,应该就没问题了吧?"汪德臣道。

"是的,之后也就还有三五日的工程吧。但如今进度是肯定耽搁了,这雨不知要下多久。而且即便停了,也要等下头的地下水退去,山腹收干一些才能干活。"石通不禁又开始抱怨,"民夫的体力是问题,随着春季的天气变化,这疫疾也是问题。若是真下一个月的雨,那这密道肯定得挖到六月份了。"

"想点好事。"汪德臣呵斥了他,然后望向李德辉道,"德辉大人可有妙计?"

"既然将此事交给了石师傅,自然就得相信他。"李德辉轻声道,"但是老石啊,你得抓紧着点。我们可以替你稳住这份差事,但是上头不定有别人会插手。你还是得尽量做得快一些啊。"

石通恭敬道:"小人明白。"

几个人在里头巡视了一圈,汪德臣和李德辉坐船返回喊天堡大营。

汪德臣笑道:"德辉,你先前出的主意很好。设了个假目标给钓鱼城,他们以为我们在找地方设祭坛,所以之后派小队出来搜寻过几次,没有新的收获后不再出来了。而我们这边的密道自然也一直没人留意。"

李德辉道:"我设那秘坛可不只是为了你的密道。只是另一个目的,至今没有达到。"

"能说给我听吗?"汪德臣笑问。

李德辉拢了拢袖子,看着船舱外的雨水道:"我们确信怯薛军里头有奸细,但是白狼至今没有抓住那个人。"

汪德臣皱眉道:"按道理那白狼该有点儿能力,不然也不可能在那个位置那么多年。不过你若着急,何不亲自过问呢?"

李德辉道:"那里是中军嘛。我的长空营主要是对付外敌的。白狼脾气臭,辈分高,我能怎么样?"

汪德臣笑了笑,轻声道:"说得也是。不过你看,既然这大雨如期而至,想来胜利也就在眼前了。用密道破外城,兵临城下后王坚投降。你看我说得准不准!"

"我当然希望你准啊。"李德辉咧嘴一笑,低声道,"那样到六月这场仗就结束了。"他目光平静地望着雨水点点的江面。只是那个杀了晋国宝的王坚真会投降吗?近期从城里递出的消息看,那老贼可一点儿投降的意思也没有。

宋蒙两边虽然战事胶着,但双方各有自己的情报传递方式。比如宋军依赖的是密道,和强大的踏白暗桩。而蒙古这边则由长空营负责,蒙古兵在攻城战时,会有专人收集城里抛出的情报。那是一种外人看来不起眼的竹筒,但长空密探会在死尸堆里寻找。因此,李德辉一直能拿到城内暗子递出的消息。

汪德臣笑着安慰道:"我明白你的担心,但之前大获城的杨大渊不也杀了劝降的使者吗?后来呢?他投降后,比谁都积极。用你们汉人的话说,此一时彼一时。时局不同,人是会变的。"

石子山中军。白狼在自己的的营帐里拿着手边的卷宗看了又看，用力挠了挠头。现在的问题是，虽然确定了一个内鬼，但谁知道还有没有其他人呢？若还有其他人，那大张旗鼓的抓捕就会打草惊蛇。白狼想了想，对候命的手下吩咐了几句。然后，看了眼天空中密集的雨点，轻轻吸了口气。小心一点儿，分两班出动吧。

　　虽然是下雨天，额里苏仍旧会每日巡逻，他手下这一百多军士大多跟了他不止两年，也熟悉他的脾气，基本上每天做事不用多吩咐。算起来，这雨已经下了二十日。怎么还不停呢？难道要奔着一个月去了？额里苏有时候也会想，那个萨满或许真的有点儿本事吧。但若预言是真的，那这钓鱼城还怎么守？

　　额里苏踢飞了一颗石子。按王坚一贯的想法，即便战到最后一人也不可能投降的，可是……若老王坚战死了呢？额里苏愣神地看着前方的雨幕。王坚那老头子不会那么容易死的吧？他想着有些好笑。即便他死了，不还有张珏吗？张珏那个混蛋，可一点儿也不比王坚容易对付，他也不会投降的。

　　想到这里，额里苏的心情莫名好了不少。他正准备带队回营，忽然薛骁儿从山路的另一边飞奔过来。

　　薛骁儿道："大人，我们在天涧沟附近发现了宋军探子，正在全力抓捕。那探子好生了得，请大人支援！"

　　额里苏一惊，虽然冉璟极可能来取情报，但他并不认为对方会那么容易被抓住。他皱眉问道："有几个探子？"

　　薛骁儿道："只有一人。"

"那我跟你去。"额里苏对身边的小队士兵道,"你们自己回营。"

两人疾步前往天涧岭,越来越靠近额里苏平日里埋情报的所在。这一路上,额里苏想过多种会遇到的局面,而眼前的情况正向最糟糕的方向运转。难道是真的?他有些诧异地看着前方,脑海里心念连动,斗笠上雨水唰唰地滑落,四周有种莫名的寂静。

额里苏陡然停住脚步,回身望向薛骁儿道:"到底怎么回事?这里根本没有抓捕的动静。"

薛骁儿笑道:"百户大人,你在担心什么?大家可能是追得远了吧。"见额里苏手掌扶上刀柄,薛骁儿深吸口气,改用汉话低声道,"果然不简单啊。按道理,不该再多走一程才觉得有异吗?"

"不用说废话了。"额里苏神情不变。

薛骁儿打了声呼哨,周围树林里走出十名士兵,皆是其他兵营的士卒,和额里苏并无关系。

"我们找到了你埋情报的位置,就是前头那棵很老的大树。也就是你之前特别爱在那儿歇脚的地方。"薛骁儿笑道,"如果我们现在走过去,昨日你藏下的情报一定还在。虽然我看不懂你写了什么,但我给白狼大人看过了,的确是宋军用的机密情报。"

"那我还真不信。"额里苏一脸鄙夷地继续用蒙古语道,"这些都是你诬陷我的话,我要找白狼大人对质。我们都知道最近在查内鬼,但这个内鬼难道不能是你?然后你特意来诬陷我吗?"

"哎哟，不见棺材不落泪。"薛骁儿指着前方道，"我们去把那份东西取出来。现在你先把刀交出来。"

额里苏望着周围众人道："他是在诬陷我。你们难道相信汉人，不信我？"

但那些士兵皆不是这个兵营的，因此所有人都保持沉默。

"交出你的刀，不然就地正法。"薛骁儿道。

额里苏犹豫了一下，将腰刀摘下递给对方。

薛骁儿接过刀后松了口气，带着士兵押送对方前往那棵老樟树。他掀开那块石板，露出下面的大树皮。

"就是这个？不就是块树皮吗？"额里苏说。

薛骁儿道："我在一个月前接到白狼大人的指令，调查附近的可疑人。这二十几日，终于让我找到了你的规律。最近一个月，你每日带队巡逻两次，每日在此歇脚一次。皆是独处。"

"不说这些没用的，谁都可以在这里摆点乱七八糟的东西。你们到底为何要调查我？"额里苏瞪眼道。

薛骁儿挠了挠头，慢慢道："好吧。若不说这个，你死也不会承认自己是卧底。大约在二月中的时候，就是在我怯薛军攻打东新门之前，你做了一件事。"

额里苏心里一颤，他忽然明白了。

薛骁儿道："你悄悄告诉我们，说你听说在出奇门的祭坛被宋军毁了。"

额里苏的面色变得有些难看。

薛骁儿道:"这是个谣言,而源头是你。除非你能举出这些话另有源头,不然这件事就落在你身上。我不是爱告密,只是来之前,就是长空营编外的人。来到中军自然要替白狼大人分忧。你只能说是运气不好。当然,你似乎已潜伏很久,好运气总有用完的时候嘛。"

额里苏轻轻吸了口气道:"我要见白狼。"

薛骁儿道:"你是承认了吗?"

"没见到白狼,我认什么?"额里苏道。

薛骁儿眯起眼睛,摸出一副镣铐道:"戴上镣铐,我带你去见大人。"

额里苏犹豫着踱了两步,看着周围的甲士,似乎有些犹豫不决。

薛骁儿冷着脸道:"拿下了!"

两名士兵们持矛上前,额里苏霍然转身攀上大树。他的护臂里抖出一柄短刃,贯穿了最前方士兵的咽喉。这下仿佛捅了马蜂窝一样,周围的士兵围拢上来。

额里苏深吸口气,手里意外多了一条藤索,并且奋力一拽。

薛骁儿面色大变,大吼道:"闪开!"

额里苏长笑一声,自己飞身跃向另一边的大树。

大树下轰隆一声!山岭皆惊!

士兵们被气浪掀翻在地,若非连日大雨,怕是早就被炸飞了。薛骁儿首当其冲,摔得晕头转向。额里苏在另一棵大树上,避过正面的气浪。虽然自己也被火药的威力波及，但比其他人要好上许多。他落回地面，捡起散落在地上的弯刀，一刀一个将来抓捕自己的士兵全部斩杀。

在这一刻，一身杀气的他已经变回了邵文。

现在需要做个艰难的决定。是留下来继续卧底，还是该就此回钓鱼城，放弃经营了数年的身份？就因为这份犹豫，邵文在原地居然愣神了一会儿。潜伏的时间太久，这个身份就好像是他另一个灵魂，并不是说放就能放的。

突然，一道劲风袭来。邵文霍然转身，胸口中了一记弩箭。他吃惊地望向本该是个死人的薛骁儿。那个家伙处于爆炸中心居然奇迹般地没有死，并且射出了这么一箭。

"可惜你只有一箭啊。"邵文上前一步，一刀砍下了敌人的头颅。薛骁儿试图挣扎，但他也仅有一条胳臂可以动而已。

邵文看了眼胸口的箭矢，苦笑了一下，向着天涧沟移动。在这种时候情绪化，是自己找死，怨不得别人。但他一路走着，依然忍不住会想，之后手下那些兵会怎么样？会不会同样受到各方面的调查，是否会被送到战场做敢死队？那些家伙的笑容就在他脑海里……其实都是很不错的儿郎啊。

在潜伏的日子里，邵文有时也会想，为何会有这场战争？蒙古人、汉人、女真人，都是一样的黄皮肤、黑眼睛，为何一定要打仗？当然我们和色目人是不一样的，但是在军营里，不管是什么样的人，都是喝几口酒就敞开心扉的爽朗汉子。为何一定要为了一座城、一片土地杀得血流成河？

到底是那些贵族想要打，还是我们真的想要打？建功立业？还我河山？驱除鞑虏？一统天下？还是说，就是单纯的仇恨？潜伏的时间越长，他就越不明白。午夜梦回，说的梦话也是蒙古话，喝醉了的时候，就怕忽然用汉话来骂人。

邵文的脚步不快，身上有血水不断流下。走了一段距离，慢慢接近了天涧沟。天涧沟的水因为连日暴雨，变得比之前宽阔不少。若是要过去，除了找一条狭窄的河道外，还要小心避免陷入淤泥。而这条路是他多年没有走过的。这两个月，他非常谨慎，不曾靠近这里一步。

邵文视线也有些模糊，但他在靠近水边的时候，心中再次生出不好的感觉。他转过身望向背后的树林，忽然笑道："白狼大人，是你跟过来了吗？你对我这么个将死的人，不用那么小心吧？"

四周寂静无声。并没人应答他。

邵文笑了笑，索性在岸边找了一块石头坐下来。他捋了捋湿漉漉的胡子，也不再费力气多说什么。这时树林里走出十五个灰袍战士，为首之人满脸皱纹，胡须稀疏，左面颊上有一道扭曲的刀疤。邵文在心底暗自松了口气，还好自己多了一个预判，若是直接将对方带回密道，那就闯下大祸了。

白狼阴沉着面孔，寒声道："你果然了不起。"

"了不起什么，我就要死了。死在刚才那个无名小卒手里。"邵文抬了抬斗笠，望着对方道，"帮我个忙。我希望能死在大漠勇士的手上,你能不能成全我?"

白狼慢慢道:"帮忙?若你还有一颗'雷神',我岂不是上来送死?"

"那你总不成就在这里,慢慢等我咽下最后一口气?"邵文并不解释方才爆炸的并不是雷神,只是好笑道,"来来来,长空营的白狼岂会那么胆小?我研究过你啊。你是拔都汗身边的卫士,曾经参加过西征。在血河滩之役,单人格杀十六个色目人。"

白狼眼中闪过一丝华彩,这些尘封许久的往事,他以为只有自己记得了。事实也确实如此,在如今的怯薛军里,他这样的旧人只剩下很少,参加过当年那场战役的更是一个也没有了。谁能想到,一个汉人奸细居然知道。

邵文又道:"我向你保证,我没有第二枚'雷神'了。那宝贝如果像弓箭那么多,我们还会被你们困在城里?按王坚老头的性格,早就出城爆了你的石子山了。"

白狼沉默了片刻,他望着随着雨水声哗哗作响的水面,又看了看在雨幕中显得格外静谧的树林——这里看来并没有埋伏。自己的人虽然不多,但已经分散站立,控住了对方所有的逃跑路线。而后方的水面因为大雨显得相当宽阔,额里苏一定过不去。

边上一个弯刀武士主动请缨上前,白狼点了点头。

不知是不是错觉,大雨变小了一些。邵文嘴角抽动了一下。他原想用尽最后一点儿体力诱杀白狼,但那老家伙竟然如此怕死。那么就只能是最先靠近的家伙了。

士兵一步步靠近，两边的人都屏住呼吸。远处有士兵举起弓箭，邵文眼中闪过一丝决绝。

　　身子暴起，刀锋恍若惊鸿连斩两人。但远处的弓箭手也同时射箭，邵文的肩头和后背又各中一箭。白狼狞笑一声，带人包围上来。

　　忽然，附近的水面一声轻响，冉璟那道白色的身影贴着水面，划空而至！漆黑的湛卢长剑带着雨水昂然而起。人剑合一朝前急掠。

　　冲向邵文的蒙古士兵分出三人拦截过来。但是冉璟的速度没有丝毫减缓，那三人就已倒在雨水中。

　　白狼脸上刀疤抽动，霍然亮出弯刀。湛卢剑已到了近前。

　　叮，叮，叮……弯刀折断，白狼被一剑劈开胸口，而他的弯刀在折断前，亦挑开了冉璟的肩头和左肋。

　　白狼看着对方，老脸上露出吃惊、愤怒的神色，似乎既感惊愕，又觉荒谬。就好像在说，为何会这样……明明是自己在狩猎别人，为何会这样？

　　冉璟大吼一声，一剑划开他的喉咙，然后转而奔向邵文……

　　邵文再斩一人，但同时身上又中两刀。冉璟仿佛雨夜的幽魂，毫不停歇地收割了剩下那些士兵的生命，才来到邵文身边。他哭丧着脸，有些绝望地看着自家兄弟。

　　大胡子低声道："不许哭！不值得哭。"

冉璟嘴角扬了扬,看着对方身上的箭簇,尤其是胸口那支几乎穿透了的弩箭,很清楚邵文不行了。他听从王安节的安排,这几日就住在密道口,每天冒雨在外面巡视三次。但谁又能预测事情何时会发生?若非方才火药爆炸,惊动山林的一声巨响,没人会知道这天涧岭出了事。

他听到巨响后,一路飞奔到此地,隔着天涧沟看到了邵文,也发现了围捕过来的白狼。眼看对方行动,他当机立断渡水救援。然而即便如此……即便如此还是晚了一步。

"那么宽的水面,你是怎么过来的?"邵文瞥了眼天涧沟近九丈宽的水面,只有两处可踏足的礁石,这里并不是渡水的最佳地点。

"我急了啊,很远就看到你在这边。"冉璟回望水面,或许再给他几次机会,他也掠不过来。他一面说,眼泪一面止不住地落下来。

邵文道:"不许哭。老子的确要死了,但在那之前,我要跟你说两件事。"

"你先别说话,我带你回家。"冉璟伸手去抱对方。

"滚!我回不去了。别碰老子,让老子把话说完。"邵文怒道,嘴角鲜血流出得更多了。

冉璟只得停下动作,但他还是道:"那也得换个地方,这边随时会有敌人来。"

邵文道:"你要相信我的判断,白狼死在这里是我们最大的机会。我本来以为任务被我搞砸了，但如今看来，还没有。一切还有挽回的可能。所以冉小璟你认真听我说。靠我近一点儿。"

冉璟俯下身去，跪在对方面前。

邵文道："我潜伏在蒙古敌营，固然能给我们找到情报。但最大的任务是替王坚大帅的行动做内应。若想从密道派奇兵刺杀蒙哥，我们在怯薛军里必须有内应。否则绝不可能将至少百人的队伍带入蒙古人的中军大营。我本来是绝不可以死的。"

冉璟点了点头，想要说点什么，却又不知该说什么。

"现在没关系了，我死在你的面前。"邵文喘了口气，笑道，"现在没关系了，你可以替我潜伏下去。"

冉璟怔道："还能继续潜伏？可是你的身份……"

邵文道："带面具了吗？"

冉璟从怀中拿出一张只能算模具的面具。

邵文欣慰道："很好，阿鲤显然告诉了你卧底的诀窍，身上必须带一张面具。那就行，把它给我。"

冉璟递上面具，天上的雨忽然肉眼可见地小了。

"老天也在帮我们，所以我不信那萨满的预言。"邵文嘟囔了一句道，"把那老头子的尸体搬过来。你看他的身高和你相仿，当然你稍微高一些，但他年纪大了，你若是驼着点背，别人不会注意的。他的脸上有刀疤，有刀疤的脸最容易做，因为大多数人不会盯着他的脸认真看。咳咳咳……"

"你让我冒充……他？"冉璟问。

"是的,我要你冒充白狼,继续潜伏。"邵文看着远处的路口,现在唯一的问题就是,如果在做面具的过程中蒙古士兵来到此地,那就一切都是空谈了。但是,人做事总得有点儿运气。

邵文命冉璟将白狼抬到他腿上,将面具敷在死人的脸上。他的双手虽然有些颤抖,但是仍很快将面具捏出一个轮廓。一面做面具,他一面介绍白狼的情况。这个家伙原名叫查干,当年是拔都汗的扈从,也是那时候就在长空营的元老。他应该是孑然一身,在兵营里没有什么亲朋。在怯薛军里人缘也不好,能做到今天的位置,靠的就是当年西征的资历。要冒充他并不是特别难。因为遇到麻烦的事情只要冷着脸就行了。除了长空营的李德辉,没人会硬要和他打交道的。

"替我割一点儿那家伙的胡子下来。"他说。

这一过程看得冉璟头皮发麻,但还是照做了。白狼原本就稀疏的胡子,被他削下递给邵文。邵文沾了一点儿自己的血在胡子上,将胡子黏上面具。最后一步是做出那道扭曲的刀疤。即便条件简陋,他制作面具的速度也远比之前在双王坟时的孟鲤要快。

邵文命冉璟戴上新制的面具。冉璟虽然并不愿意,但心里想了许多,发现这也许是唯一将任务继续的办法,所以将面具在脸上整了整。

邵文看了一会儿,轻声道:"只有六七分像,但应该够用了。剩下的你回到蒙古大营后自己调整解决。冉小璟,你不是一直觉得大哥并不比你强吗?大哥当年打入敌营时,就是靠一张不怎么像的面具混出了头。而你只需要坚持几个月。这并不为难你吧？"

冉璟心想，不管接着怎么做，先答应下来吧，于是点头道："你放心吧。"

邵文又道："白狼的营地，在石子山的东面。我没有去过，需要你自己去找。至于他的营帐里有多少关于我的东西，并不重要。因为只要你能冒充他，该如何解决你可以自己做主。记住，一切以潜伏为第一。接下来，你要做两件事。咳咳……"

"你说。"冉璟道。

邵文道："飞快处理掉白狼的尸体。不能让人发现他的尸体。如果可以，你把尸体运回密道。把你的剑留在密道里，不能带多余的东西去兵营。这中间的时间里，如果有人发现这边的战场，总有办法应付的。"他气息不足，但仍琐琐碎碎说了很多，对即将告别的一切实在放心不下。

"行。"冉璟嘴上答应，心里想的却是，该怎么把邵文和白狼都弄回密道。

邵文道："我的尸体要留在这里，最好是你把我的头割下来。"他说这话时，惨白的面容没有丝毫悲痛，倒有一些自嘲，"做卧底不得善终我早有准备。但我的死亡，必须给你一个更好的掩护。我的头，要用你手里的刀割下来。你若不动手，这尸体落在蒙古人手里只会更惨。我的尸体若不在这里，那你的新身份就会被人怀疑。毕竟白狼动了那么多人，就是为了抓捕我。"

"你……我……"冉璟平素里杀过不少人，但他从没想过要割邵文的脑袋。

邵文道:"王坚大帅若是要偷袭石子山,一定会带上全军的精锐。我们的阿鲤也一定会去。如果没有内应,这个计划就不可能成功。但若是情势危急,明知不可为而为之,是大帅的风格。我们不能让阿鲤冒险。所以你必须要潜伏,必须要以白狼的身份潜伏。我必须要死在这里。"邵文发力拔出胸口的箭头,眼神开始涣散:"不要……让我……对你失望。"说完就失去意识,他的脸朝着钓鱼城的方向。

冉璟探了探对方的鼻息,邵文已经没有了气息,雨中的身子也迅速冰冷。他望向涟漪点点的河道,周围除了十来具尸体外,一片死寂。冉璟握了握刀,但还是下不了手。他扛起白狼的尸体,小心地渡过天涧沟,用最快的速度回到密道,将对方衣服换到自己身上,留下湛卢剑,并给大本营留了一张纸条。然后又冒雨前往天涧沟。

他这一路上想了很多事。少年时候与邵文一起玩耍,一起习武,一起和孟鲤学游泳,师父罚他面壁,邵文过来陪他吃饭;分开多年后,在石子山蒙古军大营重逢,在大树下虽然不见面,但频繁地交换情报。这样一个顶天立地的汉子就这么死了啊。冉璟重重捶了脑袋一拳。不能胡思乱想了,必须把精神集中到接下来的事上。

冉璟回到水边,前方已经有了人声。数十个蒙古兵出现在林边,其中有些人似乎和阵亡的士兵相熟,所以正抱着尸体大叫大哭。冉璟蹚水过河,那些蒙古兵警惕地看着他。冉璟提着弯刀瞪着对方,有士兵认出了他,赶紧躬身施礼。

冉璟微一点头,回到邵文的尸体边上,用力一刀斩下兄弟的头颅。然后大声告诉周围的士兵,方才有宋军探子在此出没,他虽然斩杀了对方的头目,但还是有人跑了。所以接下来要派人在此警戒一段时间。说完,他身子一晃,显示自己极为虚弱,让士兵们送他回营。

那些蒙古士兵一阵手忙脚乱,很快派人找了一副担架,将他送回己方的营地,并去找来了军医。

冉璟一路闭着眼睛,直到自己回到一个温暖的营帐。军医替他包扎了伤口,他显示恢复了神智,让对方退了出去。看着蒙古包里简单的摆设,他轻轻吸了口气。也不知就这么潜伏下来对还是不对,但短时间里钓鱼城的防卫他是顾不上了。

忽然,外头有人叫道:"雨停了!雨停了!大雨停了!"

雨停了?这下了二十天的大雨居然停了?冉璟吃惊地来到帐篷前,看着外头微微发白的天空。周围己方营帐的士兵纷纷对其行礼。他冷冷扫了众人一眼,外头再无人敢大声喧哗。看来战局真的要变了。他低下头看着手掌,这是斩下自家兄弟头颅的手啊,他痛苦得全身发冷。

第十四章
没完没了的战争

这场依恋了钓鱼城二十日的大雨忽然停下，让两大阵营同时忙碌起来。等待了一个多时辰后，阴沉了许久的天空出现了久违的阳光。这时距离天黑还有两个时辰，以汪德臣、董文蔚为首的蒙古军将领立即传令各营开始备战。而在手边琐碎事务处理好后，他们则前往石子山中军参与御前会议。

钓鱼城这里，各个城楼上的守军也纷纷离开屋檐，站在久违的晴空下沐浴阳光。宋小石远远看到山路上出现了蒙古兵的踪迹，他居然还抬手挥了挥，被身边的老兵一通臭骂。而以背嵬营为首的精锐部队，则结束了放假状态再次在薄刀岭下集结。

孟鲤皱眉看着面前的战士，发现这里独缺冉璟。那小子去哪里了，不会还在天涧沟那边没回来吧？她找到王安节，让他去寻冉璟，然后就开始忙碌手边的琐事。大约一个时辰后，她被王坚召去帅府。

孟鲤见到议事厅里面色阴沉的王坚、张珏、王安节，又发现湛卢剑被摆在桌案上，不禁心里一沉。她整个人晃了一下，不敢想冉璟会出什么事。

王坚红着眼睛道："有个不好的消息，邵文出事了。冉璟冒充长空营的白狼，去了石子山。短时间里回不来。"

冉璟没出事，但邵文死了？孟鲤全身气血加速，扶住边上的椅子才算稳住。

"邵文是战死的。"张珏道，"我相信冉璟的行动有他的考量，不排除是邵文生前替他谋划的。"

王安节道："若没有邵文谋划，冉璟绝不可能去冒充白狼。光是深度潜伏的那张面具就不是他能做的。我去天涧沟附近查看过，老樟树附近有地雷爆炸的痕迹。相信邵文生前对敌人造成了重创。"

孟鲤有些愤怒地猛然抬头道："你们整天想着派兵奇袭石子山，但最佳的方案难道不是给邵文两枚'雷神'，让他解决蒙哥吗？若是你们之前给他'雷神'，哪有现在那么多事？"

"我……"王安节被说得哑口无言。

"你们是不相信长期卧底的他！你们担心他真的变成蒙古人！把'雷神'的机密当宝，不把士兵的性命当命！现在又把冉璟给送进去了！"孟鲤连珠炮似的说道。

"放肆！"王坚喝斥了她。

孟鲤不再多说，只是冷冷地看着这三个男人。

张珏道："你冷静一些。钓鱼城开战之前，刺杀蒙古大汗并不能解决蒙古人，不过是换一个人做大汗罢了。只有在特定的情况下，刺杀才有意义。我承认，没有给他'雷神'，是有一定的安全考虑。毕竟'雷神'是我们钓鱼城最后的防线。但并不是我不信任他，也不是我不把士兵的性命当命。即便是我去那边卧底，我也一样不会带'雷神'。"

王安节道："阿鲤，控制住情绪。你和我们都明白，'雷神'那个东西不方便携带，击发距离也近，本就不适合刺杀用。"

孟鲤想说什么终于忍住没说，眼泪如珍珠般落下。她想了想道："接下来我们该如何联系冉璟？我能做点儿什么？"

王安节道："邵文在天涧沟边战死，冉璟将白狼的尸体运回了密道，然后去往石子山卧底。他留下字条说，会以白狼的身份潜伏，并且会努力配合我们之后的行动。日后情报交换的地点就在原来的地方，情报就放在大樟树附近的松树下。而既然他现在是白狼，之后可以控制的事反而比之前要多。"

"我觉得有点儿不妥。"孟鲤轻声道。哪有新旧两个卧底用一个套路的？

王坚道："我也认为不妥，他作为白狼可以做的事，比之前邵文要多，但是未必比邵文的身份更自由。毕竟冉璟还不算是什么优秀的卧底。所以在情报传递上，我们要比之前更主动。王安节，我认为你要扛起这份责任。以你的身手，每两日潜伏去石子山一次，能不能做到？"

王安节面色坚毅道："不能也得能。"

"滚蛋,什么叫不能也能?"王坚斥道。

王安节正色道:"我保证完成任务!"

张珏道:"我们想一个稳妥的法子,只要计算准确,那么也就第一次接头需要冒险,其他的并不是问题。但有一点,大帅,我们的行动可能需要等一等了。毕竟冉璟不是邵文,他没有摸清蒙古兵营脉络之前,我们想要通过他接近宝钟寺的蒙哥大帐,那就是送死。正如你刚才所言,冉璟不一定适合做卧底。"

"我明白。"王坚眼中闪过一丝痛苦,重复了一遍道,"我明白。"

张珏安慰道:"这天气就要变热了,等待不全是坏事。"

"没有我能做的吗?"孟鲤又问道。

王坚转而对孟鲤道:"带好你的兵。雨停之后,士气大振的蒙古人会发起猛攻。在冉璟联络前,你不要出事了。"

孟鲤扬了扬眉,瞪着对方。

王坚道:"我向你保证,一旦我们要深入敌营,一定不会少了你。但今日叫你来,只是告诉你这些事。毕竟这两个人都是我们重要的人。"

孟鲤点了点头,扁了扁嘴。几人又商议了几句,孟鲤和王安节离开议事厅。

走出帅府,孟鲤满脑子都是邵文和冉璟的事。他们三人少年时追逐奔跑的画面;当年她找冉璟不见回到钓鱼城,在江上小舟遥望自己的邵文;在邵文卧底一年后,第一次去往蒙古人的地界与其见面……那一幕幕,仿佛就在昨日。

孟鲤忽然重重一拳打在边上的墙上,青石墙壁碎裂开几道细纹,而她的拳头也溢出鲜血。她再次失声痛哭出来,不该这样的,这和之前想的不一样。

王安节就在她身边,眼里也溢出泪花,但是男女有别,他看也不是,抱也不是,根本无法安慰对方。孟鲤蹲在地上哭了一会儿,王安节就站在边上的墙角陪着,路上有士兵走过都被他赶走。王安节忽然想到,若是不打仗,这三个孩子只会纠结谁该和谁在一起吧。

这场战争还要打多久,还要毁了多少孩子才会结束啊。

石子山大汗金营,御前会议众将云集。

蒙哥居中而坐,周围分别是大将汪德臣、纽璘、赵阿哥潘、也速不花、史天泽、董文蔚,以及汪忠臣、耶律铸、李德辉等一干文臣。席间有两个特殊的人,分别是哈拉顿泰萨满和八思巴。众人说了一些恭维哈拉顿泰的话,大萨满面无表情地领受,很快议程就落到如何在雨后重新组织备战上。

各营皆反映,这二十日的大雨基本把山路冲毁了,要想重新开战必须得先铺攻城的山路。不过以汪德臣和纽璘为首的前线大将认为,这并不需要很长时间。唯一要祈祷的是这雨不要重新下起来啊。

说到这里,众人皆心有余悸地点了点头。

纽璘起身禀告战情，由他负责的蔺市防线，原本长期相持的状态因季节变化和连日大雨水位暴涨被打破。宋军吕文德突破了己方封锁，很快就会进入重庆城，想必之后就要来救援钓鱼城。

"宋军会从水路来，是之前就有所预计的。所以纽璘你不用过于自责。"蒙哥侧首对史天泽道，"若是吕文德来到钓鱼城，就交给你了。"

史天泽抱拳道："大汗放心！"

众人又议论了几句，李德辉起身道："有一件事要禀告大汗，并且告诉各营的大人们。今日早晨，长空揭出了一个常年潜伏在怯薛军的宋国密探。此人名叫额里苏。"他看了赵阿哥潘一眼，额里苏毕竟是对方的手下，所以在会前他已与对方打过招呼。

"额里苏啊。"蒙哥的表情看不出喜怒，"此人我也认识，平时挺能干的一个人。我还和他聊过天。听说是查干那老家伙查出来的？"

李德辉道："是的，大约一个月前，我拜托查干关注怯薛军里的中下级军官。他今日查出了敌人。但在抓捕过程中，他也身受重伤，因此不能来御前会议。"

按白狼的官阶，并无资格参与御前会议，但若是必须要做汇报，他当然得来。不过当李德辉去找白狼的时候，冉璟很低调地陈述了抓捕的过程，并且展示了身上的伤口。按照老白狼的年纪，受了这样的伤，确实是不方便过多行动。因此李德辉才允许对方不带伤前来。

"他不要紧吧?"蒙哥问。

李德辉道:"左肋和肩头各挨了一刀。虽然不致命,但他年纪不小了,宜静不宜动吧。我们还搜到了额里苏未及递给钓鱼城的密报,研究了密文,判断是我们中军发生的一些大事。但并不是特别机密的事。"

纽璘笑道:"按此人的级别,当掌握不到什么机密。"

李德辉道:"话虽如此,但此人潜伏时间应该不短。只是死无对证,所以我们不知他究竟潜伏了多久,并且也不清楚对方有没有同伙。"

蒙哥点头道:"总之,这次你与查干都立了功。赏赐你二人各一百两白银,派御医给老查干医治,让他好好休息。"

李德辉赶紧道:"臣不敢领赏。敌人暗子长期潜伏我军中,大汗不追究臣之过失,安敢求赏?"

"你……"蒙哥皱起眉头。

李德辉道:"查干确实有功,他的赏赐,臣替他谢过了!但臣自己不敢领赏。"

蒙哥挠了挠头,点头道:"罢了,如你所愿。"他心想,汉臣就是爱谦虚,从这一点说汉人比其他人特殊。但他看了眼边上的耶律铸,不由想到当年的耶律楚才也是这样的人。如此看来李德辉或许该更受重用才是。

这时汪德臣道:"有一件事要禀告大汗。末将麾下士兵,近日多有感染疫疾。这可能和之前的大雨有关,连日大雨让食物出问题。士兵原有些水土不服，近期发作的数量渐多。"

纽璘道："我这边也是，前些时候有一批阵亡士兵没有及时处理。所以……引发了一些疫情。"

耶律铸道："疫情的事，可否让八思巴大人帮忙？"

八思巴双手合十道："力所能及之下，当然尽力而为。只是各位将军也要努力控制疫疾，毕竟我们草药有限。"

蒙哥道："有大师出力，我就放心了。藏药不够，我们可调集蜀地的药材，当地人自然有对付当地疫疾之法。"

八思巴道："如此甚好！五月即将到来，这天会越来越热，对我方不利。"

蒙哥笑道："话虽如此，但钓鱼城不可不攻。各位将军认为重新攻城需要准备几日？"

汪德臣笑道："臣以为，先用两日时间整备攻城的山路，并且确认这山雨是真的停了。"

说到这里，众将一同大笑起来。

士气不错嘛。蒙哥欣然道："如此，就三日后重新攻城。这三日里，哈拉顿泰萨满，就麻烦你，再开一场战前祭祀。"

哈拉顿泰起身施礼道："定不辱命！"

大事不多，琐碎事不少。会议一直进行到深夜，诸将才各自回营。

蒙哥留下了汪德臣和李德辉。

烛火下，蒙哥沉默了片刻，低声道："德臣，我知大雨前，镇西门战事惨烈。如今具体的伤亡数字是?"

"已经折损三千有余啊。"汪德臣苦笑道,"镇西门的地势太险要了。若说护国门还有机会夺门,这镇西门则让人绝望……"

"那么地道的事进展如何?"蒙哥沉声问。

汪德臣道:"被大雨耽搁了,怕是要到六月中才能用。"

"还要两个月吗?"蒙哥有些失望,但这个方略之所以只是备案,就是因为实施起来需要很长时间的准备。

"若是之后一直不下雨,肯定能快一些。"汪德臣轻声道,"大汗,重点在于不能被宋军发现,否则前功尽弃啊。"

蒙哥点了点头道:"这次中军密探的事,虽然叫人意外,但也在情理之中。我们派了人去钓鱼城,他们自然也会派人来我们这里。"他看了看李德辉,笑道:"毕竟蒙古人和汉人的脸,并没有大的区别。不像我们和色目人。"

李德辉尴尬一笑。蒙古贵族将天下人分为蒙古、色目、汉人、南人四等,这里的所谓汉人包括北方的女真和契丹人。大汗这么说话,叫他很不适应。

蒙哥看出了他的想法,背靠在软座上道:"天下的战士是一样的,全天下的百姓也是一样的。战士要打仗,要吃饭。百姓要生孩子,要住屋子,要吃饭,要治病。他们都是一样的,只有傻子才将他们划出区别。但是若不做出划分,我们那么大的天下该如何治理?蒙古人统治天下,让他们和其他人共享草原,分享江山,他们会怎么想?民族之间的事,本非一朝一夕能解决的。李德辉,我既然重用你，自然不是真的认为汉人会有什么问题。"

李德辉躬身道："臣不敢，臣明白。"蒙哥和忽必烈不同，他很少对大臣说这种话，今日不知是怎么了。

蒙哥看出他的疑问，摆手道："我只是因为那个探子的事有感而发。差不多三年前，那家伙在哈拉和林说过一段奇怪的话。"

李德辉和汪德臣皆露出询问的表情。

蒙哥道："当时我们在哈拉和林钓鱼，他在老三玉龙答失附近护卫。当时老三不喜欢钓鱼，他觉得鱼自由自在地在水里，我们为什么要去钓上来吃。而我们不仅吃鱼，吃羊吃牛吃猪肉，还打仗。仗更是没完没了一直打。你看一个池塘的鱼就很安稳的，并不互相攻击。阿哥潘说，其实鱼群也打仗，主要发生在不同的族群间，只不过平时我们很少看到罢了。人和人之间的战争，其实也并不特殊。部落之间的互相争夺是世间的法则，这条法则适用于所有的生灵。比如两群不同的鱼在一片水域相遇，想必也是会有战争的。即便是两个不同的羊群，也可能会为了争夺草场发生纷争。这时候，那家伙笑了。"

"笑了？"李德辉问。

"于是阿哥潘就问他笑什么。"蒙哥笑道，"他说，战争不仅是因为种族不同。因为不同花色的鱼还是会一起在水里游荡，不同皮毛的狼也可能一起打猎。战争并不是什么法则，国与国一百年不发生战争也是可能的，羊群和狼群间不发生冲突也是可能的啊。纷争只是因为欲望，国与国之间的战争，是为了更多的金银和更多的食物。然后老三问他，有没有可能停止战争，他感觉我们一直在和人打仗，可是哈拉和林这里没有人缺乏食物。额里苏沉默了一会儿说，我们对食物的需求或许有限，但对金银的需求却是无限的。至少他是这么觉得的。"

"所以战争不会停止吗……我还真没这么考虑过。"汪德臣说。

李德辉道："他说了那么奇怪的话啊。阿哥潘怎么回他的？"

"阿哥潘那张笨嘴能怎么回？只会唠叨两句长生天，当然是被他说得没词儿了。"蒙哥回忆道，"那时候我想了想，觉得他说的道理似是而非。你觉得我打仗是为了金银还是为了食物？"

"应该都不是。"李德辉想了想道。

蒙哥道："但战争是我发动的。"

李德辉苦笑。他明白，所有的君主都会认为事情是因自己的意志而做的。但征服也算是一种欲望吧。

"德辉，这事你怎么看呢？"蒙哥笑问。

"那个额里苏有一点说得没错，战争是欲望推动的。世上所有的动物皆有欲望。羊也好，狼也好，若是草场不够、肉食不够就会发生争夺。对它们而言只是争夺，对人来说，就是战争。"李德辉思索道，"这个天下，无处不存在纷争，战争是解决纷争的必要手段，本没有什么好与不好。我觉得金钱和食物，也只是一个表象吧。没有金钱和食物为理由，也许为了某些理念也可能发生纷争。就好像西征时候的那些国家，为了信什么神也会爆发战争。"

"你说的显然更有道理。我的确也会为了金钱和土地发动战争，但并不是为了我自己。所以他说得对也不对。小兵，毕竟没有你这样的人有学问啊。有时候人的欲望可不只是金银和食物。"蒙哥稍作停顿又道，"成吉思汗说过，我们原本是个弱小的部落，因为不断地打仗而变得强大。所以在我们还能依靠战争壮大自己之前，就不能停下脚步。我觉得战争改变了我们蒙古人，强化了我们，团结了我们。征服也好，纷争也罢，目前为止战争这部战车还是极有用的啊。"

汪德臣道："是的大汗，还有大片的土地需要我们征服。等把江南打下来，末将还想去打东瀛。"

"仗有得打，不急。"蒙哥道，"李德辉，你在我蒙古也当了很多年官了。世上若有人既了解汉人，又了解蒙古国，恐怕你就是其中之一。有朝一日，江南被我大军荡平，天下一统，人间大治，你这样的人是最为重要的。我大蒙古国依仗你的时候多着呢。"

"微臣惶恐，愿替大汗分忧。"李德辉道。他心里想的却是，也许蒙古人有一天会明白和平的可贵，但不会是在蒙哥大汗身上吧。毕竟战刀如今都是落在别人的头上。

"大汗，后来呢？额里苏那么有趣，你没有提拔他？"汪德臣笑道，"他生前的官职不过是个百户吧？"

蒙哥道："会说歪理不代表就有军功。我蒙古国素来是以军功为重的。再后来，他就被调防去其他地方了，大约一年后才回到中军。而那时……我已经忘记他了。额里苏……额里苏……你真是一颗沙子吗？也不知他的汉人名字叫什么。"

李德辉和汪德臣一起沉默。

蒙哥道："地道的事我没和别人提过，因此你们抓紧去办。"

李德辉和汪德臣躬身道："臣下明白。"

蒙哥笑道："也许结束钓鱼城这场没完没了的战役，就靠它了。"

李德辉躬身道："大汗放心，所有长空死士，都在为之努力。"

从大雨过后，大战重启不到五日。因为蒙古人的攻势太过猛烈，在马军寨寨主程辉的强烈要求下，从各门各营抽调了一批军士前往奇胜门，庹佑的队伍就在其列。如今的庹佑已经是副将了，他手下三个队长，分别是田万牛、杨思飞和老伙计庞暧。他们与奇胜门城防军统领李定北的队伍一起，构成了守城主力。

在连日大雨的日子，守城军得到了轮休。田万牛升任队长之后，去往红月楼祭拜顾霆，在大门前打着伞烧了一天的纸钱。红月楼虽然非常排斥他的行为，试图上前驱赶，但田万牛身边还有杨思飞和一百士兵，众人板着脸瞪着那些护院、管事，自然无人敢上前找死。

事后，田万牛被罚了十日禁闭，队长职务也被免去，如今只是顶着代理队长的名目带兵。

"你那口气算是出了，老子心里的那口气谁来管？老子刚让你做队长,你就给我惹事。"庾佑一脸愤懑地命田万牛多值夜班。

田万牛笑着领命,今夜是他来到奇胜门后第三个夜班了。要知道,白天守城的时间是半点儿不少的。

八十斤重的漆黑铁甲,从兜鍪、顿项、肩吞、胸甲、腹吞、掩膊、臂韝、袍肚、裙甲,到保护足部的沱泥遴,大约两千片甲片,田万牛穿在身上,仿佛移动的铁塔。庾佑存心给他弄了顶带角的铁盔,远远望去一眼就能找到他。田万牛站在箭塔上扫视四周,这里总体环境和其他城门没有什么差别,一样的峭壁险城,而士兵主力也从原本的马军寨士兵换成了城防军。只是田万牛发现远处的那片内城墙,好像是所有内城墙里最低的。不知城墙后面是哪里。说来他到钓鱼城后一直在兵营,还没怎么到处转过呢。之前冉璟说会带他们到处转转,结果下雨那些日子,那厮却不知所踪。

不远处的城楼上传来换防的口令,杨思飞大步来到近前。

"你真是头铁牛,连着三晚了还那么精神。"老杨笑嘻嘻道。

田万牛指着后面的城墙问:"那后头是哪里啊?"

杨思飞道:"应该是大天池。他们说如果蒙古人一直围城,或许端午节的游龙舟就要在大天池进行了。"

"那也是个办法吧。不过,这种时候真的会有时间过节吗?"田万牛说着与杨思飞交换了口令,带本队士兵撤下城头。

杨思飞打着呵欠望着城下,思索着近期发生的事。因为被调来奇胜门,所以他和田万牛距离中军越来越远了。之前还能依赖一些朋友打探各门消息,近几日差不多就只能参与这边的事。即便他想做点什么也做不到。另外,他已经很久没有见到冉璟了。虽说对方去了背鬼营,但他总觉得这有点古怪。毕竟背鬼营平日也曾支援奇胜门,怎么就没见到那家伙呢?总不可能无声无息地就战死了吧。有一次在兵营遇到宋小石,小石说他也已经很久没见到冉璟了。但那家伙肯定没有死。要不然女刀神一定不是现在的状态。

有古怪啊。杨思飞心里犯着嘀咕,也只能无奈地继续站岗。做内鬼做到目前的境地,他真的没有办法做什么大事。别说他根本没有机会接触火器坊,调查"雷神",就是奇胜门的城防调度他也参与不了。想要立大功,难了。他有些后悔接受这个短期潜伏的任务了。

但有一点让他很在意,就是自己被调至奇胜门这件事。这似乎这是一次特殊的调动,按道理他们这支队伍是不该离开核心战区的。他站在田万牛先前的位置,同样望着远处内城的城墙,经过他近几个月的观察和对比,若说蒙古军要突破外城攻击内城,这里就是最佳位置了。整座钓鱼城的城防,最薄弱的就是这里。

所以到底是谁把他调来这里,真是让人好奇啊。杨思飞很清楚,在钓鱼城里还有大大小小不少密探,其中最重要的长空暗子名叫铁羽,在钓鱼城潜伏至少七年。他每见到一个城里高级将领就会猜想会不会是对方,但没有半点儿头绪。

这时,城楼上忽然有哨兵喊道:"前头有动静!"

杨思飞皱眉道:"照亮山路!"

宋兵射出火箭,照亮了近前两百步的山路。光影闪过,黑漆漆的夜色里居然有着许多敌军,最前方的百人已经靠近城门五十步,而后方则有千人之数。

"敌袭!敌袭!放箭放箭!"左右的宋军队长同时大喊,刚下城休息不久的田万牛盔甲解到一半,忙又让人帮忙穿上。

本在兵营里休息的李定北,一路小跑地带着士兵冲上城墙,半路上还摔了一跤。

城上宋军不断丢下石块,但这次攻城的蒙古军和先前的大不相同,皆身着轻甲,身手矫健,五十步的距离根本不能阻挡他们。云梯迅速架起,杨思飞一面大吼推倒云梯,一面吃惊地望着最前方的那个将领。别人或许不认识,但他一眼看清那居然是先锋军都总帅汪德臣和千户索林。

这是玩真的?杨思飞心头一振,但行动并没丝毫迟疑。他立即指挥士兵布防,该抛礌石抛礌石,该射箭射箭。在长空营有句密语,叫作"闪耀长空",但还没到需要他动手的闪耀时刻。

蒙古军已经很久没有发动夜袭了,因此钓鱼城上的士兵有些措手不及。在半山腰有燎原炮猛击城墙,发出隆隆巨响,不仅迅速压制了城头宋军,也震醒了整条城墙的防线。汪德臣身边的死士皆为百战精锐,在平日里不知要死多少人才能靠近的城墙,居然被他们趁黑摸了上来。

索林第一个站到城头。这是两个月来他首次登上城头,真是扬眉吐气的时刻。他一刀跺下身前士兵的头颅,野兽般的眼眸在夜色里闪闪放光。

杨思飞还在犹豫的时候，田万牛和庾佑从城道上冲杀上来。庾佑举手示意他在箭塔上指挥不用下来，而田万牛已经提着巨盾冲向索林。

索林大吼一声踹在巨盾上，田万牛只觉得手臂猛地一沉，但他长盾拄地稳住了步子。索林反而被震退了半步。

田万牛右手大剑挥舞而起，剑锋扫向对方胸膛。索林半侧身弯刀旋起，格挡了大剑。田万牛经过这两个月的战火洗礼，已非昔日的笨牛。他能看出对面的敌将战法凌厉，但这是宋军的城头，他要做的只是坚守而已。

所以田万牛只是简单地拄着长盾左右移动，时不时地挥出一剑，不求有功但求无过。就这么将索林这么一个大煞星阻挡在两个城垛之间。

但另一边汪德臣已带着更多的士兵冲上城头，庾佑、庞暖率领的宋军根本阻挡不住他们。五十人、一百人、两百人，奇胜门的城头居然皆是蒙古兵。汪德臣有些惊喜地看着这一幕，也许不需要地道就能拿下外城？但他同时也看到远处城道上已有更多的宋军冲上前来。而左右那五座箭塔更是疯狂地在向城下射箭，半山腰的蒙古军同样也被阻挡住了。

汪德臣望向近处的箭塔，正迎上杨思飞的目光。两人眼神交换，居然有种莫名的默契。汪德臣欣然领兵向着另一边的箭塔冲去。而杨思飞则统领身边军士，在近处集结，正好给蒙古军让出一条缝隙。

汪德臣一面在城上冲杀，一面目光越过城墙望向后方。在靠近马鞍山不起眼的一个位置，有火星闪烁而逝。他顺着火星望向最近处的内城墙，心里低声念了一句："长生天保佑，铁羽真是厉害。"

城上宋军越聚越多，马军寨民兵也在寨主程辉的率领下增援而至。但三个马军寨的士兵合力，也不是一个蒙古战士的对手。城上的宋军用大量的牺牲才稳住局面。

远处激烈的马蹄声飞驰靠近，是背鬼营的精锐到了！杀得兴起的汪德臣笑了笑。不是今夜，你们该庆幸不是今夜。他挥手指挥士兵且战且退。登城的士兵开始退下城去，看似是被宋军驱赶追杀，实则是有条不紊地撤离。

如同在东新门上董文蔚做的，索林同样护着所有人撤退。他的武艺不如董文蔚，但这里也没有冉璟和完颜烈等人。当孟鲤和杨华带着背鬼营的精锐上到城楼时，只追击到零星的敌人。

城头的庚佑、田万牛等人，则与程辉、李定北一起爆发出欢呼。这场夜战大约持续了一个时辰，开始得快结束得也快。

孟鲤和杨思飞神情复杂地望向城外，想的却是完全不同的事。孟鲤皱眉看着夜色里迅速退去的敌军，感到有些诡异，但就是说不出问题在哪里。

杨思飞则看着孟鲤的背影。在钓鱼城的这些日子里，他已经打探出当日就是孟鲤带队截击了蒙古使节团，想来斩杀晋国宝、击杀灰狼的都是这个女人。两国交战各为其主，虽然孟鲤杀死了自己的兄弟，但杨思飞对她并没有特别强烈的仇恨。做卧底的大多难逃一死。但是在某些时候，比如当他站在女刀神背后的时候，他难免会想——如果骤然出刀，能不能斩下这美丽的头颅？是不是就给自己的兄弟报仇了？

然而杨思飞终究还是控制住了自己的情绪，他望着黑沉的城外，安心等待着下次进攻的到来。

汪德臣退出山路，遇到了在山下主持事务的耶律玉门，问道："如何？"

耶律玉门笑道："大帅放心，很顺利！"

汪德臣笑着握拳道："那就好。不要透出任何消息。"

"大帅放心！"耶律玉门道。

"断断续续再攻两个晚上。莫让宋军起疑心。"汪德臣吩咐道。

第十五章
宝钟寺下的冉璟

石子山驻扎着两万怯薛军，为大蒙古国中军主力。通俗一点儿来说，这就是大汗的禁卫军。高耸的苏鲁锭立在山上宝钟寺前，而冉璟的白狼营帐位于半山腰的西营门。他潜入敌营第九天了。

九天的时间里，他曾经去过一次天涧沟，留下一条大汗金帐位置的信息。这种行动冒着极大的风险。在额里苏之事后，即便以白狼的身份也不能在兵营随意走动。冉璟并不熟悉怯薛军内部结构，因此这些天的时间都用在了摸索敌情上。观察口令，观察巡逻队的分派，观察各营诸将的身份是每天的必修课，并且不能多问，只能多看。

好在白狼其人素来少言寡语，性格阴沉。所以他受伤后的做派并不引人怀疑。白狼有两个亲信手下，分别是雪鹰和苏德，其中苏德已经死在天涧沟边。雪鹰是个三十来岁的寡言男子，每日早晨会给他送来各营军报和相关公务。说到公务，冉璟发现白狼号称负责怯薛军的刑罚，但其实怯薛军八大千户各自领军，皆有人负责本部刑罚，没有什么东西能落到他的手里。

情报少，军务无，你这个官当得好寂寞啊。冉璟看着对方的遗物，心里调侃了两句。说来他住在仇敌的营帐里并没有什么不适感，也不会做噩梦。反而他常回忆起和邵文的点点滴滴，也越发思念孟鲤。

人在石子山，距离其他军营较远，所以他是第二天一早，才得知喊天堡的先锋军夜袭奇胜门，甚至还一度登上城楼。大帅一定很生气吧。冉璟想着老爷子的反应，这才重新开战就又被登城了。而且据他所知，奇胜门后的内城就是大天池所在，是钓鱼城的水源命门。这绝不是巧合。

冉璟对着刀锋，整理了一下面具。这几日他已经很好地把握了妆容，除了口音，别的都不是问题。但要想在短时间里解决口音问题是不可能的，只能尽可能地少说话了。外头有士兵将早饭送入，他潦草用了几口后外出巡营。

他并不带随从，似乎之前白狼也是如此。白狼营帐附近人不多，说起来在天涧沟那边前后死了有二十多个军士，占了这边的三分之一。剩下的士兵皆面容憔悴，毕竟阵亡的都是好友手足。

蒙古人军纪肃然，冉璟并不担心这些人会对自己有什么想法。但他确实不愿多看这些人的眼睛。

就这么一路转遍了西面的兵营，又绕了一圈山路去东面。整个石子山兜下来，大约用了一个早上。冉璟通常会在白天和晚上各走一遍山路，只不过晚上他就没有那么悠闲了，不仅要应付盘查，还要掩人耳目。

"白狼大人。"当冉璟转到西面营门,准备回自己营房的时候,忽然听到有人叫他。

冉璟回头望去不由一怔,面前的居然是王安节。虽然分别不到十日,却恍如隔世……

两人来到僻静地方,各给了对方一拳。

"统领,我从没想过见到你会那么开心。"冉璟低声道。

王安节道:"我也一样。大帅让我来见你。第一是看你落脚是否顺利;然后就是告知你,敌人近来势头猛烈,我钓鱼山必须尽快回击,所以夜袭宝钟寺箭在弦上,你必须提供支援。"

冉璟道:"我在这边几日,说要深入获取情报有点儿困难,毕竟我不敢主动招惹长空营。但是通向宝钟寺金帐的路已经摸熟。"

王安节道:"我看过了,这边的树林是敌军盲点之一。我两日后在这里等你,那时候你要拿出奇袭行动的路线。"

冉璟道:"我会尽力。"

"不是尽力,是必须拿出来。"王安节沉着脸道,"不仅是上山的路线,我们完成任务后必须要全身而退。"见冉璟眯起眼睛,王安节重复叮嘱道:"届时老爷子会亲自上阵。必须全身而退。"

"我明白了。"冉璟点头。

王安节低声道:"对了,昨夜汪德臣夜袭奇胜门,这事有点儿蹊跷。若是方便你可打探一下,看看那边有什么鬼。"

冉璟道:"我知道了。但那边是喊天堡,军情是不向我汇报的,是长空李德辉亲自坐镇。"

"我知道事情不容易,但是关系重大。你多加小心,大家都很惦记你。"王安节笑道。

冉璟犹豫了一下问道:"孟鲤怎么样?"

王安节道:"她啊?她听闻邵文死讯,以及你到了这边的消息,把我们几个狠狠骂了一顿。别的还好。"

"该骂。"冉璟板着脸道。

"谁说不是。"王安节叹了口气,他并没有问邵文死时的情况。

冉璟低声道:"马上五月初五了。这边会组织一场攻城,作为打大围的特别活动。听说目标是出奇门。"

"出奇门?"王安节怔道,但他随即摆了摆手道,"估计是蒙哥不满意纽璘这些天的进展吧。他只要不是拼死全线攻城就好。我们也想过个端午节。"

冉璟笑道:"今年的端午节怎么过?"

王安节笑道:"这毕竟和寒食节不同,不能混混过去。大帅把端午节的主会场摆在了大天池。龙舟赛就在天池上。然后庙会从大天池一路摆到护国寺。"

"真想参加啊!"冉璟低声道。

王安节笑了笑,冲对方抱了抱拳,转身消失于林间。

冉璟回到营帐,叫来雪鹰问他昨晚的战事。雪鹰说,这几日各营偶尔会有夜战,昨夜奇胜门那边格外顺利,是因为由索林亲自带头上阵。但是索林下城的时候还受了伤,所以难说后面几日的战况。

是这样的吗?只听这些冉璟根本感觉不到夜战的险恶。他想了想,决定先不去管喊天堡的事,还是认真研究突袭宝钟寺的方略才对。

李德辉一大早来到宝钟寺金帐见蒙哥,却遇见蒙哥大汗正在山下的伤兵营探望染病的士兵。大汗亲手盛了几碗肉汤给士兵们,并且坐在一旁与他们聊天。怯薛军里染病的人数不少,但因为大汗的到来,士气大振。

大约等了半个时辰,蒙哥才离开伤兵营,找了一处僻静的营房见了李德辉。

"昨夜如何?"蒙哥问。

李德辉道:"禀告大汗,山里拦路的巨石已经炸毁,之前大雨对后续挖掘虽有影响,但预期六月头上就能使用。比预期的快了一些。"

蒙哥欣然道:"那很好!方才你看到了,天气越热得病的士兵就越多。我们已经耽误不得了。"

"请大汗放心。"李德辉道,"长空铁羽在奇胜门已经布局完毕,一旦行动此战必胜。"

他说话向来谨慎,今日如此说,可见有很大把握。

蒙哥笑道:"能和里头通信吗?"

"只能接里头的消息,我们外头的送不进去。"李德辉摇头道。

蒙哥道:"那就等见到他,我亲自赏他。"

李德辉恭敬一礼。他犹豫了一下,轻声道:"大汗,龙体要紧,还是要少来这疫疾流行之地啊。"

蒙哥道:"不妨事的。咱们这场仗打得如此艰难,总得让士兵们有些盼头。若我不敢和他们待在一起,他们又如何为国杀敌?"

"大汗圣明。"李德辉轻声道。

然而,李德辉的担忧不小心成了现实。大约在一日之后,蒙哥也开始感到肠胃不适。经过军医和萨满的观察会诊,确诊为染上了痢疾。

汪忠臣和耶律铸提出让大汗撤回后方调养,被蒙哥拒绝。耶律铸甚至表示,能否暂且放过钓鱼城,绕路去取重庆。这番话,惹得蒙哥勃然大怒,将耶律铸好生斥责了一番。但他并没有将喊天堡先锋军的计划说出,而是表示自己身体健壮。与普通士兵不同,他的生活环境要好得多,只需注意饮食,好生调理就是了。而钓鱼城虽然难攻,但大军已经取得了许多进展,绝不能轻易放弃。

耶律铸只得不再提此事。他出得金帐,遇到负责护卫的赵阿哥潘,便与对方讨论起大汗的起居,问宝钟寺附近是否有更适合调养的地方。赵阿哥潘表示会金帐当然不能挪动,但西面寺院的确有更清凉的院落。

汪忠臣正好听到他们的谈话,叮嘱道:"大汗需要静养的事,不能对外多说,以免破坏士气。"

耶律铸和赵阿哥潘同时答应。于是半日后,蒙哥暂时搬去了宝钟寺的西院。在汪忠臣的建议下,苏鲁锭大旗并不移动,外人不知大汗换了住所。

冉璟在山中探访了两日,又走了一次天涧沟。从钓鱼城到石子山一共五里路,上山要经过重重兵营,不论是一百人还是五十人,想不惊动敌军基本是不可能的。虽然这件事从他替换成"白狼"身份后,就一直在琢磨,但说实话,这似乎超出了他的能力范围。

冉璟闯荡江湖数年,也曾在燕京行刺忽必烈,可那是作为一个剑客。如今要他规划的,是事关战役成败,事关同行百人生死的战略。一个人的安危,和一队人的安危是不同的,那一队人的安危和一个城的安危,又该如何考量?一座城和一个国呢?这样的压力他从未承受过。

冉璟来到宝钟寺中营,发现金顶汗帐附近有人员忙碌。他打探了一下,意识到这和蒙哥大汗有关,于是在夜里又小心地潜入了一次。这样他就发现蒙哥从原来的起居汗帐,挪到了西山的一处院落。虽然禁卫的数量并未改变,但整个防卫体系毕竟有所减弱。

冉璟心念一动，沿着西面的山路朝上走，来到石子山的西坡最高处。这边是一道峭壁，靠近天涧沟。靠山路位置有一个简陋的兵棚，一队士兵大约十人驻守此地，连箭塔也没有。这道峭壁高三十丈，固然陡峭险峻，但并不算特别高。他徒手攀上山岩，慢慢向下滑落。山风从两侧掠过，将其衣袍鼓起。冉璟逐渐加快下坠的速度，虽然山壁光滑，可踏足的地方不多，但也难不倒他。

落到地面，这里有数棵依山而立的大树。冉璟望向不远处的水路，脸上露出一丝笑意，也许这就是解决的办法。他回到天涧沟另一边的密道，取出三挂长索，重新来到西坡山崖。冉璟看了看天上的星月，开始从下向上攀登。普通人是无法徒手登上此等峭壁的，所以也不能说蒙古兵的防守有疏漏。他在几处可以踏足的位置安置好绳索，然后小心翼翼地重新掠回坡顶。等待巡逻卫兵走过后，他计算着路程，一路小心地前往蒙哥歇息的营帐。

远望过去，营帐里灯火闪亮，从暗影看似乎只有蒙哥一人。帐外是十名白袍侍卫，营外还有至少二十个弯刀卫士。赵阿哥潘并不在此地。

冉璟距离营帐只有三十步，他立于暗影之中，心中生出行刺的冲动。若能得手，就不需要大帅亲自前来了，也不需那百多个弟兄冒生命危险了。他摸着腰间的蒙古弯刀。若是湛卢在手，他或许真的会上前一试，但现在……若是失败了，那王坚大帅准备了几个月的行动，还没开始就夭折了。自己负得起责任吗？

远处有将领带队前来，赫然是汉将史天泽。冉璟悄悄退向后方，安定下情绪回到自己的营帐。

他在脑海里重新过了一遍方才的路线：从登上峭壁，来到宝钟寺的西院，前后不过大半个时辰；换成小部队行动，也不会超过一个时辰。而面对的阻碍极小，比从石子山下正面潜入要安全得多。此法可行！冉璟心跳加速地演练了两遍，脑海中不断出现手刃蒙哥的画面。

两日后，王安节与冉璟做过确认，离开蒙古兵营。他悄悄从天涧沟绕路到石子山西坡，按冉璟所说登上峭壁，然后再原路返回钓鱼城，连夜写好方略递给王坚、张珏。

"你觉得可行吗？"王坚问张珏。

张珏笑道："你知我素来不支持你去，所以如果是我带队，我就支持。"

"这话说的。"王坚手指轻轻敲击桌案道，"宝钟寺我去过几次，蒙哥住在寺庙的西院，那个位置的确靠近西坡峭壁。若是那边没有瞭望塔，此计就是可行的。如此大事，非我亲去不可。老夫已是年过花甲，可以做的事已经不多。而你正值壮年，万一我在石子山出事，有你在钓鱼城，蒙古人仍旧无法动我山城分毫，我自然无须多做挂念。你素来冷静多谋，该知道我说的皆是实情。"

张珏皱起眉头，从道理上说，王坚说的并没有错。只是他怎么能让一城的统帅去冒险？

王坚瞪眼道："你若是觉得自己比我合适，来，去外头空地较量较量。你虽号称四川虓将,比我年轻二十多岁,但你的刀可未必比我的锋利。"

"即便你武艺比我高强……"张珏道。

王坚道:"这个行动,最初也是我构想的。我提出这个构想,就是为了自己带队执行。你若是反对,我就……"

"你就什么?"张珏翻起眼睛。

王坚苦笑道:"你明白我这么安排是对的。能不因为所谓的良心来阻止我吗?钓鱼城近五年的实战,皆由你在指挥。缺了我并无关系啊。"

"你若是去,王安节就不能去。"张珏道。

"扯上我做什么?老头子又不是只有我一个儿子!"王安节怒道,"难道这些天我跑前跑后,最后反而自己不去吗?张珏你是不是见不得人好?"

张珏捂住额头,他是真的没话说了。

王坚笑道:"我们不是奔着玉石俱焚去的,所以你就不要太担心了。先确认战术细节,你在明日戌时召集人手。"

张珏道:"明日就是端午。你是准备……?"

王坚道:"节当然要过。明天蒙古人也过节,初五是他们的大围猎,过节的时候难免会松懈一点儿。我们戌时集合,子时摸上去。动手的时候就是初六了。"

张珏想了想道:"明日轮休的战士早就安排好了。不过如果我们晚上要行动,有些事还要调整。"

"你放手安排便是。"王坚说。

"孟鲤一定会去的。"张珏说。

"那就让她去。"王坚道,"我们用得到她的武艺。这次行动的核心,就是背嵬营的骨干。"

"万一……"张珏挠头。

"没有什么万一,蒙哥值得我们冒险。"王坚正色道,"当然,还是要留下一些人。具体什么人留下,你决定。"

反正脾气倔的我都管不了。张珏笑道:"你总共要多少人?"

王坚道:"取天罡地煞之数,连我在内,算上冉璟,一共一百零八人。"

"你果然早就什么都想好了。"张珏叹息了一下,轻声道,"这次要带上'雷神'。"

"我也觉得会有机会用上。"王坚眯着眼睛笑道,"斩首蒙古大汗,这是我在无数个夜晚梦想过的事啊。"

"谁不是?"张珏好笑道。但这一步绝对是凶险万分的。

云开云散,日升日落。

在喧闹声中,王坚于大天池前宣布端午龙舟赛开始。钓鱼城的百姓一片欢腾。从前龙舟赛是放在嘉陵江上的,也就是因为身处战时,才临时挪到大天池。但叫人想不到的是,这气氛居然空前地好。

老百姓们见到军中将领出现,爆发出热情的欢呼,他们大声喊着王坚、张珏等人的官职,并且高呼孟鲤的名字。有乡绅前来面见张珏,要求再做一些征募,不论是征兵还是征劳力,钓鱼城的百姓都会踊跃报名。

张珏只能好生安抚,表示一旦有需要一定会征募。其实在他看来,若不加操练就让老百姓匆忙上阵,那就是犯罪啊。

王坚看着眼前的一切,不禁也会想,如果有一天不打仗了该多好。那时候,自己就真的可以做个什么也不管的老翁,遛遛狗,打打拳。

边上张珏可没有这么淡定的心情,他一面关注着各门的战事,一面琢磨着晚上的行动。今天蒙古军的确对出奇门发动了猛攻,冉璟的情报是对的。忽然他看了眼龙舟边,发现宋小石和他的小叶居然也在人群里,不由在心里对照了一下休假名单。这小子的确在名单上,但我没批啊。那唐长弓是心真大,没批也敢放人出来吗?

王坚轻声道:"是我批的假。那宋小石干的是精准的活儿,不能让他的心一直绷着,会断的。这种人才和冉璟还不一样。"

"我只是怕……"张珏说。

王坚笑道:"不用怕,天塌不下来。"说着他背着手去逛集市了。

不仅如此,他还招手让孟鲤一起,说是给她买点儿好吃的。于是原本呆立在那边思念冉小璟的孟鲤,立即就跟着走了。

张珏心里叹了口气,这真的是打恶仗的架势吗?

王安节笑道:"老小老小。他也需要放松一下,才能在晚上精神头更好。"

张珏一笑，拉住王安节议定奇袭名单，钓鱼城里能打的精锐战士皆在其列。以王坚为首，孟鲤、王安节、唐影、杨华、王奎等背鬼营战士，再加上完颜烈这个女真悍将。具体任务在当日召集之时仍不公开，为的就是不漏出半点儿风声。

背鬼营的副统领杜岚和崔城被留了下来，万一孟鲤出事，那他俩就是接下来的带队人。不过即便是他们，也不知道孟鲤带队具体去做什么。

戌时，众人准时来到集合地点。此时，端午节的夜市正是热闹的时候，但东城这边的两条街道已经悄悄戒严。

张珏将"雷神"配发给特定的战士。这件黑黝黝的火器，为铁制外壳，差不多有人的脑袋那么大。为了防止突如其来的雨水，用密封的皮囊装着。

"这铁西瓜上头有块铜盖子，砸下去就能击发。击发后必须尽快抛出，十步之内的杀伤力极大。"王安节给众人解释道，"走山路的时候小心，第一避开水，第二不得剧烈摇晃。所以在正面突击的时候，带着这铁西瓜的人不得出手。"

"有点儿重。"杨华掂量了一下。

"所以大约能抛出三十步到四十步吧。唐影全力试过，他能抛出五十步。"王安节道。

"就这点吗？"孟鲤问。

"这种火药难以提炼,整个火器坊一共也没有几枚'雷神'。"张珏解释道,"不可能给全队配发,毕竟还要留下一些关键时刻守城用。"

"你真是个好管家婆。"孟鲤嘲笑道。

张珏苦笑了一下道:"决定成败的是战术,而不是武器。只可惜我们还没研究出更方便的击发方式,不然就真是大杀器了。"

"这技术我们火器坊研究了那么久,真不是那么容易突破的。"王安节苦笑道,"东西有点儿大,不太可能挂着这东西进蒙古大营,有点儿显眼。如果再小一点儿就好了。现在那么大,一呢,抛不远,二呢,要带着翻山越岭又有点儿危险。"

唐影对众人解释道:"拍一下盖子将其抛出。这两个动作虽不麻烦,但真要在刺杀时使用,却会耽误很多事。"

杨华想了想道:"的确如此,而且如果不和目标保持一定距离,那就得同归于尽了。"

孟鲤知道王安节的话主要是说给自己听的,想必之前她质问为何不给邵文"雷神",让王安节很在意。她当时说的是气话,但也是真的不甘心。

王安节对被指派携带"雷神"的十人道:"大帅交代,夜袭之时,靠近大汗金帐后首先使用这个。唐影你们这十人由你带队,每人带两枚'雷神'。靠近金帐之前不参与战斗。"

唐影道:"统领放心。"

王安节道:"万一到了最后时刻,必须将'雷神'引爆,不能让它落在鞑子手里。"

"一共两枚,你以为能剩下?"唐影好笑道。

王安节肃然道:"行军时小心一些,万一路上炸了,他娘的什么行动都不用提了。"

唐影这才收起笑容,抱拳答应。

看着桌案上的长刀,王坚凝息静坐,从嘉熙四年(1240年)夜袭丹江蒙古军开始,这把刀就跟随着自己。一晃眼已近二十年了。

严格来说,这是他的第四把佩刀,之前三把刀,两把在战场上折断,一把在夜袭任务中遗失。这把刀名叫"破阵",是老友郭典所赠。若是能手刃蒙哥,那也算是了却了那家伙一生的遗憾。王坚手指在刀背上轻轻拂过,心里默诵辛稼轩的《破阵子》。

了却君王天下事,赢得生前身后名,可怜白发生……孟珙大人、余玠大人、郭典、邵文,以及曾经与我并肩作战的所有弟兄,大家请保佑我。

外头,张珏轻声道:"大帅,队伍集结好了。"

王坚提起长刀破阵,大步朝外走去。

东城城墙之下,背鬼营的精锐已经换装列队完毕。王坚下达命令,今夜要袭击石子山怯薛军的大营,斩首目标为敌军大汗蒙哥。下方士兵忍不住窃窃私语。

张珏看着这个画面也觉得有点儿好笑，一群穿着蒙古怯薛军衣甲的人说要去杀大汗。

王坚提高嗓门笑道："出发前，我给大家讲个故事。这个故事是你们很多人关心的事，就是咱们钓鱼城那面精忠报国大旗，是从哪里来的。"

所有人都为之一怔，连张珏也没想到王坚会忽然说这件事。

"这事有点儿历史了。我家是穷苦人出身，种地的庄稼人。很多人不明白，我王坚一个种地的，这身武艺是跟谁学的。"王坚眼里闪过一丝回忆，沉声道，"是跟我的爷爷学的。不是亲爷爷，是我同村的一个远房长辈，遇到他的时候我才七岁，而他已经很老很老了。他叫王刚。"王坚举起拳头慢慢道，"是不是一个很普通的名字？"他见有不少人在点头，不禁破口骂道，"名字普通怕什么？大丈夫，人有本事才威风，名字再普通没关系！刘备、曹操，名字普通吗？关羽、张飞，普通吗？陈平、张良普通吗？秦琼……"

"咳咳……"张珏打断了他。

王坚笑道："我的名字、你们都统制的名字都很普通。你们的名字也很普通。但普通的名字能拦得住我们干大事吗？"

"不能！"王奎吼了一嗓子。

王坚道："我爷爷叫王刚，他用一只手可以打二十个王坚。你们别不信。我当然说的是四十年前的我。换到现在……"他故意停顿了一下，笑道："也就打三个王坚吧。我爷爷，他是岳爷爷的背嵬军四大统领之一。"

所有人混乱了，脱口而出一片粗口。

"他参加过北伐，去过朱仙镇，杀过女真贵族。"王坚握着拳头，眼中忽然渗出了泪花，"咱们这面大旗，就是他身上那面战旗改的，原本岳爷爷的旗子没那么大。我爷爷王刚是岳家军背嵬军的掌旗统领，是岳家军的刀锋牛角啊。我告诉你们这些事，就是为了让你们知道，我们钓鱼城有岳家军的军魂庇护。我们钓鱼城的兵那么能打，是有道理的。他娘的！是有道理的！"

"我爷爷在病榻上，足足折腾了二十天，才咽下最后一口气。"王坚看着夜色里的野草，慢慢道，"二十天啊。他之前说过那么多的英雄故事，最后连只碗也拿不动了，被病魔折腾得不成人形。你们知道作为战士最怕的是什么吗？不是战死，也不是怕不知该如何作战，而是怕死在病榻上。在今晚之前，我一直很怕像他那样，但今晚过后……"王坚挺直了腰杆，"今夜过后就不会了！今夜，我们站在书写历史的时间点上。若是能斩杀蒙哥，就能创造万世不拔的奇迹，名垂青史！你们别觉得名垂青史有点虚，带兵带到老子这样的位置，也未必能留下几个字在竹帛上。名垂青史，是自古猛将名臣的至高荣誉了。我爷爷那么厉害，也没有在历史上留下几个字。"他稍作停顿，又道，"当然我们都是老兵了，大家都明白，打仗不像普通人想的那么简单，会有很多变数。如果现在老天爷跟我说，可以玉石俱焚，用我们一百条命换蒙哥一条，他娘的，老子立马换了！但是，事情未必能一定如你我所愿，所以老子也做好了最坏的打算。今夜有三种情况。一，我们上山去，屠了敌营，杀死蒙哥。二，我们上山去，不敌蒙古人，死在敌营。好一点，玉石俱焚；差一点儿，全体战死，屁也没捞到。"说到这里他笑了起来，"若是这样，老子比你们还倒霉，会在史书上留下'轻敌冒进，败军无能'几个字。"

在场的战士们咧咧嘴，但并没有笑出声。

王坚道："老子是带兵的。打赢了，我当然比你们牛逼；打输了，我承担骂名，老子认了。当然，还有最后一种结果。就是我们上得山去，没能干死蒙哥，他们也没能完全干死我们。一切皆有可能。这虽然有点尴尬，但老子也认了。不管怎么样，蒙哥来到我们钓鱼城，老子就得试一试去取他的脑壳。否则不甘心啊！凭什么老子就得在城里，看着他们每天隔着城墙来打我们？凭什么就因为他们人多，我们就得躲在城后面忍着？凭什么大家都是爹娘生的，我们宋人就每战必输？这里是四川，这里是钓鱼城。这里每一寸土地我们都比他们熟悉。出城去，踹他们的卵蛋子！就一个干字！"

"干！干！"王安节用拳头砸了砸心口，发出咣当咣当的甲胄声，众人一同振衣向前，士气凝聚起来。

王坚道："老子不想说废话，什么'现在有不想去的可以站出来'。你们都是我钓鱼城的百战精锐，一百个能打的里面挑一个，就是你们。这个队伍里谁的手里没有几十条鞑子的性命？这里没有孬种。老子还要告诉你们，老子二十一岁加入忠顺军，今年六十有一，今夜此刻就是老子最壮烈的时刻。上到石子山，与蒙古人厮杀；我们可能杀死对方，也可能被杀死。打仗本就是如此。我们死后，迎接我们的会是大合川最壮丽的云霞，会是我们嘉陵江钓鱼城上飞扬的大旗，会是我们护国寺前的青石碑！壮烈战死！一个战士，还有什么比壮烈战死更好的死法？我们不要死在病榻上！我们要死在杀敌的路上！川不负国，国不负川。作为川人，作为宋人，作为一个战士，没有比这个更光荣的了！都统制张珏已经记录下我们所有人的名字。"他的目光里精芒闪动，"不论成功与否，皆会为你我立碑。我们的魂魄，会重新凝聚在钓鱼城的功业碑下。生为蜀地人，死为蜀地鬼。"

所有战士同时用拳头敲击胸膛，王奎在火把下舞动大旗。王坚望向张珏，张珏命人送上壮行酒。

众人饮罢碗中烈酒，将瓷碗摔得粉碎。

王坚满意地说道："壮哉！出发！"

他看了看送行的张珏。该说的早已说了，千言万语，尽在不言中。

张珏抱拳，躬身一礼到地。王坚回礼，笑着回身带队出发。

第十六章
刺杀大汗

深夜,冉璟戴着面具坐于黑暗中,努力让自己冷静下来。然后,悄无声息地掠出兵营。他并无意屠戮身边的敌军,虽然这一走应该是不会回来了。他一路小心谨慎地前往宝钟寺,如幽灵般靠近西院。那边的卫兵与几日前并无变化。他找了个高点观望蒙哥的屋子,那边也如往日一样。

冉璟松了口气,一切可以按计划进行了。他脚步加快,去往西坡峭壁。

一百多人身着敌军服饰轻装前行,都是背负皮盾,携带短兵弯刀。杨华的丈二长枪改换枪杆,折为三节带在身上。从东城密道出城,很快越过天涧沟来到石子山的西坡下。空中不时飘起小雨,但不影响王坚的决心。

看着树林前高耸的峭壁,孟鲤和杨华一起挠了挠头。这边能怎么上去?难道还有密道?王奎抬头望了望这陡峭的山壁,额头冒出一层冷汗。王安节上前几步，将隐藏在大树上的藤索放了下来。这两日他在冉璟的基础上，共在峭壁上布置了三条绳索。对块头大的士兵或许有点难，但由王坚、孟鲤、杨华三人打头，一个接一个地攀上绳索，众人也没有什么疑问。

王坚在最前，王安节在最后，士兵们迅速登山。孟鲤今夜没有戴面具，拉紧绳索节节攀升。战事终于到了今夜这步，也许就能和蒙古人做个了断了。这条路线是冉璟设计的？小子有点儿本事嘛。想到这里，她亦有些小激动。

王坚头一个到达最高处，他望向前头的空地，只有两个士兵在二十步外驻守。那两人一个看着上坡的道路，一个正对着夜空发呆。冉璟之前说这里有十人左右驻防，可能是因为今夜飘着细雨，那些人又躲懒了。他目光望向更远处的一块山岩，果然那边有一处类似营垒的简陋兵棚。

王坚指了指敌兵，指了指自己，然后对杨华、孟鲤示意远处的兵棚。孟鲤、杨华一同点头。王坚望向下方，命下头的士兵打起精神，然后举起拳头。当他拳头放下的时候，人如苍鹰一般疾掠出去。

破阵长刀光华旋动，两颗人头落地。孟鲤和杨华直奔那兵棚，里面的敌兵等到他俩到了近前才反应过来，但兵器还没举起，就被两人的刀剑斩杀。杨华枪剑齐出，与孟鲤各杀四人。

王坚笑了笑，指挥士兵们迅速登上山坡。王安节根据地图指引，表示前方山路上会有一队巡逻兵。但按计划，冉璟会解决他们。王坚一人在前,王安节、孟鲤、杨华在后护卫。其余士兵隔着二十步跟在后头。唐影的小队带着那些"雷神",慢慢跟在最后头。

转过山路,就见戴着白狼面具的冉璟出现在远处。王安节冲王坚点了点头。

"很准时嘛。"王坚用蒙古语说,"今夜口令。"

冉璟道:"铁火箭。牛皮鼓。"

王坚上前,轻轻拥抱了对方一下,笑道:"变俊了嘛。"

"俊个锤子!"冉璟笑骂道,他与后面众人点头致意。

孟鲤打量了他一下,终于忍不住笑了起来。但并不多言,只是把背后的湛卢抛给对方。

冉璟接过湛卢,对其拱了拱手,转身道:"我带路。大帅跟我来。"

王坚欣然走在他身侧,低声道:"我们定下计划,用'雷神'击杀蒙哥。这一路上,我不准备有丝毫耽搁。"

"明白。人挡杀人,佛挡杀佛。"冉璟手扶剑柄,寒声道。

王坚笑了笑,这小子成长了。很好,要的就是这个感觉。他们这一百零八人衣袂声起,大步前行,带起一山的风云。

西坡到宝钟寺的西院很近,因为这边是峭壁,所以也没有多设哨卡。距离大汗起居的地方不过两个哨卡。

"什么人?口令!"三岔路上的第一道哨卡高声喝问。

"牛皮鼓。"王安节高声道,他有着标准的漠北口音。

"铁火箭。原来是白狼大人。"那士兵看清了冉璟的脸,微笑致意道,但同时带着疑问望向后方那一百多人。

这时,冉璟已经靠近了对方,冷声道:"让路,大汗召见,必须连夜前往。"

士兵皱起眉头,但并不敢多问什么,抬起手示意左右放行。

于是宋军开始通过哨卡。王坚经过岗哨时,观察了一下对方的表情,发现对方有着细微的怀疑。也对,从那边过来,哪里冒出那么多人呢?他挥手一刀,将士兵的头颅斩下。身边众人同时动手,很快将一哨的敌兵皆清理干净。

"王奎,带十个人控制这里。我们的退路就交给你了。"王坚道。

"末将得令!"王奎抱拳道。他一脸坚毅,丝毫没有为不能斩杀蒙哥感到遗憾。

王坚带队继续向前,一面加快脚步道:"路上还有一个哨卡,直接突破了。加速前往宝钟寺。"

"要得!"王安节领着士兵们回应道。

王坚原本严肃的脸上,不由带起一阵笑意。瓜娃子们,都挺进入状态的嘛。

李德辉坐于喊天堡的营房里,外头忽然有人急匆匆送来一封密件。这是方才夜战的收获,竹筒上挂着十万火急的鸟羽。

"背嵬军出城，目标不明。"就是这么一行小字，让李德辉的脑袋嗡了一声。他扶住桌案稳住情绪，召唤士兵问道："各营可有军情？"

士兵表示没有听说新的军情。李德辉整理情绪，急匆匆去找汪德臣，但才走到一半，心底不好的预感加重，他转而前往渡口。

那边正是齐横眉当值。齐横眉确认喊天堡这里没有军情，几座浮桥也没有被袭击的动静。然后他的脸上也微微一变，立即派遣快船送李德辉去石子山。李德辉坐在船上面色阴沉。王坚真的会夜袭石子山吗？眼看周围一片寂静，附近还有什么比石子山更适合突袭的目标呢？只是，他们如何靠近大汗金帐？李德辉想到这里，稍微定了定神，没有人能越过数万甲士直奔金帐。但是那个王坚……那老匹夫不是普通人。

王坚已经靠近西院的房子，距离五六十步远，可以看到屋内的灯火。这一侧的卫兵已被他们清除了。他望向另一侧的卫兵，明白自己只有一点点时间，等到巡逻卫兵回头，那就会从偷袭变成强攻。强攻是没有胜算的，而目前的距离已经够近了。

"有'雷神'的上前准备，听我号令投掷。"王坚继续前进十步，带领众人跃上墙头。

王坚举起右拳。虽然看不清屋内的人影，但是能想象着蒙哥正在翻看各地的奏折。若是能用刀斩其头颅当然更好。王坚目光扫向远处缓慢走来的卫兵，隐约觉得有些不妥，但一下子又不确定问题在哪里。他轻轻吸了口气,摒弃杂念望定前方。所有人都看着那拳头,只是一瞬间,仿佛过了百年。

拳头落下!

唐影的"雷神"小队同时用手掌砸下铜盖,然后挥动手臂投出铁球。黑暗中那些铁疙瘩划过四五十步的距离,噼里啪啦地落在蒙哥起居的屋子上。

嘭!轰隆!巨大的气浪掀开了屋顶,周围警戒的卫士惊呼起来,茫然失措地望着周围,不知变故来自何方。也有人从院外冲入院子。

快船渐渐靠近了石子山码头,静悄悄的水面让李德辉的心绪安宁不少,也许只是虚惊一场?然而就在他踏足码头的一刻,石子山上传来轰隆一阵巨响,还隐约有火光冒起。

"'雷神'……是'雷神'!"李德辉惊叫起来,一不小心踏空落入水中。左右的士兵匆忙将其救起,乱作一片。

爆炸声起,白狼营里雪鹰急匆匆进入营帐。他不明白为何外面那么大动静,白狼大人却没有反应。结果白狼营帐里空无一人!前后思索一下,他的脸色霎时变了。

宋兵这边人人脸上露出喜色。唐影挥了挥拳头,他觉得自己那枚"雷神"是最先掀开屋顶的,为此他还多投了一枚。有少数士兵也做了和他一样的事。

王坚望着前方已经被炸塌半片院落的西院,沉声道:"冉璟与我入内检查蒙哥尸体。其余人顶住蒙古人的攻击。"

二人动身冲入院子,混乱中没人能分辨他们是不是敌人,居然无人过问。王坚面色阴沉,敌人的反应不对,这一击的感觉也不对。两人来到尘土弥漫的屋子,房屋已经起火,燃烧的废墟里没有找到蒙哥的身影,屋内空无一人。

"你说他就住在这里。"王坚问。

冉璟仍在寻找,低头道:"我去西坡前确认过。"

王坚皱起眉头道:"不用找了。"他来到院外,一把拽住外头一名禁卫的衣袍道:"大汗呢?大汗不在这里?"

那禁卫吃惊地望着他,颤声回答道:"大……大汗去见大师了……"

"大师?哪个大师?"王坚问。

"八思巴大师啊,大汗刚离开不久。"禁卫瞪眼道,"你到底是什么人?"

王坚愤怒地扭断对方脖子。运气不好啊,蒙哥居然刚走。

"八思巴会住在哪里?"他问冉璟。

冉璟道:"他在这边没有住处,若一定要找个地方谈话,可能是在大萨满那边,在石子山后山。大帅……"

"不用解释,这不是你的错。"王坚心思急转,急匆匆回到部队道,"蒙哥不在寝宫。此刻再去追杀他,不是好时机。我们必须退走。"

王安节和孟鲤面面相觑，唐影、完颜烈等人更是脸色都变了。王安节想要说些什么。

"已经错过了，不能全军覆没在此。走，回西坡！"王坚果断道。

虽然不甘心，但王坚绝不会因此轻敌冒进。这里是石子山，是怯薛军的大本营，敌人数以万计，而他们只有一百来人。

这时，远方传来呵斥声和甲胄声，大队的御前护卫朝这边集结。

王坚看了眼废墟，忽然道："唐影，统计一下还有多少'雷神'。"

唐影清点了一下道："还有七枚。"

王安节懂老父的意思，低声道，"若是够近，杀伤力够。"

王坚笑道："那我们就在此地等他片刻。你觉得我们能坚持多久？"

王安节道："退到西面那道最近的哨卡，大约可以坚守一刻钟。且战且退，最多半个时辰。"

王坚想了想，又摇了摇头。蒙哥即便回来，也不会加入追捕的队伍。

唐影忽然上前道："大帅，我有个建议。"

"讲。"王坚道。

唐影道："不久之后，蒙哥一定回到此地，若我潜伏在此，用'雷神'倾力一击，或许有机会。"

"但你就死定了。"王安节道。

"若是能换蒙哥的命,死也值得。"唐影沉声道,"好过所有人在此玉石俱焚。"

"你一个人……"王坚有些犹豫。

唐影道:"我一个人就够了,人多反而不美。暗器和潜伏本就是我的长处。"

"这个方案成功的可能性比我们那么多人留在这里要大。不过也就是碰个运气。"王安节轻声说。

一旁冉璟上前一步道:"我也可以去。"

唐影瞪眼道:"你他娘的初来乍到,怎么什么都要抢?你已经有了合川最美的女刀神。这件事就交给老子。"

冉璟扬眉大声道:"若是我们两人同去呢?"

"这是考较运气的事,冉璟你今天运气不好。"唐影没好气道。

冉璟的面色顿时难看起来,他一直在责怪自己为何不留在此地确认蒙哥的行踪,原来大家也是这么想的。

"机会不大,但……"王坚犹豫了一下。

唐影急道:"哪怕只有一成机会,用我这条命去换蒙哥的命,那也值得。而且不论成败,我都能多换几十条鞑子的命。大帅,你知道这是值得的。"

王坚深吸口气,看了眼孟鲤抓着冉璟的手,低声道:"老子带的兵都是好样的!唐影,你有什么心愿未了?"

唐影道:"我孑然一身,没有什么心愿,只求日后唐家子弟,大帅为之照看一二。让他们能够杀敌立功,莫要误入歧途。"

"你放心!"王坚沉声道。

唐影躬身抱拳道:"唐影这辈子,最庆幸的就是跟了大帅和少帅。"

王安节将剩余的"雷神"都交在唐影手里。

唐影摇头只留了两枚,他将"雷神"一左一右挂在腰间道:"一次只有这么点儿机会,这东西多了也不好带,还是你们留着突围用吧。"

王安节眼睛一红,泪水滑落下来,但他咬牙点头道:"下辈子,你我还做兄弟。"

"唐影留下,其余人与我向西突围。"王坚拔出长刀破阵,冲在最前方。

王安节道:"用蒙古话喊起来,就说蒙哥已死。"

众人依依不舍地望向唐影,唐影躬身回礼。一队人加快脚步在敌人形成合围前离开西院。唐影望着废墟,掠到高处琢磨了一下。

走在队伍里,王坚对冉璟道:"你的剑留在军中一样有用,这次我选唐影,下次就可能是选你。所以少在那里自怨自艾,给老子打起精神来。"

耳边传来一声巨响,蒙哥若猛虎般的面容露出惊讶之色,手里端着的茶水却半点儿不晃。他在忙碌了一天后,听说八思巴与汪忠臣、史天泽他们在这边喝茶，因此特意来此放松片刻。谁料想，竟因此躲过一劫。

八思巴眼中闪过异色，听声音这是西院有变，而这只能是宋军有所行动。

蒙哥笑道："大师不用担心，我在此地，自然一切无事。外头嘛，赵阿哥潘会解决的。"

史天泽起身道："微臣出去看看？"

蒙哥笑了笑道："不用担心，会有消息来的。"

果然，不多久怯薛长也速不花入内道："禀告大汗，方才是西院受到宋兵火器攻击。此刻宋兵正在退走，赵阿哥潘正在负责追击。"

蒙哥道："宋兵是如何出现在此地的？"

"这……暂且不知。"也速不花道。

蒙哥起身道："走，出去看看。"

汪忠臣阻拦道："敌情未明，大汗不宜外出。"

"不，士兵们需要看到我安然无恙。"蒙哥从容笑道，"将我的宝马牵来。这时候，还有什么比我骑马走在营内更能让大家安心的吗？"

八思巴一同起身道："大汗圣明。"

蒙哥走出屋子，远处喊杀声不时传来，也速不花牵来大白马。他稳稳上马，气定神闲地向着西院而去。八思巴、汪忠臣、史天泽等人护卫左右，丝毫不见受到突袭的慌乱。

这时，李德辉正气喘吁吁地跑上前来。

蒙哥侧头看了他一眼，见他湿漉漉的衣服，不由皱眉道："德辉，你怎么来了？"

李德辉道："臣下有罪，听闻宋军背鬼营可能夜袭，所以匆忙赶来。在渡口听闻山上巨响，挂念大汗，失神落水。"他看了眼身后的雪鹰，却并没有多说白狼的事。此事不宜公开讨论。

蒙哥看看周围众人，对着李德辉大笑道："罢了。你身为长空主官，未能提前防备当然有错，但念你一片忠心，就不追究了。跟我一起，我们去西面看看。"

"谢大汗！"李德辉抹了一把额头的冷汗，整个人放松下来。蒙哥是万万不能出事的。

汪忠臣笑着拍了拍他的后背。史天泽还亲手扶他上马。

王奎远远听到爆炸声，这是得手了？他焦虑不堪地在哨卡来回踱步。周围的士兵也同样紧张不安地盯着两边的路口。

站到高处的士兵忽然道："大帅他们已经与鞑子交战，我们要不要……"

"闭嘴，我们的任务是守在这里，这是我们的退路。别动其他心思。"王奎怒道。

"有人来了。"另一个战士道。

在三叉道路的北面，一队骑兵正疾驰而至，为首的武将身形高壮，极为威猛。

王奎硬着头皮上前道:"口令。牛皮鼓!"

"铁羽箭。"威猛武将边的长髯副将怒道,"还不让路?!"

王奎板着脸道:"没有赵阿哥潘大人的命令,谁也不能过去。"

"赵阿哥潘?"那威猛武将定睛望着他,仰天大笑。然后骤然一刀斩落……

王奎想要躲闪,但那刀光好似不期而至的噩梦般根本无法抵挡。他让过脖子,胸口鲜血淋漓。

"能躲过一刀也算不错。让你死得明白:老子就是赵阿哥潘!"那敌将又是一刀,将王奎斩为两段。

周围士兵蜂拥而上,十个宋兵虽然拼命抵挡,但还是很快被屠戮殆尽。

赵阿哥潘看着周围笑道:"看来敌人是准备从这边突围,拉克申,我们就封锁住这里,布好口袋。"

大胡子副将招呼士兵布好阵势,果然不多久,王坚带着他的背嵬营朝这边靠近了。

马背上长大的蒙哥武艺不凡,但并非不怕死,待得禁卫将西院废墟封锁,他才带着诸位大臣靠近现场。

道路两边的死尸叫他愤怒,蒙哥努力平息脸上的怒气,转而对也速不花道:"敌人此刻在哪里?"

怯薛长也速不花道:"宋军朝西坡去了。按理那边是死路,而且赵阿哥潘应该也会分兵围堵。"

居然还没消灭，真是奇耻大辱啊！蒙哥望着西院的废墟，就要朝里走。

八思巴忽然上前道："大汗，且慢。里面房屋是木制建筑，经过爆炸怕是不稳。此时不宜入内。"

蒙哥犹豫了一下，皱眉道："不知毁了多少心爱之物。"

八思巴微笑道："身外物。"

"大师说得对。"蒙哥有些不舍地多看了里头一眼，转身回走。

西院的废墟里，两边各有一队卫兵把守。扮作尸体的唐影藏身在断墙后小心翼翼地观察敌人。他虽不认得蒙哥，但那一身白衣的尊贵之人看着就与众不同。当蒙哥靠近院子的时候，他心中窃喜，若是蒙哥直接进入院子，那他的任务定能完成。

但不知为何，对方与那和尚说了两句后又转回去了。该当如何？对方越走越远，后面的大臣也没有要过来的意思。这也就是五十多步……唐影手里扣住一枚"雷神"，这样的距离不是问题，机不可失，时不再来！

唐影探出半个身子。在他行动的时候，远处的卫兵也同时看到了他。

士兵高喊："大汗！"

唐影拍下铜盖向前蹿出，一枚"雷神"脱手飞向蒙哥。蒙哥听到这边呼喊，旋即回头。八思巴赶紧推了他一把！

一旁的也速不花一箭射出，竟然将划空而来的那枚"雷神"

击落!

轰隆!"雷神"在半空爆炸。边上护卫同时立起长盾,用身体护住蒙哥和八思巴。史天泽则拔出佩刀冲向唐影。

眼看"雷神"没正面命中蒙哥,唐影急向前掠,将仅剩的一枚抓在手里,试图再靠近一些。护卫队里多名士兵射出弓箭。这些人皆是怯薛军里百里挑一的神箭手,唐影走出三步,连中五箭,抓着雷神的右臂也被射中。

"雷神"坠落地面。唐影脸颊抽动,要如何才能靠近蒙哥?他重新揽起"雷神",大步朝着敌军冲去。

大批卫士拦截在蒙哥前方,蒙哥怒目瞪着冲上前来的刺客——唐影的身法掠至极限,发力压下铜盖,不顾如蝗而至的羽箭继续向前,一些羽箭甚至透体而过。他直到被射成了刺猬才停下脚步,铁球则滚落在地……

蒙古士兵大惊,但仍旧手持长盾护着蒙哥不动。

轰隆!"雷神"爆炸。尽管有盾牌遮挡,前排的士兵还是被掀翻开去,身着重甲的士兵死伤一片。蒙哥用手臂遮住面门,若无八思巴和汪忠臣扶住他,怕是又要摔倒。

蒙哥眼中亦闪过一丝惊骇,但随即镇定下来,拨开人群来到最前方,站在一身箭矢仍旧不倒的唐影面前。他骤然出刀,一刀斩下了唐影的头颅。

"厚葬。"蒙哥沉声道。他目光扫向周围的铁雷碎片又道:"这就是那东西?"

李德辉上前道:"估计就是那东西了。"他们故意没有提"雷神"两个字。

士兵们慌忙救助受伤的同伴,两枚铁西瓜的杀伤力超出了他们的常识。

"果然厉害!"蒙哥察觉到士兵的异样,转而面向众人道,"但想必钓鱼城也没多少这种东西,不然敌人跑什么?区区火器,阻挡不了我们的战刀!我们蒙古勇士才是这片天空下最厉害的战士!"

也速不花小心上前道:"大汗,敌兵被赵阿哥潘堵住了。"

蒙哥道:"很好,你带兵与阿哥潘前后夹击。我倒要看看来的是什么人。"

赵阿哥潘守在哨卡。他来得匆忙,只带了三百多人,但是怯薛军的禁卫甲士皆是各营的精锐,也就是说必须是十夫长以上的战士才能进入禁卫营。他这里的百户出去别的部队,就是千户以上的将领。

这三百甲士的三个百户拉克申、檀羽恩、萨乌尔,都是本领高强的战士。只是可惜了额里苏。想到这里,赵阿哥潘的心情再次阴郁起来。他是真心喜欢那个小子啊。

"拉克申,后撤十步,弓箭准备。敌人来了。"赵阿哥潘提着金色弯刀,沉声道,"檀羽恩、萨乌尔,你们分散开一点儿。萨乌尔,你和那大个子有点儿像,给我站到前方的阴影里头去。"

王坚的队伍眼看接近哨卡，反而放慢了脚步。因为王安节发现，最前头的大个子不是王奎。

"这里出事了。"王安节道。

王坚扫视前方道："对方就是在等我们。把剩下的'雷神'用上，将对方的防线砸开。"

王安节立即安排投弹手来到前列。王坚笑着对众人道："我先绕后攻击，给你们上一课。冉璟、完颜，你们在前开路。其余人跟紧了。"

赵阿哥潘盯着前头的山路，隐约感觉到对方的行军速度变快了一些，不由笑道："好家伙，居然发现我们了。不知是谁带队。"

檀羽恩道："别太无趣就好。"

"那是白狼吗？"赵阿哥潘看着最前头的冉璟，忽然侧头问道。

"看着像啊。"檀羽恩回答。

赵阿哥潘回头时发现最前头的冉璟、完颜烈、孟鲤三人突然加快了步伐，并同时拔出了兵器。赵阿哥潘感觉出不妥，突然一道鬼魅般的身影从他侧后方的树林里掠出，短短片刻就有十数个弓箭手倒下，后方的士兵顿时大乱。

"拉克申稳住阵脚！"赵阿哥潘喝道。

拉克申怒吼一声冲向王坚，王坚按住破阵刀，嘴角绽起残酷的笑意，灵动无比地回身一斩。看似平淡无奇的一招，却比任何人用得都老辣果断。拉克申要想退已经来不及，右腿被划开半尺长的刀口。

就在这时，王安节命令投出"雷神"！铁雷破空而至，直接落在蒙古人的阵地上，带起翻腾的气浪，和刺鼻的火药味。近三百人的阵列顿时出现了缺口。这几枚"雷神"让百多人失去行动力。

"稳住阵势，不要乱！"赵阿哥潘大吼。

就连战斗中的王坚也被气浪波及，晃了一晃。但他随即发出长啸，示意宋军向他这边突破，并且一刀斩落了拉克申的脑袋。

赵阿哥潘大怒，手里金色弯刀迅速展开，凡是在他身前的宋军皆被一刀斩杀。

完颜烈大吼一声，舞动开山斧拦住赵阿哥潘。当！当！当！兵器连续撞击多次，赵阿哥潘眼中闪过一丝异色，这居然是燕山杀法。

完颜烈大斧横扫而出，仿佛野牛狂奔一般。他早年见过赵阿哥潘，也早就渴望与之一战。只是……斧头掠过之后，赵阿哥潘人影晃动，居然闪出一道残影。完颜烈一怔，大斧斩空。

"不过尔尔。"赵阿哥潘突然出现在他后侧，一刀斩落完颜烈的人头。血光冲天而起！

"完颜！"王安节失声大叫，冲上前去。

赵阿哥潘的金色弯刀在山林间舞动，与天上月色交相辉映。又是一道完美无比的星月般的攻击。王安节被他一刀劈在肩头，若非孟鲤抢上前来，拼死挡下一刀，王安节就命丧于此了。冉璟迅速将王安节扛起。

赵阿哥潘盯着孟鲤，笑道："女人？那我听过你。"

"废话！"孟鲤长刀向前。

赵阿哥潘笑道："你不是我的对手。"

身边百户檀羽恩掠出，挡下孟鲤。而赵阿哥潘继续向王坚逼近。他与王坚仿佛两个杀神，分别屠戮着各自不同的敌人。

另一侧，冉璟等人虽然趁着"雷神"动摇了对方阵脚，迅速破开蒙古军前方的阵列，但这是蒙哥的禁卫军，是怯薛军里精锐中的精锐，因此还是陷入了苦战。赵阿哥潘麾下另两个百户檀羽恩和萨乌尔的长矛、铁鞭神出鬼没，直接将杨华等人拖住。

冉璟和孟鲤虽然带着队伍不断向前，但距离脱离险境为时尚早。他二人一剑一刀，护着昏迷不醒的王安节和几个士兵冲出重围。腥风血雨中，好不容易来到西坡。

"带统领下去。"冉璟说道。

"你呢？"孟鲤问。

冉璟道："我回去接应大帅。你们在这里守好山崖，我们一定能有更多人回来。"

"我与你同去，没得商量！"孟鲤道。

冉璟扬了扬眉，但是迎上女人刚毅的眼神，他还是点了点头。

"等一等！"王安节拉住他道，并且递上最后一枚"雷神"，"这是方才特意留的。"

冉璟眼中闪过一丝兴奋，用力点了点头。

王安节道："不能让大帅出事。"

"你放心，拼了性命也保他周全。"冉璟道。

孟鲤转手接过"雷神"的袋子说:"小心一点儿,我来拿着。"

冉璟踌躇了一下,仍旧道:"你不如留在这里?"

孟鲤温柔地看着他道:"国事为重,同生共死!"

我只是想和你一起活着,冉璟心头一痛,但若一定要这样,那么一起死也很好。他再次点了点头,这一次再无犹豫。

冉璟和孟鲤回到哨卡的时候,王坚和赵阿哥潘已经战到一处。

两把刀,仿佛两阵飓风碰在一起,一个好似云霞中的飞龙,一个如同月下的猛虎。破阵层层叠叠展开,带着千万种变化,又好像只是那万中无一的一刀。

"你是王坚?过瘾!"交手了二十余招后,赵阿哥潘忽然两眼放光道。

王坚道:"人道赵阿哥潘是万人敌,也不过如此!"

赵阿哥潘笑道:"我当献你首级给大汗,此战定矣!"

"滚蛋。"王坚刀法忽然一变,两人同时各中一刀。身上鲜血飚出。

"来得好!"赵阿哥潘道,紧接着以伤换伤。

天上的云层几乎透出了光芒,破晓已至。而远处更多的蒙古兵集结到此。两人不知不觉已经斗到八十余招。

"老匹夫,若是你年轻十岁,或许我不是对手。但是你老了。"赵阿哥潘大喝一声,金色弯刀仿佛癫狂的月下疯虎咆哮而起。

王坚被对方劈得连连退后,身上的刀伤鲜血流淌,尽管两人几乎是一样的伤势，但他却压制不住对手了。边上的宋军已经七零八落。杨华拼着受伤斩杀了那萨乌尔，此刻却被檀羽恩的长矛攻得手忙脚乱。

王坚不免看了一眼。就因为这样一走神，他被赵阿哥潘一刀背扫中后背，人斜跌出三尺。

嘭！又一枚"雷神"在蒙古军中爆开！

怎么还有？檀羽恩那边吓得直向后退，孟鲤顿时将杨华救出了困局。

赵阿哥潘虽然心惊，但仍完成了出刀："授首！"

突然，一柄漆黑的长剑出现在弯刀前，金刀与宝剑一碰，溅起漫天星花。

"你……白狼？"赵阿哥潘皱眉道。

冉璟撕开面具，冷笑着面对敌人，沉声道："大帅，带孟鲤他们走。我来断后。"

"你……"王坚吐出一口鲜血。

"你说过，有需要我长剑的时候，就是现在了。"冉璟沉声道。

王坚笑了笑道："很好。"他抽起长刀，加入孟鲤那边的战团。

这样一来形势逆转，那檀羽恩只能败走。王坚带领残部向着西坡撤退。

赵阿哥潘想要拦截，却被湛卢剑挡住，于是试图将冉璟斩于刀下。但他在之前与王坚的恶斗中已经受了不少伤，此刻面对气势正盛的冉璟，已占不到什么便宜。两人刀剑并举，仿佛两只大鸟在山林里来回厮杀，冉璟刻意带着对方偏离了战场。

赵阿哥潘愤怒地追杀对方，也不管是否孤身一人。冉璟在厮杀中用了多种变化，可所有的变化都被对方的金色弯刀破解。这是他第一次遇到无法战胜的敌人，身上中了两刀，几日前与白狼作战留下的创口也随之崩裂。

冉璟呼吸变得沉重，视线越发模糊。这赵阿哥潘果然不是普通的厉害，某种程度上说，比那董文蔚更胜出一筹。他咬着牙苦苦坚持，几次几乎是凭借直觉才躲过对方的攻击。这里距离西坡只有三里路，他却好像走了一辈子。

赵阿哥潘也有些着急，对方身法诡异，总是能利用对山林的熟悉避开致命一击。反复多次之后，他的脚步也迟缓起来。此刻的比拼，已不仅仅是武艺上的较量。湿滑的山林里，冉璟忽然脚步一软跟跄前冲。赵阿哥潘终于逮到机会，一脚将其踢翻在地。

后方还有五丈才是山崖，冉璟死死握住湛卢，目光逼视对方道："额里苏。"

"什么……"赵阿哥潘道。

"额里苏，说你是个好大哥，可惜你们一个在蒙古，一个在宋。"冉璟道。

赵阿哥潘眼中闪过额里苏的身影，过去几年的点点滴滴浮上心头。就在他分神的一瞬，冉璟已重新站立起来。

"你死定了。"赵阿哥潘墨刀般的浓眉一拧。

"这可不一定。"冉璟轻轻吸了口气,小心后撤一步。眼前的敌人他杀不死,但是自己也绝不能死。钓鱼城,钓鱼城还需要他,孟鲤还需要他。

冉璟脑海里浮现出多年前他决意去燕京时,师父说的话:"总有一天,你会遇到无法战胜的敌人。但你要知道,战场上,不是比谁的刀利,而是看谁活得久。这道理很多人不懂。"

"额里苏,他的真名叫什么?"赵阿哥潘忽然用汉语问道。

冉璟眯起眼睛后退半步道:"邵,文。"

"邵,文……"赵阿哥潘轻声道,"一点儿也不像他。他就该是额里苏。"说着他金色弯刀虚空一立,仿若空中的弯月明丽而下。

冉璟长剑一点刀锋,漆黑的剑锋扬起美妙的弧线。整个人弹射而出,落向身后的悬崖。

赵阿哥潘原想追击他出悬崖,但看到那凌空数十丈的峭壁还是停下了脚步。半空中冉璟奋力一抓,不出所料地拉住了事先备好的藤索。赵阿哥潘冷笑一声,突然急掠而下,一刀斩断了藤索。

冉璟失重而落直坠崖底,突然从山崖的峭壁缝隙处探出一条绳索将他套住。

赵阿哥潘浓眉扬起,攀爬回了山坡。远处檀羽恩带着士兵赶来,他们下望山坡,林间隐约有旗帜摇动,鬼知道下面还有多少宋军。

"好生了得啊，王坚匹夫！"赵阿哥潘轻声道，亲率奇兵行刺大汗，还能全身而退，古往今来能有几人？嗯，那个黑色长剑的家伙也了不起。

峭壁上，精疲力竭的冉璟吃惊地望向缝隙间的孟鲤和杨华。孟鲤拉动绳索将他紧紧抱住，他整个人终于放松下来。

第十七章
水战、夜战、地道战

石子山一役，蒙哥起居的西院被毁，御营岗哨被摧毁四处。连带拉克申、萨乌尔在内的精锐禁卫死伤数百人，被刺客冲到三十步内，可谓石子山震动。赵阿哥潘虽然力挽狂澜，斩杀宋军数十人，但也因为守备不力，被大汗训诫。一同被训斥的还有执掌长空营的李德辉，因为白狼居然是敌人暗子，不论是何时潜伏进来的，他都难辞其咎。当然，这些处分只是在内部传达，并不对外面各军提及。

普通军士只知道这一夜宋军骚扰了石子山大本营，但是大汗威加四海，有长生天庇佑，岂是南宋宵小可以撼动的？来犯敌军全军覆没，万人敌赵阿哥潘屠戮无算，胜利理所当然地属于大蒙古。

而对钓鱼城而言，此战可谓损失惨重，上山突袭的一百零八人，只有三十五人回到钓鱼城。统领完颜烈阵亡，背鬼营副将唐影、王奎阵亡，王坚、王安节身受重伤。

王坚坐于静室，一面磨刀，一面反复推演这一夜的战斗。似乎己方并无重大失误，只是运气不好罢了。真是如此吗？难道是我一定要攻击石子山错了？这次攻击原本就是错误，是心存侥幸？只是……只是我如何能够看着蒙哥在山上而不攻击？邵文，邵文……你若是在该多好！

王坚并没有责怪冉璟的意思，那孩子初次潜伏敌营，收集情报制定路线，更在危机时刻单人独剑救回那么多人，没人能比他做得更好了。要怪只能怪蒙古长空营太狡猾，在最关键的时间点翻开了邵文这枚暗子。

一步错，满盘输。不，我王坚还没有输。只要钓鱼城在，我们就没有输，没有！

破阵长刀上新添了不少缺口，王坚指尖心疼地在缺口上拂过。那该死的赵阿哥潘，若是老子年轻几岁……他一拳砸在自己脸上，哪里来那么多如果？王坚，你变得又老又蠢了吗？战场上哪里来那么多如果？接下来要小心再小心，可输的已经不多了。

静室外，张珏轻声道："大帅，紧急军情。重庆的援军到江上了。"

王坚轻轻吸了口气，打开了静室的门。

张珏看着一脸憔悴，但眼中精芒不减的老帅，心里松了口气。虽然明白百战之将不会因为一场失败崩溃，但昨夜的战斗实在是太过可惜，更太过惨烈了！他先前多少是有些担心的。

"蒙古人早就有所准备，所以我觉得吕文德的胜算不大。"张珏说。

"史天泽的水军以逸待劳，而我们已经无力与他们里应外合了。"王坚思索道。

"若他们能突破前几道封锁，来到水军码头这里，那我们当然可以配合反攻。"张珏道，"但就怕他们根本攻不过来。"

"不知吕文德什么想法，那家伙认真打仗还是有两下子的。"王坚走到水池边，洗了把冷水脸，精神为之一振，"他如今是不得不来援，就怕只是走个过场。"

"我觉得，虽然胜算不大，但我总得试一试吧？"张珏保持乐观。

王坚笑道："你这么想吗？所以要怎么做？"

张珏道："我想派人去和他联络一下，了解吕文德的策略，这样才能配合。"

王坚笑道："冉璟还站得起来？他昨晚回来后，怕是丢了一半的魂。"

张珏看了对方一眼，慢慢道："你们一老一小有点儿像的。你把自己关在静室，他把自己关在禁闭室，已经一天没出来了。所以我想让杨华去一次。"

"小杨也有伤在身吧？"王坚说。

"比其他人略好。"张珏道，"只要不遇到赵阿哥潘或者董文蔚那种级别，应该没事。"

"行，你做主。"王坚咳嗽了一下，又道，"阿鲤如何？"

"她比我们坚强，已经在处理背嵬营的军务了。死了那么多兵，她其实是最难受的。"张珏轻声道，"女人比我们男人坚强啊。"

王坚点头道："那就让她多做点儿事，叫她有空去看一下冉璟。这种时候她比我们管用。"

那夜爆炸之后，蒙哥回到了大汗金帐休息。爆炸使得大批的奏折损毁是次要的，蒙哥因此一击病情骤然加重，第二天的早晨就发起了高烧。但是军情紧急，五月初夏时分却不得不裹着毛毯的蒙古大汗还要参加军前会议。

"吕文德的先锋已至，你有何对策？"蒙哥问道。

史天泽笑道："大汗，我军以逸待劳多日，吕文德不足为虑。"

"当真？吕文德并非庸才，此次号称统领千条战船前来。"蒙哥说。

史天泽道："当真。钓鱼城附近河道并不宽阔，他战船虽多却无法展开攻击，空有优势而已。我思虑过后，知我方有三胜，敌兵有三败。"

蒙哥精神一振道："说来听听。"

史天泽道："第一，吕文德水军虽强，但逆流而上；而我军是顺流击之，我军必胜，宋军必败。其二，我军以逸待劳，且占据两岸陆路，水陆齐攻，雷霆万钧；宋军孤军来援，却无法与钓鱼城取得呼应，一旦深入嘉陵江就是腹背受敌；故我军必胜，宋军必败。其三，大汗天恩浩荡，有长生天庇佑；我军人人以战功为荣；而宋军的朝廷远在江南，吕文德与王坚并不交好，一旦战事不利，必定有所保留；因此我军必胜，他宋军必败。此为三胜、三败也。"

蒙哥松了口气，靠在虎皮垫上喝了口水，干涩的嘴角露出笑意，慢慢道："如此，就交给天泽了。"

史天泽抱拳道："不打扰大汗休息，微臣这就去准备。"

他离开半个时辰后，汪德臣和李德辉也来到金帐。

"希望你们有好消息啊。"抱病批改奏折的蒙哥看着二人道。

汪德臣抱拳道："大汗，密道还有三日就将完工。请大汗定个进攻的日子。"

蒙哥喜道："那是比预定的早了有半个月？"

"是的，石通想了很多法子，的确加快了进度。"汪德臣说。

蒙哥想了想道："你负责在前线指挥，日子你来定就好。要各军如何配合，直说。"

汪德臣道："希望那一夜各门共同进攻，牵制王坚的兵力。我当然希望一挖通就展开进攻，但宋军援军到了，所以李德辉建议稍缓一缓。"

李德辉道："只是稍缓几日。我料十日之内，史天泽可以打退吕文德。"

蒙哥笑了笑道："你们没商量过？怎么都那么有信心？宋军是纸糊的？"

李德辉正色道:"大汗天威在前,吕文德算什么?"

蒙哥道:"我也信史天泽可以对付吕文德,只是要防止钓鱼城与来援的宋军配合。这几日你长空营要加强外围封锁,不能让对方交换军情。"

李德辉躬身领命。

蒙哥又道:"既然你们都那么有信心,那地道战就等打退吕文德再进行。算来,你和城内的长空交换情报也要时间。一旦定下时间,提前一日告知我,我们各军都会配合你们的。需不需要派些怯薛军的精锐过去?"

汪德臣笑道:"只要能越过高墙,宋军凭什么对抗我们蒙古勇士?而且临时调动反而不好配合。此战就由我先锋军负责到底。"

蒙哥道:"行。这几日想到什么随时来找我,攻城的战略要反复考量。"

"大汗放心。"汪德臣说。

蒙哥看着烛火,忽然想到昨日王坚来西院突袭的事,那家伙行动之前也定是多番推演。只是人算不如天算,自己当时并不在西院。不管做什么都要一些运气啊。他又想到当年争夺汗位时的一些琐事,想到了窝阔台,想到了拔都,不禁沉默了好久。

"大汗。"汪德臣见对方走神,轻声提醒一句道。

蒙哥轻吸口气,笑道:"没什么了。大战前,你让哈拉顿泰萨满给你们祈福吧。之后我也会给他说的。"

"多谢大汗!长生天庇佑!"汪德臣和李德辉恭敬地退出了

金帐。

蒙哥看着二人退下,眼前又浮现出那个刺客被射成刺猬后爆炸的铁球。宋人该死……他咬着牙自语道:"拿下钓鱼城,必须屠城!"

张珏站在钓鱼山的高台上,眺望远方嘉陵江上的战场。宋军列出阵势逆水而来,而蒙古军队毫不退让,两边很快在水面上展开交锋。这一番交战看得张珏直皱眉头,他从没想过如今宋军在水上也占不到便宜了,交战半日就已处于守势。

战至正午,史天泽的旗舰龙泽号驶出水寨,两边快艇如野狼般疾驰而出。最前方一条战船上,布满身着红黑战袍的精锐战士。他们顺流而下,轻而易举地就荡平了宋军的前卫。蒙古水军三次冲锋,击破宋军三道防线。吕文德的部队迅速退到战线后方去了。

如此无用,又该怎么配合?张珏挠了挠额头,懊恼地拍了拍栏杆。指望不上啊!天色渐暗,他心情沉重地走下高台。远处走来外出两日的杨华。

"如何?"张珏问。

杨华一脸疲惫道:"我见到的是先锋吕师夔将军。他说希望我们能够出城配合,以分担他们攻击敌方水军时,两岸蒙古军的压力。可是具体如何操作,也没个正经说法。"

张珏点头道:"你辛苦了,下去休息吧。"

杨华道:"敌人封锁非常严密,大人若需要我再去一次……"

"你不用去了，准你休息一夜。"张珏轻声道，"明日我需要你出去查看城外暗桩的状况。王安节伤重，冉璟还在自闭，我手边实在缺人。"

"冉小璟还没出来？"杨华吃惊道。

"是的，第三日了，什么东西也不吃。孟鲤也没去看他，不知是在闹什么。"张珏看了看夜空里的星星，苦笑道，"不过有些事，只能靠自己走出来。别人劝没用。"

是啊，少帅伤重，唐影、王奎死了……事实上，除了城外那些暗桩，城内连踏白营也并入背嵬营了。杨华走在路上，用拳头捶了捶郁闷的心口。他拖着沉重的脚步，前往禁闭室。

靠近禁闭室时，他赫然发现，孟鲤和王安节正慢慢走在路上。王安节拄着一根拐杖，边上两个士兵扶着他。

"老杨回来了，这我就放心了。"王安节笑道。

王安节之前被赵阿哥潘砍伤，半尺长的惨烈刀口深可见骨。即便如此，他还是才卧床三日就起来了。

"这件事交给我吧。"他看着幽暗的禁闭室，低声道。

这是冉璟将自己关在禁闭室的第三日。他脑子里一遍又一遍地重复着，当夜他离开宝钟寺西院前往哨卡的场景。如果他再多留一会儿看到蒙哥离开，如果他能早一点儿了解到蒙哥的动向……就不会白死那么多人。

唐影说："这是考较运气的事。冉璟你今天运气不好。"

可是唐影本不该死……王安节让我在天涧沟守着，防备邵文出事，我没做到。邵文让我扮成白狼卧底，刺杀蒙哥，我仍旧没有做到。我一直以为，凭自己的武艺，凭手里的剑一定能解决问题。但是我到底解决什么问题了？我是来钓鱼城帮忙的，可是一个忙也没有帮上。

冉璟把头埋在胸口，一拳一拳砸在地面上。什么事也没有做成。什么建功立业，什么替师父的那份也做了……冉璟你就是个废物。

"冉璟。你该出来了，我们需要你。"孟鲤的声音忽然出现在外头。

禁闭室里没有声音。

王安节推了一下禁闭室的门，通常这门是从外头加锁，但冉璟是自我禁闭，因此石门并没有上锁。但他居然没有推动，反而是伤口一阵剧痛。孟鲤和杨华赶紧给他打开大门。王安节对他们摆了摆手，自己进入石室。

"统领……你……"冉璟睁开眼睛，见是王安节不由一惊，这是幻觉还是什么？

"老子已经死了，现在是死后的鬼魂来找你。"王安节伸出手，没好气道，"这么说你个瓜娃子信不信？还冒热气呢。"

冉璟尴尬一笑，想让出地方给对方坐，但禁闭室过于狭小。

王安节道："我靠墙站着就好，你不用操心。"

冉璟点点头，王安节抬头看了眼禁闭室屋顶的小窟窿，外头的一抹月色透过小洞射入屋内,也算是有半分月光。

"我很久没在里头坐着了。上一次是五年前,你们这批人离开钓鱼城不久。老头子让我独自带队执行任务。"王安节也不管对方是否在意,就慢慢继续道,"那时邵文刚在敌营安顿下不久,我带着十个弟兄在外打探军情,顺便和他接头。我本该外出五日后返回钓鱼城,不过因为事情顺利,我心里很放松,在路过一个弟兄的家乡时准许他回家一次。结果就在回他家的路上遭遇伏击。原来那个说要回家的战士是长空收买的暗子。他们并不清楚我去蒙古兵营找谁,他们的主要目的是暗杀我。我本人没有什么刺杀价值,但我是王坚的儿子。那一役,对方召集了一百多人。我们没有你这种身手,最后是王奎背着我回来的,其他人都死了。因为是我私自答应改变路线才中了埋伏,也因为是我带队,所以我负有责任。这十个人里有一个是杨华的师兄,还有一个是峨眉派的高手。但结果就是这样。回来以后,我被罚禁闭一月。"王安节指了指一面墙道,"那边有几个正字,现在看不清了,就是当时我留下来的。说实话,那时候我真想死了算了。最好的几个弟兄因为我的失误死了,而那个出卖我的人,之前也是和我喝酒喝得最猛的人。你明白我的感受吗?"

"我明白。"冉璟轻声道。

"不,你不明白。"王安节轻声道,"那时候我虽然是被人出卖,但毕竟是自己犯了错。我被惩罚是应该的。但你不是。你没有犯任何错误,你只是……"

"运气不好?"冉璟冷笑道。

王安节盯着他一会儿,冉璟嘴巴一扁,他真的很难受。即便只是运气不好,也是他的错。

"这不是你的错。"王安节靠近冉璟慢慢道,然后又重复了一遍,"这不是你的错。是我们让你去卧底的,你尽力了。我们也尽力了。我们没有杀死蒙哥,是他运气太好。不是你我的错。你救了很多人,你真的救了很多人。你救了我,那最后幸存的三十多人都承你的情。老头子虽然没来和你说,但是当他需要你这把剑的时候,你真的起到了作用。你尽力了,冉璟,不要为不受自己控制的事责怪自己。这世上,有些事是真的无法控制的。"

"换了邵文,他就不会这样。他会摸清楚蒙哥的行程!"冉璟哭道。

"邵文死了。"王安节轻声道,"他的确很能干,但是他死了。你不需要成为他,你是冉璟。听着,"他伸手按住冉璟的肩头,哽咽道,"这不是你的错。若一定要论,我有问题,老头子有问题,我们计划这次行动的人都有问题。我们把事情想简单了。"

"不……"冉璟抓住他的胳臂,泪水滚滚而下。

王安节咬牙道:"胜败乃兵家常事。毕竟这不是我们一方的战场。这是我们大宋和蒙古两个国家的战场。我们想赢,他们也想赢啊。他们和我们一样都死了很多人。但是这场仗还要继续,你不能就这么放弃了。如果现在放弃了,钓鱼城就没有了。邵文、唐影、王奎、完颜,他们就白死了。"

冉璟不知该说什么好。

"所有人都很担心,我们需要你的剑。"王安节沉声道,"我们外面的三十个暗桩,如今剩下不到一半。我需要你把他们接回来。我需要你的剑。如果你明白了就站起来,出去拿起你的湛卢,这场仗还要打下去。"

王安节用力推开大门,最后道:"我只会来这里一次,人要靠自己站起来,不能靠别人。没人能做你的拐杖。"

冉璟抬头看着对方,用力抹了一把眼泪。带着泪水的眼睛望向外面的夜色,月色迷离,长夜燥热。外头还有弟兄需要你,这场仗还没打完。冉璟起身来到屋外,外头站着孟鲤、杨华以及一干士兵。

孟鲤狠狠瞪了他一眼,但还是将湛卢递给了他。

冉璟对着众人抱拳施礼,沉声道:"冉璟错了,让诸位担心了!"

王安节道:"最担心的是孟鲤。你以后可别这样了,男人怎么能让心爱的女人担心?"

孟鲤急得白了对方一眼,王安节笑了笑,拄着拐棍慢慢离去,还推开了另两个上来搀扶的士兵。似乎解决了这件事,他的伤势也好了一半。

当人们散去,孟鲤轻轻挽起了冉璟的胳臂。

"让你担心了。"冉璟轻声道。

孟鲤道:"我没有担心,若非时间不等人,我也认为就该多关你两日。"

"我……"冉璟道。

"一个明明什么道理都懂,却还要别人来给你开解的人,有用吗?值得人信任吗?"孟鲤轻声道,"我喜欢的人,不能这样。"

冉璟苦笑道:"我明白。"

"明白了就要做到。"孟鲤认真说,"虽然很难,虽然很难。但眼下的钓鱼城,什么事不难?"

又过了几日,蒙古军在水上五战五捷,吕文德的援军谈不上放弃,但确实已远离了战场。不过从重庆援军出现在嘉陵江上开始,蒙古军就暂停了对钓鱼城的攻击。这几个晚上算是钓鱼城守军最轻松的时间了。

尤其是对钓鱼山上的宋军暗桩来说。城外的暗桩,大多数都潜伏超过一个月,他们所处的地洞通常位于山坡,或者山林的隐蔽之处。宋军事先挖掘了大约有三五丈深的地洞,里面仅能供一个人容身,并且存有一定数量的干粮。

林山是在大雨开始前的日子,悄悄在奇胜门外潜伏下来的。这个地洞的上一个踏白战士,死于传递情报的路上。也许你还记得林山,他就是在新兵营最后那场操演时,和冉璟、杨思飞一起上薄刀岭的两个玄字营弟兄之一。他在新兵营结束后去了中军,后来主动申请出城做暗桩。因为他是合川本地人,有两个兄弟在钓鱼城里当兵，因此忠诚绝对没有问题，更因为踏白暗桩确实缺人，所以王安节就批了他的申请。

林山在地洞里住下后，才意识到这份差事的不易。除了要面对时不时在附近巡逻的敌军，还要与恶劣的生活条件以及寂寞无聊的情绪作斗争。说到恶劣的环境，除了冷暖自知的半露天生活外，饮用水和食物的补给就是一大问题。每三到五天，城内会给他送一次补给，最重要的补给品是淡水。

城内的支援是三个皮囊的淡水，这三袋水要坚持三天到五天。若是实在受不了，他可以自己去外头找水，但那就要冒生命危险了。原本说一个月会换防一次，但林山的暗桩时间早就过了，却没有人来替换他，而他的淡水已断了有两日了。他尝试着外出自己寻找补给，但在他离开地洞的时候，遇到了一次敌兵。除了水囊被射漏了一个外，肩头也中了一箭。之后，他就没有办法再尝试外出了。

有时候他能悄悄观察外头蒙古兵的移动。但即便看到了，他也无法将情报传递出去。而人在地洞中，身体烧得火烫，意识也出现了偏差，慢慢地已经分不清是白天还是黑夜，搞不清自己到底又守着地洞待了多久。

忽然，地洞上方的石头晃动了一下。林山的手指立即扣住了弩机。外头有人长长短短地敲了暗号。是换岗的吗？林山心头一喜，想要推开石块，但是身体已经不允许。外头的人等待了一会儿，发力打开了地洞。

"冉璟……"林山感觉自己被拖出了地洞，昏暗的夜色中，来人有着一张熟悉的面孔。

"没错是我，冉璟。"来人轻声道，"放轻松一点儿，我带你回家。辛苦了。"

林山努力睁开眼睛道："这两日，蒙古兵调动频繁。他们有异动。相信我，他们有异动。但我没办法去查看，没办法……"

冉璟安慰道："我知道了，你放心。我们先回去。你放心。"说着他喂了一口水给对方，将林山扛到了肩上。

奇胜门上，田万牛看着城墙外黢黑的夜色，冉璟正背着一个士兵朝这边跑。他身后并没有追兵，因此脚步并不急迫。田万牛现在对外头的山路已经熟悉极了。但凡百步之内有点儿风吹草动，都逃不过他的眼睛。身边是他最信得过的几个战士，都是一路和他在护国门并肩作战过来的。有时候他也会想，如果顾霆不死在码头，是不是现在也是队长了？而后他们中或许有人会像庹佑那样当上副将。队长也就是个级别略高的士兵，但干到副将就算是真的当官了，那就完全不同了。

但这个世上没有什么如果吧。城下传来冉璟的招呼声，田万牛立即从城垛上抛下一根套索，然后将城下的人奋力拽了上来。

"还顺利？"田万牛看了眼昏迷的汉子，吃惊地问，"哎，怎么是林山？"

冉璟道："是啊。我之前只听说林山要求调去踏白营，但没想到他是去做了暗桩。"

田万牛道:"咱们玄字营都是好样的!"

时至今日,新兵营一起出来的战士已经死伤过半。同样是参与过薄刀岭选拔的陈远已经在镇西门上战死。

"外头的封锁越来越紧了,不过还算顺利吧。我先送他回兵营。"冉璟皱着眉头道,"他昏迷前,说最近城外先锋军调动频繁,怕是有特别的行动,但他没有力量去查看究竟。总之你小心点。"

这几日,他单人独剑游走在钓鱼城的外围,寻找那些孤军奋战许久的踏白暗桩。尽管有些暗桩依然固守着自己的岗位,但更多的则是精疲力竭,甚至有些就无声无息地倒毙在密洞里。之前王安节说外头还有十三个暗桩,经过他几日的查探,活着的只剩有九人。除了三人坚持留守在外头,其余的被他陆续带回。

田万牛道:"因为重庆援军的关系,他们的夜战停了几日,怕是很快又会开始。我会注意的。"

"老大,有空来我这边兵营一次。咱们好好说说话。前两天我见了宋小石,还说起你。"冉璟笑道。

"要得!"田万牛笑道,"我也很想他。自从雨停后就没再见过他。"

这时,杨思飞带队上来换防,见到冉璟背后的林山,眉头轻蹙道:"老林没事吧?"

"没事个锤子!你一个人在外头两个月看看。"田万牛没好气道。

"回去睡几觉应该就没事了。"冉璟道,"老杨你气色不错啊。"

杨思飞笑道:"吃饭,吹牛,站城楼。好久没受伤了,气色当然不错。"

"快别乌鸦嘴!你个龟儿子。"田万牛瞪大了眼睛。

杨思飞道:"老子现在只想再下场大雨,可以舒舒坦坦洗个澡啊。这身上都能养虱子了。"

冉璟听着好笑,跟二人匆匆作别。

杨思飞开始与田万牛正常换防交接。田万牛告知对方,城外敌军有动静。杨思飞表示心里有数。看他嘴上敷衍,田万牛就更不放心,又多叮嘱了好几句,后来见庾佑带着李定北过来巡视城防,他才下城去休息。

李定北登上箭塔瞭望城外,庾佑挨个城垛子检查过去。杨思飞独自在箭塔下,恭敬地候在一旁听命。山下黑茫茫一片,更远处火把闪烁的位置是蒙古人的巡逻队。这个距离从最初五百步,到如今只剩不到两百步,两边都付出了惨重的代价。

李定北晃了一圈,下来箭塔站到杨思飞边上沉默不语。

杨思飞不知李定北在想什么,他担心的是如果这场仗打到七月,蒙古军能不能熬过盛夏。他更担心最后自己要杀多少人……多少自己熟悉的人。前几天有一次白天打盹的时候,杨思飞做了个梦。他梦到蒙古和大宋不再打仗了，蒙哥和王坚坐下来谈判，说从此以后不再为敌。就在他和田万牛、顾霆、宋小石一起喝酒的时候，忽然李德辉出现在酒桌边，说他是蒙古的探子。然后顾霆忽然变得全身是血，指着他说这就是杀他的人。

当时杨思飞带着绝望从梦中惊醒，再没有半点儿获得和平的喜悦。满脸冷汗的他看着周围的人和刀剑，深深庆幸这场战争还没有结束……那时，身边的田万牛丢给他一个水壶，杨思飞喝了几大口后，心怀感激地望着对方，但是同时又忐忑万分。

田万牛给过他许多东西，有时候是护心镜，有时候是砍刀，有时候是拳头。但从没有像那壶水那般让他觉得安宁。杨思飞觉得，田万牛在他心底，越来越像上一场卧底时遇到的队长老耿。那一年的最后，他杀了老耿，这一次呢？

杨思飞已经听说前几日宋军偷袭了石子山，据说他们还带了"雷神"去，但并没有奈何得了怯薛军。他也听说了，好像在很久以前钓鱼城就派人在怯薛军卧底，只是在最后时刻被长空翻了出来。

那家伙没有完成任务啊，卧底那么多年还是功亏一篑。杨思飞心底有种兔死狐悲的感觉。自己会不会也那样？卧底真的能改变战局吗？他原本不算是多愁善感的人，只是听了宋军的事后，难以克制地想到自己。就像在新兵营就暴露的穆云，以及跟随使节团出城，仍旧被杀的灰狼，一个卧底要完成任务太需要运气了。

忽然李定北开口道："就是今夜了。"

杨思飞一怔，没头没脑的这是说什么？李定北摊开手掌，掌心有一枚画着苍鹰的铁币。

"大人……"杨思飞心头巨震，但面容上并无变化。

"长空扶摇九万里。"李定北道。

杨思飞回复暗号道："百战铁甲定中原。"

李定北收起了钱币，低声道："今夜主攻这边，到时候发生什么都不要意外。一旦燎原炮响起，就是行动全面展开之时。"

"属下明白。"杨思飞道。

"你在码头时表现很好。"李定北很满意对方的反应，拍了拍老杨的胳臂道，"长空五羽互不见面，但大人跟我提过你。好好干，别手软。"

杨思飞低声道："绝不手软。"

看着对方的背影，杨思飞脑海里如有千军万马奔驰而过，原来李定北就是铁羽，长空在钓鱼城潜伏最深的暗子。在来钓鱼城之前，他知道李德辉很早就在城内布局，长空五羽里铁羽和暗羽皆在此地，后来加上自己，五羽到了三人。如今李定北露出本相，但他还不清楚暗羽是谁。杨思飞默默笑了起来，果然这仗越打到后头，就越有趣了。

"你笑什么呢？"庹佑来到箭塔。

"只是觉得有点儿好笑，你说我们每天在这里守城，其实大事根本决定不了。我们到底在忙什么？"杨思飞道。

庹佑道："岂止当兵的是这样？即便是大帅也不是什么都能决

定的。你说官家身为天子又决定了什么？他能让鞑子不进攻我们吗？不能。你说鞑子大汗又能决定什么？他能现在下令放弃进攻钓鱼城吗？其实也不能。所以你就别瞎操心了。谁都是身不由己。日他先人，老子的脑壳真是越来越好使了。"

杨思飞苦笑了一下，径自回到箭塔之上。这家伙说得好像没错啊。但如果每个人都是身不由己，那活在世上到底是为了什么？

很快时间过了子时，再过一个时辰，杨思飞就要换防了。他越来越紧张，铁羽既然说了是今夜，那就一定是今夜。他小心望向远方蒙古人的地界，果然那边开始有所行动。

远处箭塔上也有人发现了，道："鞑子有动静！"

杨思飞并不怠慢，高声道："击鼓！火箭亮路！"

十日前的情形再次发生，火箭照亮山路，黑压压的蒙古兵出现在八十步左右的位置。当火箭亮起，蒙古兵在齐横眉和马猛的指挥下发动了冲锋。

今夜之战，先锋军精英尽出，强攻奇胜门。而在他们控制范围内的镇西门和护国门，交给了史天泽的汉军。这一换防进行得悄无声息，而原本就被封锁在城内的宋军根本无从察觉。

田万牛、庞暖等人各自带队冲上城楼。城下蒙古军迅速靠近城墙，两方的弓箭、投石相继响起。

杨思飞沉着脸看着城外。不应该只是这样吧？铁羽说，不论发生什么都不要意外，一定有惊人之举。

庾佑又在那里大叫，说着自己闺女虽然要嫁给田万牛，但是还没有定啊。田万牛那个没良心的还没下聘礼，大家随时可以靠战功压他一头。

边上的士兵们一面哄笑一面大力杀敌，并不觉得今夜与平时有何不同。

突然，田万牛大吼一声："投石！霹雳火！"

众人听闻，纷纷贴墙躲避。轰隆！火红的飞石划破长夜从天而降。奇胜门上的几架床弩被燎原炮准确命中。

蒙古先锋军器械营的阿里抱着胳臂远眺城墙，这他娘的才是战争！他骄傲地仰起头。

几乎在同一时刻，在马鞍山深处的一处地下甬道里。

大约有五百士兵矮身站在地道里，带头的是先锋军都总帅汪德臣和索林。而在甬道外还有五百人，由耶律玉门带领。只要前方的出口打通，将会有源源不断的蒙古士兵出现在钓鱼城内。

先锋军为由谁统领这支地道兵有过争论，大多数人不同意由汪德臣带队。但得知前几日老王坚上了石子山后，汪德臣力排众议，坚定了亲自带队的想法。宋国有王坚身先士卒，难道我们大蒙古无人吗？

进入地道前，汪德臣少见地做了战前动员。要知道平日打钓鱼城已经不需要动员了，几乎每个人都有袍泽死在这里的城墙边，每次冲锋都有人一去不回。大汗已经提过，破城之后必当屠城。军功也好，复仇也好，打钓鱼城已经无需动员。

外头的攻防展开，汪德臣和索林并肩站在地道的最前方，他们带领的皆是百战老卒，脚下泥泞的山泥轻微地颤动。这显示燎原炮已经开始发动。只要那大家伙响动，所有人的注意力都会暂时落在那头。汪德臣默数巨大投石机发动的次数，数到了二十之数后，他深吸一口气，一铁锤砸开了地道尽头最后那层土墙。

索林大步当先闯入钓鱼城。他抬头望向奇胜门的西城墙，己方所处的位置三十丈内没有宋兵的踪迹。远处的那一座箭塔，上头甚至没有值班的哨兵。

"李德辉大人真是算无遗策！"汪德臣也踏足城内，他深深吸了口气，这是钓鱼城里的气息吗？

他背后不断有士兵走出地道，很快外头集结有两百多人。也就在这时，终于有巡逻兵发现了这里的异动，急匆匆地朝这边赶来。

汪德臣指了指前方一东一西两座箭塔，对手下道："分兵两路，索林你带一百人去城门，其余人和我去拿下箭塔。这边一共有三座箭塔，必须全部拿下，占据有利位置。"

"得令！"索林提着两柄弯刀走在最前头，那些巡逻到此的宋兵轻易地就送了性命。

也就这么片刻的时间，更多的士兵从地道里冲了出来。

庞佑在城上看到了城内的异动，心中仿佛翻江倒海一般。该怎么办？这种局面从来没遇到过。他们是怎么进来的？该怎么办？奇胜门七成以上的防御都在城楼上，在内城墙和外城墙之间，可谓一马平川。这他娘的，城里一定有内鬼。

李定北平静的声音出现在他身后道："庹佑，你带杨思飞去城下，务必遏制住那批敌人，并找到对方进来的入口。"

"明白。"庹佑高声道，"杨思飞、田万牛！"

"田万牛留下，我守城还需要人。老庹，我没有太多人可以给你，你带老杨去。"李定北吩咐道，"老田那一身重甲不适合来回奔波，城头上离不开他。"

"没人怎么守大门？格老子的。鞑子一个打我们两个人，还守个锤子。"庹佑一面骂骂咧咧，一面分派兵丁，让庞暖和田万牛继续守城。

李定北经过杨思飞身边，低声道："这是给你建功立业的机会。"

"多谢大人！"杨思飞道。他走下城道时，看了眼田万牛，想起刚到新兵营时初见这个大个子的情景。

"你叫田万牛啊？你家是田太多还是牛太多？"他问。

"他家什么也没有，穷人才取这种名字。"顾霆笑嘻嘻替大个子回答。

杨思飞捶了自己胸口一拳，加速跑下城道。庹佑带着一百五十人，心急火燎地冲向正靠近城门的敌军。杨思飞面目阴沉地拖在最后头。干完这一场不知还有几场。

李定北深吸口气，气定神闲地望向城墙远处的程辉，他并没有派人向中军求援，因此正常情况下背嵬营和中军的反应，会比平日慢上一点。他认识程辉也已很多年，确切地说，他们两个是完全不同的人。程辉是合川的本地人，是当地的望族，因此从出生开始就是人上人。而他呢，作为一个蒙古暗子，走过的路太不一样了。那一路走来的坎坷，从来都没有人可以倾诉，这样的生活，也许只有杨思飞这种人能够理解。但是卧底和卧底之间，是不能多交流的。交流越多，越容易死。

多年以来，李定北的心中一直把攻破钓鱼城作为第一要务，而紧随其后的就是杀了程辉。杀程辉这件事，与交情无关，与喜好无关。李定北摸了摸胡子，作为这个兵营的第一、第二把手，老子想杀你好久了啊。

宋军那么快就有了反应，让索林有些吃惊，但并不畏惧。他两把弯刀舞动刀花，灿烂若银河之水。他身后的蒙古军士，更是留下了遗书的大漠勇士，此时只比谁冲得快，绝不会退缩半步。

两边军士一经接触，高下立分。普通的宋军并非敌人对手，尽管人数上是二对一，但蒙古兵似乎就算是一对三也有余力。宋军拥堵在城门口，拼死御敌。庹佑身上受了三处刀伤，仍旧顶在最前方，早知道是在这里做人墙，就该带田万牛下来。那家伙就是一大面人墙。

索林步步紧逼，宋军很快锐减到百人之内。

杨思飞目光扫向远方，蒙古兵已经占领了两座箭塔，城内小广场上已有五六百蒙古兵。心头大定的同时，他也明白为防夜长梦多，需要立即拿下城门。杨思飞亮出长刀，无声无息地从后方屠戮过去。十多个宋军战士毫无防备地倒在他的刀下。

当士兵们发现问题时，杨思飞已经斩杀二十余人，全身上下散发着修罗般的杀气。庾佑霍然转身，终于看到这个诡异的杀神。

"你……老杨……你……为什么？"庾佑怔道。

杨思飞并不说话，而是发力出刀。庾佑试图闪避，但杨思飞的刀比起平日何止快了两倍。庾佑被一刀劈中胸口，刀锋劈开肋骨将他剖开。

索林很清楚地看到这一幕，带领士兵迅速斩杀了大门前所有的宋军，才凝神望定对方。

周身是血的杨思飞轻声用蒙古语道："长空扶摇九万里。我是灰羽。"

索林笑道："好一个灰羽，我是先锋军都总帅汪德臣麾下千户索林。"

杨思飞望向城上，蒙古兵已经开始登城，不知田万牛如何了。

"打开城门！"索林吩咐道。周围士兵立即行动，他转而问杨思飞道："你准备如何？若要回营，这是个好机会。"

杨思飞道："我还没暴露，所以继续看看。后会有期。"

"小心一点儿，刀箭无眼。"索林心怀敬重道。

杨思飞抱拳道："习惯了。"他把头一低，从阴影里走向城头。其实他也不知回去做什么，难道还要从李定北手上救田万牛吗？

城楼上，因为守城士兵被抽调支援城里，城上的防线变得处处透风。敌军只三次冲锋，就有人登上城墙。而城楼上的箭塔居然无缘无故地全部哑火了。越来越多的蒙古兵从云梯上登城。庞暖被乱箭射死在城垛口，他那队士兵一哄而散。眼看守城军乱了，不知是谁喊了嗓子"城门破了"，马军寨的民兵也开始溃败。

田万牛进入了他的"疯牛"状态，一身八十斤重铁甲的他，长盾加大剑直接封锁了三丈之内的城墙。入伍之后，田万牛试过许多种武器，大刀、长矛、双斧、长斧，长盾配矛，长盾配刀，最后才是这长盾配重剑。依托于他的重甲重剑，身边的宋军能打出多种配合。只是周围的蒙古兵越来越多，他一方面惦记着离开城楼的杨思飞，一面望向远处的李定北。

有二十多个士兵围绕在李定北周围，身为宋兵统领的他正试图向另一边的马军寨寨主程辉靠拢。

这时，先锋军千户马猛带着两个得力猛士冲上了城楼，他虎吼一声道："这次老子上来，就不会再下去了！"

原本就脆弱的宋军防线，这下真的垮了。

边上有军士道："田老大，我们守不住了，那边统领和寨主的主力好像在撤退了。"

另有军士道："队长，我们再不走就晚了。"

田万牛看了眼城下，城门里数不清的蒙古兵正在入城。庾佑、老杨……你们别死啊。田万牛望向远方，援军居然没有动静。这是怎么回事，背鬼营的反应不是向来很快吗？

"我们守了多久？"田万牛纳闷问道。

有士兵道："没多久，敌人也就攻了三轮。"

"走，走！"田万牛咬着牙，带着身边半个小队的人朝李定北那边靠近。

一旦他离开这片城墙，奇胜门就算是彻底失守了……

第十八章
过河的卒子

阴影里，杨思飞看着不断陷入包围，又不断杀出重围的田万牛，强忍住没有加入战团。说实话，他不确定冲上去要做什么。是去援手自己的"兄弟"，还是去帮自己的"蒙古同胞"？与庹佑不同，不到万不得已他不想杀田万牛。但是他也很清楚，没有人、没有事比任务更大。作为一个长空暗子，若是连卧底也不做了，他自己又算什么？

于是，他只是看着田万牛一会儿聚拢一批士兵，一会儿又杀死一队敌人。他退到城间广场的时候，身边只剩下十来人。

李定北得意地看着城墙上发生的一切。身边那三十多个亲信，皆是他这些年来招募的死士。有些是蒙古兵营在战前安排来的战士，有的是这些年在钓鱼城犯错，原本该处死的囚徒。总之，都是功夫过硬且最心腹之人。在转移的过程中，程辉已经落入他的手里。

"程寨主，你若是投降，还能少死不少人。"李定北说。

程辉苦笑道:"我祖祖辈辈都是合川人,怎么可能投降你?不用废话,有死而已。李定北,亏我认识你那么多年,也没看出你的本来面目。"

李定北做了个斩首的手势,笑道:"认识很多年又如何,我们算朋友吗?"

边上士兵一刀斩下了程辉的脑袋。

尽管杀死了程辉,但李定北并不准备放弃卧底的身份,而是退入城内占据一角登高而呼,聚集更多的宋军到身边。他分辨着聚拢来的士兵和将领,考虑着哪些可以立即杀死,哪些需要如何处理。脑子就像算盘一样不断拨动,一件又一件事被他处理完毕。

远方马蹄声响起,李定北有些担心地看着东面的道路,所有的城道都有马道连接,中军先锋孟鲤、冉璟、杨华、杜岚已经驰援到此。汪德臣虽然夺得了两座箭塔,但也因为人数处于劣势,受到了兴戎司中军的围攻。张珏还是厉害,尽管这边没有求援,但中军仍能很快做出反应。

而就在这时,田万牛带着他那些士兵到了。李定北计算了一下,与早就控制了的程辉不同,击杀田万牛可能会付出一定的代价。而他手下这些人,还要留在后面做惊天一击,所以暂时不能冒险。

"万牛你来得正好,奇胜门虽破,但我们还能一战,中军的援兵已经来支援我们了。"说到这里,李定北黯然道,"程辉寨主阵亡,这里暂时只能靠你我了。"

田万牛道:"属下,肝脑涂地在所不惜!"

李定北感叹道:"我手上若是多几个你这样的兵就好了。"

田万牛道:"不知庾佑和杨思飞他们如何了?"

"城门失守,他们怕是凶多吉少。"李定北指了指远处的箭塔道,"老田你看那边三座箭塔,在援军来之前,我们必须至少保下一座。"

田万牛道:"交给我了!"

他们这数百人,立即向箭塔移动。

箭塔那边,汪德臣的队伍被分割成两块,一块是围绕他夺下的箭塔据守的三百人,另一块则是由耶律玉门把守的地道出口。那边源源不断有士兵出来,但是因为孟鲤和冉璟的背鬼营出现,他们仿佛刚出洞的毒蛇被按住了七寸。

杨思飞为大军破城而高兴,但他也很清楚,与钓鱼城中军的争夺才是胜利的关键。接下来该怎么做,是到冉璟身边找机会,还是如何……

看着远处兴戎司中军主力的旗帜,杨思飞忽然明白了李定北派人争夺箭塔的意思,于是满脸正气地加入了箭塔的攻防,很快与宋军会合到一起,但他故意不出现在田万牛以及一干旧部的周围。

李定北目光扫到了杨思飞,心中对这个长空灰羽又多了几分欣赏。这家伙对战场的把握真是敏锐,若是在本部带兵,早就在怯薛军里出人头地了吧。但是身为长空暗子的人,皆有不为人知的过去，有些甚至是辛酸而绝望的，长空五羽个个都是失意人啊。

"田万牛！带一百人去拦截入城的敌人，不能让他们与城内敌兵会合。"李定北忽然高声道。

田万牛左肩的重甲已经破碎，但他仍旧遵从将令，分出一部分人冲向马猛的先锋。这一战也许会死很多人，但是能赢的只有我们大宋。

"盾兵，盾兵，随我集结！"田万牛大吼道。

看我长盾所向，挽我破碎山城！

大批宋军在攻击汪德臣那支精兵的过程中倒下，汪德臣那近三百人的队伍依托背后的箭塔，仿佛钉子一般在宋军潮水般的冲击中纹丝不动。

箭塔上的汪德臣看了眼城门那边，超过千人规模的本方军队已经冲入城中，不用多久就能与自己会师了。但他依旧没有露出喜色，因为在西面和东面的马道上都有宋军骑兵紧急靠近。

看这速度，难说哪边会更快一些。不，因为宋军的增援部队是骑兵，所以他们的速度会更快。远处疾驰而来的的宋军，硕大的军旗上一个浩荡凛然的"王"字，意味着这是王坚亲自来了！

宋兵支援此地是意料之中，却不是最佳选择，此刻奇胜门的城门已被突破，蒙古大军畅通无阻。王坚最佳的选择应该是收拾军队，到内城墙布防，死守内城墙的城门。

汪德臣笑了笑，心想，也许是之前宋军在与蒙古军的作战中还没真正吃过亏，因此产生了一种错觉，认为可以在战场上硬撼自己吧。而他有没有力量在这里斩了王坚呢？若是可以，这场战役就赢定了。汪德臣目光望向李定北那边，今夜出发前，李德辉告诉了他长空铁羽的身份。铁羽在钓鱼城那么多年，想必一定有所布置。那么我就静观其变吧。

"守住阵势，守住阵势。等候索林和马猛的队伍过来会合。依托箭塔守住阵势！"汪德臣大声喊道。

他身边千里挑一的三个弓箭手登上箭塔，箭出如风俯瞰四周。箭矢在一百五十步内，可以说是指哪射哪，并且只射宋军的头目。

李定北看到汪德臣摆出的架势，心领神会地移动己方队伍向王坚的援兵靠拢。这个距离必须好好把握，必须接近战场中心，但又不能太靠近。

杨思飞悄悄与他会合，低声问道："该怎么做？"

"若能将王坚刺杀在这里，那是最佳。但只靠我们这些人有点儿难，却又无法依靠汪德臣，他们帮不到我们。"李定北飞快对手下人道，"好在王坚暂时不清楚我们的身份，我们可以等待时机。现在靠拢过去，你们等我的行动。"

他看来把握很大，是因为王坚身边还有我们的人？杨思飞想到这里，并没有发问。他有些担心，因为刺杀王坚和刺杀普通敌将不同，王坚可是万人敌啊。而且一旦出手，就一点退路也没有了。

李定北似乎看穿了他的念头，轻声道："我们有心算无心，有机会的。而且你看，背嵬军最能打的都不在他边上。而你我本就是过河小卒,从到钓鱼城的那天起就已经没有退路了。不说为了蒙古国,就当为了自己和家人,也必须要搏一搏啊。"

杨思飞苦笑了一下,灰狼和他的想法也是这样的。而他们的家人还在哈拉和林呢,说是长空替他照看,其实也有人质的意思。所以,的确是不可能回头的。

此刻的战场分成了四片。一片是从城门正面突破的索林、马猛正和田万牛那一小队人纠缠在一起。但田万牛他们败退只是时间问题,因为蒙古骑兵已经通过了城门。另一片是孟鲤、冉璟、杨华他们压制的地道入口,由于背嵬营的战士极为强悍,那支蒙古军已经不得不后退到地道口。但对方负隅顽抗,冉璟他们也无法真的消灭对方。

第三片则是王坚靠近的李定北与汪德臣之间的核心战场。更远处西北面还有张珏带领的从出奇门过来的援军,他们正努力布防此地的内城门。

宋军的军服以红色和白色组成,蒙古军的军服则由黑色和褐色组成,两边的战士们绞杀在一处,红色宋军的数量不断减少。

王坚很清楚,外城墙被突破就肯定夺不回了。因为蒙古骑兵将从城门突破进来,外城和内城之间无险可守。但是他不能眼睁睁地看着那些战士尽没此地,这可是里里外外两千宋兵啊。连日作战下来,钓鱼城已经折损了四五千人,将近总兵力的三分之一。若是奇胜门的军队被全歼,整个防御体系就会出现兵力偏差。这绝对不能发生。

望向前方的战场,蒙古兵的动向一目了然。对方竟然是挖通了地道闯入城内。可是自己明明安排了专人监视地道攻城之类的事的。那么问题就在于,负责监控的人出了什么问题?他带来的八百骑兵,是钓鱼城能拿出的所有骑兵了。若是用他们硬撼入城的蒙古骑兵,那无疑是以卵击石。所以即便王坚满腔怒火,此刻也只是准备收拢兵马,带领残部退守内城。

李定北的宋军迅速向王坚靠近,但走到一半却被突破过来的蒙古骑兵咬住。李定北皱了皱眉,他不可能逢人就说自己的身份,所以这样的攻击还是要靠武力来摆脱。但他转念一想,也许这是个机会。他迅速命宋兵列起阵势抵御蒙古骑兵的冲击,败退过来的田万牛趁机与己方大部队会合。

这近五百人的队伍,就这么横在蒙古骑兵和汪德臣之间,等待王坚的援军靠近。王坚一定会过来的,毕竟那老头子来支援的目的就是收拢残部嘛。

"全军提速,援救前面的弟兄!"王坚纵马而出。

背鬼营的崔城以及蔡辕跟随其后,一身精铁铠甲的八百骑兵仿佛飓风般冲入战团。王坚提着破阵刀,一举斩落两名蒙古士兵,将田万牛解救出来。他的战马仿佛暴烈的猛兽左冲右突,宋军顿时士气大振。

两边的宋军迅速会合,结成一个接近一千五百人的战阵。李定北迅速向王坚报告了奇胜门的情况,马军寨寨主程辉战死,副将庹佑战死。如今守在这里的两千宋军只剩下七零八落的几百人。杨思飞见李定北并没有动手的意思，遂也放松了下来。

王坚对奇胜门的将领稍作勉励，接下来蒙古骑兵就出现了。马上的蒙古军和马下的蒙古军俨然是两支军队，骑着战马的索林和马猛，一左一右齐头并进，蒙古弓骑箭雨如风，像切豆腐一样劈开了宋军兵阵。

要想用手边的军士硬撼蒙古骑兵果然不行。王坚看了眼身边的田万牛道："大个子，跟着我掩护我的侧面。蔡辕和崔老掩护大家后撤！"

"大帅放心！"尽管田万牛一身铁甲已经多处破碎，连头盔上的牛角也断了一支，但人仍旧站得仿佛铁塔一般。

王坚点点头，纵马而出杀向敌兵。索林、马猛眼见对方主帅出击，顿时战意大涨地冲杀过来。

两边的骑兵一通绞杀，到处人仰马翻。宋军骑兵毕竟吃了亏。王坚长刀舞了个刀花，极速拉近与敌军千户索林的距离。索林同样催马靠近，但他悄悄将两把弯刀交于左手，右手隐蔽地掏出一条套索。二马迅速靠近，王坚举起了长刀，索林突然抛出套索。王坚拉动战马猛地侧跳了一步，长刀一立劈向敌人的右肩，而套索走了一个空。

破阵刀扫过索林的胸前，索林敏捷地一避，整个人挪出一个位置。长刀只挑开了他的肩甲，索林却惊出一身冷汗。王坚撇了撇嘴，长刀一立将战马切开。索林滚落马下。王坚心里叹了口气，若非身上重伤未愈，刀又怎么会慢了两分。

这时，边上马猛到了，狼牙棒十字插花绞向王坚。王坚双手捧刀连挡五下，对方的连环攻击居然越来越沉，劈得他胸口的旧伤开裂，疼得一手松开。

"老家伙，你不过如此！"马猛大吼一声，狼牙棒带着风雷之意落了下来。

忽然，那破阵长刀居然诡异一转，从右手换到了左手。王坚身子凭空拧转，一刀劈在马猛的腰际，将其斩为两段！而这时，先前落马的索林刚换上一匹马要冲过来，却被田万牛截下。虽然斩杀了马猛，但王坚嘴角挂出一丝血丝。刚才那一招也牵动了伤口，毕竟从石子山上回来还没多少天，而他年纪大了，恢复力远不及冉璟他们年轻人。

王坚原想继续斩杀索林，可已经力不从心。他只得策马后退，并且招呼田万牛后撤。

不等他靠近后撤的中军步兵，李定北和崔城等人就已过来接应。而在王坚身后，索林为首的蒙古骑兵紧追不舍。

远处的冉璟、孟鲤、杨华在压制地道敌军的同时，也要应对城门那边涌过来的敌军。先锋军千户耶律玉门攻守有度，杨华和冉璟两次试图突击斩杀对方都未得手，宋兵一时间寡不敌众。

孟鲤望着那个黑洞洞的地道口，心里焦虑不堪。这样规模的地道没有几个月的努力是不可能打通的,若是挖几个月地道,城里还未曾发现,那只能说这个内鬼的力量极大。毕竟地道战在宋金战争时期,就已经是常规战法。每一次守城,宋军都会优先杜绝敌人挖地道的可能,一定会派专人负责听地音。但是这一次……这个内鬼到底是谁?是程辉,李定北,还是别的什么人?

孟鲤回头看了眼王坚的位置,意识到已经到了全军后撤的时候。她高声道:"要后撤了。不走来不及了!"

冉璟与杨华交换一眼,冉璟高声道:"火雷准备!"

他们身后十余名士兵同时从腰间拿出一枚拳头大小的火雷。与"雷神"不同的是,这些手雷需要手动点火,然后全力抛出。火雷带起隆隆爆炸声,但力量也与"雷神"不可同日而语。饶是如此,两轮火雷投过,靠近过来的蒙古兵亦纷纷后退。

背鬼营的军士迅速向城门靠近,孟鲤忽然一怔,因为她发现"宋军"接应王坚的阵型有些古怪。李定北……

"冉璟,快向大帅靠拢!保护他!"她大声叫道。

冉璟虽然不明白她的意思,但陡然加速掠去,将所有人都甩在了身后。杨华看了孟鲤一眼,也脱离队伍紧随其后。

王坚一面回头看蒙古追兵,一面回身射出两箭。战马跑了几十步,算是回到了己方军中。

"大帅,不曾受伤吧?"李定北小声问道。

"不碍事。"王坚回答。

但他话音未落,边上就有士兵举起了弩机,对着他就是两箭。距离实在太近,王坚只躲过一支箭,另一箭正中胸口。他面色一变,另一侧又有几名士兵射出弩箭。他飞身落马,战马被射翻在地。第二波士兵再次对他举起弩机,这一次田万牛大吼一声,冲上前去舞动长盾挡下了弩箭,自己也中了两箭。

"大个子……"王坚变色道。

身边剑光乍起,李定北举起长剑从后劈向王坚。王坚侧身一刀封住要害。几乎在同时杨思飞也出手了。长刀正面突刺,王坚连封三刀,破阵刀一变斩中杨思飞的左臂,但杨思飞的刀也劈中对方的胸膛。

王坚站立不稳,连连后退。杨思飞冷笑着,立起刀锋当头劈下。

嘭!田万牛不知哪里来的力气,居然平地冲起,一下将杨思飞撞开。经历方才巨变的崔城这才反应过来,上前要给杨思飞一刀,却被对方踢了一个趔趄。

杨思飞转过身,如杀神般转而望向田万牛。既然做了,当然做绝。

"是你……为什么是你?"田万牛难以置信地看着对方道。

"各为其主。"杨思飞道。

"小顾,小顾……"田万牛粗豪的丑脸上满是泪水。

"是我做的。各为其主啊,田万牛。"杨思飞道。

田万牛怒吼一声,如疯牛般冲上前去。但杨思飞只是灵巧一闪,就一刀斩在他后背上。田万牛却不管不顾地用巨盾砸向他的脑袋,竟然把他的刀硬生生扛下。

杨思飞中了一盾,踉跄两步半跪在地。田万牛举剑上前,杨思飞如同轻羽般飘舞而起,一刀刺向田万牛的胸口。

叮!正中护心镜上。田万牛深吸口气,后退几步重新望定对方。

这两人纠缠的时候,李定北继续向王坚出剑,王坚奋力抵挡几招后,李定北的那些死士已经重新装好了弩箭。李定北一剑击落了破阵刀。

王坚眼中第一次闪过绝望之色,叱咤战场四十年,难道要折在这里?他瞪着李定北,想到这几年和对方的一些谈话,是真的什么也没看出来。他并没有问对方为什么做汉奸,但是……这次真的有点儿窝囊啊。

李定北也没有多说废话,周围士兵同时将弩机击发,十余道弩箭飞射而出。突然一道黑色的寒芒闪过夜空,冉璟的湛卢剑连续闪耀,仿佛飞龙在天般扫落所有弩箭!

"要动大帅,先过我这关!"冉璟看了眼战场,发现田万牛和杨思飞竟然在对峙,不禁目光收缩。

李定北看出对方分心,立即上前一步,长剑浩荡而出。两人长剑交击六七下,李定北被一剑划破右腿。他吃惊地看着对方,只听说冉璟剑法通神,但他向来自视甚高,一直不以为意。他在钓鱼城那么多年隐藏武艺，当真要施展时，却还是敌不过对方吗？

边上王坚的士兵已经赶到现场，与李定北那三十多名军士展开乱战。

崔城大声道："李定北交给我！冉璟你去帮大牛！"

冉璟扫了眼边上的田万牛，田万牛连中五刀，加上连场作战造成的各种箭伤刀伤，整个就是个血人。可即便如此，田万牛还是强撑着一口气没有倒下！

"就凭你吗？"李定北冷笑道。

这时杨华也掠到此地，沉声道："崔老，你和大帅先走。李定北交给我。"

见杨华到来，冉璟放心地冲向杨思飞。

"不用问为什么，你也做过暗子。"杨思飞看着漆黑的湛卢剑道。

冉璟寒声道："我只想杀了你。"

两人刀剑并举杀在一处，短短的时间里就互拼了二十余招。冉璟吃惊地发现，杨思飞的刀法居然和赵阿哥潘同出一源，武艺比之前显露的高出不止一筹。这怎么可能？

"我早就想与你一较高下了。"杨思飞咬牙道。

冉璟冷笑道："你以为自己是赵阿哥潘？"

这两人一动手，就没人能把他们分开。边上李定北和杨华也战在一处。杨华的枪为长兵，一旦舞动，李定北根本无法近身。但李定北似乎另有想法，只用严密的剑术处于守势。杨华仓促间也奈何对方不得。

这时，崔城扶住王坚，而即将冲到面前的蒙古骑兵，被斜刺里杀出的孟鲤他们挡住。崔城又看了看远方的城门，张珏也派了人马出城支援。

崔城将破阵刀挂在自己的马上，沉声道："大帅上我的马，你绝不能出事。这里交给冉璟他们。"

王坚又吐出一口鲜血，知道不能再逞强，于是扶着崔城翻身上马……

也就在这时候，他忽然感觉到一丝不安……

崔城左手探出一把利刃，猛地刺入王坚的软肋。王坚侧身一把攥住对方的手臂，那把刀再也不能推进半分。崔城深吸口气，二次用力。王坚却是大吼一声，要将他整个人摔将出去。崔城闷哼一声拔出短刀，两人角力，王坚被他按倒在地。

崔城笑道："王坚，这一刻我等了十年了。记住，杀你的人是长空暗羽。"

王坚说不出话，眼看着短刀逼近眉心。危急时刻，田万牛再次冲了过来，一把抱住了崔城！崔城翻转手腕连捅田万牛数刀，但田万牛还是不松手。而这时，拼死一搏的王坚抽出了战马上的长刀。

崔城大惊，大吼道："李定北！"

李定北无能为力，反而因为他的大吼，被杨华刺了一枪。由于他之前就中了冉璟一剑，挨了这枪之后，心中顿时生出恐惧。

王坚双手举刀，奋力斩向崔城的头颅，将那老家伙的人头斩落。

　　而在崔城死后，田万牛也轰然倒下。

　　"大个子，大个子！"王坚喊了两声，但田万牛已经失去了生命。王坚狂怒地冲向李定北。

　　李定北面色陡变，转身就跑。杨华从后一枪贯穿他的身体将其挑起，将他甩到王坚的近前。

　　"有话说吗？"王坚刀锋一立，问道。

　　李定北傲然道："我已破城，只可惜没能杀了你。"

　　"破城？哪有那么容易？"王坚一刀斩下第二颗人头。

　　杨思飞与冉璟已经交手到五十多招，依旧刀风井然，未露败相。但他余光发现战场的变化，不由心头大急。但冉璟也同样皱眉，因为孟鲤那边已经顶不住蒙古骑兵的冲击，必须速战速决。

　　两人的刀锋和剑刃交织出阵阵火星，冉璟大吼一声，人如雄鹰扑下。杨思飞侧身一刀接过，刀锋却被劈断！

　　就在这时，远处一个套索卷向冉璟。冉璟猝不及防，被套住了左臂。

　　索林狞笑一声，策马冲起。冉璟被拖在地上连滚十多步，满地灰尘中湛卢剑划断绳索。他再起身时，杨思飞已不见踪影。

　　汪德臣带着蒙古兵从箭塔冲来，地道处耶律玉门和索林会师，一时间四面八方都是敌人。

　　"孟鲤、冉璟！后撤！"张珏骑着战马冲出内城，站在高处大声叫道。

冉璟等人咬着牙，只能后撤。他和杨华一起抬起田万牛的尸体，跌跌撞撞地撤回内城。这一战，王坚原本想用中军精锐救下奇胜门的守军，却因为战事激烈而受到很大的损失，在奇胜门前后折损了两千的战力。

内城的城墙并不高大，汪德臣踌躇满志地看着远方城楼上的宋军，沉声道："一鼓作气！攻城！"

索林亲自吹响号角，耶律玉门和齐横眉的队伍同时出现在城墙下，数十架云梯在城下汇集。

就在他们靠近城墙接近五十步的时候，突然从城墙后飞出无数的投石！带着火焰的投石密集地向着攻城军飞来。而城楼上更是挂起了硕大肃穆的"精忠报国"旗！这面大旗覆盖了城楼的楼顶，不论多远那苍劲的大字都清晰可见。

传说这面大旗是有妖法的。齐横眉挠了挠头，这世上真有妖法吗？如果有，我们哈拉顿泰萨满一定也有。

汪德臣眯着眼睛望向天空，天上的北斗星肃杀高悬。他沉声道："我要看看他们到底有多少投石，就是今夜！索林、齐横眉、耶律玉门，你们轮番攻城！不计代价！"

索林和齐横眉互望一眼，躬身道："鸣咪！"

铺天盖地的蒙古兵一次又一次地冲向城门。城上的弓箭和投石也在一次次的消耗中，变得有些疲软！

差不多了，倒是便宜了耶律，这次轮到他了。齐横眉和索林对耶律玉门点了点头。耶律玉门点起之前与他从地道一路冲杀过来的士兵，再次组成敢死队冲向城门！

索林看着这一幕心想，若是马猛活着，或许那家伙更适合干这个吧。

齐横眉击鼓，索林吹响号角，士兵们长兵击地。耶律玉门带着近千人的敢死队，大步流星地冲向城楼。就在他们靠近到城墙二十步左右的时候，突然从城墙上投下了数十枚西瓜大小的铁球。

轰隆……隆……隆……沉闷的爆炸声远远传开。

进攻的千人队一片狂呼惨叫，满地的残肢断臂。只有不到四分之一的人往回跑。

"'雷神'……"汪德臣怔怔地看着前方巍然不动的黑沉城墙，耶律玉门连全尸也没留下。

附近三个城门都听到了这边的响动，已经登上奇胜门督战的蒙哥更是眼角一阵抽动。钓鱼城里到底有多少"雷神"……

张珏手扶城垛，目光冰冷地望着城下，身后的"雷神"投手随时等待他第二轮命令。

山风吹过，战场的血腥味起伏不定。汪德臣握紧拳头，全身被冷汗湿透。想着不久前自己说的"不计代价"，自己真能不计代价吗？

几乎所有的攻城军都愣在原地，索林、齐横眉数十名千户百户，从没见过眼前的情景。

片刻过后,有士兵红着眼睛再次冲向城墙,试图再次攻城!

汪德臣急忙大吼道:"暂缓攻击,暂缓攻击!"

眼见敌军缓缓后退,张珏终于松了口气。敌人若执意进攻,他当然还可以继续使用"雷神",但是能用几次呢?好在汪德臣做了一个正常人都会做的决定,也让钓鱼城缓过了这口气。张珏忽然笑了笑,老汪你不行啊。

第十九章
一切皆有天命

尽管当晚这最后一次攻击出现了巨大的损失,但是对蒙古国来说,此次地道攻击绝对是价值连城。虽然奇胜门只是钓鱼城八座城门之一,但是他们并不需要突破所有八道大门。在占领奇胜门后,蒙古军团距离拿下钓鱼城只有这一道并不宏伟的内城墙了。

蒙哥因为夺门成功,当夜就赏赐汪德臣五百金、李德辉两百金。并吩咐先锋军在奇胜门里的马鞍山建立营地,随时准备夺下内城。

"你有什么计划呢?"蒙哥喝了一口马奶酒,微笑问道。

汪德臣道:"臣下商量了一下,强攻当然可以,这样的城墙我们一定能攻克。只是不知对方那火器到底有多少,若是还有许多,怕是要死许多战士。"

蒙哥望向李德辉道:"你觉得他们有多少'雷神'?"

李德辉道:"应该不多,但是之前确实并没有个准确的数字。我猜测不多,是因为若是这种东西他们储备充足,那当然会大规模使用,而我们根本无从抵挡。既然他们没有大规模拿出来用,自然是数量不多。"

"几百枚是有可能的。"汪德臣说。

"保守一点,是可能会有。"李德辉说。

蒙哥皱眉道:"会超过千枚吗?"

"不可能。若是他储备超过千枚之数,上石子山的时候,就该带个一百颗。"李德辉小心地回答。

"有道理。"蒙哥点了点头,笑道,"德臣,听你的意思,不想强攻?难道还有什么好办法?"

汪德臣道:"即便钓鱼城的'雷神'只有一百枚,他分批次丢出来,也可能让我们损失数千人。加上攻城的正常代价,怕是还要损失五千之数。这个代价我们付得起,但是微臣以为,应该再试试看招降。"

"招降?"蒙哥怔道,"王坚不会答应的。"

"我认为能招降的理由有两个。"汪德臣笑了笑道,"首先王坚之前不同意,是因为他以为可以与我们一战。但是如今他的外城已被我军突破,再次证明这世上没有我们蒙古大军攻不下的坚城。而王坚在之前的战斗里连番受伤,虽然很幸运地避免了致命一击,如今也该卧床不起了。现今城内主事的可能是都统制张珏。"

"张珏也不是什么好说话的人。"蒙哥道。

"但既然换人了,就值得试一试。"汪德臣稍作停顿道,"因为我有很重要的第二个理由,那就是哈拉顿泰萨满的预言。预言里说,钓鱼城会下连日大雨,大雨已经下过了。预言里说,我们的攻击会持续数月,如今已有半年之久。预言还说,钓鱼城的守将会投降。我想把这句话验证出来。"

"是啊,那个预言。那个预言还说会有大将战死。"蒙哥喝了一大口马奶酒,轻轻叹了口气。

汪德臣道:"我们已有多名千户以上的战将战死,也算是应了预言。所以就差这最后一步了。臣愿意去试试。"

"你亲自去劝降?"蒙哥皱起眉头。

汪德成看了眼李德辉道:"我不进城,不会有事的。若是成功,两边都能少死很多人。李大人也同意我的做法。"

李德辉轻声道:"是的,长生天是仁慈的,值得一试。也能听一下钓鱼城内部的声音。我相信钓鱼城并非铁板一块,上次杀晋国宝的时候,他们就有不小的争议。"

"那就试试,可如果对方直接朝你丢一颗'雷神'过来怎么办?"蒙哥笑道。

汪德臣道:"'雷神'的投掷距离不到五十步。我站在七十步左右的位置,而且我们驾驭战车,竖起盾牌,应该没有问题。"

蒙哥想了想,点头答应。

护国寺门前的灵棚,几个月来就没有断过。今夜为了奇胜门的死难将士,钓鱼城的百姓和军士们再次自发前来祭奠。

冉璟给田万牛上好香后,默不作声。说来奇怪,他心里对杨思飞的恨意，远不及对田万牛等死难弟兄的思念。他甚至想给杨思飞也立个牌位，因为作为宋军士兵的杨思飞死在今夜，那个离开钓鱼城回到蒙古兵营的家伙，是另一个和他们无关的人。

瓦罐难免井上破，大将军难免阵前亡。这一战死了那么多人，但事情还没有结束，蒙古人围城不知还要围多久。

王坚祭拜好阵亡将士，就回帅府静养，暂时将外面的事全部交于张珏负责。一如他去石子山之前说的，钓鱼城的大小事宜早就是张珏在掌控，缺了他一个并不是问题。

田万牛的死，让老头子觉得很是遗憾。他与那大个子之前并不熟，此人却为自己不顾生死。那个神将般的汉子若是活过这场战役，一定会变得非常了不起吧。可惜，自古以来厉害的武将未必能活到最后。好在既然一战揭出了长空营在钓鱼城里的所有卧底，这一仗就算不亏。想到这里，王坚忽然叹了口气，当夜经历宝钟寺突袭后的蒙哥，是否也是如此的想法？

王安节过来探望他，这对父子如今都失去了作战的能力。

王坚苦笑着取出一套茶具，低声道："很久没有闲下来饮两杯了。坐吧。"

"能闲下来吗？"王安节反问。

王坚道："眼前只剩下一盘残局，我一个老将还能做什么？让张珏去操心吧。"

"好，那就我来沏茶。"王安节笑了笑，取水煮茶。

"那一年你出去办事，结果遇到伏击。我们到今天才知道，原来幕后是崔城啊。"王坚按着肋部的刀口，低声道，"长空暗羽，真了不起。日他先人，敢捅老子。"

王安节扬了扬眉道："还想不想喝茶？别损我心境。"

王坚对儿子拱了拱手，将桌案上的破阵刀收起来，认认真真摆好茶具。

在一轮祭拜过后，由于如今钓鱼城人手不足，大多数的士兵都回去了岗位。灵牌前，冉璟和宋小石相对而坐，从新兵棚走出的五人，如今只剩下他们两个。还没出新兵营时，冉璟就去了踏白营；而宋小石因为后来在器械营，平日里与众人接触最少。所以说实话，兵棚里五人，田万牛、顾霆、杨思飞三人走得最近，关系最好。

"杨思飞个龟儿子。"宋小石沉默半晌又是一拳砸在地上，拳头都砸出了血痕，"你说为什么会发生这种事？那家伙居然是对面的探子。每天吃喝拉撒睡在一起，我们为何看不出来？那时候顾霆一定也是这家伙杀的，那时候老牛还感谢他。可今天……"

冉璟摇了摇头，并不说话。他很清楚这事与兵营所有人都没关系。一定要说，只能说杨思飞那家伙太狡猾，隐藏得太深。杨思飞和邵文一样，是个隐藏极深的老探子，不管他们卧底去哪里，都叫人防不胜防。此刻他们纠结杨思飞的事，另一边孟鲤他们则对崔城是长空暗羽一事无法接受。打仗这种事，你谋划别人，别人也谋划你。

"你能不能答应我一件事？"宋小石说。

冉璟道："你说。"

宋小石道："我知你一身剑术通神，若是有机会，能不能在两军阵前斩了羊屎飞？"

冉璟低声道："就怕未必再遇得到。"

"有没有可能潜入敌营杀了他？我咽不下这口气！"宋小石恨声道。

冉璟皱眉看着对方，慢慢道："不好找。"

"真不甘心。格老子，咽不下这口气。"宋小石说，他发现冉璟变得和从前不同，话没有之前一半多。不禁心里有些气，冷笑道："你回我一句'试试看'又能如何？偏要跟我说做不到。若我有你的湛卢剑，一定去找那家伙。"

冉璟却是经历过之前石子山之役，明白在敌营找人杀人，绝不是说的那么轻描淡写。所以只是不置可否地点了点头，他已经不再轻许诺言。

这时，不远处有人招呼宋小石回兵营。

宋小石板着脸对着田万牛的灵牌轻声祈祷："老大、小顾，你们在天之灵保佑，保佑我的投石弹无虚发，直接命中杨思飞那个龟儿子，替你们报仇！"

宋小石急急忙忙地回到奇胜门内城，那边正连夜加固投石阵地。九架投石机以山字阵排开，台下的底座由原来的箭塔改造，一座座都高过城墙。正与张珏交谈的唐长弓抬手将宋小石叫到身边。

唐长弓道："一会儿你负责把每台投石的位置调整好,然后把你之前跟我说的想法告诉都统制。"

"就是'雷神'?"宋小石问。见对方点了点头,宋小石连忙道:"我就想知道,如果'雷神'那么厉害,能不能把它放在火石里,直接抛出去呢?我们的投石最远可以打两百五十步甚至三百步,那样可以一下炸开汪德臣的中军。"

"'雷神'的火药不容易触发,我们想过你说的办法,但是效果不好。"张珏回答。

"会多不好?"宋小石问。

张珏道:"如果触发了再抛出,距离较远的话,可能会在半空中就炸开。若是改为抛出后落地击发,则有可能会不炸。若是不炸,这东西落在蒙古人手里,就不太好。所以我们没有冒险尝试。"

宋小石沉默了一下,有些惋惜道:"我还以为自己想出了什么好点子。主要是之前我从没见过像'雷神'那么大威力的东西。"

"去忙吧。"唐长弓让他退下。

张珏轻声道:"他想法是不错。但除了蒙哥外,没有其他目标值得我们冒暴露'雷神'火药配方的险。"

"我以为,汪德臣就值得我们试试看。"唐长弓轻轻叹了口气。

"不，'雷神'数量不多了。不能浪费。"张珏道，"之前为了用雷霆一击迫敌人停止进攻，我已经破例了。我们最多还能用几次？两次，三次？"

"还有六十九枚，省着点，还能用三次。"唐长弓说。

张珏道："我要想一想该怎么用。也许你说得对，汪德臣、史天泽这种也有资格。"

他站在投石机的位置远眺城外，蒙古人已经把兵营建在城中广场，点点营火照亮外城墙。除了奇胜门的高大城墙外，在马鞍山上同样也能眺望城内，这可不是什么好事情。

"内城墙这边要加一道影墙，安置好箭孔。之后城里也要有所安排。"张珏小声道，"之前虽然有些布置，但进度太慢，要抓紧。"

唐长弓苦笑道："哪里来那么多劳力啊？我们已经又拉了一千男丁到兵营，这些瓜娃子都没时间训练。上城楼基本就是垫刀头当箭靶的。"

"是有点儿麻烦。好在其他门还算稳固。"张珏摸着鼻子，谁都知道必须要出奇制胜，但到底该怎么做？

蒙古大营，杨思飞的临时营帐。

杨思飞和李德辉对坐而饮。蒙古兵营并不禁酒，但酒后闹事的刑罚极重。因此普通的情况下，连同那些千户、万户在内的高级将领也很少放开喝酒。今日因为杨思飞的回归，李德辉给他安排了"还魂酒"。这场酒喝过,他就要彻底忘记"杨思飞"这个身份,回归本名伊特格勒。

酒桌上还摆着两个酒碗,分别是留给暗羽和铁羽的。

李德辉道:"这次任务时间不长,但想必压力极大。不过任务算是达成了,之前承诺你的事,我一定会安排好。燕京郊外一处百亩农庄,和燕京东市的三家店铺都会归入你的名下。你在哈拉和林的妻儿会送去燕京与你团圆。之后,你不用再出任务,就负责在燕京执掌长空营的情报吧。"

"谢大人!"杨思飞抱拳道。

"不客气,赏罚分明嘛,大汗是公平的。"李德辉轻声说。

"铁羽和暗羽……"杨思飞问。

"他们是战死殉国,之前答应他们的事也会兑现。只是本人享受不到富贵了。"李德辉慢慢道,"我对你暂时没有安排,你本就不属于任何一支部队,所以接下来的攻城战无须参与了。想必你也很疲惫,好好休息一下吧。"

"谢谢!"杨思飞并不想知道暗羽他们的要求是什么。那些卧底了十年左右的暗子,谁背后没有一个痛苦的故事呢?至于攻城战,他脑海里还有冉璟那杀意疯狂的眼神,绝不应该再去冒险了。

李德辉端起酒杯,低声道:"关于钓鱼城,你还有什么情报可以说吗?"

杨思飞道:"城里还有自己人吗?"

"你知道规矩。"李德辉笑道。

杨思飞笑了笑道:"其实没什么好说的。若一定要说,也是你早就知道的事。"

"你说我听。"李德辉笑道。

杨思飞道:"钓鱼城里指挥打仗的是张珏,王坚重伤对其影响不大。当然如果王坚当时被杀了,那自然是重大战果,但他只是伤了,就没有太大意义。然后城里的'雷神'应该不多,它威力固然惊人,但数量决不会多。"

"还有吗?"李德辉问。

杨思飞道:"冉璟,就是那个冒充白狼的剑客,此人身手太好,若给他十年,怕是天下没人是他的对手。若有可能,派人杀之。"

"十年?"李德辉笑道,"十年太久,没人知道那时候的事。但若我们有机会,一定杀了他。"

杨思飞想了想,慢慢道:"也许你可以留点儿人在我身边,他会来杀我的。"

"入营刺杀吗?"李德辉皱起眉头。

杨思飞道:"宋军连大汗都敢行刺,没有什么是他们不敢的。"

李德辉笑道:"我不觉得你的命,值得他们冒这个险。但我会在你的营帐外布置一点儿人手。"

杨思飞点了点头道:"别的就没有了。"

李德辉敬了对方一杯，轻声道："你让我军少死了很多人，大汗让我代他敬你一杯。他说伊特格勒人如其名，值得信任。有大汗这句话，你日后的前程不可限量。"

杨思飞赶忙跪下道："不敢，属下惶恐。能破奇胜门，铁羽的功劳最大。"

李德辉看着对方喝下水酒。眼前这个长空灰羽，当年也是功臣出身，只是家族卷入了汗位之争，才沦落到必须做长空暗子。不过时至今日，也算是熬过来了吧。想到这里，他轻声道："做暗子不容易，小卒过河后，能返营的更少。伊特格勒，我很高兴。今夜就陪你醉过一场。"

杨思飞回到座位，笑嘻嘻地替对方满上酒。只是他根本无法跟对方说，只要一闭上眼睛，就能看到那些在钓鱼城杀死的弟兄的脸。要做回蒙古人，可不容易啊！

一将功成万骨枯。汪德臣统兵数十年，一早就明白这个道理。那么多年的戎马生涯，见惯了生死。那些本该在草原牧马的青年儿郎，一批又一批地死在各地的战场。他们的生命里唯有腥风血雨，从不见什么莺飞草长。你要攻城，人家就要守城。人家要守城，我就会屠城。你杀我，我杀你。这就是战争真实而残酷的样子。

汪德臣并不为此感到不妥。但是前夜的"雷神"，让他心底生出恐怖。

数月的征战，先锋军已经折损了四五千人。昨夜"雷神"的雷霆一击,让近千士卒灰飞烟灭,使得本方的死伤人数超过了六千。若是对方手里还有百多枚这样的火器,折损的数字还要急剧上升。再多死三千人?再多死五六千人?先锋军定会元气大伤。即便打下钓鱼城,赢了这一战,那意义何在?

少死一些人总是好的。此刻的汪德臣心里,一点儿也没有打下奇胜门的踌躇满志。他不禁开始认同大战开始前李德辉的说法,能少死一些战士总是好的。

"大帅,即便要去劝降,也不是一定要你去啊。"齐横眉琢磨了一个晚上,还是不认同汪德臣亲自前往的想法。

索林笑道:"咱们选两个嗓门大的兵头,站在城下一通喊。如果对方不听也就罢了。我是不信王坚会投降的。"

汪德臣则略带萧索地看着营帐里的齐横眉和索林,就这一场战役,四大千户就折了两位,不禁让人越发担心此战打完会是什么境况。

"劝降也得有诚意,我诚心待之,应当无碍。"汪德臣笑道,"何况我又不进城。隔着三十丈的距离,他就算把那'雷神'丢出来,也炸不到我的啊。至于冷箭什么的,就更不用担心了。但若是我能亲自在城下劝降,即便王坚不投降,也能动摇宋人军心,提升我方士气。"

索林皱眉道:"那就由我陪大帅前往!定能护得大帅周全。"

"是啊,这样我们才放心。"齐横眉也说。他很清楚汪德臣在担心什么。在他看来之前最好的战略是绕过钓鱼城不打,而今最好的结局是钓鱼城能投降。至于夺城后是否屠城,拿下钓鱼城后如何处置百姓和敌将,反而是次要的问题。

"下面的人怎么说?"汪德臣问。

"当然有人希望破城后屠城的,但是大多数人如今只想快点儿结束吧。"齐横眉轻声道,"至少我这边是这样。昨晚那东西太要命。"

汪德臣点了点头,带着二人走向钓鱼城。

这一大清早,下过一场小雨后,钓鱼城恢复了晴朗。城门前的土地在昨夜的战事过后,变得坑坑洼洼的,早晨的小雨使得地面上到处都是小水坑。

城上守军远远看到一队蒙古战士踩着水坑靠近城墙。一身威武铠甲的汪德臣站在一辆冲车上,这冲车经过改造,差不多算是一个两丈高、三尺宽的小平台。汪德臣用力高声向城内喊话,要求让王坚或者张珏前来对话。

城楼上的张珏嘴角挂着冷笑,这种时候来劝降也算是个策略,只可惜大帅和我都不是什么投降将军。他并不急着搭理对方,只是慢悠悠地巡视城防,看这汪德臣能闹出什么花样来。

汪德臣没想到城里对自己不理不睬,原以为怎么也得有人来和他对话一下。于是他开始向士兵喊话,说他们围城已有数月,之后还要再围很久。而且越战到后面,守城就会越困难。水源、食物,都会慢慢不足。大蒙古国素来对抵抗的城池以屠城为惩戒。城内的士兵多数都是合川本地人，不为自己也要为家人着想。一旦城破，而且一定会城破，城内的军民玉石俱焚。他今天过来就是为了拯救大家于水火，只要投降，他汪德臣以先锋军都总帅的名誉担保，一定护住城里的军民。从将领到士兵，从官员到百姓，既往不咎！

张珏听对方这么说，不由笑着叫来背鬼军的杜岚，让他准备一些面饼、活鱼来，然后走向后方的投石台。

"小石，你能瞄到那个汪德臣吗？"张珏问。

宋小石道："能瞄准那架冲车，但人是活的，我砸过去他会躲的嘛。"

"这你不用操心，等我前面摇旗子，你就给他一下。"张珏笑道。

唐长弓道："这个不太好吧？对方在劝降，我们……"

张珏横了对方一眼，笑道："这有什么不好？两国交兵，我们连晋国宝都杀了。若他以为能平安无事地在我们城门口叫嚣，难道不是他蠢？"

"对啊，昨晚他们连地道战那种不要脸的打法都用了，我砸他一下怎么了？"宋小石帮腔道。

张珏眨了眨眼睛，地道战是常规战法，并不是什么不要脸的打法。但对一个战士不用解释那么多。"总之，你们准备一下，务必让他喝一壶。老唐，你要不多准备一架投石，咱们砸他两下？"

唐长弓皱着眉，但还是答应下来。张珏这才慢悠悠地走回城门。那边汪德臣喝了点水,由身边的索林继续劝降,说的内容无非是之前那些,只是换了更严厉的措辞。如此反复两遍之后,汪德臣才再次上台说话。这次他讲了宋军其他地方投降献城将领的待遇。

"我知你们在担心先前杀我使者晋国宝的事。不用担心,这种事并非没有先例。还记得你们大获城的杨大渊吗?他之前也杀了我们的使者王仲,但他后来还是率众献城了!是我劝谏大汗保住了他的性命。不仅仅保住了他的性命,还让他继续带兵,在蓬州,在广安,我们一起建功立业!如今他已是独当一面带甲数万的一方重臣!杨大渊绝不会后悔之前信了我……"

"汪德臣!"这时张珏出声打断了对方,"我是兴戎司都统制张珏!你若是举别人的例子,也就由得你;可既然说了杨大渊,你可知杨大渊在蜀地百姓心里是个什么东西?"

"百姓只会感激让他们活下来的人!"汪德臣大声道,"他们支持你们守城,是以为一旦城池失守,他们会死。可是他们若是知道只要献出城池,他们依然可以活命,你看他们是否愿意冒着屠城的危险为你们打仗?"

"人生于天地间,与牲畜不同。就是因为我们知廉耻,明忠义。"张珏高声道,"我们是大宋的百姓,是大宋的军臣,自然不会投降你们蒙古人。杨大渊为蒙哥做事,屠戮川中,做出无父无母之事,此生难入他杨家宗祠,即便换得了荣华富贵那又如何?他的名字,在老百姓心里已是与牲畜没有区别。街市上甚至出了用他名字命名的食物,可见百姓恨他入骨!我钓鱼城军民绝不可能与其同流合污!再者!你先前说,围城日久,城里粮草终将无以为继?你来看!"

张珏命人抬上两大箩筐的食物,一筐是白面做的大饼,一筐是鲜美的活鱼。士兵们将大饼和活鱼倒下城去。张珏又道:"我城里兵精粮足,水有大天池之水,粮则存粮满仓,足可使用十年!倒是你们,你们北地之兵来我蜀地,水土不服,疫疾丛生。汪德臣,不用废话了。若要攻城,就放手来攻!我堂堂大宋儿郎,绝不会对蒙哥卑躬屈膝!前几日我们在石子山,险些摘下他的人头。待得再过几日,我们再去一次。倒要看看此场战役谁会笑到最后!"

汪德臣还想说些什么,张珏手指在身后一摆,杜岚立即挥动红旗。城里的投石台上,早做好准备的唐长弓命令三架投石同时发动。

嘭!巨大的投石从城内飞向城外空地。汪德臣看着那飞石的轨迹面色微变,与索林先后跃下冲车的木台。但那投石仿佛算准了他的撤退路线。最早的一块落在冲车上,将那平台砸得稀烂。另一块投石压在冲车后两丈的位置,正是汪德臣落地的方位。

汪德臣很不巧地踩在地面的水洼里,靴子一歪整个人扭了一下。而那飞石追着他砸落下来!

"大帅小心啊!"索林大叫,他只来得及用盾牌挡了一下。

可是那硕大的飞石从天而降力量奇大,虽然偏离了一点,仍旧砸中了目标,直接将汪德臣拦腰压在地上。

身边的蒙古士卒一阵手忙脚乱才将汪德臣身上的石头搬开，将其救回了大营。与之形成鲜明对照的是，钓鱼城上的宋兵大声欢呼！尤其是宋小石和唐长弓，眼见命中目标，更是拥抱在一起。

叫你不死也得脱层皮。张珏展开笑颜，回身望向投石阵地，能够投那么准的话，也许还能多用用他们。

这时，杜岚上前禀告，说钓鱼城的一些乡绅和商贾求见，似乎是对蒙古大军有些担心。张珏的笑容随之淡去。他明白外城被突破后，百姓自然会生出不同的想法，只是没想到这种人来得那么快。但张珏并不认为那些人能翻天。毕竟这座钓鱼城从诞生之日起，就是一座军城。那些贪生怕死的人的想法，仅仅只能是一个想法吧。

先锋军的军医紧急查看了汪德臣的伤势，发现他不仅是腰骨折断，内脏也受到了重创。他犹豫了几下，小声对齐横眉解释了情况，表示他作为一个小小的军医真是无能为力。眼下这个伤势，怕只有八思巴大师才能有办法。

齐横眉与索林商量了一下，由齐横眉送汪德臣回喊天堡，由索林去水寨请八思巴。这样的局面，是两人之前未曾想到的。齐横眉一路护送汪德臣，心里想起很多往事。十五年前汪德臣与余玠大战于运山，激战之时战马被飞石命中，汪德臣死里逃生，但那一役里他的弟弟汪直臣战死了⋯⋯

也许这一次还能像上次一样？是的，大帅向来福大命大，定能安然渡过。齐横眉眉头稍展,又想着从昨夜开始发生的那些事,心里忽然莫名一阵惊悚。哈拉顿泰萨满说此战会折损一名大将,难不成会应在都总帅的身上?远方的山风呼啸而过,齐横眉的心也越发萧索,草原大漠的风和这里是不一样的,钓鱼城距离家乡实在太远了。

昏迷不醒的汪德臣被送至喊天堡大营不久,八思巴就被请来了。大和尚检查了他的伤势后,轻轻摇了摇头。

"大师可以明言。"齐横眉和索林同时道。

八思巴轻声道:"他的腰椎断了,内腑移位,贫僧也无能为力。只有一剂药剂,可让他清醒一会儿,交代一下身后事。"

索林顿时流下泪来。他从入伍开始,就跟随汪德臣,是都总帅一手提携上来的,今日却未能护得对方周全。

这时,外面一阵骚动,营帐帘子打开,竟然是蒙哥到了。汪德臣的哥哥汪忠臣以及李德辉跟在其后。

"到底发生了什么?"蒙哥问。

齐横眉和索林跪倒在地,将在城下发生的事说了一遍。蒙哥自然是知道今日汪德臣要去劝降的,只是他也没想到最后会变成这样。

"你……"蒙哥看着索林欲言又止。

索林哭道:"臣罪该万死!"

蒙哥用拳头狠狠砸了对方两拳,终究是明白这怪不到索林身上。他转而望向八思巴道:"要给德臣凝魂丹?"

八思巴道:"只能如此了。"

蒙哥道:"那就用药吧。"

用水化开丹药给汪德臣服下后,不多时,他便回神醒来。他看见蒙哥和八思巴,又看到跪在地上的索林和齐横眉,顿时明白发生了什么。他张开嘴,低声道:"臣有辱使命,没能劝降张珏,还中了他的埋伏。"

"这不是你的错。"蒙哥立即道,"这不是你的错,是宋人太狡猾!"

汪德臣看着索林道:"不怪你。起来吧,别一直跪着了。外面那么多小的还要你带呢!起来吧。"

蒙哥看了齐横眉和索林一眼,低声道:"听都总帅的。"

索林和齐横眉这才起身,索林失声痛哭。

蒙哥怒道:"要哭就滚出去哭!"

索林收住悲声,缓缓后退了两步。

这时,汪忠臣道:"兄弟,八思巴大师给你服了凝魂丹。你有何心愿未了,可以说了。"

汪德臣伸手摸了自己的腿,一点儿感觉也没有。他苦笑了一下道:"我死后,能否召惟正前来?"

汪德臣有五个儿子,惟正是其长子。汪忠臣望向蒙哥。

"你钟意长子,可以。"蒙哥沉声道,"就由他承袭你的职位。"

"谢大汗!"汪德臣轻轻舒了口气,然后道,"德臣死不足惜，只是未见我军攻克钓鱼城，实乃平生之憾。但德臣想过了，大萨满说，我军会有大将卒于军中，我就应了此劫，想来钓鱼城我们一定能拿下了。"

蒙哥恨声道："你放心。我一定会打下钓鱼城，到时候屠城十日，祭奠你在天之灵。"

"大汗……"汪德臣一面感激，一面又想到那大萨满说过钓鱼城是投降的。可是他也不知该不该让人再去劝降，毕竟自己是如此下场。

蒙哥似乎知道对方想说什么，低声道："我有分寸，你放心吧。"

汪德臣看着李德辉道："德辉兄，我死后，你要多替大汗分忧。"

李德辉躬身施礼，却没有说出一个字。

汪德臣又对蒙哥和汪忠臣道："在我儿来之前，先锋军可让忠臣和齐横眉、索林执掌。钓鱼城……钓鱼城……"说到这里，他咳出一大口鲜血。

"你休息一会儿，我明白，这些事不急。"蒙哥看着汪德臣，这也是跟了他多年的老部下，没想到会死在这里。他明明让哈拉顿泰在奇胜门攻击前祭祀了三日啊，为何还要夺走我的大将？

蒙哥稍稍安慰对方，留下汪家兄弟交代身后事，自己带人离开了营帐。过了刻把钟，里面汪德臣一声大叫吐血而亡。蒙哥轻轻抹去眼角的泪珠，望向钓鱼城的方向，心中生出万般恨意。

"李德辉，我们准备发起总攻。一定要为汪德臣报仇！"蒙哥吩咐道。

"臣下明白。"李德辉躬身领命，此刻的他不敢再提招降二字。

蒙哥感到一阵晕眩，扶住赵阿哥潘的肩头，轻轻喘了口气，低声道："阿哥潘，我是不是不该让德臣去劝降？"

"这事没人能想到啊，大汗。"赵阿哥潘安慰道。

蒙哥眼里满是悔恨，即便知道了预言，也无法阻止坏事的发生吗？那个哈拉顿泰萨满的预言，到底会变成什么样子？

第二十章
许个愿吧

"外面的踏白士林山报告说,汪德臣死了。"王安节将一份军报摆在桌上,拄着手杖背靠墙壁道。

"真的死了啊?这算好事吧。"张珏笑道。

王安节道:"当然是好事,汪德臣能征惯战,统兵经验丰富,他死了,先锋军就没了头领。但是……"

"但这也彻底激怒了蒙哥,大决战很快就会到了。"张珏看着墙上的山川图说,"不怕他决战,就怕他这么耗着。"

王安节笑道:"是的,他强攻是不可能入城的。但这么耗个几年,那真是煎熬。"

张珏道:"近期当然没问题,就怕有什么天灾,那就不好办了。"

王安节道:"你觉得决战会怎么展开?"

张珏指了指马鞍山和奇胜门后的城墙道:"仍会强攻这个点,其他有外城墙的地方只是佯攻。毕竟他们的精锐也就万人之数,铺开进攻反而不好。"

"我怕守不住。两三日当然没问题,但若是十天半个月地强攻内城墙,就会很危险。"王安节小声说。

"所以还是要有变化。之前大帅奇袭石子山的策略是对的,我们还要再做一次。"张珏轻声道,"非出奇不可胜之。"

"还是刺杀蒙哥?"王安节摇头道,"有过一次了,再去怕是难度更大。"

张珏沉默片刻,低声道:"但不能不去,让冉璟来。"

"不叫杨华他们?"王安节怔道。

张珏苦笑道:"我毕竟不是大帅。"

不多时,冉璟来到议事厅。

张珏将自己的想法说了一遍,最后道:"若是在大战胶着之时,让你对蒙哥进行突袭,你能否做到?"

"突袭没问题,战果不能保证。"冉璟回答。他再也不是初到钓鱼城的那个青年,明白千军万马中什么也无法保证。

"我只是需要让其中军混乱;你能制造混乱即可,不论是放火还是刺杀。"张珏想了想又道,"我当然可以把你留在奇胜门这里,但你的武艺再高,一人能杀几人?我派一百个士兵站在城墙上,也能起到你的作用。但你在城外游击,能让敌人心生恐惧。我即便在外面派两百人,也没办法起到你的作用。"

王安节在一旁道:"你这个例子不对,冉璟也可能第一次出手就被斩杀，毕竟那边也是有高手的。"

张珏扬了扬眉，只是安静地看着冉璟。

"是的，的确。"冉璟沉默了一下，拍了拍剑鞘，从容笑道，"但我是湛卢剑的主人啊。不论成败，千万人，我一剑当之。"

张珏低声道："你和孟鲤说一下，我怕她找我算账。我不可能让她和你同去，她要在城墙上统御背鬼营。我也不能派人给你，因为普通人无法和你配合，高手又走不开。即便让杨华和你一起去，但实际效果是一样的。"

孟鲤吗？冉璟眼中闪过温柔的笑意，她当然不想同意的，但又怎么能不同意呢？作为大宋的军中儿女，我们并没有选择的权利。

王安节道："前两天你救回来的那个暗桩，休息一日后，就又出城了。那家伙叫林山，是和你一起从新兵营出来的。他的地洞在马鞍山上，若有特殊军情，你就让他传消息回来。我们会尽量配合你。"

"敌军总攻在即，你自己看时间出城，不用再等我的命令。"张珏递出一支赤红色的军令。

"冉璟得令！"冉璟抱拳接令。

在同一片夜空下，马鞍山蒙古军大营。这里原本是马军寨的营地，如今被改为蒙哥中军大营。

在马鞍山的最高处，哈拉顿泰萨满燃起巨大的营火，举行了隆重的祭祀仪式，火堆、马奶、彩羽、白马、黑羊。这次的祭祀将持续九天九夜，之后就是最后的总攻。蒙哥大汗已发下旨意，一旦破城，屠城十日，鸡犬不留。

高阶的将领对此只是心中燃起一股煞气，而真正沸腾的是中下级军官。先锋军从齐横眉、索林开始，皆身着孝服，全军缟素祭奠汪德臣，发誓要以全军将士的军功报答都总帅的厚恩。

蒙哥将先锋军索林列为头阵，第二阵则是董士元的邓州汉军，第三阵是董文蔚的怯薛军主力。他将亲临马鞍山的军寨指挥总攻。

演武场里，索林麾下的士兵正在拼命操练。而索林与檀羽恩单独较量，两人的双刀、长矛已斗了三十余招。索林的双刀将檀羽恩牢牢压制。

"索林这个状态，是否适合统兵？"汪忠臣问。

"战力没有问题，就怕不够冷静。"李德辉轻声说。

"你说呢？若你也觉得如此，就让大汗把他换下来。"汪忠臣问赵阿哥潘。

赵阿哥潘道："我觉得他并不适合带兵，但此时你让他下来，比杀了他更让他难堪。而且大汗已经下旨，不太好更改。"

汪忠臣苦笑了下，之前汪德臣麾下四大千户，如今只剩下齐横眉和索林，若是再有个闪失，也会影响日后先锋军的地位。

李德辉道："我知你担心什么。但大汗对你汪家恩宠有加，所以才让他打先锋。战场上的事，就要在战场上解决。"

汪忠臣苦笑了一下，也许真是这样。

"你真那么担心吗？老汪，那我送个人情给你。"赵阿哥潘上前道，"檀羽恩，给我滚下来！"

檀羽恩赶紧退下，索林的双刀却不管不顾地追击而至。赵阿哥潘金色弯刀亮起，将对方的刀锋挡下。

"尽管放手来攻，把你的怒火全释放出来。"赵阿哥潘微笑道，"让我看看，汪德臣到底教了你什么。"

索林大吼一声，双刀如疾风暴雨般舞动。赵阿哥潘仿若弯月在手，在演武场上慢慢踱步。索林的双刀不论怎么进攻，都好像是附在那一轮金色弯月上一般，就是攻不进去。索林连出两百余刀，最后两柄弯刀却被生生击飞，只留下一双红肿的手。

"若你无法控制怒火，就无法报仇。"赵阿哥潘一脚踢翻了对方说，"那才是真对不起汪德臣。"

索林两眼血红地瞪着对方，仿佛根本不认识面前这个万人敌。汪忠臣和李德辉眼中闪过一丝忧色，若是这样还骂不醒他，又该如何？

赵阿哥潘收刀往回走，索林也没有再起身。赵阿哥潘其实挺羡慕对方，复仇也好，求死也罢，过几日就能杀入钓鱼城。而自己呢？虽然背负万人敌之名，却只能守着大汗金帐。建功立业的事，只能交给董文蔚之流。他也想与王坚匹夫再战一场，又或者将上次未曾斩杀的湛卢剑主人的人头取下。要知道放眼整个大宋，如王坚这样的武者屈指可数，此次若是错过，不知何时才能再有。若是将宋给灭了,这天下还有谁是对手?难不成真要去海外找敌人?

马鞍山的东南面,齐横眉命人清出一片空地给西亚人阿里,让阿里在此布置几架投石机。因为按居高临下的道理说,从马鞍山上用燎原炮,应该可以打到对面的城墙,而且杀伤力会更大。阿里眼见先锋军这几日乱成一片,但齐横眉还能想到这些,不由发自内心地感叹蒙古人的强大。他走到空地上,小心望着对面的内城墙,心想,也许是可以做到的吧?

于是当投石机到位,阿里拿出标尺测算了一下距离,然后试着向宋军打出两块投石。

嘭!嘭!石块一块落在城垛上,一块落在城墙前,激起一片碎石。

城头上杜岚吃惊地看着这一幕,立即跑向后方的器械营,将此事告诉唐长弓。

唐长弓皱眉道:"我们能怎么做?他们在山上,居高临下。这马鞍山说不上多高,但确实高过我们城墙啊。"

"打不回去吗?"杜岚问。

"小石头,你行不?"唐长弓问。

宋小石皱眉道:"距离有点勉强,但不是完全达不到。他如果再往后个二十丈就有点麻烦。但再往后二十丈,他自己瞄我们也不容易。"

"那就是可以咯？快打给我们看看。"唐长弓笑道。

杜岚抱拳道："你把投石砸回去，我请你喝酒。"

"吃宴席啊，喝酒算什么？"宋小石笑道，"各个城门哪个统领不欠我几顿酒。我可以从年头喝到年尾。"

"哎哟，叶姑娘来啦？"杜岚忽然对着他背后道。

宋小石立即肃然，转身望向背后。但哪有小叶的影子。

"少吹两句不会死。"唐长弓拽住发怒的宋小石，"行就快干活。"

宋小石正了正帽子，前往城头看了眼石头落过来的弧线。对面的家伙调整了投石机，如今可以精确打到城墙上了。这也算是个好手吧。

"给石头都绑上竹筒，我们要先声夺人！"宋小石转而走到城道边沿的一架投石机旁，将两只手交错成十字比划了一下。"向东调五度，朝上抬一臂。我让你们打就打啊。别犹豫。"他吩咐道。

如今的他是器械营的大人物，所有人都服气他。所以听他这么说，那十来个投石手装好投石，就等他发令。

但宋小石眯着眼睛看着远处，就是没有说话。

杜岚想要说什么，被唐长弓阻止道："是在等风过去。"

在对方又抛下一块石头后，宋小石下令道："投石！连续发射！"他一面说着，一面转到另一架机器那边，指挥同时击发。

嘭！城上一块投石飞过两百步的距离到达了马鞍山的上头，正落在蒙古军的投石阵地上。第二枚、第三枚……城下的投石神奇地接连掠过战场落在马鞍山上。十多块飞石划破长空，带着夺人心魄的呼啸声。

刚安装好的燎原炮被砸毁了数架。阿里大怒，走到山边望向城池，亲自指挥一架投石机反击钓鱼城。但他愤怒中对风向判定不准，石头三发只中了一发，毁去了内城上一架投石机。

宋小石眯着眼睛望着马鞍山，上头那家伙不错嘛。他笑道："装填霹雳石，不加竹筒。所有投石机听我号令。一号、二号、三号……按我说的次序投发。"

霹雳石就是带着火药的空心石头。这一放，天空中划出了恐怖的烟火。

阿里吃了一惊，他抱着头连蹦带跳地闪到很远的地方。刚架好的几架投石机全被摧毁。这下头是谁在操控投石？这是什么准头？一架两架准也就罢了，那么多都那么准！

"后退二十丈！所有投石机后退二十丈架设！"阿里下令道。

"这个距离不太好打啊。"有士兵小声说。

阿里笑了笑，只让他们照做。他很清楚，在蒙古军里投石兵只是大战的补充，他的投石机只需要消耗城防，不需要那么的"准"。而退到这个距离是最安全的。

而在另一边的钓鱼城，宋小石在一片欢呼声中下了城墙。

唐长弓看了他一眼，问道："对方退出二十丈之后呢？我们能怎么办？"

"那就真没什么办法了。除非有什么清楚的标识,不然我们这里是瞄准不到了。"宋小石老实回答。

"他们其实也一样,就当各退一步吧。"唐长弓笑道。

自家孟府小院的桌前,孟鲤听完冉璟的话,替他满上一杯酒,说道:"你知道,我不可能不让你去的。但你总该有点别的话对我说吧?"

冉璟手扶酒杯又放下,然后轻声道:"这次该是决战了。我出城去并非刺杀蒙哥,所以回来的机会很大。若是我能活着回来,你是否……若是我能活着回来,我们就成亲。"他看着面前的女子,眼中显出强烈的感情,"往后此生,我和你一起过日子。若我一去不回……"

"若你一去不回,我此生为你守节。"孟鲤的话语并不激烈,却有一种冬雷震震夏雨雪的决绝。

冉璟深吸一口气,轻轻握住对方的手。孟鲤的手并没有大家闺秀的那种纤细,而是一种握惯了兵器的安定。

"若你平安回来,我们就成亲。"孟鲤酡红的脸上带着微笑,"我同意。"

冉璟看着面前的佳人,心头莫名一痛。不禁想着也许不出城才是最好的选择,若是自己出城战死了,真就让孟鲤为自己守寡吗?若自己战死,剩下孟鲤一人多可怜?

二人四目相交,孟鲤很清楚男人在想什么,轻声道:"若我不让你去,我就不是孟鲤;若你不为国出战,那你也不是我爱的冉璟。就这么简单。"

冉璟点了点头,轻声道:"若世上没有战争就好了。"

"总会有那么一天的。只是不是这个时代。"孟鲤嫣然笑道。

也许未来会有一个幸福的时代,蒙古人、汉人、女真人、色目人,能够不分贵贱,和平相处在同一片天空下,互通贸易,互相合作,百姓们幸福生活,能人志士为同一个目标、为同一个王朝努力。孟鲤心想,也许这些事距离当前极为遥远,但即便如今是战乱之年,自己不也还收获了想要的人儿吗?我是幸福的啊。

冉璟起身,上前一步将孟鲤拥在怀中。天上的月色也害羞地藏到了云中。

依偎良久,孟鲤轻声问道:"你准备何时出发?"

冉璟道:"都统制说,蒙哥的总攻还有几日才会展开。我会在城里养精蓄锐三日。"

"那这三日,我就多陪你一些时间。"孟鲤忽然起身道,"我去取样东西给你。"

不多时,孟鲤从屋内取出一个暗青色布包,摆在酒杯边。

"这……"冉璟隔着布条感到一阵莫名的剑意,"这难道是?"

"不错,这是我孟家家传的匕首,破军。"孟鲤轻声说。

布包里面躺着一柄七寸长的匕首,暗青色的刀柄上刻着一式若有若无的刀法。这把匕首与普通的短刃不同,它除了体型较小之外,整体样子与军用战刀没有多大区别,若一定要说,这与王坚那柄破阵是同款的样式,只是缩小版罢了。

冉璟道:"我师父提到过这件兵器。他还说,刀柄上的这一式刀法,普通人无法堪破。但当年孟珙大人是会的。"他没有说出来的是,这柄匕首与王坚的破阵刀同出一炉。只是在孟珙的眼中,它的价值似乎更高于破阵。

"不,我爷爷也未曾全部学会。他跟我说过,此物只传有缘人。我爷爷说,他的后人里,只有我对刀法有天赋,所以我是理所当然的继承人。只是可惜我那么多年也没研究出什么。"孟鲤轻声道,"你的悟性远高于我,不如看看能否有所启发。"

"剑与刀。"冉璟想要推辞。

"武之一道,不分刀剑。"孟鲤正色道。

冉璟手指轻触刀柄,慢慢道:"武道如天,我试试吧。"

刀锋上寒芒闪过,仿若梦里的星辰。

蒙哥看了半日哈拉顿泰的祭祀,身体产生了极浓的倦意。自从得了痢疾,这看似不重的毛病,严重消耗着他的精力。而最可恶的一点是,因为地处蜀地,吃的住的皆不合心意,一个月来病情居然还沉重了。他一脸疲态地回到金顶汗帐,边上汪忠臣、李德辉等人早已候命。

蒙哥问道:"再有两日,就要开始总攻。各营是否准备就绪?"

汪忠臣道:"各营士气高涨,各大将领已经确认随时可以进攻。"

"高台能及时竣工吗?"蒙哥问。

开始祭祀时,他要求汪忠臣在马鞍山士兵集结点建造一个瞭望台,这样当大战开始,他们就能在上头清楚地看到奇胜门到镇西门一带的主战场。只要能看清城内的虚实,那么他们这些久经战阵的将领就能做出准确的判断。因为蒙哥有时候会想,若是那天晚上,汪德臣在面对宋军的"雷神"攻击后选择继续强攻,也许会多死一些人,但是不是就能突破了内城墙呢?若真么做,有没有可能汪德臣就不会殉国?

"一定可以竣工。就是这高台有点高,上去下来有点儿不便。所以我们加了个升降台。"汪忠臣笑道。

李德辉道:"大汗到时候是要亲自击鼓吗?那我们必须加强守卫。"

蒙哥笑道:"宋兵被困在城内,我不认为他们还能杀到马军寨。这中间得有多远?"

汪忠臣摆手道:"五百来步?走山路有两三里地吧。即便是直线距离也有一里左右,敌人的炮矢肯定够不着。"

"小心一点儿总是好的,毕竟我们已经没有什么耳目在城里了。"李德辉恭敬道。

"你看着安排。"蒙哥看了看边上的蜀地山川图,打下钓鱼城就是重庆,然后就该鞭指江南了。大宋的临安终究会像燕京、巴格达等世间名城那样,被蒙古人收归囊中。世间所谓的名将猛士,最终皆为尘土。

钓鱼城里,宋小石看着那高过马鞍山树林的蒙古军瞭望台,有些生气地扬起眉头。这是明着要朝我们里面偷看的意思?

"你憋什么气?火再大,你能打得着那边?"边上背鬼营的杜岚笑道,"当然,我知道你了不起,上次你的确把石头砸上了山。"

宋小石摸摸鼻子,比划了一下。心说要不试试?他吩咐身边小队,迅速装载好投石,瞄向远方的高台。

"你还真打?"杜岚吃了一惊。

宋小石眯眼看着远方,竖起胳臂比划着道:"练个手怕什么?你担心个锤子!"

"我才没担心你,那就看你的吧"。杜岚想着后退了几步。照道理士兵是不能随意向外发射投石的,但前不久宋小石刚炮打了马鞍山上的燎原炮,所以宋小石如今在器械营说一不二。

"朝左一尺九寸,准备两次发射测距。"宋小石吩咐道。他身边的士兵立即行动,并且听命拉动机簧。

"发射!"宋小石下令。投石倏地飞了出去,在空中划出一道美妙的弧线,然后无声无息地落在了树林里。

波澜不惊,钓鱼城这边只看到有石头飞出,而蒙古军那边有投石营的士兵皱眉看着石头划过己方阵地。一队巡逻兵去了树林,那块石头落在林野间，砸碎了一棵大树。士兵皱眉望着远处指指点点，但也没有新的石头落下。

宋小石皱了皱眉，发了会儿呆。然后道："停手，不用打了。"

杜岚道："不是两发吗？不打了？"

宋小石道："距离不对，至少差了百多步的距离。这边距离那个瞭望台有近五百步的直线距离吧。"

"才五百步吗？"杜岚皱眉道，"看着很远啊。"

宋小石笑骂道："你就是个傻儿。因为隔着城墙，隔着山林，所以大多数人以为很远。其实没有那么远。若真是很远，他们在上头也看不清城里的动静，造那玩意儿干吗？这大约是四百七十几步，也就是一里地的直线距离。"

真的假的，还有零有整的……杜岚也不顾什么城外冷箭的危险，直接站到城垛上。

宋小石琢磨着，是不是该把投石机改造一下，这样就能让原来打两百多步的机器，够到那个瞭望台。

这时，冉璟忽然出现在器械营这里。宋小石笑着过去招呼。

"告别？"宋小石小声问。

"是啊。只对你一人说。"冉璟道，"因为我心里偷偷藏了个念头。"

"你是说？"宋小石摆手道，"其实你不用勉强的。"

冉璟道："不是勉强，只是你说得对，有机会我一定去杀了他。所以这次出城，我会努力找一下那个叛徒。"

宋小石注视着对方,除了漆黑的湛卢剑,冉璟的腰间还有一个黑色的皮囊,难不成出去还带着"雷神"?他想了想轻声道:"那我也给你许个愿。看到那边的瞭望台了吗?"

冉璟点点头。

宋小石道:"我会想办法拆了它。"

"那么远能行?"冉璟问。

宋小石道:"还记得小叶子吗?我女人之前在意大利商队干活,那边有些西面带来的新技术,我寻思着可能把投石机的射程调远一些。当然机子也会更大一些。"

冉璟道:"我相信你可以做到。"

宋小石拍了拍对方肩膀,笑道:"我只是许个愿,不知哪路神仙会听见。"他说话的笑容带着百战老兵才有的自信。

冉璟淡然一笑,与对方拱手告别,随后借着逐渐昏暗的光线,前往内城的一条暗道。这是王安节新告知他的路线。孟鲤并没有送他,因为她说,可能会控制不住自己和他一起出城。远方有战马的嘶鸣声。冉璟回头看了眼钓鱼城,那猎猎的军旗和雄伟的高墙,让他想到去年刚回到这里的情景。他好像已经不是那时候的自己了,但是要做的事并没有变,这让他觉得很骄傲。冉璟忽然很认同杨华之前说过的话,在钓鱼城当兵的确让他变强了。

落日站大旗,马鸣风萧萧。冉璟从怀中取出一块白色的手绢,绢帕的角上绣着一尾红色的锦鲤。这是昨日孟鲤给他的礼物,说是端午那日在集市上买的手帕,是她亲手绣的锦鲤。冉璟是真没想到女刀神还会刺绣,孟鲤则说针脚虽然粗糙了一些,但毕竟是她绣的东西,请他不要嫌弃。

怎么可能会嫌弃呢?冉璟拿着手帕轻轻吸了口气,放下思绪走入密道。

冉璟所不知道的是,在他的身影进入密道时,在某道城墙上,张珏正目送他离开。

"外面是蒙古人的千兵万马,城里是数以万计的百姓。自古人言'慈不掌兵',我虽有些不舍,但还是只能让你去。冉小璟,希望还能有机会与你喝一场大酒。"张珏轻抚起一张古琴,就当是给对方送行。琴声悠扬,杀伐之中带着些许苍凉。

护国寺肃穆的飞檐下,王坚与孟鲤并肩而立。

老头子望着远空,慢慢道:"你把匕首给他了?这几日有什么变化吗?"

"似乎并未领会什么。"孟鲤道,"哪有那么容易?那一式东西虽然传说是天下绝技,但又有谁真的见过?反正我带着匕首那么多年,是什么也没看出来。"

王坚苦笑了一下,轻声道:"世间绝学嘛,只给有缘人。对了,此战之后,你有什么打算?"

"嫁人呗。"孟鲤笑道。

王坚露齿一笑,并没有说如果有个万一又当如何,只是轻声道:"既然是成亲,是否要去江南?毕竟你的长辈都不在这里。"

孟鲤扬了扬眉,问道:"您是希望我离开钓鱼城?"

王坚道:"我只是觉得,如果这一战赢了,我可能会离开钓鱼城。"

"这是为何……"孟鲤不解问。

王坚道:"朝廷,不会希望四川出现第二个吴家。这也是那年余玠大人被针对的原因。而如果此次我们能在蒙哥的刀下守住蜀地,你觉得他们会怎么做?"

"那不是自毁长城吗?"孟鲤怒道,"我不信会这样。朝廷虽然昏庸,但,可是……"说到这里,她不禁又觉得老头子的话有道理。

王坚嘴角扬起一贯以来的那种鄙视世人的微笑:"长城,向来都是自己毁的啊。天下英雄,又有几个是死在正面对决中的呢?"他十指收拢在袖中,望着山风吹过的树林,决战就在眼前了。

孟鲤皱了皱秀眉,低声道:"老爷子,咱们不是来拜拜的吗?还是好好敬香吧。"

王坚正了正衣冠,取过桌案上的香烛步入大殿。大雄宝殿前,是新添的纪念钓鱼城死难将士的石碑。他一面走,一面在心里道:"决战在即,各位兄弟请保佑我们!"

孟鲤上香之后,忽然道:"老爷子,你说我们让佛祖保佑我们打仗杀人,这行不行得通啊?"

"心诚则灵。"王坚淡然道。

"我……"孟鲤有些无语，她也是拜完才觉得这么做不太对劲。

"蒙哥在祭天呐，我们自然也得拜拜。"王坚微笑道，"求个万一嘛。"

孟鲤笑道："你当着佛祖的面，就这么把话说出来了？"

王坚回身又给佛像施了个礼，才低声道："佛祖最宽宏大量了，不会与我们这种俗人计较的。"

第二十一章
传说中的战鼓

连续九日九夜的祭天大典终于结束了。这一天的马鞍山晴空万里，空中再无半点儿云絮。

一身戎装的蒙哥站在金帐前，很满意地对周围的将领点了点头，他仿佛雄视四方的猛虎，统御着他的天下。哈拉顿泰和八思巴这两位大师分立左右。号角声里，一队又一队的传令兵离开大汗金帐，前往各门的战区传令总攻。而最后对他施礼的是前往奇胜门的索林、董士元、董文蔚。

"我会亲自为你们击鼓。"蒙哥亦抱拳还礼。

漫山遍野的蒙古士兵大声高呼"呜咪"！金帐前的禁卫一同用长矛击地，壮烈的战歌声响彻云霄！

纵马阴山，踏破黄河，我心浩荡，征战四方！我们是成吉思汗的战士。

看我擂响黑牦牛皮的战鼓，骑上黑色的快马，穿上漆黑的铁甲,拿起钢做的长矛,扣好山桃皮裹的利箭。

远古苍老的苏力德腾格里神啊,保佑我们箭无虚发追寻荣光!

翻过天山,越过大漠,英雄壮烈,开拓边疆!我们是成吉思汗的战士!

看我祭起远处飘飘的英头,敲响犍牛皮的战鼓,骑上黑脊的快马,穿上皮绳系成的铠甲,扣上带箭扣的利箭。

古远苍老的苏力德腾格里神啊,我们在哈日苏鲁锭下勇猛厮杀,赢得胜利荣归故乡!【注:改编自《扎木合战歌》】

军歌中,李德辉看了赵阿哥潘一眼。

大个子将领笑道:"放心吧,我会在大汗身边寸步不离。"

李德辉点了点头,这两日有宋军刺客在营内活跃,已击杀百户以上的将领三人。昨日甚至毁去了马鞍山上的投石阵地,西亚人阿里侥幸逃得一命。虽然对方活动的区域距离大汗金帐很远,但谁知道王坚会不会再来一次。李德辉有时候会想,这种时候宋军还能分出精锐来偷袭,这些家伙真有种啊。

在蒙古军开始行动的时候,冉璟已改换为蒙古军士的服饰站在御营里头。要干就干一票大的,他这两日偷袭那些中级军官,只是为了转移敌人的注意力。事实上,因为之前改扮白狼的经验,对潜伏在怯薛军里,他已经是驾轻就熟。他不能化妆成禁卫,因为赵阿哥潘的战士一个个都是相处好几年的同袍,很容易露出破绽。他能假扮的是禁卫之外负责军队琐事的士兵。放在平日这种士兵无法靠近蒙哥,但今日不同,今次蒙哥会亲自擂响战鼓,所以他扮作了鼓手混入军乐队中。

昨夜他对黑牦牛皮的战鼓做了改装,将"雷神"藏于鼓内。湛卢剑则和鼓槌一起藏在皮鼓下。

一击必杀,必须一击必杀。冉璟在心里默念着这句话,默然想到了死在石子山的唐影。不管运气好不好,这一次就看我的了。冉璟目光望向远处的高台,宋小石说会毁去高台,若真能如此,高台毁去之时就是最好的出手机会。宋小石,你个龟儿子可别光说不练。

雪洗虏尘静,风约楚云留。何人为写悲壮,吹角古城楼。湖海平生豪气,关塞如今风景,剪烛看吴钩。剩喜燃犀处,骇浪与天浮。忆当年,周与谢,富春秋。小乔初嫁,香囊未解,勋业故优游。赤壁矶头落照,肥水桥边衰草,渺渺唤人愁。我欲乘风去,击楫誓中流。

蒙古军营的冲锋号角此起彼伏地在各个城门前吹响,张珏站在奇胜门内城的城楼上,手掌轻拍城垛,慢慢吟着张孝祥的《水调歌头》。

"写这首词的先生若是站在钓鱼城的城头,不知会写出什么样的诗句。"张珏轻声道,"虞忠肃公的采石矶自然名垂青史,但想来,还是咱们钓鱼城的战事更为惨烈。"

边上的王安节看了他一眼,心想:不管惨烈不惨烈的,你不是念得很得意吗?说来你张珏十八岁从军,也不算是什么读书人啊。没事拽什么文。

张珏道:"我识字这件事,是冉璞先生教的,之前我只是个粗人。"

"你现在不是粗人?"王安节少见地嘲讽了一句。

张珏扫了对方一眼,也没有反驳,只是继续道:"所以我和冉家走得很近,和冉小璟也比较熟悉。有时候我也会想,若是余玠大人还在,若是冉璞先生还能在这里,我们会不会已经打出四川去了,而不是在这里死守孤城?"

王安节道:"我父帅也常这么想,但说这些有什么用?朝廷不这么想,临安的官家不这么想。我们想什么都是多余的。"

这时,唐长弓、孟鲤、蔡辕和杜岚一同走上城楼。

唐长弓道:"器械营已经已经布置好,二十五架投石机调试完毕。宋小石整了台大家伙,他说可以搞掉那个瞭望台。"

孟鲤道:"背鬼营分甲、乙两班集合,会在敌军精锐出动时登城。"

蔡辕道:"我们钓鱼城水军作为后备军尽数调来此地,码头上的幸存者八百五十三人,随时可以登城守卫。"

杜岚则道:"我们从民夫中选了五百人作为民兵,钓鱼城百姓誓与我军共存亡。"

张珏看着四周，众将领禀告完毕后，似乎在等他说些什么。城外敌军厉兵秣马，号角战鼓响彻云霄。城上"精忠大旗"随风招展，不论生死终要死战。

"我们已经赢了。"张珏忽然说道。

孟鲤、杨华、蔡辕等人皆露出不解之色。

张珏站到高处，大声对众人道："我们已然赢得这场战役，不论最后一战会发生什么。从二月初开始，我们两万宋军，面对十多万蒙古军的压力，不只坚守，甚至主动出击！蒙古兵是什么？他们横扫天下，蒙哥来钓鱼城前，号称世上没有他攻克不了的城池。如今呢？我们去石子山，扇了他一巴掌！我们已经赢了！看看我们身边的人！王安节，我们踏白营的统领，他父亲是我们大帅王坚，他却和我们一起站在这城头上。他执掌所有的军情，若是需要，他甚至会亲自去城外做暗桩。看看我们踏白营的暗桩啊。那些十多岁的娃子，在城外的地洞里一守就是几个月。没有人替换他们，没有人能代替他们！看看我们的孟鲤，合川女刀神。要我说，什么女刀神？她就是合川刀神！开战以来，死在她刀下的敌将不少于三十个！城里哪个汉子能比得上？杨华？冉璟？他们都不行！说到杨华，他一个杨家将的后人，来到合川为我们守四川，将未婚妻留在江南不管，陪我们打这一场没完没了的战争。他当年可是叫龙影客的江湖豪侠，什么叫豪侠？一掷千金，笑傲江湖啊！现在你看看,他和他娘的杜岚、蔡辕有什么区别?"

众人轰然大笑。张珏继续道:"杜岚,秀才出身,投笔从戎。背嵬营里孟鲤负责杀敌,但军中大大小小各种破事都要他头疼。他娘的,这不就是老子我为王坚老头子做的事吗?有多难,有多少怨,有多头疼?但是,杜岚大人一声不吭地坚持下来了。蔡辕,咱们水军的统领。吴澄大人病倒后,是他独自撑起我们水军的一切。钓鱼城战场,哪里有需要,他就带着水军预备队杀到哪里。大家有目共睹,哪个城头没有他们厮杀的身影?唐长弓大人,原本是我们钓鱼城里唯一了解投石机的汉子,如今呢?他手把手教出了几百个器械营的弟兄。每个器械营的士兵都能拍着胸脯说自己是条汉子,是因为什么?因为唐长弓大人是他们的统制!因为有器械营保底,我们才能放心在城上杀敌而不怕敌军的投石,因为他们敢砸过来,我们就能砸回去,还一定比他们准!一定比他们狠!最后,我要说一个没有站在这里的人。"

众人纷纷望向孟鲤。

"冉璟,我们合川的子弟,一度随着家族离开钓鱼城。当钓鱼城遇到危难的时候,明知蒙古军恐怖骁勇,他还是回到故乡与我们并肩作战。"张珏笑了笑,"当然这里最大的功劳,是因为我们有孟鲤嘛。但人家冉璟是什么人?湛卢剑的主人。外人说他是白衣剑魔,我说他是我们的白衣战神!卧底石子山是他,截断护国门的敌兵是他,如今单人独剑出城找蒙哥算账的还是他!我们还有许许多多已经牺牲的将士,那几千个名字皆已刻在护国寺前的石碑上……"张珏吸了口气,高声道,"因为我们活着的人、死去的人,所以这里才是钓鱼城。我们已经赢了!赢在昨日与今日的城头,赢在青史竹帛的文字里。各位将军,你我行英雄之事,所谓挽狂澜于既倒,就在此时!"

"万岁!我军必胜!大宋威武!钓鱼城威武!万岁!"众人颇有古风地一同高喊。

从二月初开始,宋蒙双方交战五个月,彼此的战法皆已了然于胸。今日的决战,比的就是消耗过后最终的硬实力。只不过如今钓鱼城的城墙上,再也没有了庹佑那叫唤着立功招婿的嗓子,也没有了田万牛那仿佛铁塔的蛮牛身影。而蒙古军那边,更少了许多曾经名震四方的猛将。

不过钓鱼城上虽然没有了田万牛,但总会有叫张万牛、李万牛的新人冒出,守城方只要城墙仍在,自然气势不倒。而蒙古先锋军呢?齐横眉和索林也并不担心,只要攻下钓鱼城,己方自然会冒出一批新的猛将。所谓一将功成万骨枯,将军百战碎铁衣,从没有平白得来的名声。

蒙古的汉军引领试探进攻,进行了一个时辰后,索林带着他的先锋军出阵了。

眼见蒙古军的主力出动,背鬼军也登上城墙。

城垛后,背鬼战士最后一遍检查铠甲和弩机,士兵与士兵之间,相互扎紧甲绳。身披八十斤步人甲的重装步兵结阵登城,沉重的脚步与战鼓声互为共鸣。

"战争是魔鬼，但我爱战争！"看着己方的甲士，张珏深吸口气道。四川虓将，今日锋芒毕露。

远处蒙古军已列阵完毕。与平日不同的是，索林的队伍也不再琢磨着如何突袭。如今的进攻，就是正面堂皇而战。孟鲤和杨华盯着城下的索林，那大个子将领同样望着城上。

连日的交战，他们对各自的脾气，可能比身边人更为了解。孟鲤能感觉到对方此次攻城并无退意。

她轻声对杨华道："那厮是来求死的。为何如此？就因为汪德臣死了吗？"

杨华道："不多想为什么，他既然求死，就让他死吧。"

"也是这个道理。此战就从他开始。"孟鲤轻声吩咐下去，让弓箭手多瞄准索林。然后她悄悄矮身藏于城垛之下，小心观察对方的位置。

先锋军的投石只投掷了两轮就停止使用，这些天蒙古军已经意识到，投石无法对钓鱼城的城墙造成大的影响。反而是抛掷上去的石头，会变成敌人手里的武器，重新从城头落到他们的头上。

索林两柄弯刀在手里挽着刀花，目光落在汪德臣被投石打中的位置，心中的恨意无法抑制。他十二岁从军，所处小队在战火中全灭，危机时刻遇到汪德臣的救援，从此就跟在汪德臣身边。汪德臣教他武艺，教他带兵，教他成长，是仿若父兄一般的人。十五年前的运城之战,汪德臣的战马死于乱军之中,是索林舍弃了自己的战马给都总帅。他也因此升为百户。之后他从未让汪德臣失望,只是这最后一次,却未能保得对方周全。

"大人,开始吗?"身边的百户将领问道。

索林举起战刀指向钓鱼城的城墙,站在冲车和云梯的前方,身先士卒奔跑而起。身后号角声大作。钓鱼城一战,将连日大雨,当损大将,钓鱼城之战,宋军会降。去他娘的预言。管他是个怎么样的诅咒!老子要屠城!索林的脚步越来越快,老子要屠城!

嗖,嗖!箭矢不断射向索林,他的弯刀电光石火地将箭头挡下。但宋军的弓箭就像长着眼睛一般,不断飞向他的面门和胸膛。索林沉着脸,竟然越跑越快。而他身边有两个亲卫也是丝毫不慢,用皮盾替他接下箭矢。

杨华立于城头,冷笑着开弓放箭。箭如雷霆,疾射而下。远远望去,几乎所有的射手都随着他的方向射出手里弓箭。满天的箭雨化作滂沱一束落向索林。

索林双刀舞动,居然在滂沱箭雨中加速,身后的士兵更是不畏箭矢地跟在后头。大批的蒙古军士倒下,但更多的人靠近了城墙。云梯与冲车轰鸣,索林站到城下,边上士兵架起云梯。索林刀交单手,大步踏上云梯,望定城楼。

"四十九号城垛!"杨华大吼。

孟鲤突然从城垛口里翻了出来,人在半空亮出长刀。仿佛天外惊鸿凭空出现!刀光斩向索林的头颅。

索林一抬头，露出诡异的笑容。远处一道寒光，直奔孟鲤的心口。

孟鲤闷哼一声，刀光斜掠，带起一片血花。但她的肩头亦被羽箭射中。

索林手臂虽然受创，但他冷笑着一个箭步冲上城去，即便抱着必死之心，却也不是来送死的。远处督阵的齐横眉收起弓箭，督促士兵们加快速度。这先锋军的第一次冲锋就登上了城头。

孟鲤背后的绳索被士兵奋力拉动，飞身退回城墙。她虽有些失望，但脸上并无懊恼。城上尽是背鬼军的精锐，敌人绝不可能轻易夺城。

杨华的长枪取代了孟鲤的位置，带着九万里山河的浩荡杀向索林。索林站在城头，牢牢占据这三尺之地，即便后方士兵难以冲上来，他也绝不能丢失这个城垛。一时间，城上城下杀成一片，唯独这里是诸将争夺。

蒙古军也速不花带人守卫着瞭望台。台上，蒙哥和汪忠臣皱眉看着先锋军的攻势。按正常情况，有索林这样的将领登城，士兵们很快能打开缺口，但这次并不是这样。城下齐横眉不断指挥军士冲击城门，前后五批近百人登上城墙，但都被打退下来。宋军的防守仍是四平八稳。索林虽然勇悍，但并不能向前突破。

"你怎么看？"蒙哥说。

汪忠臣道："虽然微臣也希望先锋军能突破城墙，但目前看来,他们可能连'雷神'也逼不出来。差不多该让董家子弟上场了。"

蒙哥点了点头,与汪忠臣一同离开高台,并吩咐也速不花传下命令,让董士元的第二阵列出击。

扮作鼓手的冉璟皱眉看着蒙哥离开高台,心说看来这宋小石是不能指望了,那鞑子大汗上高台的时候,若有几发投石落在台上,那是多好的机会啊。宋小石你个瓜娃子在忙什么呢?

宋小石刚调试好他的投石机。为了找到能匹配这巨型投石机的石块,他命人从薄刀岭运来了两块重达五百斤的石头。而这架投石机,需要五十个人才能完美展开,是升级版的升龙炮。器械营的人做事很谨慎,为了避免被瞭望台发现这台大家伙,他们特意做了个凉棚,将投石机隐藏起来。

唐长弓道:"我们只有两次机会,你如果两发都无法命中那高台,那之后即便打中了,也无法起到突袭的效果。"

宋小石点头道:"我明白。如果两发都不中,那他们高台上的人就会跑掉。假定蒙哥那家伙本来在上头,见到有人偷袭也会躲起来。"

张珏笑道:"不用有那么大压力。想靠投石把蒙哥砸死,这机会本就很小。我对你们只有一个要求,不管砸几块石头过去,把那个瞭望台砸掉就好。"

"总想要最大战果嘛。"宋小石说。

张珏道："听说你们给这架投石取名'破天',那'雷神'能配合使用吗?"

唐长弓道："我们调试了几次,无法同时激活,还因此浪费了两枚雷神。不敢再浪费下去了。"

张珏眼里闪过一丝遗憾,但他毕竟没有把全部希望压在"雷神"投石上,所以笑了笑道："不用在意,先把那瞭望台解决了,敲打下蒙哥的气焰。"

唐长弓和宋小石一同抱拳,开始拆除凉棚,为投石机"破天"做最后的准备。

这时,远处蒙古军所在的马鞍山忽然鼓声大作,皮鼓声、号角声,仿佛天上的惊雷滚滚而来。这是敌军要变阵,轮到怯薛军出阵了。张珏并不着急上城楼观战,他也没见过那么大的投石机,因此抱着胳臂,站到一边等待投石机的发射。

唐长弓想了想,叫人把之前绑定的竹筒从石头上拆下来。既然是出奇制胜,自然不需要这东西了。

宋小石走到投石机的前方,竖起胳臂向那座瞭望台比划,随后眼见望向城头的军旗,默默向后退了十步,回到投石机的位置。"位置没有问题,诸位稍安勿躁,等风来。好,好,注意,集中精神。"他心里默默祈祷,指尖感受着山风,片刻之后终于发令道,"一……二……三,发射!"

所有人一起发力,后退猛拉松手……轰隆!

五百斤的投石凌空而起,仿佛飞天的战锤破开苍穹飞向马鞍山……

宋小石目送飞石，心里默念道："看我仙法，破碎虚空。"

蒙哥站在蒙古军最大的那面战鼓前，舞着鼓槌一击一击擂动战鼓。所有士兵的士气攀升至顶点。御营禁卫前的大白马，扬蹄长嘶。

冉璟小心地按着战鼓，他真担心这地动山摇的动静，把"雷神"给触发了。擂鼓的蒙哥距离他有五十多步，他琢磨着如果突然将"雷神"投掷过去，说不定也能形成威胁。

赵阿哥潘就在蒙哥的身后，他目光扫向四周，紧绷的神经一刻不曾松懈。李德辉和汪忠臣准备再次登上高台，怯薛长也速不花气定神闲地望着远方，心想也许今日过后，钓鱼城就能拿下了。

忽然，赵阿哥潘和也速不花同时看向远处的天空，一个黑点由小变大破空而至！不等他们发出呼叫，轰隆一声巨响，瞭望台被巨石直接命中！十五丈高的高台本身为木制的，根本经不起那么大的力量，瞬间为之倾塌。

嘭！轰隆！高达数丈的尘埃扬起。汪忠臣和李德辉抱头躲避，周围的卫士也四散奔逃。

"大汗！小心啊！"也速不花大叫道，因为高台倾倒的方向正是战鼓方阵所在的位置。

赵阿哥潘一个箭步揽住蒙哥大汗，大步冲向空地。头顶上方，一片硕大的木板飞了过来。他一拳将那木板挡开。忽然，赵阿哥潘心头莫名一悚,抬头就见一个铁球从左面飞射而至。

这是"雷神"吗?想要闪避已经来不及了……赵阿哥潘抱着蒙哥飞跃而起,凭空移出一丈多远,用宽阔的后背替蒙哥挡下爆开的"雷神"。饶是如此,巨大的气浪还是将两人抛起。

冉璟深吸口气,宋小石那家伙真他娘的靠谱!他提着湛卢剑冲向尘埃中的蒙哥,他必须确认蒙古大汗有没有被炸死。

这时,檀羽恩和也速不花同时靠近了蒙哥,也速不花将一身是血的赵阿哥潘挪开,仔细观看蒙哥的伤势,稍稍松了口气。大汗没有致命伤,虽然额头受创,可能身上也有骨头受损,但这些应该都不致命。

檀羽恩本想查看赵阿哥潘,却突然发现冉璟正在飞快靠近。他虽然对冉璟的相貌不熟,却认得对方手里的漆黑长剑。檀羽恩转动长矛,愤怒地冲向敌人。

只有三剑的机会。冉璟很清楚周围全都是敌人,若不能迅速靠近蒙哥,那就只是过去送死而已。他深吸口气,加快了脚步。

两人的长矛和铁剑,在飞扬的尘埃中连换三式。檀羽恩肋部中剑,冉璟并不追击而是直接奔向蒙哥。

突然,赵阿哥潘从血水里站起,那柄金色的弯刀如狂风掠动。

冉璟倒吸一口凉气,长剑层层叠叠刺出,绞杀了那一轮金色的月光。但几乎在同时,檀羽恩又杀到了。冉璟长啸一声,黑色的剑锋爆发出太阳般的光芒,仿若千个太阳在手,无边的杀意在千军万马中炸开,一剑贯穿了檀羽恩的脖子。

但也就是这么一耽搁，也速不花已将蒙哥救走，边上更多的怯薛军禁卫围拢过来。冉璟无奈地看着蒙哥的背影，看来做皇帝的还真是有百灵护体，这样都死不了吗？

赵阿哥潘弯刀上多是自己的鲜血，他痛苦地看了地上的檀羽恩一眼，随后望定冉璟，低声道："当日就不该放过你！"

"今日便又如何？"冉璟笑了笑，从容转身杀入乱军之中。

赵阿哥潘想要追击，但身上每一块骨头都在剧痛，又如何追得上？只得任由对方消失于视线中。

转过两片树林，冉璟用力敲开地洞，找到留守在此的林山。

冉璟道："回去禀告都统制，说投石击碎了瞭望台，蒙哥就在台下受到重创。虽然我的'雷神'没有炸到他，但蒙哥已经不能自己走路，想必受伤很重。这是我军反攻之时！"

"你不与我回去吗？"林山诧异道，"冉璟兄，你的任务已经完成，为何不与我同回钓鱼城？"

冉璟道："我还有事没有做。我会一路潜藏行踪，直到确认蒙哥生死为止。"

林山能感觉到对方的杀气，只是不知冉璟为何执着于此。

"军情紧急，你快回城。"冉璟拍了拍林山的肩膀，又道，"告诉宋小石，他兑现了他的承诺。我也会兑现我的。"说完他身形一晃，重新朝着蒙古兵营掠去。

当董士元的军队冲向钓鱼城时，马鞍山那边的战鼓忽然停了。回头望去，原本高耸出树林的那座高台居然不见了。钓鱼城上的宋军爆发出震天欢呼，仿若城墙那么大的"精忠报国"大旗遮天舞动。他心中生出不妙的预感，但攻城的脚步却不能停止。在后方压阵的董文蔚也同时发现了异常，立即命人去询问马鞍山中军的情况。

董士元带着他的亲卫向着索林所在的城墙发起猛攻，终于与索林一起出现在内城墙的城上。索林也为之精神一振，不然已经身受三处刀伤的他，真不知道还能支持多久。

宋军背嵬营两班人马同时冲上城墙，这时内城墙城道狭窄的劣势就暴露出来了。一旦遇到董士元和索林这样的强悍敌人，他们很难发挥出士兵多的优势。

孟鲤和杨华各自敌住一人。但周围更多的城墙被突破，越来越多的敌人冲上城来。

后方的器械营为了遏制敌兵的进攻，开始不计代价地发动投石机。但蒙古人攻城同样是不顾生死。张珏握紧拳头站在城楼上，并没有更多的动作。因为他知道敌军还有董文蔚那张底牌。而董文蔚之后，若是蒙哥需要，还可能有大汗的禁卫军，那可是有赵阿哥潘的。

张珏吩咐，蔡辕的预备队进入防线，王安节悄悄问他是否要使用"雷神"。张珏摇了摇头，还没有到最后的时候。可这时有人传来消息，说东新门和护国门同时告急。这才半日的时间，守了那么多天的阵地就不行了?

"告诉罗勇和李镇远,若是丢了城门,他们也不用来见我了!守到最后一个人也得给我守住!"张珏说到这里忽然精神一振,因为他在远处看到了王坚,老爷子带着亲卫队来了!

"禀告都统制,冉璟传来消息!"从密道进城一路飞奔过来的林山飞快道,"蒙古军的瞭望台被毁,蒙哥重伤!"

"什么,你再说一遍?"张珏用力抓住林山问。

林山道:"蒙哥中军就在瞭望台下,瞭望台倒塌,冉璟用'雷神'行刺蒙古大汗,蒙哥重伤,生死不知。"

"怪不得那董文蔚的中军有点犹豫不决,果然是他们后方出了乱子。冉璟呢?"张珏看着蒙古人的军旗问。

"他继续潜伏,去确认蒙哥生死……"林山苦笑道。

"瓜娃子就是叫人不省心。从第一天开始就是这样!"张珏虽然骂骂咧咧,但这毕竟是空前的好消息。他拍着王安节和蔡辕的肩膀道:"吩咐下去,所有人大声高喊,'蒙哥死了!瞭望台塌了,蒙哥被投石砸死了'!用蒙古话给老子大声吼!"

王安节和蔡辕立即命人同时大叫起来,顿时城上城下喊叫声此起彼伏。

正在城头厮杀的索林和董士元听到这些不由心头一惊,他们望向马鞍山的方向,瞭望台的确是不在了。就在他们分心的时候,一道历经沧桑,仿佛百战余生的刀光划空而至。

索林再想抵挡已经来不及了……

嘭！索林的人头飞向半空，鲜血喷洒得到处都是。董士元吃惊地望着身边的铁甲老者，那一口破阵长刀让人心悸。

孟鲤乘势一脚掠起，正中对方胸口，将董士元踹下城去。

若在平日里，董士元自然就摔死了，但此时城墙下堆积成小山的尸堆，让他逃过一劫。

督阵的董文蔚此时也接到了后方的军报，大汗的确受了重伤，但是性命并没有问题。可是这种情况下，是否要继续攻击呢？就在他犹豫的时候，钓鱼城的城门居然打开了，数以千计的宋军在一个白发老将的带领下冲出城来。

他们一面冲锋一面大喊："蒙哥已死，大宋必胜！瞭望台已毁，蒙哥已死！"

董文蔚同时大喊道："大汗无事，大汗无事，守住阵脚！"

但是他的喊声并不能扭转士气，因为原本代表着大汗目光的瞭望台，此刻确实已经不在人们的视线中。

董文蔚、董士元、齐横眉带着军队拼命厮杀，然而时间越久，蒙古军的士气就越低迷，因为所有人都在担心宋军喊的是真的。一个时辰之后，他们竟然丢失了占据十多日的奇胜门，并且向着外围节节败退。

孟鲤听到了最新军报，心里又喜又忧，冉璟那厮是真的去找杨思飞报仇了吗？你是真不叫人省心啊！但隔着千军万马，她也没有别的办法，只能带着背嵬营奋力杀敌。

王坚手持破阵刀追击敌军，他试图寻找与董文蔚一战的机会。但那董文蔚一路退出奇胜门后，才在山路转角处带队扼守。王坚若是正面上前，势必迎上蒙古人奇准无比的弓箭。两边队伍之间出现了一道由弓箭形成的无人区。王坚两次冲锋，也没能靠近董文蔚，反而中了一箭。

"大帅，交给我们了！"蔡辕大叫道。

蔡辕一身重甲带着重步兵向前冲锋。饶是如此，宋兵也只是冲上一段距离后，就再次被遏制住了前进路线。

齐横眉和董士元一面组织士兵后撤，一面将董文蔚也替换到后方。

见失去与董文蔚一较高低的机会，王坚懊恼地挥了挥拳头。

"见好就收了，大帅。"张珏笑道，"蒙古人这一退，是别想回来了。"

王坚看着马鞍山的方向道："你说，蒙哥会不会真的死了？"

"按道理说，哪有什么皇帝会死在军前的？几千年来有过吗？"张珏微微一笑道，"但是，总得有个念想嘛。"

王坚点了点头，问道："其他城门如何？"

张珏道："各门的反应没有这边快，目前只有镇西门的敌兵后退了。那边是先锋军的序列。"

那就说明蒙古中军真的出了问题，不知冉璟现在是怎么个情况。王坚霍然收刀退出前线，吩咐道："咬着鞑子，别让他们走得太容易了！但也要保存我们的弟兄。"

"明白,大帅!"张珏领命道。

王坚看着血水从刀锋上坠落,忽然又看了眼张珏道:"君玉,这一次是我们是真的赢了啊?"

张珏笑道:"是啊,老子都不敢信。"

"老子也是。"王坚轻哼了一下,咧嘴笑道。

蒙古军缓缓后撤,为了应对宋兵的追击,百战之卒亦难免阵前争命。

人在山路上回望钓鱼城,齐横眉忽然生出一种感觉:汪德臣和索林豁出性命,为之努力的大战怕是要输了……他们已经错过了拿下钓鱼城的最好机会。他心里更是生出一个极不好的感觉:哈拉顿泰萨满预言说,此战会折损一员大将,他们一直以为是都总帅汪德臣,可如今看来,不会说的是大汗吧?

齐横眉望向身边的董士元,发现对方眼中也满是恐惧……似乎也和他想到了一样的问题。若是所有人都像他们这么想,这场仗就已经输了。

蒙古军缓慢向后退,退到嘉陵江边,留下一路的尸体。蒙古兵、汉兵、色目人、女真人……皆带着一样的惶恐之色。

战乱中,王安节焦虑地盯着蒙古军地道的入口。

过了好一会儿,杨华从地道里头回来。

杨华道:"确实有人把守,我们这边不派个几百人,怕是控制不了另一边。"

王安节撇嘴道:"不用夺了,炸了它。"

"炸了?"杨华吃惊道。

"废话,不炸了这玩意儿还等鞑子下次来用?"王安节立即叫来火器坊的人。

很快数十枚大小不同的火器被摆放到地道里,其中在不同的位置还放了几枚"雷神"。

"大手笔啊!"杨华看着火器坊的师傅们忙里忙外。

王安节道:"不能有万一啊。再被打通可了不得。"

杨华搓手道:"统领,能让我点火吗?"

"滚蛋!这自然是老子来点火。"王安节笑道,手里拿着火折子,期待的目光好像上元节点烟花的孩子。

第二十二章
大汗与小卒

蒙古军的两次反攻均告失败后，先锋军被迫撤出喊天堡，退兵到嘉陵江对岸。浮桥烧了，战船毁了，水军码头的驻军也全撤走了。既然他们后退，钓鱼城的宋军自然毫不客气地收复失地，很快重新进驻南水军码头，收复喊天堡。只不过美中不足的是，此刻的钓鱼城一条战船也没有，想要追到对岸去是不可能了。

除了先锋军外，其余各支军队亦收缩防线不再攻城。所有的高级将领都留在中军大汗金帐附近等待消息。为了让蒙哥大汗更好地养伤，御营中军来到了北碚温泉寺。但是日子一天天过去，蒙哥的外伤得以维持，原本就有疫病的身体则一日不如一日。时间从六月到了七月，蒙哥昏迷的时间越来越多，并伴有长期的高烧不退。

哈拉顿泰萨满因为预言有误被囚禁起来，只等蒙哥痊愈后发落，而御医和八思巴皆对蒙哥的病情束手无策。

这些消息陆续传到钓鱼城里，王坚和张珏不断派出精兵骚扰蒙古军，将各个城门外游荡的敌军赶得更远。不过尽管合川战事向着好的一面发展，对他们来说仍旧有件担心的事。那就是冉璟从反攻那天之后，就再无消息传回。在王坚和张珏看来，或许冉璟已经凶多吉少了。不过这件事只可以想，绝不能说。因为孟鲤依旧对冉璟的回归充满信心。

合川女刀神每日都会登上城楼，远眺嘉陵江的水面，或巡视嘉陵江的岸边，盼望着能看到那个熟悉的身影。

冉小璟啊，冉小璟。大战都要结束了，你怎么还不回来？夕阳下，孟鲤手里轻轻摆弄着面具，不过她随即又露出微笑，明天你总该回来了吧。

冉璟潜伏在蒙古军的中军大营差不多一个月了，他的耐心也快用完。换了几个身份后，如今他是大汗金帐护卫。

因为赵阿哥潘在马鞍山上受了重伤，檀羽恩又战死，怯薛军禁卫群龙无首。怯薛长也速不花暂代赵阿哥潘行护卫职责，但他军务繁忙，自然这金帐护卫的管理就变得颇为混乱，也就给了冉璟可乘之机。但饶是如此，冉璟也只是负责金帐外围的警戒，等闲无法靠近金顶汗帐。

对冉璟来说，他之所以留在这里，一方面为了确认蒙哥的伤情，另一方面，是为了打探杨思飞的下落。只是蒙哥的伤情固然不断恶化，杨思飞却似乎不在这里。这日子一天天过去，难道真要等到蒙哥死了，我才回钓鱼城？要知道孟鲤此刻一定很担心。

人们常说执行任务时，要心无旁骛。但人非草木，又如何能心无挂念？远处，李德辉、汪忠臣、八思巴和耶律铸等人走出金帐，他们的脸上显然越发沉重。

冉璟集中精神，倾听众人的对话。就听见耶律铸道："大师，你是否和御医持一样的观点？"

八思巴道："大汗即将前往极乐，只是时间问题，可能是今日，也可能还要几日。而可以确定的是，他对我们用的药物已经没有反应。"

"昨日大家商量着让大萨满来看看，但我去找大萨满的时候，发现那人已经不能用了。"耶律铸黯然道。

"不能用？"八思巴眯起眼睛道。

耶律铸道："是的，他听说大汗受到重创后，就不吃不喝地枯坐在牢里。别人和他说话也毫无反应。"

汪忠臣和李德辉听到此言，皆一脸惨然，转身就想离开。

耶律铸拉住两人，皱眉道："你们先别走，眼下有最重要的事要定。"

李德辉看着他道："这种事我一个汉臣不方便参与。而且，怎么也得让玉龙答失和也速不花在场吧？"

汪忠臣点头，他们几人虽然皆参与战事和日常的公务，但毕竟不是贵族的身份。而玉龙答失是蒙哥第三子，随军听用。这事是决不能撇开他的。

耶律铸正色道："你向来多谋善断，我们只是定个调子。然后再去找老三和不花。"

汪忠臣道:"我知你担心什么,所有人这些天都在担心汗位之事。但是大汗意识不清,又如何立遗诏?"

耶律铸望向八思巴道:"大汗并非长期昏迷,所以大师不用给他用凝魂丹。但普通的提神药物有没有?让他能清楚说出想法就行。"

"若诸公皆有此意,我可以试一试。用不用凝魂丹,自然听由诸公。"八思巴轻声道。

"走,召集所有大臣。"耶律铸拉着汪德臣和李德辉去叫人。

冉璟听完了这整段对话,明白蒙哥是真的要死了。他不由心头大振。但随后又想,该做些什么呢?需不需要推他一把?是了,这家伙未立遗嘱,那就是说蒙哥死了,谁做大汗尚无定论。这对大宋来说实在太好了。蒙哥一死,蒙古国必定内乱。天佑我大宋啊。

不多时,诸多大臣在金帐边上的帐篷集合,他们很快就讨论出了结果。玉龙答失、耶律铸、汪忠臣,会一起监督八思巴用药。其他人在此等候消息。李德辉走出帐篷,看着幽暗的天色,不知在想什么……

"你说大汗会选谁?"史天泽轻声问。李德辉并不回答。史天泽笑道:"你素来多谋,也了解大汗,替我们猜一下嘛。"

"你难道就不了解大汗了?"李德辉叹了口气,做了个"四"的手势。

"我其实比较希望是他啊。"史天泽做了个"二"的手势。

蒙哥是父亲拖雷的嫡长子，拖雷虽然儿子不少，但能干的皆为嫡子。其中忽必烈为嫡次子，嫡四子是阿里不哥。蒙古汗位的继承，并非一定是父传子。蒙哥的几个儿子，与忽必烈、阿里不哥、旭烈兀相比，不论是实力还是官职，皆相差甚远。所以大家一致认为汗位的继承，会在他几个最具权势的弟弟间展开。而老三旭烈兀此时人在征西军中，自然就失去了天时。

蒙哥素来与阿里不哥交好，并且有些防着老二忽必烈。因为忽必烈的施政想法，与他们这些蒙古老贵族有一定的分歧。忽必烈倾慕中原文化，更倾向于将统治的方式汉化。

李德辉和史天泽皆是汉臣，因此对这个话题尽管谨慎，却也默认彼此可以交流。

"不该做些什么吗？"史天泽忽然说。

李德辉瞪了对方一眼，慢慢道："不见我们没资格进去吗？外头有也速不花守着，里头有玉龙答失看着。听天由命吧。"

史天泽望着金帐前高耸向天的苏鲁锭，默不作声。按蒙古人的规矩，要选新的大汗，就要在哈拉和林召开忽里台大会。大汗的遗诏虽然没有决定权，但绝对是最具分量的一票。而阿里不哥本就坐镇哈拉和林，所以看上去大局已定。

冉璟远远看着金顶汗帐，琢磨着一定要做些什么。但此时的金帐戒备森严，他又怎么可能直接进去呢？冉璟不禁有些后悔，若是把"雷神"留在这时候用就好了。那个说话的汉臣就是李德辉,之前扮成白狼潜伏的时候,他就知道李德辉是长空的掌控人。那么也许他知道杨思飞的下落?等蒙哥的事情解决后,不如去拜访他一下?

八思巴、玉龙答失、耶律铸和汪忠臣,很快就从金顶汗帐里出来了。

见众人围拢上来,玉龙答失道:"大汗说,要自己斟酌遗诏,所以让我们在外等候。"

李德辉眼中闪过一丝诧异,但他确实不想参与争夺汗位的事。汉臣和蒙古大臣毕竟不同,蒙哥继位时候的刀光剑影犹在眼前,人总不能认为自己什么都能做到吧。

冉璟此刻也是这么想的。他当然有立即冲入金帐斩杀蒙哥的冲动,但是一个濒死的大汗,是否值得牺牲自己的性命?人总不能认为什么都该自己去做。一旦冲进去,击杀杨思飞的任务就必须放弃了;一旦冲进去,不论成败,都不可能离开蒙古大营。那样的话,孟鲤该怎么办?

此刻大汗金帐里的蒙哥也正看着烛火,痛苦地想着方才八思巴最后的话:人力终有穷,天道终有定,珍惜最后的时间。蒙哥回顾自己的一生,从小拜仇人窝阔台为义父,随其南征北战。壮年之时执掌汗位,至今还不到十年。西征有老三旭烈兀负责,我负责扫平南宋,以定天下。可是如今大业未成,我就要死了吗?

我才不想死……我不想死……你们一个个的要我立遗诏，老子正当壮年，立什么遗诏？我叫蒙哥，蒙哥本就是"永久"的意思，定什么遗诏？

　　蒙哥支撑起身子，一把将榻边的纸笔扫落到地上。但他摸着无力的双腿，看着微微颤动的手指，眼角闪过一丝泪花。怎么就折在这钓鱼城了呢？他用力捶了捶床榻，为什么会输在这里？明明就能拿下钓鱼城了啊！明明已经攻破外城，再拼一下就能进城了……

　　如果我死了，该谁来做大汗？旭烈兀打仗最好，只带着几万人就横扫了西亚诸国；忽必烈最擅政务，与汉人和藏人皆极为亲近；阿里不哥与我的观念相近，很明白若是蒙古人全盘汉化，将会失去自我，不论是统治还是生活，蒙古人都必须坚守自己的传统。但与我的看法一致，就能做好大汗吗？我们蒙古国的天下，可不仅仅是蒙古人的天下。

　　蒙哥抱着头，苦苦思索着。他并没有想要传位给自己的儿子，因为汗位的继承，其实他说了也不算。他痛苦地下榻，捡起纸笔……笔尖颤动……纸却又飘落到地上。蒙哥身子一斜，跪在榻边，嘴角不停颤动，笔尖落到纸上，竟是半个字也没留下。

　　帐外大臣等待了有半个时辰，仍未闻大汗召唤，不由暗暗着急。耶律铸与玉龙答失交换了眼神。二人拉着八思巴进入大帐，却见蒙哥双目圆睁，已经死于榻边。

　　"大汗驾崩了！"众人失声大叫道。

在一片混乱里，耶律铸低头寻找遗诏，却发现遗诏上一个字也没有……他顿时一阵晕眩，面色惨白地望向八思巴。

八思巴轻轻吸了口气，将他扶了起来，再不动声色地走到帐外，对外头的将领、大臣道："大汗驾崩。未留遗诏。"

大臣和将领们无不面色大变，李德辉和史天泽互望了一眼，也不多言，匆匆回营。李德辉看了眼八思巴，心想，人说这大和尚与忽必烈王爷交好，看来是真的了。

八思巴的话，连在远处的冉璟也听得清清楚楚。他心中一块石头落了地，立即把心思集中在李德辉身上。趁着金帐乱成一片，他悄无声息地跟在李德辉的身后，去往长空营的营地。

此时夜色已深，冉璟小心翼翼地潜伏到李德辉营帐旁。帐内李德辉不断召唤长空死士入内，传下一道又一道命令。冉璟认真听过，这些军令基本全是将蒙哥死讯传递出去。另外就是传令某些人去燕京集结。

这汗位之争那么快就开始了吗？丝毫不拖泥带水啊。冉璟不由对帐内文士佩服不已。忽然帐外出现了一个熟悉的身影，冉璟深吸一口气，李德辉居然将杨思飞召来了。

"听说了吧？"李德辉问。

杨思飞道："听说了，大汗驾崩。无遗诏。"

李德辉笑道："我要你先一步去燕京坐镇，王爷那边需要人。"

"明白。"杨思飞道。

李德辉眯着眼睛道："我可以信任你？"

杨思飞毫不迟疑道："当然，我和阿里不哥并无瓜葛，如今我的一切都是大人你给的。你本就让我去燕京统领长空，如今自然听你号令。"

李德辉深深看了对方一眼道："相信我，跟着忽必烈王爷，我们才会有一个更好的未来，不论是汉臣还是蒙古人。能让我们过好日子的才该做大汗。"

杨思飞道："我南方、北方都待过，我懂。"

李德辉递出令箭和密信，轻声道："还是会杀很多人。这次可能是蒙古自己人。"

"蒙古人、汉人都一样。"杨思飞接过令箭，施礼退下。

李德辉看着对方的背影，那从容淡定的样子让他也不禁心生寒意。但他手中诸事千头万绪，没有精力去琢磨这个人了。

对方已经完全是蒙古将领的样子了。尽管脸没有变，但是那个钓鱼城的杨思飞却仿佛消失不见了。

冉璟跟着对方，来到长空营角落的一处营地，这里除了他居然没有其他人。杨思飞进入营帐，简单收拾了东西，提起包裹和短刀就准备出营。

"杨老二，你还真是随时都能跑路！看来在蒙古人这里，你也住不惯吧？"冉璟站在月色下，淡然问道。

杨思飞嘴角绽起一丝笑意，把包裹放下道："你从马鞍山那会儿就一直没走？冒那么大的风险就为了杀我？辛苦了啊！"

冉璟道:"我只是顺便来杀你,留在这里是为了确认蒙哥的生死。"

杨思飞道:"说得也是。当然是大汗更重要一点儿。我只是小卒嘛。"

"有遗言吗?"冉璟问,不知是否错觉,面前的人似乎老了不少。

"你真以为能杀我?你真以为我会没有防备?"杨思飞拍了拍手,笑道,"我可是长空灰羽。这些人早就等着你来,本来过了今晚差不多就该把他们解散了。"掌声响过,营地角落的土地出现松动,冒出几十条灰色的身影,每个人手里都端着一架弩机。

"手笔不小。但没有赵阿哥潘那样的高手,谁能挡我?"冉璟亮出长剑湛卢。

杨思飞道:"骄傲是原罪啊。人的速度再快,能有弩箭快吗?躲得过一支弩箭,几十支呢?"

"我觉得你还是有点儿小看我。"冉璟手扶剑柄说。

"彼此彼此。"杨思飞眯着眼睛道,"从新兵营第一天开始。"

冉璟心里闪过新兵营的点点滴滴,咬牙道:"所以我不能不来。为了我们玄字营。老牛、小顾……杨思飞,你杀了那么多人,一颗人头不够。"

杨思飞目光一沉,低声道:"我的名字叫伊特格勒。战场上的事,今日你可以不依不饶,日后也会有人去找你。你固然为田万牛、顾霆心生仇恨,但我兄长灰狼也死在孟鲤手里,汪德臣、索林等人也死于阵前。若人人都要为亲友报仇,你觉得要厮杀到什么时候?"他心里其实也有些难受,但是能说给谁听?

"道理我懂。但一件事归一件事。今夜我只负责报仇。"冉璟疾掠而起道,"日后,若也有人替你寻仇,我在天下等着你们长空。"

周围的弩兵同时击发。数十枚弩箭射来,仿若暴雨倾盆。冉璟长剑若雨伞展开,挡下大半的箭雨,剑意涌动竟将部分弩箭击飞回去。杨思飞急退二十步,为弩兵提供了第二次击发的机会。甚至有人朝夜空射出了鸣镝火箭!

湛卢化作黑色的深潭,将所有的弩箭击落。但杨思飞和他的距离进一步拉大。

冉璟的剑锋发出一声轻吟,人若龙翔九天,第三波箭雨全部擦身而过。人剑合一直刺杨思飞的心口。

杨思飞笑了,突然拔刀,刀锋扬起半尺的刀芒,刀速比平时更快更准,不管不顾地切向冉璟的胸膛。变故来得猝不及防,冉璟原以为了解对方的武艺,却不想此人即便在钓鱼城攻城之夜的最危急时刻也隐藏了实力。

冉璟闷哼一声,左手忽然出现一柄青色匕首,匕首炸开太阳般的刀芒,将杨思飞的刀锋挡下。右手长剑速度不变,刺向对方胸膛。

这是?杨思飞之前与冉璟交战过,但从未见过他的匕首。他刀锋扫动，奋力拦下长剑，但左肩被匕首掠过。

冉璟的湛卢和匕首交替攻击，让杨思飞手忙脚乱，一个躲闪不及，小腹被剑锋破开。同时，冉璟背后有弩箭齐齐射来……

杨思飞双目圆睁！试图伸手扣住剑锋。冉璟宝剑一抬，切开对方手掌，一把将杨思飞拽向后方挡向弩箭。杨思飞试图挣扎，但只是抬了抬手，就被射成了刺猬。冉璟脚步不停，长剑旋动，仿佛千军万马般的杀意席卷而起，兵营之中顿时血肉横飞，一片狼藉。

远方，更多的铁甲声向这边靠近。这声音来自四面八方……

尾声

农历七月底的某一天，一个西亚人来到钓鱼城求见王坚。他说他的名字叫阿里，是阿拔斯王朝的贵族，阿拔斯王朝也就是中国人从前说的黑衣大食。他给钓鱼城带来了蒙哥大汗的死讯。阿里说故乡被蒙古军灭国，他是战争的受害者，如今蒙哥死亡，他要趁此机会逃回故乡，希望宋军能提供帮助。

王坚将其留了几日，很快确认了蒙哥驾崩的消息。于是满足了对方的要求，提供了食物和粮草，让其回故乡。阿里在离开之前提了个特别的要求，他想看一下奇胜门的投石阵地，因为他好奇那架打碎马鞍山高台的投石机是什么样子的。

王坚并没有满足对方的要求，在他看来这是军事机密。阿里在钓鱼城的这几日，只打听到宋军最擅长使用投石的，是一个叫宋小石的将领。阿里虽然遗憾，但也只能这样了。他快马加鞭地返回西亚，因为他坚信，指挥蒙古远征军的旭烈兀一定会回到哈拉和林参与汗位之争。西亚那边的战事很快会发生变化。

阿里走后，一些寄居在钓鱼城的外国商团，也商量着返回故乡。因为大家都有同样的想法，蒙古大汗死了，那么蒙古远征军一定会发生变化。钓鱼城的军民因为蒙哥的死讯而欢欣鼓舞，但众人也越来越为冉璟担心。

在别人基本放弃了冉璟回归的可能时，孟鲤依旧在波光粼粼的嘉陵江边等候心上人的归来。

"若是我能活着回来，你是否……若是我能活着回来，我们就成亲。往后此生，我和你一起过日子。若我一去不回……"

"若你一去不回，我此生为你守节。"

孟鲤在很小的时候，在嘉陵江上目送冉家离开钓鱼城，对她来说已经失去过冉璟一次了。这一次呢？孟鲤轻轻吸了口气，她一直不敢去想万一冉璟真的回不来，自己会怎么样。人一辈子，能失去心爱的人几次？在没人的时候，她不知哭了多少回，但是泪水除了发泄，又有什么用呢？

士兵迈着整齐的脚步从岸边经过，孟鲤看着岸上的碎石悠然出神。忽然耳边隐约有人叫她的名字。孟鲤猛地抬头，望向江水上的一叶小舟。小舟上的冉璟笑容温文，湛卢在背，大袖飘飘。小舟正在接近岸边。

孟鲤揉了揉眼睛，船上那人冲她不停挥手，真的是冉璟！孟鲤惊喜地大步冲入水中，冉璟也从船上跳了下来，在水里跑了两步后扑通沉入水里。船还没靠岸啊。但冉璟不管不顾地游了一段距离，终于冲到孟鲤的身边。

两人在河岸边相拥而泣,周围的士兵们高呼万岁。

"我以为你死了……不,我知道你不会死的!"孟鲤用力捶着冉璟的肩膀。

冉璟笑道:"我回来了,阿鲤。"

"回来就好。"孟鲤哭着说。

一如多年后重逢时的那一句。

八月,钓鱼城为庆祝大胜,宣布立碑记功,全城欢庆一月,逃过屠城厄运的人们拼尽全力宣泄着自己的情绪。立战功碑之前,众人在阵亡战士的名碑前焚香祭拜,以王坚为首的钓鱼城将士高喊着死去战友的姓名,一个个哭成了泪人。

之后,王坚亲自为冉璟和孟鲤主婚,进行了婚礼大典。同时张珏为宋小石和小叶主婚,宋小石作为用投石击杀蒙古大汗的英雄,被任命为器械营的统领。

持续一月的狂欢结束后,朝廷忽然来了封赏,封王坚为宁远军节度使,受爵清水县开国伯。并且朝廷还宣布只用了一年的年号"开庆"不继续用了,接下来的一年为"景定元年"。虽然大家不知道临安在想什么,但其实没有人在意年号的事,于是宋军又是一阵欢庆。

可眼看开庆年就要过去,入冬时的一纸调令,将所有人的情绪都拉了回来。

"翡翠红啊,还是你这里好。哎!我家比不了。"宋小石抿了一口酒，笑道，"朝廷要王坚大人去临安，你说这是什么意思？"

冉璟道："这事老帅一早就有预见。我们在合州击杀蒙哥的功劳实在太大，若是放任老爷子继续在这里带兵，朝廷怕又会出一个'四川王'啊。"

"功劳太大吗？那你说我……会不会被针对？我不想去临安。虽然临安不错，肯定比钓鱼城好……"宋小石怔道。

"你给我滚蛋。你那瞎猫碰到死耗子的功劳，也就你一直挂在嘴上。"冉璟怒道，"你和老爷子不是一回事好吗？"

宋小石拍拍心口道："不会调我走就好。我也就在钓鱼城能做个统领，调去别的地方可玩不转。"说到这里，他看了看四周，皱眉道，"你这家也不好好布置一下，新婚两个月，该添点东西啊。"

冉璟道："添台投石机吗？升龙炮？"

"能不能好好说话……"宋小石捂脸说。

冉璟笑道："若是老爷子离开钓鱼城，孟鲤和我可能一起走。因为我们放心不下他。"

"他的伤不是还没好吗？还是说……"宋小石很清楚，最后一战时王坚是带伤出战，大战过后，老头子被士兵们扶着退到后方，那身子骨是真不行了。

冉璟道："他需要静养，不动气不受伤，或许还有几年时间。若是有什么意外，真不好说。所以我和孟鲤会和他一起走。"

"那王安节大人呢？"宋小石问。

"安节兄，也会被调走。具体去哪里还不清楚。总之朝廷是不允许出现王家将的。"冉璟喝了口酒，看着远方的天空，慢慢道，"又是和当年余玠大人一样。"

"格老子的。那如果蒙古人又来了，哪个办？"宋小石问。

冉璟道："朝廷觉得之后几年蒙古人会自顾不暇。听说忽必烈在与贾似道议和，他已经迫不及待地要与阿里不哥争夺汗位了。大帅也认为至少三年之内，蒙古人不会南下。所以他也是能放心离开钓鱼城的。当然，他即便不放心，也不敢抗旨。"

"听起来这太平日子也没有几年啊。"宋小石嘀咕着说，"早点生个儿子吧。"

"生儿子，生什么儿子？小叶有了？"已是妇人打扮的孟鲤笑盈盈地走了过来，手里还端着一盆新出锅的合川肉片。

宋小石道："没有，哪有那么快？我只是在感叹世事无常。好不容易打仗打赢了，你们却要走。"

孟鲤看了冉璟一眼，笑道："还没说马上走呢。老爷子要和新知合州的大人交接，怎么也得明年走了。"

宋小石瞪大了眼睛，吃惊道："居然不是交班给张珏大人吗？"

"天晓得了，听说不是。"冉璟轻声道。

宋小石嘀嘀咕咕骂了一串脏话，然后喝下一大口翡翠红。

三个月后，也就是景定元年的春节后，王坚带着冉璟、孟鲤前往临安。出发前，他们听说蒙古人已经为汗位爆发了激烈争执，就连远征在外的旭烈兀也正往回赶，距离内战只有一步之遥。所以分别的悲伤之外，颇有点儿幸灾乐祸的快乐。

张珏前来送行，在他身前牵马的是个八九岁的大男孩。

"都统制，这就是你新收的徒弟啊？叫什么名字呀？"冉璟笑问。

张珏道："你们都走了，我总得找点儿事做啊。来，回答冉叔，你叫什么名字？"

男孩稚嫩地抬头道："回禀冉叔，我叫王立。横刀立马的立。"

王立？看着孩子宽阔的额头、端正的眉目，冉璟笑着点了点头，那也是建功立业的立啊。若干年后，也许又是一个风云人物。

"以后若有为难的事，记得写信来临安。"冉璟既是对孩子，也是对张珏道。

"你放心吧。钓鱼城有我，定然无事。"张珏傲然道。

冉璟在马上一礼，转身同孟鲤等人会合。又是一阵倾诉后，王坚与张珏等人拱手作别。

与众人分别后，张珏纵马奔得几步，冲上高坡对众人挥手。王坚再次下马，遥遥一礼。

远远望着王坚、冉璟等人的身影，张珏忽然泪如雨下。正所谓,将军百战身名裂,向河梁、回头万里,故人长绝……

而就在这时,远处传来熟悉的歌声。

先是王坚豪迈的声音:"渡江天马南来,几人真是经纶手。长安父老,新亭风景,可怜依旧。夷甫诸人,神州沉陆,几曾回首。算平戎万里,功名本是,真儒事。君知否?"

再是冉璟的应和声:"况有文章山斗。对桐阴、满庭清昼。当年堕地,而今试看,风云奔走。绿野风烟,平泉草木,东山歌酒。待他年,整顿乾坤事了,为先生寿。"

唱到最后,冉璟再次在马上转身,对着张珏抱拳拱手。

张珏抹去脸上的泪水,终于笑了起来。

【全书完】

后记
何人为写悲壮，吹角古城楼

2018年夏天，一次偶然的机会，在京师，宋强老师向我提出了"钓鱼城"选题的邀约。理由是，他看了我的长篇小说《岳家军》的连载，觉得我能写好宋蒙战争的题材。

我的确对宋朝历史感兴趣，也因为写岳飞积累了很多关于南宋的知识。但说实话，在此之前，关于钓鱼城之战，我只了解一点儿皮毛。就是那种偶尔被人提到时，脑子里落下的历史碎片。在之后的资料收集中，慢慢地我才意识到，这是个很有趣的题材。在查阅大量的资料后，王坚这个人物给我留下了深刻的印象。

1259年的钓鱼城之战，蒙哥大汗死于北碚温泉寺，都总帅汪德臣死在钓鱼城内城下，蒙古国因此陷入内乱。在此之前，钓鱼城守将王坚以敢战闻名，却并无名将之誉。我当时就问自己，为何之前会一点儿也不了解这段历史呢？如果这场战役真的那么重要，真的称得上"世界历史大转折"，为什么知名度远远比不上其他战役？

"力挫"蒙古军的王坚，在八百年后并没有享有名将之名。甚至没有在《宋史》里留下传记。钓鱼城之战如此壮烈，却长年淹没于历史的尘埃里。到底是哪里出了问题？

　　于是我决定接下这个项目。因为王坚、张珏、蒙哥和汪德臣，都是值得一书的人。这样的故事，必须让更多人知道。这样的工作，舍我其谁？

　　随后在宋强老师的策划下，我很快成行了重庆钓鱼城之旅。站在镇西门的城楼上，远眺已被大水淹没的水军码头。钓鱼城山路的古老和苍凉，那厚重城墙上历代大战的痕迹，让我仿佛回到了几百年前，那份烽火中的壮怀激烈深深触动了我。于是回到上海后，我埋头创作，就有了大家看到的这本书。

　　这些年我写了不少历史小说，比如岳飞的岳家军、北京保卫战的于谦。而今轮到了钓鱼城的王坚。不能不说，钓鱼城是特别的。

　　这部书里的钓鱼城之战，取的是1258年蒙哥宣布进攻蜀地，到1259年农历七月蒙哥因伤病故的这段历史。我们常说的钓鱼城抗蒙数十年，往往是从1243年，余玠在合川钓鱼山建城开始，一直到最后一代钓鱼城守将王立，在内忧外患的情况下，宣布钓鱼城投降结束。

　　在创作之初，我认真考虑过该如何选择，毕竟一个单行本的内容，不够写余玠、王坚、张珏、王立这四代将领。或者说，哪怕是一部连续剧，也不可能写清楚四个主角。而余玠死于1253年，钓鱼城最激烈的战役爆发于1259年。这一年，王立还是个孩子。所以我把小说的重点选在1259年的这场战役。

几十年的故事有几十年故事的写法，一场惨烈战役有一场战役的写法。这当然是不同的。

在1259年的钓鱼城大战中，蒙古军和宋军皆拿出了自己的最强阵容。这一战最后的结果是，作为防守方的宋军获胜。作为进攻方的蒙古军，因为主将的意外死亡而宣布退兵。

钓鱼城方面，有六十岁的老将王坚，和年纪不详，但大约在三十到四十岁间的张珏。按照自然规律，古代人到了六十岁精力自然就下降了。为了尊重历史，也为了小说的可读性，我没有把王坚作为这部书的主角。

我最初的时候，是考虑将四川虓将张珏作为主角的。但在琢磨这个人物的时候，我同样意识到，作为都统制的张珏，已经不适合去做一些普通士兵的任务了。钓鱼城要塑造的肯定是群像，而不是一个单独的英雄。而要写一场大战，其实需要从小入手，若只是写名将总揽全局，那这个故事会很乏味的。

我习惯在一部小说创作的时候，总览主要人物的一生。我发现，张珏在宋末四川沦陷的时候，有着悲剧的命运。因此，我就有了在小说里另外虚构一个主角的念头。于是就有了冉璟这个角色。

钓鱼城的建立离不开两个重要的人，那就是冉琎、冉璞兄弟。史称"二冉"。古人喜欢用"玉"来给男孩子取名字，宋人尤其如此，余玠、吴玠、孟珙、张珏等无不如此。所以我给我们的主角取名"冉璟"。他是二冉的族弟，身负绝技，危难从戎。

有了男主就要有女主。因为王坚是名将孟珙的旧部，想来钓鱼城里孟珙的旧部还有不少。于是我把女主安排成了孟家的后人。女人在古时候的地位不高，军队行伍之中就更是如此。但宋朝是很开放的时代，更是一个出过梁红玉，出过杨门女将传说的时代。所以我将孟鲤的身份安排为女将军，不算特别违和。

男主女主的名字"璟鲤"合在一起恰似近年最流行的"锦鲤"二字。希望能带给所有读者，以及所有参与这部书工作的朋友们好运。

略有遗憾的是，可能除了孟鲤这个女性角色外，这部书就基本没有其他女性角色了。我曾经考虑加入一些蒙哥的妃嫔、公主之类的角色。但其实就整个战役来说，这些人物并不重要，所以最后没有设置。

从冉璟的角度来说，我从新兵营开始一步步塑造了他成长的路。潜伏也好，追杀也好。从新人，变成英雄。敌我双方的谍战、层出不穷的暗子，让整个故事变得铁血和悬念丛生。其实我很好奇，古代的密探在没有电报、没有电话的情况下，是如何传递情报的？

我想，古代的谍战一定是有的，但具体如何运作，只能靠想象来虚构了。

在小说里我虚构了蒙古的长空营，他们是潜伏在敌军的暗子。

总领长空军务的是李德辉，对应日后的事。在几十年后，正是李德辉和平拿下了钓鱼城。我还设定了长空五羽这样的几个王牌密探。而在宋军这边，则塑造了邵文这个人物，同样是深入敌营多年。

在历史上，王坚带队上石子山刺杀蒙哥的事是真实存在的。我觉得如果没有内应，王坚不可能做出这样的举动。在我写书之前，一直在头疼这个问题，王坚带队上山容易，但刺杀失败之后，身处敌营他该如何全身而退呢？

在历史上，王坚是全身而退的，尽管带去的奇袭部队损失惨重，但他的确全身而退了。所以这里必定有一些可能比我们的小说更精彩的故事。

钓鱼城这部小说，建立在尊重历史的基础上。决战水军码头、石子山奇袭、东新门激斗和奇胜门的地道战，都是历史上真实存在的事。

这场发生在八百年前的战争，为我们全方位展现了当时的战争艺术。山地立体攻防、特种兵斩首、地道战、水战，等等，让人目不暇接。

因此，我把情报谍战作为主线来写，因为如果没有情报作为支撑，很多战术是无法展开的。如"雷神"那样的火器，反而是次要的。对了，说到"雷神"这样的火器——在本书成文之前，我们在合川的考古队挖掘出了许多宋朝时候的火器。据说有类似手雷般的东西。我在小说里进行了虚构，不知是否有趣。

这部书里"潜伏"是作为重点线索来进行的。开篇灰狼的潜伏，引出了王坚杀晋国宝的情节。其实我最初构思的时候，很犹豫要不要写王坚杀蒙古使节的事，我私下以为这个做法是不光荣的。两国交战不斩来使的道理，深深烙印在我这个熟读史书的作者的心里。但宋强老师劝我一定要写出来，毕竟这是一个"特殊"的点。于是我结合谍战的情节，给了一个他杀人的理由。

其实，即便在历史上的真实事件里，没有这样一个理由，我也是可以接受的。作为后人，我们没有必要去指责历史人物的作为。

在我们这个谍战故事里，冉璟、杨思飞、邵文，每个人在潜伏的时候，心理状态都不一样，要面对的却是同一场战争。

说到战争里的人物，就田万牛、索林、邵文、杨思飞这些人来说，小说里的世界对他们公平吗？他们是棋盘上的棋子，还是说，他们只是在做自己认为对的事？也许看完这部书后，大家也会有各自的答案。

君天在军校待过四年，因此对兵营里的事，有一些自己的理解。本书里新兵营的桥段，可能不完全真实，却是我生活的积累。如田万牛、顾霆、宋小石、杨思飞和冉璟的感情，纠结在战争这个大前提下，或许真的很难写好吧。但这一段又不能不去铺垫，毕竟战争打的是人与人之间的羁绊。孤军作战的人，注定会失败。

战争是残酷的，有时候甚至让人不忍面对。我们这个故事，并不仅仅是爱国抗战的故事。

关于战争，我只想说两点。首先战争的确推进了民族的融合，但是战争真的是残酷的，是不美好的，战争是像魔鬼一般的存在。第二，我也明白，当危机来临时，战争可能是唯一的出路。但是即便是战争中，每个人仍旧可以有自己坚守的立场。

很少有人知道的是，君天是蒙古族。和千千万万在城市里长大的少数民族一样，我们这样的人，流淌着少数民族的血，但过着城市人的生活。民族的记忆深入骨髓，民族的语言却早已不熟练了。然而我为自己的身份骄傲，因为我们是民族融合的见证人。没有从前发生的种种，就没有今天的我们，就没有今天的中华民族。

是的，五十六个民族其实就是一个民族，中华民族。

这样的身份，让我以更公正、更中立的目光来看待历史。因此，写到蒙古军的时候，我希望能够塑造一支勇猛善战、单纯热血的军队，我试图塑造一支由多民族的精英组成的强大军队。这个军队由蒙古人、汉人、女真人、色目人共同组成，尽管他们来自不同的文化，但有着共同的目标。尽管作为历史人物，他们会有这样和那样的局限性，但我也有足够的宽容去理解他们，去思索那段往事。

战争总有胜负，历史上钓鱼城1259年的战役，是以蒙哥大汗驾崩，蒙古军战败告终的。小说里自然也是如此。但这并不能抹杀蒙古军的强大。

说到这里，不得不提两个特殊的人物，一个是汪德臣，一个是李德辉。汪德臣是先锋军的都总帅，最后死于这场战役。历史上他死亡的原因是去招降宋军时，被滚木投石砸死。有时候，我会想他为什么要在那个时候去招降。几千年的历史上，死于正面战场劝降的将领不多，汪德臣算是很特殊的一个了。

另一个李德辉呢？没有证据表明他直接参与了1259年的钓鱼城战役。但是很多年后，在1279年钓鱼城投降的事件里，李德辉起了决定性的作用。他是真心要阻止屠城等恶性事件出现的人。也因此，他可能是我在这部书里虚构最多的一个历史人物了。

钓鱼城之战对宋蒙战争来说是一个转折，南宋因此得到了喘息的机会，延长了20年的国运。其实它对世界历史的影响更大，基本结束了蒙古人西征的脚步，千千万万人的命运因为这场战役改变了。我在小说里，设计了一个小人物，名叫阿里，就是为了做一个世界视角的砝码。

何人为写悲壮，吹角古城楼。在今天的钓鱼城上，我们已经听不到古时候的号角声、金鼓声，也看不到那刀光剑影，见不到那身披重甲的士卒。甚至连记载钓鱼城之战的古石碑也被销毁了。但我依然能够感受到，合川的山风里，有人在低声讲述当年的故事。

很多年前，我刚开始写作的时候，我写过华夏神器系列，项羽、辛弃疾、李广、戚继光等，一一出现在我的笔下。那时候我说，正史上的一些记录，能让这些历史人物活在故纸堆里。而我们的一篇小说，或许能让更多的现代人去关注那些往事。回想从前的创作，我现在觉得处理得有些简单了。那些英雄人物的故事，每个人都值得写一部书，而那时候我只是写了中短篇而已。也许有一天，我会将他们一一重新塑造吧。我个人很期待。

所以今年我写了钓鱼城，写了王坚、张珏、蒙哥、汪德臣。在创作小说的过程中，宋强老师、刘智老师、胡日查老师给了我许多的意见和支持，在此对他们表示由衷的感谢！

在写多了历史小说后，有时候我会想，这样的故事，在当今的文坛看来，似乎有点儿过于严肃了。与那些插科打诨的流行故事比起来，似乎有些无趣。与那些以一己之力横扫世界的奇幻故事比起来，似乎又过于古板。

像岳家军，像钓鱼城这样的戴着镣铐起舞的历史小说，有多少人会喜欢呢？但是，我想总会有那么一些像我一样血仍未冷的人会喜欢吧。毕竟我们中国有那么那么多的读者。总会有一些像我这样的"古代人"。

有很多事，必须有人去做。有很多故事，必须有人去写。

还是那句老话。华夏五千年，看我为你数遍英雄。

君天 2019年8月11日 于风雪江山斋
2019年9月28日夜修订第二稿